U0600821

四部要籍選刊·集部
蔣鵬翔 主編

汲古閣刻本

楚辭

（典藏版）

〔宋〕洪興祖 補注

浙江大學出版社

傳古樓據上海圖書館藏
清汲古閣刻本影印原
書框高一八一毫米寬
一二五毫米

出版説明

嶽麓書院　蔣鵬翔

《楚辭補注》十七卷，宋洪興祖撰，據清汲古閣刻本影印。

洪興祖，字慶善，號練塘，宋鎮江丹陽人。生於元祐五年（一〇九〇），政和八年（一一一八）擢進士第，爲湖州士曹，改宣教郎。紹興二年（一一三二）授秘書省正字，後爲太常博士。紹興三年（一一三三）爲著作佐郎，改駕部員外郎。紹興九年（一一三九）知廣德軍事，擢提點江東刑獄。歷知真州、饒州，所至有惠政。紹興二十四年（一一五四），因其忤秦檜，送昭州編管。紹興二十五年（一一五五）卒於貶所。次年特贈直敷文閣。《宋史》卷四百三十三有傳。

『興祖好古博學，自少至老，未嘗一日去書。著《老莊本旨》《周易通義》《繫辭要旨》《古文孝經序贊》《離騷楚詞考異》行于世。』（《宋史》本傳）根據李大明《洪興祖生平事跡及著述考》的研究，他還撰有《易古經考異釋疑》《口義發題》《春秋本旨》《論語説》《續史館故事》

《聖賢眼目》《語林》《杜詩辨證》《韓愈年譜》《韓文辨證》等書，足見治學之勤，《楚辭補注》則是其傳世著作中最重要的一種。

在現存《楚辭》注本中，東漢王叔師所撰《楚辭章句》成書時間最早，被公認爲《楚辭》研究的起點。章句本是漢人釋經之法，兼取故、傳之長而别爲一體。故者，訓釋語言，傳者，詮發大義及名物制度也。爲章句者，具載經文，兼備衆説，於是支葉蕃滋，一經竟可説至百餘萬言。當時又有力矯時弊者，訓故但舉大義，因其簡要，遂名爲『小章句』。『叔師之爲《楚辭章句》，既具「兼備衆説」之體，復要括不繁，則漢人所謂「小章句」者是也。然其缺點亦正坐此，書中列舉衆説，一切不著其名及其説之所由來，即所引古書，亦或不著所出。凡此，在作者固出於簡約之義，後世欲有所考核者每引以爲憾也。』（蔣秉南先生《論〈楚辭章句〉》説）洪慶善所以撰《楚辭補注》，正是爲了彌補《章句》的過於要括之失。

晁子止《郡齋讀書志》卷十七『補注楚辭』條云：『凡王逸《章句》有未盡者補之。自序云：「以歐陽永叔、蘇子瞻、晁文元、宋景文家本參校之，遂爲定本。又得姚廷輝本作《考異》。」且言《辨騷》非《楚辭》本書，不當録。』

陳伯玉《直齋書録解題》卷十五云：『逸之注雖未能盡善，而自淮南王安以下爲訓傳者今不復存，其目僅見於隋唐志，獨逸注幸而尚傳，興祖從而補之，於是訓詁名物詳矣。』又云：『興祖少時從柳展如得東坡手校《楚辭》十卷，凡諸本異同，皆兩出之；後又得洪玉父而下本十四五家參校，遂爲定本。始補王逸《章句》之未備者；書成，又得姚廷輝本，作《考異》，附古本《釋文》之後；其末，又得歐陽永叔、孫莘老、蘇子容本於關子東、葉少協，校正以補《考異》之遺。洪於是書用力亦以勤矣。」

姜亮夫《楚辭書目提要》卷一云：「洪氏著書之源流，陳氏言之詳矣。洪書蓋補王逸《章句》之未詳者，故謂之《補注》，重點在補義。然于《章句》後，先雜引異本，以正是文字，蓋即陳氏所謂歐陽、東坡、莘老、廷輝諸家之校文，則宋所傳異本，已多入洪氏書中矣。朱熹《集注》蓋多取之。其補義以申王爲主，或引書以證其事跡古義，或辨解以明其要，皆列王注于前，而以己之所補者隨之。章明句顯，既發王義之幽微，亦抒個人之見解，爲後代研習者之所宗尚。」

《補注》所做的工作，主要包括下述三個方面：

一、《楚辭》中應注而《章句》未注者，補之。如《離騷》『心猶豫而狐疑兮』，王叔師無注，《補注》引《顏氏家訓》《説文解字》《爾雅》《水經》《風俗通》《禮記》《老子》加以注釋。

二、《章句》已注而仍嫌疏略者，補之。如《招魂》『纂組綺縞』，《章句》僅注『纂組，綬類也』。《補注》則將四字分拆，一一釋之。至於其考明王説之出處者，更不勝枚舉。

三、《章句》注解存疑者，正之。如《七諫·自悲》『屬天命而委之咸池』，《補注》云：『言已遭時之不幸，無可奈何，付之天命而已。逸説非是。』

《補注》除備録《章句》全文外，徵引他書以《文選五臣注》居多（據朱佩絃《洪興祖〈楚辭補注〉研究》統計，共三一九次）。余舊撰《離騷比注》一文，曾對王注、五臣注及洪注之得失試加探討，約而言之：《章句》較爲自由，但求達意，不斤斤計較於細節。《五臣注》較爲謹慎，所釋與經文貼合嚴密，然或有生硬板滯之失。《補注》則旁徵博引，字斟句酌，又能深體作者之用心，故其精確完備過於《章句》，其明白曉暢又非五臣可及，充分體現了文獻學家的素養與精神。

補正《章句》之餘，洪慶善還根據彙校衆本的結果，撰成《楚辭考異》一書。因其保存了宋以前有關《楚辭》的大量異文、異説，竟有學者認爲其價值更勝於《補注》（湯炳正《洪興祖〈楚辭考異〉散附〈楚辭補注〉問題》説）。據陳伯玉言，《考異》成書於《補注》之後，本各自單行，但今本《考異》皆分散於《補注》各句之下，則單行原貌已不可見矣。

朱晦庵《楚辭集注序》云唐以前之注《楚辭》者，多漫不復存，『無以考其説之得失。而獨東京王逸《章句》與近世洪興祖《補注》並行於世，其於訓詁名物之間則已詳矣。顧王書之所取舍，與其題號離合之間，多可議者，而洪皆不能有所是正。至其大義，則又皆未嘗沉潛反復、嗟歎詠歌，以尋其文詞指意之所出，而遽欲取喻立説，旁引曲證，以强附於其事之已然。是以或以迂滯而遠於性情，或以迫切而害於義理，使原之所爲壹鬱而不得申於當年者，又晦昧而不見白於後世』。後之學者多承其説，稱許《補注》考據文獻之詳博精審，而不滿其詮發指意之拘謹約束。然慶善本從文獻學家之路數入手，實事求是，言必有徵，瑕不掩瑜，又何傷乎，連朱夫子自己也承認『近世考訂訓釋之學，唯吴才老、洪慶善爲善』，故在《楚辭》諸注之中，《補注》仍然『特爲善本』（《四庫總目》語），足與朱氏《集注》媲美。

據昝亮《洪興祖生平著述編年鈎沉》考證，《楚辭補注》十七卷之初稿成於宋宣和五年（一一二三）前後。紹興二十年（一一五〇）前，《補注》十七卷、《考異》一卷已有刊本，然宋本皆佚（《天禄琳瑯書目後編》卷六載項元汴舊藏宋版《楚辭補注》八册，不知去向，朱佩紘以爲《後編》著録者實即明繙宋本，今藏於臺北故宫博物院），傳世者以明繙宋本爲最早，該本已收入《四部叢刊·集部》。而論影響之大，流傳之廣，當以清康熙元年（一六六二）毛氏汲古閣重刊宋本爲翹楚，《洪興祖〈楚辭補注〉研究》第二章著録清代翻刻翻印汲古閣本竟至十種之多（包括日本寬延二年柳美啓翻刻本，《四庫全書》亦據汲古閣本抄録），作爲祖本的汲古閣原本『在傳世《楚辭》諸版本中堪稱第一善本』（崔富章《〈楚辭補注〉汲古閣刻本及其衍生諸本》語）。其文本之善，可通過湯炳正《〈楚辭補注〉寶翰樓本校記》、朱佩紘《洪興祖〈楚辭補注〉研究》所附『洪興祖《楚辭補注》各善本異文對照表』窺見一斑。

汲古閣本雖好，原刻卻不易見，世人所謂汲古閣本，多爲輾轉衍生者。如民國時中華書局排印之《四部備要》本《楚辭》，自稱據『汲古閣宋刻洪本校刊』，其底本實爲金陵書局翻刻本，而白化文等點校之《楚辭補注》，其《出版説明》自稱『所據底本是汲古閣本』，也不過用金陵局本或《四部備要》本充數而已（據崔富章説）。此次影印之《楚辭補注》，内封刻『洪慶善補注／楚辭／汲古閣藏』，右下角鈐朱色木記『毛氏正本』『汲古閣』，此前未見著録，全書品相完好，神采焕發，儘管《漁父》『世人皆濁』句下有夾注十七字，與崔富章所言汲古閣初刻本該句無注之特徵不合，終不失爲難得的汲古閣原刻精印本，非自寶翰樓以下諸家翻刻者可比。今以《四部要籍選刊·集部》之名義影印刊行，使人得識廬山真面，洵藝林幸事。漫書聞見，以供參考，疏失之處，望廣大讀者批評指正。

目録

卷第十五

卷第十六

卷第十七

洪慶善補注

楚辭

汲古閣藏

毛氏正本
汲古閣

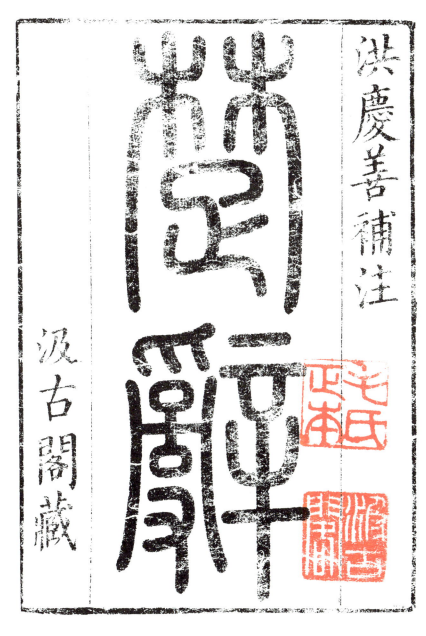

楚辭目錄

班孟堅云始楚賢臣屈原被讒放流作離騷諸賦以自傷悼後有宋玉唐勒之屬慕而述之皆以顯名漢興高祖王兄子濞於吳招致天下娛游子弟枚乘鄒陽嚴夫子之徒興於文景之際而淮南王安都壽春招賓客著書而吳有嚴助朱買臣貴顯漢朝故世傳楚辭

漢護左都水使者光祿大夫臣劉向集

後漢校書郎臣王逸章句 一本云校書郎中後漢文苑傳云逸字叔師南郡宜城人元初中舉上計吏爲校書郎順帝時爲侍中著楚辭章句行於世

按九章第四九辯第八而王逸九章注云皆解於九辯中

知釋文篇第蓋舊本也後人始以作者先後次叙之爾鮑欽止云辨騷非楚詞本書不當錄班孟堅二序舊在天問九歎之後今附于第一通之末云

楚辭卷第一

隋唐書志有皇甫遵訓參解楚辭七卷郭璞注十卷宋處士諸葛楚辭音一卷劉杳草木蟲魚疏二卷孟奥音一卷徐邈音一卷始漢武帝命淮南王安爲離騷傳其書今亡按屈原傳云國風好色而不淫小雅怨誹而不亂若離騷者可謂兼之矣又曰蟬蛻於濁穢以浮游塵埃之外不獲世之滋垢皭然泥而不滓推此志雖與日月爭光可也班孟堅劉勰皆以爲淮南王語豈太史公取其語以作傳乎漢宣帝時九江被公能爲楚詞隋有僧道騫者善讀之能爲楚聲音韻清切至唐傳楚辭者皆祖騫公之音

離騷經章句第一　離騷

上海圖書館藏

校書郎臣王　逸上

曲阿洪　興祖補注

離騷經者屈原之所作也屈原與楚同姓仕於懷王爲三閭大夫三閭之職掌王族三姓曰昭屈景戰國策楚有昭奚恤元和姓纂云屈楚公族芊姓之後楚武王子瑕食采於屈因氏焉屈重屈蕩屈建屈平竝其後又云景芊姓楚有景差漢徙大族昭屈景三姓於關中屈原序其譜屬率其賢良以厲國士入則與王圖議政事決定嫌疑出則監察羣下應對諸侯謀行職脩王甚珍

之同列大夫上官靳尚妬害其能共譖毁之史記曰上官大夫與之同列又曰用事臣靳尚王乃疏屈原疏一作逐屈原執履忠貞而被讒衺一作邪憂心煩亂不知所愬乃作離騷經離別也騷愁也經徑也言已放逐離別中心愁思猶依道徑一云陳直徑一云陳道徑以風諫君也太史公曰離騷者猶離憂也班孟堅曰離猶遭也明已遭憂作辭也顏師古云憂動曰騷余按古人引離騷未有言經者蓋後世之士祖述其詞尊之爲經耳非屈原意也逸說非是故上述唐虞三后之制下序桀紂羿澆之敗冀君覺悟反於正

道而還已也是時秦昭王使張儀譎詐懷王令絕齊交又使誘楚請與俱會武關遂脅一作脇與俱歸拘留不遣卒客死於秦史記曰屈平既絀其後秦欲伐齊齊與楚從親惠王患之乃令張儀詳去秦厚幣委質事楚詳與佯同又曰秦昭王與楚婚欲與懷王會屈平曰秦虎狼之國不可信不如無行懷王卒行入武關秦伏兵絕其後因留懷王然則使張儀譎詐懷王令絕齊者乃惠王非昭王也其子襄王復用讒言遷屈原於江南史記曰懷王長子頃襄王立令尹子蘭使上官大夫短屈原於頃襄王王怒而遷之屈原放在草野草一作山復作九章援天引聖以自證明終不見省

不忍以清白久居濁世遂赴汨淵自沈而死前漢地理志長沙有羅縣荊州記曰縣北帶汨水水源出豫章艾縣界西流注湘沿湘西北去縣三十里名爲屈潭屈原自沈處汨音覓離騷之文依詩取興引類譬諭故善鳥香草以配忠貞惡禽臭物以比讒佞靈脩美人以媲於君媲配也匹詣切宓妃佚女以譬賢臣虯龍鸞鳳以託君子飄風雲霓飄一作飃以爲小人其詞溫而雅其義皎而朗一作明凡百君子莫不慕其清高嘉其文采哀其不遇而愍其志

焉悠一作閔魏文帝典論云優游按衍屈原尚之窮侈極妙相如之長也然原據託譬喻其意周旋綽有餘度長卿子雲不能及宋子京云離騷爲詞賦之祖後人爲之如至方不能加矩至圓不能過規矣

帝高陽之苗裔兮德合天地稱帝苗胤也裔末也高陽顓頊有天下之號也帝繫曰顓頊娶于騰隍氏女而生老僮是爲楚先其後熊繹事周成王封爲楚子居于丹陽周幽王時生若敖奄征南海北至江漢其孫武王求尊爵於周周不與遂僭號稱王始都於郢是時生子瑕受屈爲客卿因以爲氏屈原自道本與君共祖俱出顓頊胤末之子孫是恩深而義厚也補曰皇甫謐曰高陽都帝丘今東郡濮陽是也張晏曰高陽所興之地名也劉子玄史通云作者自敘其流出於中古離騷經首章上陳氏族下列祖考先述厥生次顯名字自敘發跡實基於此降及司馬相如始以自敘爲傳至馬遷楊雄班固自敘之篇實煩於代

朕皇考曰伯庸朕我也皇美也父死稱考詩曰

既右烈考伯庸字也屈原言我父伯庸體有美德以忠輔楚世有令名以及於已補曰蔡邕云朕我也古者上下共之咎繇與帝舜言稱朕屈原曰朕皇考至秦獨以爲尊稱漢遂因之唐五臣注文選云古人質與君同稱朕又以伯庸爲屈原父名皆非也原爲人子忍斥其父名乎

攝提貞于孟陬兮太歲在寅曰攝提格孟始也貞正也于於也正月爲陬補曰並出爾雅陬側鳩切

惟庚寅吾以降庚寅日也降下也孝經曰故親生之膝下寅爲陽正故男始生而立於寅庚爲陰正故女始生而立於庚言已以太歲在寅正月始春庚寅之日下母之體而生得陰陽之正中也補曰天問云皆歸䠶鞫而無害厥躬何后益作革而禹播降九歎云赴江湘之湍流兮順波湊而下降徐徘徊於山阿兮飄風來之匈匈降乎攻切下也見集韻說文曰元氣起於子男左行三十女右行二十俱立於巳爲夫婦褱妊於巳巳爲子十月而生男起巳至寅女起巳至申故男年始寅女年始申

也淮南子注同

皇覽揆余初度兮

皇皇考也覽觀也揆度也初始也覽一作鑒一本余下有于字五臣云我父鑒度我初生之法度

肇錫余以嘉名

肇始也錫賜也嘉善也言父伯庸觀我始生年時度其日月皆合天地之正中故賜我以美善之名也

名余曰正則兮

正平也則法也

字余曰靈均

靈神也均調也言正平可法則者莫過於天養物均調者莫神於地高平曰原故父伯庸名我爲平以法天字我爲原以法地言已上能安君下能養民也禮曰子生三月父親名之既冠而字之名所以正形體定心意也字者所以崇仁義序長幼也夫人非名不榮非字不彰故子生父思善善應而名字之以表其德觀其志也五臣云靈善也均亦平也言能正法則善平理補曰史記屈原名平文選以平爲字誤矣正則以釋名平之義靈均以釋字原之義名有五屈原以德命也禮記曰三月之末父執子之右手咳而名之又曰既冠以字之成

人之道也士冠禮云賓字之曰昭告尓字爰字孔嘉字雖朋友之職亦父命也**紛吾既有此內美兮**紛盛貌五臣曰內美謂忠貞**又重之以脩能**脩遠也言巳之生內含天地之美氣又重有絕遠之能與衆異也言謀足以安社稷智足以解國患威能制強禦仁能懷遠人也補曰重儲用切再也非輕重之重能本獸名熊屬故有絕人之才者謂之能此讀若耐叶韻**扈江離與辟芷兮**扈被也楚人名被為扈江離芷皆香草名辟幽也芷幽而香文選離作蘺五臣云扈披也補曰扈音戶左傳云九扈為九農正扈民無淫者也扈止也江離說者不同說文曰江蘺蘼蕪然司馬相如賦云被以江離糅以蘼蕪乃二物也本草蘼蕪一名江離江離非蘼蕪也猶杜若一名杜蘅杜蘅非杜若也蘼蕪見九歌郭璞云江離似水薺張勃云江離出海水中正青似亂髮郭恭義云赤葉未知孰是辟匹亦切白芷一名白茝生下澤春生葉相對婆娑紫色楚人謂

之葯

紉秋蘭以爲佩

紉索也蘭香草也秋而芳佩飾也所以象德故行清潔者佩芳德仁明者佩玉能解結者佩觿能決疑者佩玦故孔子無所不佩也言已脩身清潔乃取江離辟芷以爲衣被紉索秋蘭以爲佩飾博采衆善以自約束也補曰紉女鄰切方言曰續楚謂之紉說文云繟繩也古者男女皆佩容臭臭香物也又曰佩帨茝蘭則蘭芷之類古人皆以爲佩也相如賦云蕙圃衡蘭顔師古云蘭即今澤蘭也本草注云蘭草澤蘭二物同名蘭草一名水香李云都梁是也水經云零陵郡都梁縣西小山上有渟水其中悉生蘭草綠葉紫莖澤蘭如薄荷微香荆湘嶺南人家多種之此與蘭草大抵相類但蘭草生水傍葉光潤尖長有歧陰小紫花紅白色而香五六月盛而澤蘭生水澤中及下濕地苗高二三尺葉尖微有毛不光潤方莖紫節七月八月開花帶紫白色此爲異耳詩云士與女方秉蕑兮陸機云蕑即蘭也其莖葉似藥草澤蘭廣而長節節中赤高四五尺漢諸池苑及許昌宫中皆種之文選

云秋蘭被涯汪云秋蘭香草生水邊秋時盛也荀子云蘭生深林本草亦云一種山蘭生山側似劉寄奴葉無椏不對生花心微黃赤楚詞有秋蘭春蘭石蘭王逸皆曰香草不分別也近時劉次莊樂府集云離騷曰紉秋蘭以爲佩又曰秋蘭兮青青綠葉兮紫莖今沅澧所生花在春則黃在秋則紫然而春黃不若秋紫之芬馥也由是知屈原眞所謂多識草木鳥獸而能盡究其所以情狀者歟黃魯直蘭說云蘭生深山叢薄之中不爲無人而不芳含香體潔平居與蕭艾同生而不殊清風過之其香藹然在室滿室在堂滿堂所謂含章以時發者也然蘭蕙之才德不同蘭似君子蕙似士夫槩山林中十蕙而一蘭也離騷曰予既滋蘭之九畹又樹蕙之百畝招魂光風轉蕙汜崇蘭以是知楚人賤蕙而貴蘭矣蘭蕙叢出蒔以沙石則茂沃以湯茗則芳是所同也至其發華一幹一華而香有餘者蘭一幹五七華而香不足者蕙也蕙雖不若蘭其視椒榝則遠矣其言蘭蕙如此當俟博物者

汨余若將不及兮

汩去貌疾若水流也不一作弗五臣云歲月行疾若將追之不及補曰汩越筆切方言云疾行也南楚之外曰汩

恐年歲之不吾與

言我念年命汩然流去誠欲輔君心中汲汲常若不及又恐年歲忽過不與我相待而身老耄也補曰恐區用切疑也下竝同論語曰日月逝矣歲不我與

朝搴阰之木蘭兮

搴取也阰山名補曰搴音蹇說文㩮拔取也南楚語引朝㩮阰之木蘭阰頻脂切山在楚南本草云木蘭皮似桂而香狀如楠樹高數仞任昉述異記云木蘭川在尋陽江也多木蘭

夕攬洲之宿莽

攬采也水中可居者曰洲草冬生不死者楚人名曰宿莽言已旦起陞山采木蘭上事太陽承天度也夕入洲澤采取宿莽下奉太陰順地數也動以神祇自勑誨也木蘭去皮不死宿莽遇冬不枯以喻讒人雖欲困已已受天性終不可變易也攬一作𢹿一作擥洲一作中洲補曰攬盧敢切取也莽莫補切爾雅云卷施草拔心不死即宿莽也

曰

月忽其不淹兮淹久也忽釋文作曶春與秋其代序代更也序次也言日月晝夜常行忽然不久春往秋來以次相代言天時易過人年易老也惟草木之零落兮零落皆墮也草曰零木曰落零一作苓恐美人之遲暮遲晚也美人謂懷王也人君服飾美好故言美人也言天時運轉春生秋殺草木零落歲復盡矣而君不建立道德舉賢用能則年老耄晚暮而功不成事不遂也補曰屈原有以美人喻君者恐美人之遲暮是也有喻善人者滿堂兮美人是也有自喻者送美人兮南浦是也不撫壯而棄穢兮年德盛曰壯棄去也穢行之惡也以喻讒邪百草爲稼穡之穢讒佞亦爲忠直之害也文選無不字五臣云撫持也言持盛壯之年廢弃道德用讒邪之言爲穢惡之行補曰撫芳武切不撫壯而弃穢者謂其君不肯當年德盛壯之時棄遠讒佞也五臣注誤何不改

此度改更也言願令君甫及年德盛壯之時脩明政教棄去讒佞無令害賢改此惑誤之度脩先王之法也甫及一作撫及一作務及文選云何不改其此度一云何不改乎此度也五臣云何不早改此法度以從忠正之言乘騏驥以馳騁兮騏驥駿馬也以喻賢智言乘駿馬一日可致千里以言任賢智則可成於治也乘一作椉文選作策馳一作駝補曰駝即馳字下同來吾道夫先路路道也言己如得任用將驅先行願來隨我遂爲君導入聖王之道也文選作導夫先路一本句末有也字五臣云言君能任賢人我得申展則導引入先王之道路昔三后之純粹兮后君也謂禹湯文王也至美曰純齊同曰粹固衆芳之所在衆芳諭羣賢言往古夏禹殷湯周之文王所以能純美其德而有聖明之稱者皆舉用衆賢使居顯職故道化興而萬國寧也五臣云三王所以有純美之德以衆賢所在故也雜

申椒與菌桂兮申重也椒香木也其芳小重之乃香菌薰也葉曰蕙根曰薰五臣云雜非一也申用也椒菌桂皆香木補曰菌音窘博雅云菌薰也其葉謂之蕙則菌與蕙一種也下文別言蕙茝又云矯菌桂以紉蕙則菌桂自是一物本草有菌桂花白蘂黄正圓如竹菌一作箘其字從竹五臣以爲香木是矣其以申爲用則非也淮南子曰申茮杜茝美人之所懷服**豈維紉夫蕙茝**紉索也蕙茝皆香草以諭賢者言禹湯文王雖有聖德猶雜用衆賢以致於治非獨索蕙茝任一人也故堯有禹咎繇伯夷朱虎益夔殷有伊尹傅説周有吕旦散宜召畢是雜用衆芳之效也補曰本草云薰草一名蕙草生下濕地陶隱居云俗人呼鷰草狀如茅而香爲薰草人家頗種之引山海經云薰草麻葉而方莖赤花而黑實氣如蘼蕪可以已厲又廣志云蕙草綠葉紫花陳藏器云此即是零陵香生零陵山谷南越志名燕草黄魯直説與此異已見上椒與菌桂木類也蕙茝草類也以言賢無小大

皆在所用茝白芷也昌改切

彼堯舜之耿介兮

堯舜聖德之王也耿光也介大也補曰耿古迥古幸二切

既遵道而得路

遵循也路正也堯舜所以有光大聖明之稱者以循用天地之道舉賢任能使得萬事之正也夫先三后者據近以及遠明道德同也五臣云循用大道補曰上言三后下言堯舜謂三后遵堯舜之道以得路也路大道也

何桀紂之猖披兮

桀紂夏殷失位之君猖披衣不帶之貌猖一作昌釋文作倡披一作被五臣云昌披謂亂也補曰博雅云裮被不帶也被音披

夫唯捷徑以窘步

捷疾也徑邪道也窘急也言桀紂愚惑違背天道施行惶遽衣不及帶欲涉邪徑急疾爲治故身觸陷阱至于滅亡以法戒君也唯一作維五臣云言桀紂苦人使亂用捷疾邪徑急步而理之補曰桀紂之亂若衣披不帶者以不由正道而所行蹙迫耳左傳曰待我不如捷之速也捷邪出也論語曰行不由徑徑步道也

惟

夫黨人之偷樂兮黨朋也論語曰朋而不黨偷苟且也一無夫字路幽昧以險隘路道也幽昧不明也險隘諭傾危言已念彼讒人相與朋黨嫉妬忠直苟且偷樂不知君道不明國將傾危以及其身也補曰小人朋黨偷爲逸樂則中正之路塞矣隘狹也遠遊云悲世俗之迫阨相如大人賦作迫隘阨隘一也豈余身之憚殃兮憚難也殃咎也一無身字補曰小人用事則賢人被殃憚徒案切忌難也恐皇輿之敗績皇君也輿君之所乘以喻國也績功也言我欲諫爭者非難身之被殃咎也但恐君國傾危以敗先王之功五臣云言我所以不難殃咎諫爭者恐君行事之失補曰皇輿宜安行于大中至正之道而當幽昧險隘之地則敗績矣左傳曰大崩曰敗績忽奔走以先後兮及前王之踵武踵繼也武跡也詩曰履帝武敏歆言已急欲奔走先後以輔翼

君者與及先王之德繼續其跡而廣其基也奔走先後四輔之職也詩曰予聿有奔走予聿有先後是之謂也忽一作急補曰忽疾貌奔舊音布頓切相導前後曰先後先先見切踵亦跡也

荃不察余之中情兮

荃香草以諭君也人君被服芬香故以香草爲諭惡數指斥尊者故變言荃也察一作揆中一作忠補曰荃與蓀同莊子云得魚而忘荃音義云七全切崔音孫香草可以餌魚疏云蓀荃也陶隱居云東間溪側有名溪蓀者根形氣色極似石上菖蒲而葉正如蒲無脊詩詠多云蘭蓀正謂此也

反信讒而齌怒

齌疾也言懷王不徐徐察我忠信之情反信讒言而疾怒已也齌一作齊補曰齌音霽又音妻說文云齌炊餔疾也釋文齊或作齌並祖西切五臣云齊同也反信讒人與之同怒於我

余固知謇謇之爲患兮

謇謇忠貞貌也易曰王臣謇謇匪躬之故補曰今易作蹇蹇先儒引經多如此蓋古今本或不同耳

忍而不

能舍也舍止也言已知忠言謇謇諫君之過必爲身患然中心不能自止而不忍也文苑無而字一本忍上有余字一無也字五臣云恐君之敗故忍此禍患而不能止補曰顏師古云舍尸夜切訓止息人之屋舍及星辰次舍其義皆同論語曰不舍晝夜謂曉夕不息耳今人音捨非也**指九天以爲正兮**指語也九天謂中央八方也正平也五臣云九陽數謂天也補曰九章云所作忠而言之兮指蒼天以爲正淮南子九天中央鈞天東方蒼天東北變天北方玄天西北幽天西方昊天西南朱天南方炎天東南陽天又廣雅九天東方皞天南方赤天西方成天餘同**夫唯靈脩之故也**靈神也脩遠也能神明遠見者君德也故以諭君言已將陳忠策內慮之心上指九天告語神明使平正之唯用懷王之故欲自盡也唯一作惟一無也字五臣云靈脩言有神明長久之道者君德也言我指九天欲爲君行正平之道而君不用我故將欲自盡補曰王逸言自盡

者謂自竭盡耳五臣說誤曰黃昏以爲期兮羌中道而改路補曰一本有此二句王逸無注至下文羌內恕己以量人始釋羌義疑此二句後人所增耳九章曰昔君與我誠言兮曰黃昏以爲期羌中道而回畔兮反既有此他志與此語同初旣與余成言兮初始也成平也言猶議也補曰成言謂誠信之言一成而不易也九章作誠言後悔遁而有他遁隱也言懷王始信任己與我平議國政後用讒言中道悔恨隱匿其情而有他志也遁一作遯他一作佗五臣云悔改遯移也改移本情而有他志余旣不難夫離別兮近曰離遠曰別一無夫字傷靈脩之數化化變也言我竭忠見過非難與君離別也傷念君信用讒言志數變易無常操也五臣云傷惜也補曰數所角切化音花下同余旣滋蘭之九畹兮滋蒔也十

二畝曰畹或曰田之長爲畹也五臣云滋益也釋文作蒔音栽補曰說文田三十畝曰畹於阮切

又樹蕙之百畝

樹種也二百四十步爲畝言已雖見放流猶種蒔衆香修行仁義勤身自勉朝暮不倦也五臣云蘭蕙喻行言我雖被斥逐脩行彌多釋文畝作晦補曰畝莫後切司馬法六尺爲步步百爲畝秦孝公之制二百四十步爲畝畹或曰十二畝或曰三十畝九畹蓋多於百畝矣然則種蘭多於蕙也此古人貴蘭之意

畦留夷與揭車兮

畦共呼種之名留夷香草也揭車亦芳草一名芑輿五十畝爲畦也揭一作藒文選作蒥荑藒車補曰畦音攜揭藒並丘謁切相如賦云雜以留夷張揖曰留夷新夷顏師古曰留夷香草非新夷新夷乃樹耳一云留夷藥名爾雅藒車芞輿本草拾遺云藒車味辛生彭城高數尺白花芞音迄

雜杜衡與芳芷

杜衡芳芷皆香草也言已積累衆善以自潔飾復植留夷杜衡雜以芳芷芬香益暢德行彌盛也衡一作

蘅補曰爾雅杜土鹵注云杜衡也似葵而香山海經云天帝山有草狀似葵其臭如蘼蕪名曰杜衡本草云葉似葵形如馬蹄故俗云馬蹄香

冀枝葉之峻茂兮

冀幸也峻長也文選作葰五臣云茂盛貌音俊補曰相如賦云實葉葰楙葰音峻

願竢時乎吾將刈

刈穫也草曰刈穀曰穫言已種植衆芳幸其枝葉茂長實核成熟願待天時吾將穫取收藏而饗其功也以言君亦宜蓄養衆賢以時進用而待仰其治也文選竢作俟

雖萎絕其亦何傷兮

萎病也絕落也補曰萎草木枯死也於危切

哀衆芳之蕪穢

言已所種芳草當刈未刈蚤有霜雪枝葉雖蚤萎病絕落何能傷於我乎哀惜衆芳摧折枝葉蕪穢而不成也以言已脩行忠信冀君任用而遂斥棄則使衆賢志士失其所也五臣云言我積行爲讒邪所害見逐亦猶植芳草爲霜露所傷而落雖如是於我亦何能傷但恐衆賢志士見而蕪穢不自脩也補曰

蕪荒也穢惡也**衆皆競進以貪婪兮**競並也愛財曰貪愛食曰婪以一作而補曰並逐曰競婪盧含切**憑不猒乎求索**憑滿也楚人名滿曰憑言在位之人無有清潔之志皆並進取貪婪於財利中心雖滿猶復求索不知猒飽也憑一作憑補曰憑皮氷切索求也書序曰八卦之說謂之八索徐邈讀作蘇故切則索亦有素音**羌內恕己以量人兮**羌楚人語詞也猶言卿何爲也以心揆心爲恕量度也補曰羌去羊切楚人發語端也文選注云羌乃也一云歎聲也量力香切**各興心而嫉妬**興生也害賢爲嫉害色爲妬言在位之臣心皆貪婪內以其志恕度他人謂與己不同則各生嫉妬之心推弃清潔使不得用也故外傳曰太山之鴟鳴嚇鵷雛此之謂也興心文選誤作與心五臣云貪婪之人乃內恕於己以量度它人謂與己同貪若否則各生嫉妬之心讒譖之使不得進用補曰貪婪之人不知其非自恕以度

人謂君子亦有競進求索之心故各興心而嫉妬也**忽馳騖以追逐兮**五臣云忽急也馳一作駝補曰騖亂馳也**非余心之所急**言衆人所以馳騖惶遽者爭追逐權貴求財利也故非我心之所急衆人急於財利我獨急於仁義也**老冉冉其將至兮**七十曰老冉冉行貌五臣云冉冉漸漸也**恐脩名之不立**立成也言人年命冉冉而行我之衰老將以來至恐脩身建德而功不成名不立也論語曰君子疾沒世而名不稱焉屈原建志清白貪流名於後世也補曰脩名脩潔之名也屈原非貪名者然無善名以傳世君子所耻故孔子曰伯夷叔齊餓于首陽之下民到于今稱之脩與修同古書通用**朝飲木蘭之墜露兮**墜墮也**夕餐秋菊之落英**英華也言已旦飲香木之墜露吸正陽之津液暮食芳菊之落華吞正陰之精蘂動以香淨自潤澤也餐

一作食五臣云取其香潔以合己之德補曰飲啜也音蔭餐吞也七安切秋花無自落者當讀如我落其實而取其華之落魏文帝云芳菊含乾坤之純和體芬芳之淑氣故屈原悲冉冉之將老思食秋菊之落英輔體延年莫斯之貴

苟余情其信姱以練要兮

苟誠也練簡也五臣云苟且姱大練擇也且信大擇道要而行補曰信姱言實好也與信芳信美同意姱苦瓜切要於笑切

長顑頷亦何傷

顑頷不飽貌言己飲食清潔誠欲使我形貌信而美好中心簡練而合於道要雖長顑頷飢而不飽亦何所傷病也何者衆人苟欲飽於財利己獨欲飽於仁義也補曰言我中情實美又擇要道而行雖顏色憔悴形容枯槁亦何傷乎彼先口體而後仁義豈知要者哉曰有道者雖貧賤而容貌不枯屈原何爲其顑頷也曰當是時國削而君辱原獨得不憂乎顑虎感切頷戶感切又上古湛切下魚檢切顑頷食不飽面黃貌頷一作頷音同

擥木根以結

茝兮擥持也根以喻本文選擥作擥補曰擥啓姸切亦持也荀子云蘭槐之根是爲芷注云苗名蘭槐根名芷然則木根與茝皆喻本也**貫薜荔之落蘂**貫累也薜荔香草也緣木而生蘂實也累香草之實執持忠信貌也言已施行常擥木引堅據持根本又貫累香草之實執持忠信不爲華飾之行也五臣云貫拾也蘂花心也言我持木之本佩結香草拾其花心以表已之忠信補曰薜蒲計切荔郎計切山海經小華之山其草多薜荔狀如烏韭而生於石上注云亦緣木生管子云薜荔白芷蘪蕪椒連五臭所校校謂馨烈之銳前漢樂章云都荔遂芳謂都良薜荔俱有芬芳也花外曰蕚內曰蘂蘂花鬚頭點也**矯菌桂以紉蕙兮**矯直也五臣云矯舉也舉此香木以自比補曰九章云擣木蘭以矯蕙**索胡繩之纚纚**胡繩香草也纚纚索好貌言已行雖據履根本猶復矯直菌桂芬香之性紉索胡繩令之澤好以善自約束終無懈倦也

補曰說文索昔各切草有莖葉可作繩索纚所綺切

謇吾法夫前脩兮非世俗之所服

言我忠信謇謇者乃上法前世遠賢固非今時俗人之所服行也一云謇難也言已服飾雖爲難法我倣前賢以自脩潔非本今世俗人之所服佩文選謇作蹇世作時五臣云蹇難也前修謂前代修習道德之人服用也言我所以遭難者吾法前修道德之人故不爲代俗所用補曰謇又訓難易之難非蹇難之字也世所傳楚詞惟王逸本最古凡諸本異同皆當以此爲正又李善注本有以世爲時爲代以民爲人之類皆避唐諱當從舊本

雖不周於今之人兮

周合也

願依彭咸之遺則

彭咸殷賢大夫諫其君不聽自投水而死遺餘也則法也言已所行忠信雖不合於今之世願依古之賢者彭咸餘法以自率厲也補曰顏師古云彭咸殷之介士不得其志投江而死按屈原死於頃襄之世當懷王時作離騷已云

願依彭咸之遺則又曰吾將從彭咸之所居蓋其志先定非一時忿懟而自沈也反離騷曰弃由聃之所珎兮摭彭咸之所遺豈知屈子之心哉**長太息以掩涕兮哀民生之多艱**艱難也言已自傷所行不合於世將劾彭咸沈身於淵乃太息長悲哀念萬民受命而生遭遇多難以隕其身申生雉經子胥沈江是謂多難也五臣云太息掩涕哀此萬姓遭輕薄之俗而多屯難補曰掩涕猶抆淚也遠遊曰哀民生之長勤與此意同**余雖好脩姱以鞿羈兮**鞿羈以馬自喻韁在口曰鞿革絡頭曰羈言爲人所係累也五臣云言我雖習前人之大道而爲讒人所銜勒補曰鞿居依切羈居宜切下文云余獨好脩以爲常脩姱謂脩潔而姱美也**謇朝誶而夕替**誶諫也詩曰誶予不顧替廢也言已雖有絕遠之智姱好之姿然以爲讒人所鞿羈而係累矣故朝諫謇謇於君夕暮而身廢弃也補曰誶音遂又音信今詩作訊

訊告也**既替余以蕙纕兮**纕佩帶也補曰纕息羊切下二云解佩纕以結言**又申之以攬茝**又復也言君所以廢弃己者以余帶佩衆香行以忠正之故也然猶復重引芳茝以自結束執志彌篤也一云又申之擥茝五臣云申重也攬持也**亦余心之所善兮雖九死其猶未悔**悔恨也言已履行忠信執守淸白亦我中心之所美善也雖以見過支解九死終不悔恨五臣云九數之極也以此遇害雖九死無一生未足悔恨**怨靈脩之浩蕩兮**上政迷亂則下怨父行悖惑則子恨靈脩謂懷王也浩猶浩浩蕩猶蕩蕩無思慮貌也詩曰子之蕩兮補曰今詩作湯湯蕩也孔子曰詩可以怨孟子曰小弁之怨親親也親之過大而不怨是愈疏也屈原於懷王其猶小弁之怨乎**終不察夫民心**言已所以怨恨於懷王者以其用心浩蕩驕敖放恣無有思慮終不省察萬民善惡

之心故朱紫相亂國將傾危也夫君不思慮則忠臣被誅忠臣被誅則風俗怨而生逆暴故民心不可不熟察之也民一作人五臣云浩蕩法度壞貌言我怨君法度廢壞終不察衆人悲苦

衆女嫉余之蛾眉兮

衆女謂衆臣女陰也無專擅之義猶君動而臣隨也故以諭臣蛾眉好貌蛾一作娥補曰反離騷云知衆嫮之疾妬兮何必揚纍之蛾眉此亦班孟堅顏之推以爲露才揚己之意夫冶容誨淫目挑心與孟子所謂不由其道者而以汚原何哉詩人稱莊姜之賢曰螓首蛾眉蓋言其質之美耳師古云蛾眉形若蠶蛾眉也

謠諑謂余以善淫

謠謂毀也諑猶譖也淫邪也言衆女嫉妬蛾眉美好之人譖而毀之謂之美而淫不可信也猶衆臣嫉妬忠正言己淫邪不可任也以一作之五臣云讒邪之人謂我善爲淫亂補曰謠音遥爾雅徒歌謂之謠謂謠言也諑竹角切方言云諑愬也楚以南謂之諑言衆女競爲謠言以譖愬我彼淫人也而謂我善淫所謂恕已以量人

固

時俗之工巧兮偭規矩而改錯偭背也圓曰規方曰矩改更也錯置也言今世之工才知強巧背去規矩更造方圓必失堅固敗材木也以言佞臣巧於言語背違先聖之法以意妄造必亂政治危君國也五臣云規矩法則也補曰偭音面賈誼云偭梟獺以隱處錯音措

背繩墨以追曲兮追猶隨也繩墨所以正曲直補曰背違也墨度名也五尺曰墨追古隨字

競周容以爲度周合也度法也言百工不循繩墨之直道隨從曲木屋必傾危而不可居也以言人臣不脩仁義之道背弃忠直隨從枉佞苟合於世以求容媚以爲常法身必傾危而被刑戮也補曰偭規矩而改錯者反常而妄作背繩墨以追曲者枉道以從時

忳鬱邑余侘傺兮忳憂貌侘傺失志貌侘猶堂堂立貌也傺住也楚人名住曰傺邑一作悒一本注云忳自念貌五臣云忳鬱憂思貌悒不安也補曰忳徒渾切悶也鬱邑憂貌下文曰曾

歔欷余鬱邑兮五臣以忳鬱爲句絕誤矣侘敕加切傺丑利切又上勑駕切下勑界切方言云傺逗也南楚謂之傺郭璞云逗卽今任字

吾獨窮困乎此時也言我所以忳忳而憂中心鬱邑悵然任立而失志者以不能隨從世俗屈求容媚故獨爲時人所窮困憂一作自念一無也字

寧溘死以流亡兮溘猶奄也以一作而奄一作殗下注同補曰溘奄忽也渴合切

余不忍爲此態也言我寧奄然而死形體流亡不忍以中正之性爲邪淫之態一無也字

鷙鳥之不羣兮鷙執也謂能執伏衆鳥鷹鸇之類也以喻忠正補曰鷙脂利切擊鳥也月令曰鷹隼蚤鷙

自前世而固然言鷙鳥執志剛厲特處不羣以言忠正之士亦執分守節不隨俗人自前世固然非獨於今比干伯夷是也李善文選世作代

何方圜之能周兮夫孰異道而相安

言何所有圜鑿受方枘而能合者誰有異道而相安耶言忠佞不相爲謀也圜一作圓周一作同一云方鑿受圓枘**屈心而抑志兮**抑案也補曰案讀若按**忍尤而攘詬**尤過也攘除也詬恥也言已所以能屈案心志含忍罪過而不去者欲以除去恥辱誅讒佞之人如孔子誅少正卯也釋文詬作訽補曰詬訽並呼漏切又古豆切禮記曰以儒相詬病詬病恥辱也**伏清白以死直兮固前聖之所厚**言士有伏清白之志以死忠直之節者固乃前世聖王之所厚哀也故武王伐紂封比干之墓表商容之閭也補曰比干諫而死孔子稱仁焉厚之也**悔相道之不察兮**悔恨也相視也察審也補曰相息亮切**延佇乎吾將反**延長也佇立貌詩曰佇立以泣言已自悔恨相視事君之道不明審察若比干伏節死義故長立而望將欲還反終已之志也補曰佇直呂切久立也異姓事君不合則去同

姓事君有死而已屈原去之則是不察於同姓事君之道故悔而欲反也**回朕車以復路兮**回旋也路道也回一作廻**及行迷之未遠**迷誤也言乃旋我之車以反故道及已迷誤欲去之路尚未甚遠也同姓無相去之義故屈原遵道行義欲還歸也**步余馬於蘭皋兮**步徐行也澤曲曰皋詩云鶴鳴于九皋補曰皋九折澤也一云澤中水溢出所爲坎招蒐曰皋蘭被徑**馳椒丘且焉止息**土高四墮曰椒丘言已欲還則徐步我之馬於芳澤之中以觀聽懷王遂馳高丘而止息以須君命也馳一作駝五臣云椒丘丘上有椒也行息依蘭椒不忘芳香以自潔也補曰司馬相如賦云椒丘之闕服虔云丘名如淳云丘多椒也按椒山巔也此以椒丘對蘭皋則宜從如淳五臣之說焉語助尤虔切**進不入以離尤兮退將復脩吾初服**退去也言已誠欲遂進竭其忠誠君

不肯納恐重遇禍故將復去脩吾初始清潔之服也一無復字五臣云尤過也補曰九章云欲儃佪以干傺兮恐重患而離尤離遭也曹植七啓曰願反初服從子而歸

製芰荷以爲衣兮製裁也芰蔆也秦人曰薢茩荷芙蕖也補曰芰奇寄切生水中葉浮水上花黄白色

雧芙蓉以爲裳芙蓉蓮華也上曰衣下曰裳言已進不見納猶復裁製芰荷集合芙蓉以爲衣裳被服愈潔脩善益明雧一作集補曰爾雅曰荷芙蕖注云別名芙蓉本草云其葉名荷其華未發爲菡萏已發爲芙蓉芰荷葉也故以爲衣芙蓉華也故以爲裳反離騷云衿芰茄之綠衣被芙蓉之朱裳是也北山移文曰焚芰製而裂荷衣蓋用此語薢茩音皆茍又上胡買切下胡口切

不吾知其亦已兮苟余情其信芳五臣云言君不知我我亦將止然我情實美補曰芳敷方切香艸也

高余冠之岌岌兮岌岌高貌補曰

岌魚及切

長余佩之陸離

陸離猶嵾嵯衆貌也言巳懷德不用復高我之冠長我之佩尊其威儀整其服飾以異於衆也補曰許慎云陸離美好貌顔師古云陸離分散也九章云帶長鋏之陸離兮冠切雲之崔嵬

芳與澤其雜糅兮

芳德之臭也易曰其臭如蘭澤質之潤也玉堅而有潤澤糅雜也補曰糅女救切

唯昭質其猶未虧

唯獨也昭明也虧歇也言我外有芬芳之德內有玉澤之質二美雜會兼在於巳而不得施用故獨保明其身無有虧歇而巳所謂道行則兼善天下不用則獨善其身虧一作虧其字從兮五臣云唯獨守其明潔之質猶未爲自虧損也

忽反顧以遊目兮

忽疾貌遊一作游

將往觀乎四荒

荒遠也言巳欲進忠信以輔事君而不見省故忽然反顧而去將遂游目往觀四荒之外以求賢君也五臣云觀四荒之外以求知巳者補曰爾雅觚竹北戶西王母曰下謂

之四荒皆四方昏荒之國禮失而求諸野當是時國無人莫我知者故欲觀乎四荒以求同志此孔子浮海居夷之意然原初未嘗去楚者同姓無可去之義故也賈誼弔屈原云瞝九州而相其君兮何必懷此都失之矣**佩繽紛其繁飾兮**繽紛盛貌繁衆也補曰繽匹賓切**芳菲菲其彌章**菲菲猶勃勃芬香貌也章明也言巳雖欲之四方荒遠猶整飾儀容佩玉繽紛而衆盛忠信勃勃而愈明終不以遠故改其行五臣云佩忠信芳香之行彌加明潔**民生各有所樂兮余獨好脩以爲常**言萬民稟天命而生各有所樂或樂諂佞或樂貪淫我獨好脩正直以爲常行也文選民作人脩一作循補曰樂魚教切欲也下文云汝何博謇而好脩又曰苟中情其好脩皆言好自脩潔也**雖體解吾猶未變兮豈余心之可懲**懲艾也言巳好脩忠信以爲常行雖獲罪支解

志猶不艾也豈一作非文選可作何五臣云言我執
忠貞之心雖遭支解亦不能變於我心更何所懼懲
懼也補曰解古蟹切說文懲忿也忿與艾並
音乂謂懲創也以可爲何以懲訓懼皆非是**女嬃**
之嬋媛兮女嬃屈原姊也嬋媛猶牽引也一作撣
援補曰說文云嬃女字也音須賈侍中
說楚人謂女曰嬃前漢有呂須取此爲名嬋媛音蟬
爰水經引袁崧云屈原有賢姊聞原放逐亦來歸喻
令自寬全鄉人與其見從因名曰秭歸縣北有原故
宅宅之東北有女須廟擣衣石猶存秭與姊同觀女
嬃之意蓋欲原爲寗武子之愚不欲爲史魚之直耳
非責其不能爲上官椒蘭也而王逸謂女嬃詈原以
不與衆合不
承君意誤矣**申申其詈予**申申重也言女嬃見
已施行不與衆合以
見放流故來牽引數怒重詈我也詈一作罵予一作
余五臣云牽引古事而罵詈我補曰論語曰申申如
也申申和舒之貌女嬃詈原有親親之意焉九
歌云女嬋媛兮爲余太息是也予音與叶韻**曰鮌**

婞直以亡身兮曰女嬃詞也鯀堯臣也帝繫曰顓頊後五世而生鯀婞很也鯀亦作鯀一作骸文選亡作方補曰婞下項切東坡曰史記殛鯀於羽山以變東夷楚詞鯀婞直以亡身則鯀蓋剛而犯上者耳若小人也安能以變四夷之俗哉如左氏之言皆後世流傳之過九章亦云行婞直而不豫兮鯀功用而不就

終然殀乎羽之野蚤死曰殀言堯使鯀治洪水婞很自用不順堯命乃殛之羽山死於中野女嬃比屈原於鯀不順君意亦將遇害也殀一作夭一云羽山之野補曰羽山東裔在海中殀殀也於矯切鯀遷羽山三年然後死事見天問左傳曰其神化爲黃能入於羽淵

汝何博謇而好脩兮紛獨有此姱節女嬃數諫屈原言汝何爲獨博采往古好脩謇謇有此姱異之節不與衆同而見憎惡於世也文選作謇五臣云汝何博采古道於謇難之世好脩直節獨爲姱大之行補曰博謇當如逸說紛盛貌姱苦瓜切好也

薋菉葹以盈室兮薋蒺藜也菉王芻也葹枲耳也詩曰楚楚者薋又曰終朝采菉三者皆惡草以喻讒佞盈滿于側者也補曰今詩薋作茨菉作綠薋音薺爾雅亦作茨布地蔓生細葉子有三角刺人易據于蒺藜言其凶傷詩牆有茨以刺梗穢菉音錄爾雅云菉王芻菉蓐也本草云藎草葉似竹而細薄莖亦圓小生平澤溪澗之側俗名菉蓐草葹商支切形似鼠耳詩人謂之卷耳爾雅謂之苓耳廣雅謂之枲耳皆以實得名本草枲耳一名葹

判獨離而不服判別也女須言眾人皆佩薋菉枲耳爲讒佞之行滿于朝庭而獲富貴汝獨服蘭蕙守忠直判然離別不與眾同故斥棄也

眾不可戶說兮孰云察余之中情屈原外困羣佞內被姊詈知世莫識言己之心志所執不可戶說人告誰當察我中情之善否也補曰管子曰聖人之治於世不人告也不戶說也淮南子曰口辯而戶說之

世並舉而好

朋兮朋黨也補曰說文朋古鳳字鳳飛群鳥從以萬數故以爲朋黨字夫何煢獨而不予聽煢孤也詩曰哀此煢獨言世俗之人皆行佞僞相與朋黨並相薦舉忠直之士孤煢特獨何肯聽用我言而納受之也煢一作煢予一作余補曰煢渠營切今詩作惸聽平聲依前聖以節中兮節度文選以作之喟憑心而歷茲喟歎也歷數也言已所言皆依前世聖人之法節其中和喟然舒憤懣之心歷數前世成敗之道而爲此詞也憑一作憑一作馮五臣云中得也歷行也憑滿也言我依前代聖賢節度而不得用故歎息憤懣而行澤畔矣補曰喟丘愧切方言云憑怒也楚曰憑注云恚盛貌引楚詞康回憑怒皮水切列子曰帝馮怒莊子曰侅溺於馮氣說文云馮懣也並音憤喟憑心而歷茲者歎逢時之不幸也歷猶逢也下文云委厥美而歷茲意與此同濟沅湘以南征兮濟渡也沅沅湘水名征行也補曰沅音元山海經

云湘水出帝舜葬東入洞庭下沅水出象郡鐔城西東注江合洞庭中後漢志武陵郡有臨沅縣南臨元水水源出牂牁且蘭縣至郡界分爲五谿又零陵郡陽朔山湘水出水經云沅水下注洞庭方會於江湘中記云湘水之出於陽朔則觴爲之舟至洞庭則日月若出入於其中

就重華而敶詞

重華舜名也帝繫曰瞽叟生重華是爲帝舜葬於九疑山在沅湘之南言巳依聖王法而行不容於世故欲渡沅湘之水南行就舜敶詞自說稽疑聖帝冀聞祕要以自開悟也一作陳辭補曰敶列也先儒以重華爲舜名按書云有鰥在下曰虞舜與帝之咨禹一也則舜非謚也名也又曰若稽古帝舜曰重華與堯爲放勳一也則重華非名也號也羣臣稱帝不稱堯則堯爲名帝稱禹不稱文命則文命爲號伊尹稱尹躬暨湯則湯號也湯自稱予小子履則履名也楚詞屢言堯舜禹湯今辨于此天下明德皆自虞帝始其於君臣之際詳矣故原欲就之而敶詞也

啓九辯與九歌兮

啓禹子也九辯九歌禹樂也言禹平治水土以有天下啓能承先志纘叙其業育養品類故九州之物皆可辯數九功之德皆有次序而可歌也左氏傳曰六府三事謂之九功九功之德皆可歌也謂之九歌水火金木土穀謂之六府正德利用厚生謂之三事補曰山海經云夏后上三嬪於天得九辯與九歌以下注云皆天帝樂名啓登天而竊以下用之天問亦云啓棘賓商九辯九歌王逸不見山海經故以爲禹樂五臣又云啓開也言禹開樹此樂謬矣騷經天問多用山海經而劉勰辨騷以康回傾地夷羿彃日爲譎怪之談異乎經典如高宗夢得說姜嫄履帝敏之類皆見於詩書豈誣也哉

夏康娛以自縱夏康啓子太康也娛娛樂也縱縱放也**不顧難以圖後兮五子用失乎家巷**圖謀也言太康不遵禹啓之樂而更作淫聲放縱情慾以自娛樂不顧患難不謀後世卒以失國兄弟五人家居閭巷失尊位也尚書序曰太康失國昆

弟五人須于洛汭作五子之歌此佚篇也巷一作居補曰書云太康尸位以逸豫滅厥德黎民咸貳乃盤游無度畋于有洛之表十旬弗反有窮后羿因民弗忍距于河厥弟五人御其母以從徯于洛之汭五子咸怨述大禹之戒以作歌逸不見全書故以爲佚篇它皆放此難乃旦切巷里中道也此言太康娛樂放縱以至失邦耳逸云不遵啓樂更作淫聲未知所據且太康不反國人立其弟仲康仲康死子相立則五子豈有家居閭巷之理蓋仲康以來羿勢日盛王者備位而已五子之失乎家巷太康實使之

羿淫遊以佚畋兮

羿諸侯也畋獵也一作田補曰羿五計切說文云帝嚳射官也夏少康滅之賈逵云羿之先祖也爲先王射官帝嚳時有羿堯時亦有羿羿是善射之號此羿商時諸侯有窮后也

又好射夫封狐

封狐大狐也言羿爲諸侯荒淫遊戲以佚畋獵又射殺大狐犯天之孽以亡其國也補曰射食亦切弓弩發也天問云帝降夷羿革孽夏民馮珧利決封狶是射

固

亂流其鮮終兮鮮少也固一誤作國鮮一作尠浞又貪夫厥家浞寒浞羿相也婦謂之家言羿因夏衰亂代之爲政娛樂畋獵不恤民事信任寒浞使爲國相浞行媚於內施賂於外樹之詐慝而專其權勢羿畋將歸使家臣逢蒙射而殺之貪取其家以爲己妻羿以亂得政身卽滅亡故言鮮終補曰浞食角切傳曰以德和民不聞以亂以亂易亂其流鮮終浞澆之事是也

澆身被服強圉兮澆寒浞子也強圉多力也澆一作奡一云被於彊圉補曰澆五弔切論語曰羿善射奡盪舟俱不得其死然奡卽澆也五耗切聲轉字異詩曰曾是彊禦彊禦彊梁也

縱欲而不忍縱放也言浞取羿妻而生澆彊梁多力縱放其情不忍其慾以殺夏后相也一本欲下有殺字補曰左傳云昔有過澆殺斟灌以伐斟尋滅夏后相杜預云相失國依於二斟爲澆所滅

日康娛而自忘兮康安也而一作以厥首用夫

顛隕首頭也自上下曰顛隕墜也言澆既滅殺夏后相安居無憂日作淫樂忘其過惡卒爲相子少康所誅其頭顛隕而墜地自此以上羿澆寒浞之事皆見於左氏傳夫一作以一無夫字補曰顛倒也釋文作巔顛隕從高下也左傳云昔有夏之方衰后羿自鉏遷于窮石因夏民以代夏政恃其射也不脩民事而淫于原獸寒浞伯明氏之讒子弟也信而使之以爲己相浞行媚于內施賂于外愚弄其民而虞羿于田樹之詐慝以取其國家內外咸服羿猶不悛將歸自田家衆殺而亨之靡奔有鬲氏浞因羿室生澆及豷恃其讒慝詐僞而不德于民使澆用師滅斟灌及斟尋氏靡自有鬲氏收二國之燼以滅浞而立少康少康滅澆于過后杼滅豷于戈有窮由是遂亡論語兼義云羿逐后相自立相依二斟夏祚猶尚未滅及寒浞殺羿因羿室而生澆澆長大自能用師始滅后相相死之後始生少康少康生杼杼又年長始堪誘豷方始滅浞而立少康計太康失邦及少康紹國向有百載乃滅有窮而夏本紀云仲康崩子相立

相朔子少康立都不言羿泥之事是馬遷之疎也夏桀之常違兮桀夏之亡王也五臣云言常背天違道乃遂焉而逢殃殃咎也言夏桀上背於天道下逆於人理乃遂以逢殃咎終爲殷湯所誅滅后辛之菹醢兮后君也辛殷之亡王紂名也藏菜曰菹肉醬曰醢菹一作葅五臣云菹醢肉醬也補曰菹瑧魚切說文酢菜也一曰麋鹿爲菹蘁菹之稱菜肉通醢音海爾雅曰肉謂之醢殷宗用而不長言紂爲無道殺比干醢梅伯武王杖黃鉞行天罰殷宗遂絕不得長久也而一作之補曰禮記云昔殷紂亂天下脯鬼侯以饗諸侯史記曰紂醢九侯脯鄂侯淮南子云醢鬼侯之女葅梅伯之骸湯禹儼而祗敬兮儼畏也祗敬也儼一作嚴補曰禮記曰儼若思儼亦作嚴並魚檢切周論道而莫差周周家也差過也言殷湯夏禹周之文王受命之君皆畏天敬賢論議道德無

有過差故能獲夫神人之助子孫蒙其福祐也五臣云湯禹周文皆儼肅祇敬論議道德無有差殊故得永年補曰道治道也言周則包文武矣差舊讀作蹉五臣以爲差殊非是**舉賢而授能兮**一云舉賢才**循繩墨而不頗**頗傾也言三王選士不遺幽陋舉賢用能不顧左右行用先聖法度無有傾失故能綏萬國安天下也易曰無平不頗也五臣云無有頗僻循一作脩頗一作陂補曰思玄賦注引楚詞遵繩墨而不頗遵亦循也作脩非是易泰卦云無平不陂陂一音頗滂禾切**皇天無私阿兮**竊愛爲私所私爲阿一云所祐爲阿**覽民德焉錯輔**錯置也輔佐也言皇天神明無所私阿觀萬民之中有道德者因置以爲君使賢能輔佐以成其志故桀爲無道傳與湯紂爲淫虐傳與文王德一作悳文選民作人補曰焉語助錯七故切上天佑之爲生賢佐故曰錯輔**夫維聖哲以茂行兮**哲智

也茂盛也補曰行下孟切苟得用此下土苟誠也下土謂天下也言天下之所立者獨有聖明之智盛德之行故得用事天下而爲萬民之主補曰濬作聖明作哲聖哲之人以有甚盛之行故能使下土爲我用詩曰奄有下土瞻前而顧後兮瞻觀也顧視也前謂禹湯後謂桀紂補曰說文瞻臨視也顧還視也相觀民之計極相視也計謀也極窮也言前觀湯武之所以興顧視桀紂之所以亡足以觀察萬民忠佞之謀窮其眞僞也民一作人補曰相息亮切言觀民之策此爲至矣計策也極至也相觀重言之也下文亦曰覽相觀於四極與左傳尚猶有臭書弗遑暇食語同夫孰非義而可用兮孰非善而可服服服事也言世之人臣誰有不行仁義而可任用誰有不行信善而可服事者乎言人非義則德不立非善則行不成也五臣云服用也阽余身而危死兮

阽猶危也或云阽近也言已盡忠近於危殆一本死下有節字補曰阽音簷臨危也小爾雅曰疾甚謂之阽前漢注云阽近邊欲墮之意**覽余初其猶未悔**言已正言危行身將死亡上觀初世伏節之賢士我志所樂終不悔恨也五臣云今觀我之初志終竟行猶未爲悔**不量鑿而正枘兮**量度也正方也枘所以充鑿補曰量力香切鑿音漕穿孔也枘而銳切刻木端所以入鑿淮南子云良工漸乎矩鑿之中**固前脩以菹醢**言工不量度其鑿而方正其枘則物不固而木破矣臣不度君賢愚竭其忠信則被罪過而身殆也自前世脩名之人以獲菹醢龍逢梅伯是也菹一作葅五臣云邪佞在前忠賢何由能進補曰九辯云圜鑿而方枘兮吾固知其鉏鋙而難入夫邪佞在前而已以正直當之其君不察得罪必矣**曾歔欷余鬱邑兮**曾累也歔欷懼貌或曰哀泣之聲也鬱邑憂也曾一作增邑一作悒補曰歔許居切欷香

衣許毅二切哀朕時之不當言我累息而懼鬱邑而憂者自哀生不當舉賢之時而値菹醢之世也補曰當平聲攬茹蕙以掩涕兮茹柔耎也攬一作擥文選作擥五臣云茹臭也蕙香草以諭忠正之心補曰茹文選音汝玉篇云茹柔也一曰菜茹五臣以茹爲香誤矣呂氏春秋曰以茹茹魚驅蠅蠅愈至而不可禁則茹茹又爲臭敗之名非香也霑余襟之浪浪霑濡也衣皆謂之襟浪浪流貌也言已自傷放在草澤心悲泣下霑濡我衣浪浪而流猶引取柔耎香草以自掩拭不以悲放失仁義之則也補曰爾雅衣皆謂之襟襟交領也浪音郎跪敷衽以陳辭兮敷布也衽衣前也陳辭於重華道羿澆以下也故下句云啓軔於蒼梧也辭一作詞補曰跪巨委切爾雅疏云衽裳際也耿吾既得此中正耿明也言已上覲禹湯文王脩德以興下見羿澆桀紂行惡以亡中知龍逢比干執履忠直身以菹醢乃長跪

布衽俛首自念仰訴於天則中心曉明得此中正之道精合眞人神與化游故設乘雲駕龍周歷天下以慰己情緩幽思也五臣云明我得此中正之道補曰言已所以陳詞於重華者以吾得中正之道耿然甚明故也反離騷云吾馳江潭之汎溢兮將折衷乎重華舒中情之煩惑兮恐重華之不纍與余恐重華與沉江而死不與投閣而生也

駟玉虬以椉鷖兮有角曰龍無角曰虬鷖鳳皇別名也山海經云鷖鳥身有五采而文如鳳鳳類也以爲車飾虬一作虯椉一作乘鷖一作翳補曰言以鷖爲車而駕以玉虬也駟一乘四馬也虬龍類也渠幽切說文云龍子有角者相如賦云六玉虯謂駕六馬以玉飾其鑣勒有似玉虯也鷖於計烏雞二切山海經云九疑山有五彩之鳥飛蔽一鄉五彩之鳥翳鳥也又云蛇山有鳥五色飛蔽日名鷖鳥

溘埃風余上征溘猶掩也埃塵也言我設往行游將乘玉虬駕鳳車掩塵埃而上征去離世俗遠羣小也補曰遠游云掩浮雲而上征故逸云溘猶

掩也按溘奄忽也渴合切征行也言忽然風起而余上征猶所謂忽乎吾將行耳

朝發軔於蒼梧兮

軔搘輪木也蒼梧舜所葬也搘一作支補曰軔音刃戰國策云陛下嘗軔車於趙矣軔止車之木將行則發之五臣以軔爲車輪誤矣山海經云蒼梧山舜葬于陽帝丹朱葬于陰禮記曰舜葬于蒼梧之野注云舜征有苗而死因葬焉蒼梧於周南越之地今爲郡如淳曰舜葬九嶷九嶷在蒼梧馮乘縣故或曰舜葬蒼梧也

夕余至乎縣圃

縣圃神山在崑崙之上淮南子曰崑崙縣圃維絕乃通天言已朝發帝舜之居夕至縣圃之上受道聖王而登神明之山縣一作懸一無絕字一本乃作絕補曰縣音玄山海經云槐江之山上多琅玕金玉其陽多丹粟陰多金銀實惟帝之平圃南望崑崙其光熊熊其氣魂魂西望大澤后稷所潛平圃即懸圃也穆天子傳云春山之澤清水出泉溫和無風飛鳥百獸之所飲食先王之所謂縣圃水經云崑崙說曰崑崙之山三級下曰樊桐一名

板松二曰玄圃一名閬風上曰層城一名天庭層音增淮南子言傾宮旋室縣圃閬風樊桐在崑崙閶闔之中樊音飯又曰崑崙之丘或上倍之是謂涼風之山登之而不死或上倍之是謂懸圃之山登之乃靈能使風雨或上倍之乃維上天登之乃神是謂太帝之居東方朔十洲記曰崑崙山有三角一角正北上干北辰星之燿名閬風巔其一角正西名曰玄圃臺其一角正東名曰崑崙宮玄與縣古字通天問曰崑崙縣圃其居安在

欲少留此靈瑣兮

靈以喻君瑣門鏤也文如連瑣楚王之省閤也一云靈神之所在也瑣門有青瑣也言未得入門故欲小住門外瑣一作璅五臣云璅門閣也補曰瑣先果切上文言夕余至乎縣圃則靈瑣神之所在也神之所在以喻君也漢舊儀云黃門令日暮入對青瑣丹墀拜音義云青瑣以青畫戶邊鏤也

日忽忽其將暮

言已誠欲少留於君之省閤以須政教日又忽去時將欲暮年歲且盡言已衰老也

吾令羲和

弭節兮羲和日御也弭按也按節徐步也補曰山海經東南海外有羲和之國有女子名曰羲和是生十日常浴日於甘淵注云羲和天地始生主日月者也故堯因是立羲和之官以主四時虞世南引淮南子云爰止羲和爰息六螭是謂懸車注云日乘車駕以六龍羲和御之日至此而薄於虞淵羲和至此而廻弭止也彌耳切**望崦嵫而勿迫**崦嵫日所入山也下有蒙水水中有虞淵迫附也言我恐日暮年老道德不施欲令日御按節徐行望日所入之山且勿附近冀及盛時遇賢君也勿一作未補曰崦音淹嵫音兹山海經曰鳥鼠同穴山西南曰崦嵫又云西曰崦弇嵫之山淮南子云日入崦嵫經細柳入虞淵之汜**路曼曼其脩遠兮**脩長也釋文曼作漫五臣云漫漫遠貌補曰曼漫並莫半切集韻曼曼長也謨官切**吾將上下而求索**言天地廣大其路曼曼遠而且長不可卒至吾方上下左右以求索賢人與已合志者也

補曰索所格切**飲余馬於咸池兮**咸池日浴處也補曰飲於禁切九歌云與女沐兮咸池逸云咸池星名蓋天池也天文大象賦云咸池浮津而淼漫注云咸池三星天潢南魚鳥之所託也又七諫云屬天命而委之咸池注云咸池天神按下文言扶桑則咸池乃日所浴者也**總余轡乎扶桑**總結也扶桑日所拂木也淮南子日日出湯谷浴乎咸池拂于扶桑是謂晨明登于扶桑爰始將行是謂朏明言我乃往至東極之野飲馬於咸池與日俱浴以潔巳身結我車轡于扶桑以留日行幸得不老延年壽也補曰山海經云黑齒之北曰湯谷有扶木九日居下枝一日居上枝皆戴烏郭璞云扶木扶桑也天有十日迭出運照東方朔十洲記云扶桑在碧海中葉似桑樹長數千丈大二千圍兩兩同根更相依倚是名扶桑淮南子云扶木在陽州日之所曊曊猶照也說文云榑桑神木日所出榑音扶湯與暘同**折若木以拂日兮**若木在崑崙西極其

華照下地拂擊也一云蔽也補曰山海經南海之内黑水之間有木名曰若木若水出焉又曰灰野之山有樹青葉赤華名曰若木日所入處生崑崙西附西極也然則若木有二而此乃灰野之若木歟淮南子曰若木在建木西末有十日其華照下地注云若木端有十日狀如連珠華光也光照其下也一云狀如蓮華天問云羲和之未揚若華何光

聊逍遙以相羊

聊且也逍遙相羊皆遊也言已總結日轡恐不能制年時卒過故復轉之西極折取若木以拂擊日使之還去且相羊而遊以俟君命也或謂拂蔽也以若木鄣蔽日使不得過也逍遙一作須臾羊一作佯補曰逍遙猶翱翔也相羊猶徘徊也

前望舒使先驅兮

望舒月御也月體光明以喻臣清白也補曰淮南子曰月御曰望舒亦曰纖阿史記周本紀云百夫荷罕旗以先驅顏師古云先驅導路也李善云先驅前驅也周禮王出入則辟左右而前驅

後飛廉使奔屬

飛廉風伯也風爲號令以喻君

命言已使淸白之臣如望舒先驅求賢使風伯奉君命於後以告百姓或曰駕乘龍雲必假疾風之力使奔屬於後補曰屬音注連也呂氏春秋曰風師曰飛廉應劭曰飛廉神禽能致風氣晉灼曰飛廉鹿身頭如雀有角而蛇尾豹文河圖曰風者天地之使乃告號令

鸞皇爲余先戒兮

鸞俊鳥也皇雌鳳也以喻仁智之士先一作前五臣云鸞皇靈鳥補曰山海經女牀山有鳥狀如翟而五采畢備聲似雞而尾長名曰鸞見則天下安寧瑞應圖曰鸞者赤神之精鳳皇之佐也爾雅曰鶠鳳其雌皇皇或作凰爲去聲

雷師告余以未具

雷爲諸侯以興于君言已使仁智之士如鸞皇先戒百官將往適道而君怠墮告我嚴裝未具余一作我補曰春秋合誠圖云軒轅主雷雨之神一曰雷師豐隆也

吾令鳳鳥飛騰兮繼之以日夜

言我使鳳鳥明智之士飛行天下以求同志續以日夜與相逢遇也文選云吾令鳳皇飛騰兮又繼

之以日夜補曰山海經云丹穴之山有鳥焉其狀如雞五彩而文曰鳳鳥是鳥也飲食則自歌自舞見則天下大康寧上言鸞皇鸞鳳皇之佐而皇雌鳳也以喻賢人之同類者故爲命先戒百官此云鳳鳥以喻賢人之全德者故令飛騰以求同志也

飄風屯其相離兮回風爲飄飄風無常之風以興邪惡之衆屯其相離言不與已和合也補曰爾雅注云飄風旋風屯徒昆切聚也

帥雲霓而來御雲霓惡氣以喻佞人御迎也言已使鳳鳥往求同志之士欲與俱共事君反見邪惡之人相與屯聚謀欲離已又遇佞人相帥來迎欲使我變節以隨之也帥一作率補曰御讀若迓霓五稽五歷五結三切通作蜺文選云雲旗拂霓又云俯而觀乎雲霓沈約郊居賦云雌霓連蜷並讀作側聲司馬溫公云約賦但取聲律便美非霓不可讀爲平聲也爾雅蜺爲挈貳說文霓屈虹青赤或白色陰氣也郭氏云雌曰虹謂明盛者雌曰蜺謂暗微者虹者陰陽交會之氣雲薄漏日日照雨滴則

虹生也

紛總總其離合兮〔紛盛多貌總總猶僔僔聚貌五臣云紛亂也〕

斑陸離其上下〔斑亂貌陸離分散也言己游觀天下但見俗人競爲讒佞僔僔相聚乍離乍合上下之義斑然散亂而不可知也斑一作班補曰斑駁文也下音戶〕

吾令帝閽開關兮〔帝謂天帝閽主門者也補曰說文云閽常以昏閉門隸也〕

倚閶闔而望予〔閶闔天門也言己求賢不得疾讒惡佞將上訴天帝使閽人開關又倚天門望而距我使我不得入也補曰天文大象賦曰儼閶闔以洞開注云宮墻兩藩正南開如門象者名閶闔門淮南子曰排閶闔淪天門注云閶闔始升天之門也天門上帝所居紫微宮門也說文云閶天門也闔門扇也楚人名門曰閶闔文選注云閶闔天門也王者因以爲門屈原亦以閶闔喻君門也予音與叶韻〕

時曖曖其將罷兮〔曖曖昏昧貌罷極也罷一作疲補曰曖日不明也音愛罷音皮〕

結幽蘭而延佇言時世昏昧無有明君周行罷極不遇賢士故結芳草長立有還意也而一作以五臣云結芳草自潔長立而無趣向補曰劉次莊云蘭喻君子言其處於深林幽澗之中而芬芳郁烈之不可掩故楚辭云云

世溷濁而不分兮溷亂也濁貪也補曰溷胡困切

好蔽美而嫉妒言時世君亂臣貪不別善惡好蔽美德而嫉妒忠信也五臣云蔽隱也

朝吾將濟於白水兮濟渡也淮南子言白水出崑崙之山飲之不死於一作乎補曰河圖曰崑山出五色流水其白水入中國名爲河也五臣云白水神泉

登閬風而緤馬閬風山名在崑崙之上緤繫也言已見中國溷濁則欲渡白水登神山屯車繫馬而留止也白水潔淨閬風清明言已脩清白之行不懈怠也緤一作絏補曰閬音郎又音浪道書云閬野者閬風之府是也崑崙上有九府是爲九宮餘說已見縣圃下緤音薛

左傳曰臣負羈紲紲馬韁也馬滿補切**忽反顧以流涕兮哀高丘之無女**楚有高丘之山女以喻臣言已雖去意不能已猶復顧念楚國無有賢臣心爲之悲而流涕也或云高丘閬風山上也無女喻無與已同心也舊說高丘楚地名也五臣云女神女喻忠臣補曰離騷多以女喻臣不必指神女**溘吾遊此春宮兮**溘奄也春宮東方青帝舍也溘一作𡏖補曰𡏖塵也無奄忽義**折瓊枝以繼佩**繼續也言已行游奄然至於青帝之舍觀萬物始生皆出於仁義復折瓊枝以續佩守仁行義志彌固也補曰瓊玉之美者傳曰南方有鳥其名爲鳳天爲生樹名曰瓊枝高百二十仞大三十圍以琳琅爲實後漢注云瓊枝玉樹以喻堅貞下文云折瓊枝以爲羞**及榮華之未落兮**榮華喻顏色落墮也補曰遊春宮折瓊枝欲及榮華之未落也**相下女之可詒**相視也詒遺也

言已既脩行仁義與得同志願及年德盛時顏貌未老視天下賢人將持玉帛而聘遺之與俱事君也詒一作貽補曰相息亮切下女喻賢人之在下者詒音怡通作貽

吾令豐隆乘雲兮豐隆雲師一曰雷師下注同乘一作椉補曰九歌雲中君注云雲神豐隆五臣曰雲神屏翳按豐隆或曰雲師或曰雷師屏翳或曰雲師或曰雨師或曰風師歸藏云豐隆筮雲氣而告之則雲師也穆天子傳云天子升昆侖封豐隆之葬郭璞云豐隆筮師御雲得大壯卦遂爲雷師淮南子曰季春三月豐隆乃出以將其雨張衡思玄賦云豐隆軒其震霆雲師䨴以交集則豐隆雷也雲師屏翳也天問曰蓱號起雨則屏翳雨師也洛神賦云屏翳收風風則風師也又周官有飌師雨師雨師淮南子云雨師灑道風伯掃塵說者以爲箕畢二星列仙傳云赤松子神農時爲雨師風俗通云玄冥爲雨師其說不同據楚詞則以豐隆爲雲師飛廉爲風伯屏翳爲雨師耳

求宓妃之所在宓妃神女以喻隱士言我

令雲師豐隆乘雲周行求隱士清潔若宓妃者欲與并心力也宓一作虙五臣云虙妃以喻賢臣補曰漢書古今人表有宓羲氏宓音伏字本作虙顏氏家訓云虙字从虍宓字从宀下俱爲必孔子弟子宓子賤即虙羲之後俗字以爲宓或復加山子賤碑云濟南伏生即子賤之後是知虙之與伏古來通用誤以爲宓較可知矣洛神賦注云宓妃伏羲氏女溺洛水而死遂爲河神

解佩纕以結言兮纕佩帶也補曰洛神賦云願誠素之先達兮解玉珮而要之亦此意

吾令蹇脩以爲理蹇脩伏羲氏之臣也理分理也述禮意也言已既見宓妃則解我佩帶之玉以結言語使古賢蹇脩而爲媒理也伏羲時敦朴故使其臣也五臣云令蹇脩爲媒以通辭理補曰宓妃伏羲氏之女故使其臣以爲理也

紛總總其離合兮忽緯繣其難遷緯繣乖戾也遷徙也言蹇脩既持其佩帶通言而讒人復相聚毀敗令其意一合一離遂

以乖戾而見距絶言所居深僻難遷徙也補曰緯音
徽繣呼麥切又音畫博雅作敳儘廣韻作徽繣此言
隱士忽與我乖
刺其意難移也
夕歸次於窮石兮
次舍也再宿
爲信過信爲
次淮南子言弱水出於窮石入於流沙也補曰郭璞
注山海經云弱水出自窮石窮石今之西郡刪丹盖
其別流之原淮南子注云窮石山名在
張掖也左傳曰后羿自鉏遷于窮石
朝濯髮乎
洧盤
洧盤水名禹大傳曰洧盤之水出崦嵫之山
言宓妃體好清潔暮即歸舍窮石之室朝沐
洧盤之水遁世隱居而不肯仕
也盤一作槃補曰洧于軌切
保厥美以驕傲兮
倨簡曰驕侮慢
曰傲傲一作敖
日康娛以淫遊
康安也言宓妃用
志高遠保守美德
驕傲侮慢日自娛樂以遊戲自恣無有事君之意也
五臣云淫久也言隱居之人日日安樂久遊無意以
臣君補曰說文云淫私逸也爾
雅久雨謂之淫故淫亦訓久
雖信美而無禮

兮來違棄而改求違去也改更也言宓妃雖信有美德驕傲無禮不可與共事君來復棄去而更求賢也棄一作弃補曰此孔子所謂隱者子路所謂潔身亂倫覽相觀於四極兮覽相一作求覽補曰相去聲周流乎天余乃下言我乃復往觀視四極周流求賢然後乃來下也一云周流天乎一無乎字補曰爾雅東至於泰遠西至於邠國南至於濮鈆北至於祝栗謂之四極邠說文作汃汃西極之水也又淮南子云東方東極之山曰開明之門南方南極之山曰暑門西方西極之山曰閶闔之門北方北極之山曰寒門下音戶望瑤臺之偃蹇兮石次玉曰瑤詩曰報之以瓊瑤偃蹇高貌補曰說文云瑤玉之美者見有娀之佚女有娀國名佚美也謂帝嚳之妃契母簡狄也配聖帝生賢子以腧貞賢也詩曰有娀方將帝立子生商呂氏春秋曰有娀氏有美女爲之高臺而飲食之言巳望見

瑤臺高峻睹有娀氏美女思得與共事君也佚釋文作妷補曰娀音嵩李善引呂氏春秋曰有娀氏有二佚女爲九成之臺淮南子曰有娀在不周之北長女簡翟少女建疵注云姊妹二人在瑤臺也佚音逸

吾令鴆爲媒兮 鴆運日也羽有毒可殺人以喻讒佞賊害人也補曰鴆直禁切廣志云其鳥大如鴞紫綠色有毒食蛇蝮雄名運日雌名陰諧以其毛歷飲巵則殺人

鴆告余以不好 言我使鴆鳥爲媒以求簡狄其性讒賊不可信用還詐告我言不好也五臣云忠賢讒佞所疾故云不好補曰好讀如好人提提之好夫鴆之不可爲媒審矣屈原何爲使之乎淮南言暉日知晏陰諧知雨蓋類小人之有智者君子不逆詐不億不信待其不可用然後弃之耳堯之用鯀是也暉與運同

雄鳩之鳴逝兮 逝往也釋文雄作鳩補曰說文云鳩鶻鵃也爾雅云鶌鳩鶻鵃注云似山鵲而小短尾青黑色多聲月令鳴鳩拂其羽卽此也

余猶惡其

佻巧佻輕也巧利也言又使雄鳩銜命而往其性輕佻巧利多語言而無要實復不可信用也五臣云雄鳩多聲言使辨捷之士往聘忠賢我又惡其輕巧而不信補曰佻吐凋切又土了切爾雅云佻偷也

心猶豫而狐疑兮補曰猶由柚二音顏氏家訓曰尸子云五尺犬爲猶說文隴西謂犬子爲猶吾以爲人將犬行犬好豫在人前待人不得又來迎候此乃豫之所以爲未定也故謂不決曰猶豫或以爾雅曰猶如麂善登木猶獸名也既聞人聲乃豫緣木如此上下故稱猶豫水經引郭緣生述征記云河津水始合車馬不敢過要須狐行云此物善聽冰下無水乃過人見狐行方渡按風俗通云里語稱狐欲渡河無如尾何且狐性多疑故俗有狐疑之說未必一如緣生之言也然禮記曰決嫌疑定猶豫疏云猶是玃屬豫是虎屬說文云豫象之大者又老子曰豫兮若冬涉川猶兮若畏四鄰則猶與豫皆未定之辭

欲自適而不可適往也言已令鴆爲媒其心讒賊以善爲

惡又使雄鳩銜命而往多言無實故中心狐疑猶豫意欲自往禮又不可女當須媒士必待介也

鳳皇既受詒兮 詒一作詔五臣云詒遺也言我得賢人如鳳皇者受遺王帛將行就聘

恐高辛之先我 高辛帝嚳有天下號也帝繫曰高辛氏爲帝嚳帝嚳次妃有娀氏女生契言已既得賢智之士若鳳皇受禮遺將行恐帝嚳已先我得娀簡狄也遺一作遣五臣云帝嚳諭諸國賢君補曰皇甫謐云高辛都亳今河南偃師是張晏云高辛所興之地名也

欲遠集而無所止兮 集一作進

聊浮遊以逍遙 言已既求簡狄復後高辛欲遠集它方又無所之故且遊戲觀望以忘憂用以自適也

及少康之未家兮留有虞之二姚 少康夏后相之子也有虞國名姚姓舜後也昔寒浞使澆殺夏后相少康逃奔有虞虞因妻以二女而邑於綸有田一成有衆一旅能布其德以收夏衆遂誅

滅澆復禹之舊績屈原設至遠方之外博求衆賢索宓妃則不肯見求簡狄又後高辛幸若少康留止有虞而得二妃以成顯功是不欲遠去之意也補曰二姚事見左傳杜預云梁國有虞縣皇甫謐云今河東大陽西山上有虞城姚姚音遙說文云虞舜居姚虛因以爲姓

理弱而媒拙兮

弱劣也拙鈍也五臣云我欲留聘二姚又恐道理弱於少康而媒無巧辭

恐導言之不固

言巳欲效少康留而不去又恐媒人弱鈍達言於君不能堅固復使回移也

世溷濁而嫉賢兮

世一作時

好蔽美而稱惡

稱舉也再言世溷濁者懷襄二世不明故羣下好蔽忠正之士而舉邪惡之人美一作善補曰再言世溷濁者甚之也屈原作此在懷王之世耳惡去聲言可美者蔽之可惡者稱之

閨中既以邃遠兮

小門謂之閨邃深也一無以字補曰爾雅宮中之門謂之闈其小者謂之閨邃雖遂切

哲王

又不寤 哲智也寤覺也言君處宮殿之中其閨深遠忠言難通指語不達自明智之王尚不能覺悟善惡之情高宗殺孝已是也何況不智之君而多闇蔽固其宜也補曰說文寐覺而有信曰寤閨中既以邃遠者言不通羣下之情哲王又不寤者言不知忠臣之分懷王不明而曰哲王者以明望之也太史公所謂與幸君之一悟俗之一改也韓愈琴操云臣罪當誅兮天王聖明亦此意

懷朕情而不發兮余焉能忍與此終古 言我懷忠信之情不得發用安能久與此闇亂之君終古而居乎意欲復去也一本忍下有而字釋文古音故補曰此言當世之人蔽美稱惡不能與之久居也九歌曰長無絕兮終古九章曰去終古之所居終古猶永古也考工記注曰齊人之言終古猶言常也集韻古音估者故也音故者始也

索藑茅以筳篿兮 索取也藑茅靈草也筳小折竹也楚人名結草折竹以卜曰篿文選藑作瓊五臣云

筳竹筭也補曰索所革切藑音瓊爾雅云葍藑茅注云藑葍一種花有赤者爲藑筳音廷篿音專後漢方術傳曰挺專折竹注云挺八段竹也音同

命靈氛爲余占之明占吉凶者言已欲去則無所集欲止又不見用憂懣不知所從乃取神草竹筳結而折之以卜去留使明智靈氛占其吉凶也

曰兩美其必合兮孰信脩而慕之靈氛言以忠臣而就明君兩美必合楚國誰能信明善惡脩行忠直欲相慕及者乎已宜以時去也

思九州之博大兮豈唯是其有女言我思念天下博大豈獨楚國有臣而可止乎思古文思亦作思唯一作惟補曰女細呂切

曰勉遠逝而無狐疑兮一無狐字

孰求美而釋女五臣云靈氛曰但勤力遠去誰有求忠臣而不擇取汝者也補曰再舉靈氛之言者甚言其可去也

何所獨無芳

草兮草一作艸艸舊作卉補曰爾雅云卉艸草䟽云別二名也文選注云卉百草總名楚人語也爾何懷乎故宇懷思也宇居也言何所獨無賢芳之君何必思故居而不去也此皆靈氛之詞爾一作尒宇一作宅注同補曰若作宅則與下韻叶世幽昧以昡曜兮昡曜惑亂貌世一作時昡一作眩補曰昡日光也其字從日眩目無常主也其字從目並熒絹切淮南云嫌疑肖象者衆人之所眩耀孰云察余之善惡屈原荅靈氛曰當世之君皆闇昧惑亂不分善惡誰當察我之善情而用己乎是難去之意也善惡一作中情文選善作美民好惡其不同兮民一作人惟此黨人其獨異黨鄉黨謂楚國也言天下萬民之所好惡其性不同此楚國尤獨異也五臣云好愛惡憎也補曰好惡並去聲黨朋黨謂椒蘭之徒也戶服艾以盈要兮[illegible]入白

蒿也盈滿也或言艾非芳草也一名冰臺補曰要與腰同爾雅艾冰臺注云今艾蒿

謂幽蘭其不可佩言楚國戶服白蒿滿其要帶以為芬芳反謂幽蘭臭惡為不可佩也以言君親愛讒佞憎遠忠直而不肯近也其一作兮一作之五臣云言楚國皆好讒佞謂忠正不可行於身也

覽察草木其猶未得兮察視也草一作艸一作卉猶一作獨

豈珵美之能當珵美玉也相玉書言珵大六寸其耀自照言時人無能知臧否觀衆草尚不能別其香臭豈當知玉之美惡乎以為草木易別於禽獸禽獸易別於珠玉珠玉易別於忠佞知人最為難也五臣云豈能辨玉之臧否而當之乎玉喻忠直補曰珵美猶九章言蓀美也珵音呈一曰珹玏也

蘇糞壤以充幃兮蘇取也充猶滿也壤土也幃謂之幐幐香囊也以一作以補曰史記樵蘇後爨蘇取草也又淮南子曰蘇援世事蘇猶索也幃許歸切下同爾雅云婦人之褘

謂之褵注云即今之香纓也褘邪交落帶繫於體因名爲褘幐音騰**謂申椒其不芳**言蘇糞土以滿香囊佩而帶之反謂申椒臭而不香言近小人遠君子也**欲從靈氛之吉占兮心猶豫而狐疑**言已欲從靈氛勸去之吉占則心中狐疑念楚國也補曰靈氛之占於異姓則吉矣在屈原則不可故猶豫而狐疑也**巫咸將夕降兮**巫咸古神巫也當殷中宗之世降下也補曰書序云伊陟贊於巫咸前漢郊祀志云巫咸之興自此始說者曰巫咸殷賢臣一云名咸殷之巫也說文曰巫祝也古者巫咸初作巫山海經曰巫咸國在女丑北又曰大荒之中有靈山巫咸巫即巫盼巫彭巫姑巫眞巫孔巫抵巫謝巫羅十巫從此升降淮南子曰軒轅丘在西方巫咸在其北注云巫咸知天道明吉凶據此則巫咸之興尚矣商時又有巫咸也莊子曰鄭有神巫曰季咸又有巫咸袑皆取此名言夕降者神降多以夜陳寶之類是也**懷椒**

糈而要之椒香物所以降神糈精米所以享神言巫咸將夕從天上來下願懷椒糈要之使占茲吉凶也糈俗作糈補曰糈音所祭神米也孟康曰椒糈以椒香米饟也要伊消切百神翳其備降兮九疑繽其並迎翳蔽也繽盛也九疑舜所葬也言巫咸得巳椒糈則將百神蔽日來下舜又使九疑之神紛然來迎知巳之志也疑一作嶷補曰翳於計切嶷與疑同迎魚慶切迓也漢紀曰望祀虞舜於九嶷張揖曰九嶷在零陵營道縣文穎曰九嶷半在蒼梧半在零陵顏師古云疑似也山有九峯其形相似水經云峯秀數郡之間異嶺同勢遊者疑焉皇剡剡其揚靈兮皇皇天也剡剡光貌補曰剡以冉切九歌云橫大江兮揚靈告余以吉故言皇天揚其光靈使百神告我當去就吉善也五臣云告我去當吉補曰靈氛之占筳篿折竹而已至百神備降九嶷並迎告我使去則可以去矣曰勉陞降

以上下兮勉強也上謂君下謂臣陞一作升補曰升降上下猶所謂經營四荒周流六漠耳不必指君臣求榘矱之所同榘法也矱度也言當自勉強上求明君下索賢臣與己合法度者因與同志共爲治也榘一作矩矱一作蒦五臣云此巫咸之言補曰榘俱雨切矱紆縛烏郭二切淮南子曰知榘矱之所周注云榘方也矱度法也湯禹嚴而求合兮嚴敬也合匹也嚴一作儼補曰自此以下皆屈原語摯咎繇而能調摯伊尹名湯臣也咎繇禹臣也調和也言湯禹至聖猶敬承天道求其匹合得伊尹咎繇乃能調和陰陽而安天下也一作皐陶補曰天問曰帝乃降觀下逢伊摯卽伊尹也苟中情其好脩兮又何必用夫行媒行媒諭左右之臣也言誠能中心常好善則精感神明賢君自舉用之不必須右左薦達也一無又字五臣云苟且也說操築於傅

巖兮說傅說也傅巖地名補曰說音悅操七刀切築擣也武丁用而不疑武丁殷之高宗也言傅說抱道懷德而遭遇刑罰操築作於傅巖武丁思想賢者夢得聖人以其形像求之因得傅說登以爲公道用大興爲殷高宗也書序曰高高宗夢得說使百工營求諸野得諸傅巖作說命是佚篇也補曰孟子曰傅說舉於版築之間史記云說爲胥靡築於傅險見於武丁武丁曰是也遂以傅險姓之號曰傅說險與巖同徐廣曰尸子云傅巖在北海之洲孔安國曰傅氏之巖在虞虢之界通道所經有澗水壞道常使胥靡刑人築護此道說賢而隱代胥靡築之以供食也呂望之鼓刀兮呂太公之氏姓也鼓鳴也或言呂望太公姜姓也未遇之時鼓刀屠於朝歌也補曰史記云太公望呂尚者東海上人本姓姜氏從其封姓故曰呂尚戰國策云太公望老婦之逐夫朝歌之廢屠文王用之而王注云呂尚爲老婦之所逐賣肉於朝歌肉上生臭不售故曰廢屠淮南子曰太公之

鼓刀注云太公河内汲人有屠釣之困**遭周文而得舉**言太公避紂居東海之濱聞文王作興盍往歸之至於朝歌道窮困自鼓刀而屠遂西釣於渭濱文王夢得聖人於是出獵而遇之遂載以歸用以爲師言吾先公望子久矣因號爲太公望或言周文王夢天帝立令狐之津太公立其後帝曰昌賜汝名師文王再拜太公亦再拜太公夢亦如此文王出田見識所夢載與俱歸以爲太師也補曰天問云師望在肆昌何識鼓刀揚聲后何喜注云呂望鼓刀在列肆文王親往問之對曰下屠屠牛上屠屠國**甯戚之謳歌兮**甯戚衛人**齊桓聞以該輔**該備也甯戚修德不用退而商賈宿齊東門外桓公夜出甯戚方飯牛叩角而商歌桓公聞之知其賢舉用爲客卿備輔佐也補曰淮南子云甯戚欲干齊桓公困窮無以自達於是爲商旅將任車以商於齊暮宿於郭門之外飯牛車下望見桓公乃擊牛角而商歌桓公聞之曰異哉歌者非常人也命後車載之三

齊記載其歌曰南山矸白石爛生不遭堯與舜禪短布單衣適至骭從昏飯牛薄夜半長夜漫漫何時旦桓公召與語悅之以爲大夫矸與岸同一作南山粲屈原舉呂望傅說甯戚之事傷今之不然也

及年歲之未晏兮晏晚**時亦猶其未央**央盡也言已所以汲汲欲輔佐君者與及年未晏晚以成德化也然年時亦尚未盡與若三賢之遭遇也其一作而補曰說文央久也詩曰夜未央

恐鵜鴂之先鳴兮鵜鴂一名買鵤常以春分鳴也鵜一作鷤五臣云鷤鴂秋分前鳴則草木凋落補曰鵜音提鴂音決一音弟桂一音殄絹反離騷云徒恐鷤鴂之將鳴兮顧先百草爲不芳顏師古云鷤鴂一名買鵤一名子規一名杜鵑常以立夏鳴鳴則衆芳皆歇鴂與鵙同鵤音詭思玄賦云恃知已而華予兮鶗鴂鳴而不芳注云以秋分鳴李善云臨海異物志鶗鴂一名杜鵑至三月鳴晝夜不止服虔曰鶗鴂一名鵙伯勞也順陰陽氣而生按禽經云巂周子規也

楚辭卷一

江介曰子規蜀右曰杜宇又曰鶗鴂鳴而草衰注云鶗鴂爾雅謂之鵙左傳謂之伯趙然則子規鶗鴂二物也月令仲夏鵙始鳴說者云五月陰氣生於下伯勞夏至應陰而鳴詩曰七月鳴鵙箋云伯勞鳴將寒之候也五月則鳴豳地晚寒左傳伯趙氏司至也注云伯勞以夏至鳴冬至止陸佃埤雅云陰氣至而鵙鳴故百草爲之芳歇廣韻曰鶗鴂關西曰巧婦關東曰鸋鴂春分鳴則衆芳生秋分鳴則衆芳歇未詳

使夫百草爲之不芳

言我恐鵜鴂以先春分鳴使百草華英摧落芬芳不得成也以喻讒言先至使忠直之士蒙罪過也草一作艸一作卉一無夫字一無爲字補曰爾雅疏云百卉猶百草也詩云百卉具腓

何瓊佩之偃蹇兮

偃蹇衆盛貌佩一作珮

衆薆然而蔽之

言我佩瓊玉懷美德偃蹇而盛衆人薆然而蔽之傷不得施用也五臣云薆亦盛也補曰薆音愛方言云掩翳薆也注云謂薆蔽也

惟此黨人之不

諒兮諒信一作亮恐嫉妬而折之言楚國之人不尚忠信之行共嫉妬我正直必欲折挫而敗毀之也時繽紛其變易兮其一作以五臣云繽紛亂也又何可以淹留言時世溷濁善惡變易不可以久留宜速去也蘭芷變而不芳兮荃蕙化而爲茅言蘭芷之草變易其體而不復香荃蕙化而爲菅茅失其本性也以言君子更爲小人忠信更爲佞僞也五臣云茅惡草以喻讒臣補曰上云謂幽蘭其不可佩以幽蘭之別於艾也謂申椒其不芳以申椒之別於糞壤也今曰蘭芷不芳荃蕙爲茅則更與之俱化矣當是時守死而不變者楚國一人而已屈子是也何昔日之芳草兮草一作艸一作卉今直爲此蕭艾也言往昔芬芳之草今皆直爲蕭艾而已以言往日明智之士今皆佯愚狂惑不顧一無蕭字一無也字補曰顏師古云齊

書太祖云詩人采蕭蕭即艾也蕭自是香蒿古祭祀所用合脂爇之以享神者艾即今之灸病者名既不同本非一物詩云彼采蕭兮彼采艾兮是也淮南曰膏夏紫芝與蕭艾俱死蕭艾賤草以喻不肖

豈其有他故兮莫好脩之害也言士民所以變曲爲直者以上不好用忠正之人害其善志之故一無也字五臣云明智之士佯愚者爲君不好修絜之士而自損害補曰時人莫有好自脩潔者故其害至於荃蕙爲茅芳草爲艾也

余以蘭爲可恃兮蘭懷王少弟司馬子蘭也恃怙也補曰史記秦昭王欲與懷王會屈平曰秦虎狼之國不可信不如無行懷王稚子子蘭勸王行奈何絕秦歡懷王卒行入武關秦伏兵絕其後因留懷王子頃襄王立以其弟子蘭爲令尹然則子蘭乃懷王少子頃襄之弟也

羌無實而容長實誠也言我以司馬子蘭懷王之弟應薦賢達能可怙而進不意內無誠信之實但有長大之貌浮華而已五

臣云無實無實材補曰長平聲委厥美以從俗兮委弃苟得列乎眾芳言子蘭弃其美質正直之性隨從諂佞苟欲列於眾賢之位無進賢之心也補曰子蘭有蘭之名無蘭之實雖與眾芳同列而無芬芳也椒專佞以慢慆兮椒楚大夫子椒也慆淫也慢一作謾釋文作嫚慆一作諂補曰古今人表有令尹子椒慆它刀切書曰無卽慆淫注云慆慢也椴又欲充夫佩幃椴茱萸也似椒而非以喻子椒似賢而非賢也幃盛香之囊以喻親近言子椒爲楚大夫處蘭芷之位而行淫慢佞諛之志又欲援引面從不賢之類使居親近無有憂國之心責之也夫一作其五臣云子椒列大夫位在君左右如茱萸之在香囊妄充佩帶而無芬芳補曰椴音殺爾雅曰椒椴醜莍注云椴似茱萸而小赤色子椒佞而似義猶椴之似椒也子蘭既已無蘭之實而列乎眾芳矣子椒又欲以似椒之質充夫佩幃也既干進而務

離騷卷一　四

入兮干求而一作以又何芳之能祗祗敬也言子椒苟欲自進求入於君身得爵祿而已復何能敬愛賢人而舉用之也固時俗之流從兮一作從流一本從從誤作從又孰能無變化言時世俗人隨從上化若水之流二子復以諂諛之行衆人誰有不變節而從之者乎疾之甚也五臣云固此諂佞之俗流行相從誰能不變節隨時以容身乎覽椒蘭其若茲兮又況揭車與江離言觀子椒子蘭變志若此況朝廷衆臣而不爲佞媚以容其身邪揭一作藒離一作蘺補曰子椒子蘭宜有椒蘭之芬芳而猶若是況衆臣若揭車江離者乎揭車江離皆香草不若椒蘭之盛也列子曰臭過椒蘭荀子曰椒蘭苾芬惟茲佩之可貴兮之一作其委厥美而歷茲歷逢也言已內行忠直外佩衆香此誠可貴重不意明君弃其至美而逢此咎也補曰上云委

厥美以從俗言子蘭之自弃也此云委厥美而歷茲言懷王之見弃也

芳菲菲而難虧兮虧歇而一作其虧一作虧**芬至今猶未沬**沬已也言已所行純美芬芳勃勃誠難虧歇久而彌盛至今尚未已也芬一作芬芬芬勃一作浡補曰說文云芬艸初生其香分布沬音昧微晦也易曰日中見沬招䰟曰身服義而未沬

和調度以自娛兮聊浮游而求女言我雖不見用猶和調已之行度執守忠貞以自娛樂且徐徐浮游以求同志也五臣云汝同志人也度法度也補曰和調重言之也女紐呂切

及余飾之方壯兮周流觀乎上下上謂君下謂臣也言我願及年德方盛壯之時周流四方觀君臣之賢欲往就之也補曰高余冠之岌岌兮長余佩之陸離所謂余飾之方壯也周流觀乎上下猶言周流乎天余乃下也下音戶

靈氛既告余以吉占

兮補曰靈氛告以吉占百神告以吉故而此獨曰靈氛者初疑靈氛之言復要巫咸巫咸與百神無異詞則靈氛之占誠吉矣然原固未嘗去也設詞以自寬耳

歷吉日乎吾將行言靈氛既告我以吉占歷善日吾將去君而遠行也五臣云歷選也補曰上林賦云歷吉日以齊戒張揖曰歷筭也行胡郎切叶韻

折瓊枝以爲羞兮羞脯補曰張揖云瓊樹生崑崙西流沙濱大三百圍高萬仞其華食之長生羞脩二物也見周禮羞致滋味脩則脯也王逸五臣以羞爲脩誤矣

精瓊爢以爲粻精鑿也爢屑也粻糧也詩云乃裹餱糧言我將行乃折取瓊枝以爲脯腊精鑿玉屑以爲儲糧飲食香潔與以延年也五臣云精擣也取其清潔而延壽補曰爢音糜文選音靡反離騷云精瓊爢與秋菊芳將以延夫天年應劭云精細也瓊玉之華也周禮有食玉注云玉陽精之純者食之以禦水氣鄭司農云王齊當食玉屑粻音張食米也鑿音作精細米也左

傳粢食不鑿**爲余駕飛龍兮雜瑤象以爲車**象象牙也言我駕飛龍乘明智之獸象玉之車文章雜錯以言己德似龍玉而世莫之識也五臣云飛龍喻道瑤象以比君子之德言我遠游但駕此道德以爲車補曰易曰飛龍在天許愼云飛龍有翼瑤美玉也言以瑤象爲車而駕以飛龍也上爲去聲**何離心之可同兮吾將遠逝以自疏**言賢愚異心何可合同知君與己殊志故將遠去自疏而流遁於世也五臣云忠佞兩心不可同吾將遠去自疏遠也補曰疏所葅切**邅吾道夫崑崙兮**邅轉也楚人名轉曰邅河圖括地象言崑崙在西北其高萬一千里上有瓊玉之樹也補曰邅池戰切禹本紀言崑崙山高三千五百餘里日月所相避隱爲光明也其上有醴泉華池河圖云崑崙天中柱也氣上通天水經云崑崙虛在西北去嵩高五萬里地之中也其高萬一千里河水出其東北陬爾雅曰西北

之美者有崑崙虛之璆琳琅玕焉又曰三成爲崑崙丘汪云崑崙山三重故以名云昔人引山海經西海之南流沙之濱赤水之後黑水之前有大山名崑崙之丘其下有弱水之淵環之又曰鍾山西六百里有崑崙山所出五水今按山海經内崑崙虛在西北帝之下都方八百里高萬仞山有木禾面有九井以玉爲檻面有五門門有開明獸守之百神之所在郭璞曰此自別有小崑崙也淮南子云崑崙虛中有增城九重上有木禾珠樹玉樹琁樹不死樹在其西沙棠琅玕在其東絳樹在其南碧樹瑶樹在其北東方朔十洲記崑陵即崑崙中狹上廣故曰崑崙山有三角其一角正東名曰崑崙宮其處有積金爲墉城面方千里城上安金臺五所玉樓十二神異經云崑崙有銅柱焉其高入天所謂天柱也圍三千里圓周如削下有回屋仙人九府所治又一說云大五嶽者中嶽崑崙在九海中爲天地心神仙所居五帝所理凡此諸說誕實未聞也

路脩遠以周流言已設去楚國遠行乃轉至崑崙神明之

山其路遙遠周流天下以求同志也揚雲霓之晻藹兮揚披也晻藹猶蓊鬱蔭貌也一本揚下有志字藹釋文作薀一作靄五臣云揚舉也雲霓虹也晝之於旌旗晻藹旌旗蔽日貌補曰晻藹暗也冥也晻烏感切藹靄薀並於蓋切鳴玉鸞之啾啾鸞鸞鳥也以玉爲之著於衡和著於軾啾啾鳴聲也言已從崑崙將遂陞天披雲霓之蓊鬱排讒佞之黨羣鳴玉鸞之啾啾而有節度也五臣云玉馬佩也鸞車鈴也言我去國亦守節度而行補曰許愼云鸞以象鳥之聲詩云和鸞雝雝注云在軾曰和在鑣曰鸞禮記曰君子在車則聞鸞和之音注云鸞在衡和在式正義云鸞在衡和在式謂常所乘之車若田獵之車則鸞在馬鑣韓詩外傳曰升車則馬動馬動則鸞鳴鸞鳴則和應啾音揫埤倉云衆聲也朝發軔於天津兮天津東極箕斗之間漢津也補曰爾雅析木謂之津箕斗之間漢津也注云箕龍尾斗南斗天漢之津梁疏云天河在箕斗二星之

間隔河須津梁以渡故謂此次爲析木之津天文大象賦云天津橫漢以摛光注云天津九星在虛危北橫河中津梁所渡

夕余至乎西極

言已朝發天之東津萬物所生夕至地之西極萬物所成動順陰陽之道且亟疾也補曰上林賦云左蒼梧右西極注引爾雅西至于豳國爲西極又淮南曰西方西極之山曰閶闔之門

鳳皇翼其承旂兮

翼敬也旂旗也畫龍虎爲旂也文選翼作紛補曰周禮交龍爲旂熊虎爲旗左傳曰三辰旂旗爾雅有鈴曰旂旂渠希切旗渠之切

高翺翔之翼翼

翼翼和貌言已動順天道則鳳皇來隨我車敬承旂旗高飛翺翔翼翼而和嘉忠正懷有德也之一作而五臣云鳳皇承旂引路飛翔翼翼然扶衛於已補曰古者旌旗皆載於車上故逸以承旂爲來隨我車遠遊注云俊鳥夾轂而扶輪是也五臣以爲引路誤矣淮南曰鳳皇曾逝萬仞之上翺翔四海之外注云鳥之高飛翼一上一下曰翺直刺不動曰翔

忽

吾行此流沙兮流沙沙流如水也尚書曰餘波入於沙流五臣云流沙西極也補曰山海經流沙出鍾山西行注云今西海居延澤尚書所謂流沙者形如月生五日張揖云流沙沙與水流行也顏師古曰流沙但有沙流本無水也遵赤水而容與遵循也赤水出崑崙山容與游戲貌言吾行忽然過此流沙遂循赤水而游戲雖行遠方動以潔清自洒飾也補曰博雅云崑崙虛赤水出其東南陬河水出其東北陬洋水出其西北陬弱水出其西南陬河水入東海三水入南海穆天子傳曰遂宿于崑崙之阿赤水之陽莊子曰黃帝游乎赤水之北登乎崑崙之丘

麾蛟龍使梁津兮舉手曰麾小曰蛟大曰龍或言以手教曰麾津西海也蛟龍水虫也以蛟龍爲橋乘之以渡似周穆王之越海比黿鼉以爲梁也使一作吕五臣曰麾招也補曰麾許爲切廣雅曰有鱗曰蛟龍有翼曰應龍有角曰虬龍無角曰螭龍郭璞云蛟似蛇四足小頭細頸卵生子如三斛

飧能吞人龍屬也說文曰津水渡也**詔西皇使涉予**詔告也西皇帝少皞也涉渡也言我乃麾蛟龍以橋西海使少皞來渡我動與神獸聖帝相接言能渡萬民之厄也予一作余補曰少皞以金德王白精之君故曰西皇遠遊注云西皇所居在西海之津予我也上聲**路脩遠以多艱兮**艱難也**騰衆車使徑待**騰過也言崑崙之路險阻艱難非人所能由故令衆車先過使從邪徑以相待也以言己所行高遠莫能及也待一作侍**路不周以左轉兮**不周山名在崑崙西北轉行也五臣云左轉者君子尚左補曰山海經西北海之外大荒之隅有山而不合名曰不周注云此山形有缺不周匝因名之西北不周風自此出也淮南子云西北方不周之山曰幽都之門又曰崑崙之山北門開以納不周之風大人賦曰回車朅來兮絶道不周張揖曰不周山在崑崙東南二千三百里以山海經淮南子考之不周當在崑崙西北逸說是也

遠遊曰歷太皓以右轉太皓在東方自左而之右故下云遇蓐收乎西皇也此云路不周以左轉不周在西北海之外自右而之左故曰指西海以爲期也五臣說非是**指西海以爲期**指語也期會也言已使語衆車我所行之道當過不周山而左行俱會西海之上也過不周者言道不合於世也左轉者言君行左乖不與已同志也補曰博物志云七戎六蠻九夷八狄謂之四海言皆近海漢張騫渡西海至大秦大秦之西鳥遲國鳥遲國之西復言有海西海之濱有小崑崙高萬仞方八百里**屯余車其千乘兮**屯陳也五臣云屯聚也車所以載已言君子以德自載亦如車焉聚千乘者言道德之多並運於已所在可馳走補曰屯徒渾切乘實證切**齊玉軑而並馳**軑錮也一云車轄也言乃屯嗽我車前後千乘齊以玉爲車轄並馳左右言從已者衆皆有玉德宜輔千乘之君也即道千乘之國也補曰軑音大方言云輪韓楚之間謂之軑齊同也言齊驅並

進駕八龍之婉婉兮婉婉龍貌五臣云八龍八節之氣也婉於阮切釋文作蜿於元切載雲旗之委蛇言巳乘八龍神智之獸其狀婉婉又載雲旗委蛇而長也駕八龍者言巳德如龍可制御八方也載雲旗者言巳德如雲能潤施萬物也蛇一作移一作逶迤五臣云言我所往皆與神游故可御氣爲駕載雲爲旗也補曰文選注云其高至雲故曰雲旗委於爲切蛇弋支切抑志而弭節兮神高馳之邈邈邈邈遠貌言巳雖乘雲龍猶自抑案弭節徐行高抗志行邈邈而遠莫能追及一云邁高馳五臣云抑志按節徐行以俟世人共邈遠莫能逮及也奏九歌而舞韶兮九歌九德之歌禹樂也韶九韶舜樂也尚書簫韶九成是也補曰周禮有九德之歌九磬之舞啓樂有九辯九歌又山海經夏后開始歌九招開即啓也竹書云夏后後舞九韶聊假日以媮樂言巳德高

智明宜輔舜禹以致太平奏九德之歌九韶之舞而不遇其時故假日游戲媮樂而已假一作暇補曰顏師古云此言遭遇幽厄中心愁悶假延日月苟爲娛樂耳今俗猶言借日度時故王仲宣登樓賦云登茲樓以四望兮聊假日以消憂今之讀者改假爲暇失其意矣李善注仲宣賦引荀子多暇日亦承誤也媮樂也音俞

陟陞皇之赫戲兮皇皇天也赫戲光明貌一無陟字陞一作升補曰西京賦云叛赫戲以煇煌赫戲炎盛也戲與曦同

忽臨睨夫舊鄉睨視也舊鄉楚國也言已雖升崑崙過不周渡西海舞九韶陞天庭據光耀不足以解憂猶顧視楚國愁且思也補曰睨五計切

僕夫悲余馬懷兮僕御也懷思也

蜷局顧而不行蜷局詰屈不行貌屈原設去世離俗周天帀地意不忘舊鄉忽望見楚國僕御悲感我馬思歸蜷局詰屈而不肯行此終志不去以詞自見以義自明也五臣云蜷局回顧而不肯行補曰蜷音拳

蟲形詰屈也行胡朗切叶韻

亂曰亂理也所以發理詞指總撮其要也屈原舒肆憤懣極意嗽詞或去或留文采紛華然後結括一言以明所趣之意也補曰國語云其輯之亂輯成也凡作篇章既成撮其大要以爲亂辭也離騷有亂有重亂者總理一賦之終重者情志未申更作賦也

已矣哉國無人莫我知兮已矣絕望之詞無人謂無賢人也易曰闚其戶闃其無人屈原言已矣我獨懷德不見用者以楚國無有賢人知我忠信之故自傷之詞一無哉字補曰論語曰已矣乎吾未見好德如好色者也孔安國曰已矣發端歎辭

又何懷乎故都言衆人無有知已已復何爲思故鄉念楚國也

既莫足與爲美政兮吾將從彭咸之所居言時世之君無道不足與共行美德施善政者故我將自沈汨淵從彭咸而居處也

敘曰昔者孔子叡聖明喆（音哲）天生不羣（羣一作王）定經術刪詩書（一云俾定經術乃刪詩書）正禮樂制作春秋以爲後王法門人三千罔不昭達臨終之日則大義乖而微言絕其後周室衰微戰國竝爭道德陵遲譎詐萌生於是楊墨鄒孟孫韓之徒各以所知著造傳記或以述古或以明世（八字一作咸以名世）而屈原履忠被譖憂悲愁思（一云憂愁思憤）獨依詩人之義而作離騷上以諷諫下以

自慰遭時闇亂不見省納不勝憤懣遂復作九歌以下凡二十五篇楚人高其行義瑋其文采以相教傳（或作傳教）至於孝武帝恢廓道訓使淮南王安作離騷經章句則大義粲然後世雄俊莫不瞻慕（一作仰）舒肆妙慮（一云攄舒妙思）纘述其詞逮至劉向（顏師古讀如本字）典校經書分爲十六卷孝章即位深弘道藝而班固賈逵復以所見改易前疑各作離騷經章句其餘十五卷

一作篇闕而不說又以壯為狀一作扶義多乖異事不要括一作撮今臣復以所識所知稽之舊章合之經傳八字一云稽之經傳作十六卷章句雖未能究其微妙然大指之趣略可見矣且人臣之義以忠正為高以伏節為賢故有危言以存國殺身以成仁是以伍子胥不恨於浮江比干不悔於剖心然後忠立而行成忠一作德榮顯而名著著一作稱若夫懷道以迷國詳愚而不言詳與

佯同詐也顛則不能扶危則不能安婉娩以順上婉娩一作婉娩一作僶俛逡巡以避患雖保黃耇終壽百年蓋志士之所恥愚夫之所賤也今若屈原膺忠貞之質體清潔之性直若砥矢言若丹青進不隱其謀退不顧其命此誠絕世之行俊彥之英也而班固謂之露才揚已一作班賈競於羣小之中怨恨懷王譏刺椒蘭苟欲求進強巨姜切非其人不見容納忿恚自沈是虧其高

明而損其清潔者也昔伯夷叔齊讓國守分（一作志）不食周粟遂餓而死豈可復謂有求於世而怨望哉（一作恨怨）且詩人怨主刺（一作諫）上曰嗚呼小子未知臧否匪面命之言提其耳風諫之語於斯爲切然仲尼論之以爲大雅引此比彼屈原之詞優游婉順寧以其君（一有爲字）不智之故欲提攜其耳乎而論者以爲露才揚已怨刺其上強非其人殆失厥中矣夫離

騷之文依託五經以立義焉帝高陽之苗裔則厥初生民時惟姜嫄也紉秋蘭以為佩則將翱將翔佩玉瓊琚也夕攬洲之宿莽則易潛龍勿用也駟玉虬而乘鷖則時乘六龍以御天也就重華而敶詞則尚書咎繇之謀謨也登崑崙而涉流沙則禹貢之敷土也故智彌盛者其言博才益多者其識遠（多一作劭）屈原之詞誠博遠矣自（一有孔丘字）終没以來名儒博

達之士著造詞賦莫不擬則其儀表祖式其模範取其要妙竊其華藻所謂金相玉質百世無匹世一作歲名垂罔極永不刊滅者矣

班孟堅序云昔在孝武博覽古文淮南王安叙離騷傳以國風好色而不淫小雅怨誹而不亂若離騷者可謂兼之蟬蛻濁穢之中浮游塵埃之外皭然泥而不滓推此志雖與日月爭光可也斯論似過其眞又說五子以失家巷謂五子胥也及至羿澆少康貳姚有娀佚女皆各以所識有所增損然猶未得其正也故博采經書傳記本文以爲之解且君子道窮命矣故潛龍不見是而無悶關雎哀周道而不傷蘧瑗持可懷之智甯武保如愚之性咸以全命避害不受世患故大雅曰既明且哲以保其身斯爲貴矣今若屈原露才揚己競乎危國羣小之間以離讒賊然責數懷王怨惡椒蘭愁神苦思強非

其人忿懟不容沈江而死亦貶絜狂狷景行之士多稱崑崙冥婚宓妃虛無之語皆非法度之政經義所載謂之兼詩風雅而與日月爭光過矣然其文弘博麗雅爲辭賦宗後世莫不斟酌其英華則象其從容自宋玉唐勒景差之徒漢興枚乘司馬相如劉向楊雄騁極文辭好而悲之自謂不能及也雖非明智之器可謂妙才者也政與正同顏之推云自古文人常陷輕薄屈原露才揚已顯暴君過劉子玄云懷襄不道其惡存於楚賦讀者不以爲過蓋不隱惡故也愚嘗折衷其說而論之曰或問古人有言殺其身有益於君則爲之屈原雖死何益於懷襄曰忠臣之用心自盡其愛君之誠耳死生毀譽所不顧也故比干以諫見戮屈原以放自沈比干紂諸父也屈原楚同姓也爲人臣者三諫不從則去之同姓無可去之義有死而已離騷曰阽余身而危死兮覽余初其猶未悔則原之自處審矣或曰原用智於無道之邦虧明哲保身之義可乎曰愚如武子全身遠害可也有官守言責斯用智矣山甫明哲固保身之道然不曰夙夜

匪解以事一人乎士見危致命況同姓兼恩與義而可以不死乎且比干之死微子之去皆是也屈原其不可去乎有比干以任責微子去之可也楚無人焉原去則國從而亡故雖身被放逐猶徘徊而不忍去生不得力爭而強諫死猶冀其感發而改行使百世之下聞其風者雖流放廢斥猶知愛其君眷眷而不忘臣子之義盡矣非死爲難處死爲難屈原雖死猶不死也後之讀其文知其人如賈生者亦鮮矣然爲賦以弔之不過哀其不遇而已余觀自古忠臣義士慨然發憤不顧其死特立獨行自信而不回者其英烈之氣豈與身俱亡哉仍羽人於丹丘留不死之舊鄉超無爲以至清與太初而爲隣此遠游之所以作而難爲淺見寡聞者道也仲尼曰樂天知命故不憂又曰樂天知命有憂之大者屈原之憂憂國也其樂樂天也離騷二十五篇多憂世之語獨遠游曰道可受兮不可傳其小無內兮其大無垠無淈滑而魂兮彼將自然壹氣孔神兮於中夜存虛以待之兮無爲之先此老莊孟子所以大過人者而原獨知之司馬

相如作大人賦宏放高妙讀者有淩雲之意然其語多出於此至其妙處相如莫能識也太史公作傳以爲其文約其辭微其志絜其行廉其稱文小而其指極大舉類邇而見義遠其志絜故其稱物芳其行廉故死而不容自疏濯淖汙泥之中以浮游塵埃之外推此志也雖與日月爭光可也斯可謂深知己者揚子雲作反離騷以爲君子得時則大行不得時則龍蛇遇不遇命也何以沈身哉屈子之事蓋聖賢之變者使遇孔子當與三仁同稱雄未足以與此班孟堅顔之推所云無異妾婦兒童之見余故具論之

離騷贊序　班孟堅

離騷者屈原之所作也屈原初事懷王甚見信任同列上官大夫妬害其寵讒之王王怒而疏屈原屈原以忠信見疑憂

愁幽思而作離騷離猶遭也騷憂也明已遭憂作辭也是時周室已滅七國並爭屈原痛君不明信用羣小國將危亡忠誠之情懷不能已故作離騷上陳堯舜禹湯文王之法下言羿澆桀紂之失以風懷王終不覺寤信反間之說西朝於秦秦人拘之客死不還至于襄王復用讒言逐屈原在野又作九章賦以風諫卒不見納不忍濁世自投汨羅原死之

後秦果滅楚其辭爲衆賢所悼悲故傳於後

辨騷

劉勰

自風雅寢聲莫或抽緒奇文蔚起其離騷哉故以軒翥詩人之後奮飛辭家之前豈去聖之未遠而楚人之多才乎昔漢武愛騷而淮南作傳以爲國風好色而不淫小雅怨誹而不亂若離騷者可謂兼之蟬蛻穢濁之中浮游塵埃之外

皭一作皦然涅而不緇雖與日月爭光可
也班固以爲露才揚已忿懟沈江羿澆
二姚與左氏不合離騷用羿澆等事正與左氏合孟堅所云謂劉安說耳
崑崙懸圃非經義所載然而文辭麗雅
爲詞賦之宗雖非明哲可謂妙才王逸
以爲詩人之提耳屈原婉順離騷之文
依經立義駟虬乘鷖則時乘六龍崑崙
流沙則禹貢敷土名儒詞賦莫不擬其
儀表所謂金相玉振百世無匹者也及

漢宣嗟歎以爲皆合經術揚雄諷味亦言體同詩雅四家舉以方經而孟堅謂不合傳體褒貶任聲抑揚過實可謂鑒而弗精翫而未覈者也將覈其論必徵言焉故其陳堯舜之耿介稱禹湯之祗敬典誥之體也譏桀紂之猖狂傷羿澆之顛隕規諷之旨也虬龍以諭君子雲霓以譬讒邪比興之義也每一顧而掩涕歎君門之九重忠怨之辭也觀茲四

事同於風雅者也至於託雲龍說迂怪豐隆求宓妃鴆鳥媒娀女詭異之辭也康回傾地夷羿彃日木夫九首土伯三目譎怪之談也依彭咸之遺則從子胥以自適狷狹之志也士女雜坐亂而不分指以爲樂娛酒不廢沈湎日夜舉以爲歡荒淫之意也此皆宋玉之詞非屈原意自漢以來靡麗之賦勸百而諷一其流至於齊梁而極矣皆自宋玉唱之擿此四事異乎經典者也故論其典誥則以彼語其夸誕則如

此固知楚辭者體慢於三代而風雅於戰國乃雅頌之博徒而詞賦之英傑也此語施於宋玉可也觀其骨鯁所樹肌膚所附雖取鎔經意亦自鑄偉辭故騷經九章朗麗以哀志九歌九辯綺靡以傷情遠遊天問瓌詭而惠巧招魂大招耀豔而深華卜居標放言之致漁父寄獨任之才故能氣往轢古辭來切今驚采絕豔難與竝能矣自九懷已下遽躡其跡而屈宋

逸步莫之能追故其叙情怨則鬱伊而易感述離居則愴怏而難懷論山水則循聲而得貌言節候則披文而見時枚賈追風以入麗馬楊沿波而得奇其衣被詞人非一代也故才高者苑其鴻裁中巧者獵其豔辭吟諷者銜其山川童蒙者拾其香草若能憑軾以倚雅頌懸轡以馭楚篇酌奇而不失其貞玩華而不墜其實則顧眄可以驅辭力欬唾可

以窮文致亦不復乞靈於長卿假寵於子淵矣一云獨任當作獨往

讚曰不有屈原豈見離騷驚才風逸壯志煙高山川無極情理實勞金相玉式豔溢錙毫煙一作雲

楚辭卷第一

汲古閣

汲古後人毛表字奏叔依古本是正

楚辭卷第二

校書郎臣王　逸上

九歌章句第二　離騷

東皇太一　一本自東皇太一至國殤上皆有祠字

雲中君

湘君

湘夫人

大司命

少司命

東君

河伯

山鬼

國殤

禮魂

九歌者屈原之所作也昔楚國南郢之邑沅湘之間其俗信鬼而好祠（祠一作祀漢書曰楚地信巫鬼重淫祀隋志曰荊州尤重祠祀屈原制九歌蓋由此也）其祠必作歌樂鼓舞以樂諸神（一無歌字）屈原放逐竄伏其

域懷憂苦毒愁思沸鬱出見俗人祭祀之禮歌舞之樂其詞鄙陋因爲作九歌之曲王逸注九辯云九者陽之數道之綱紀也五臣云九者陽數之極自謂否極取爲歌名矣按九歌十一首九章九首皆以九爲名者取簫韶九成啓九辯九歌之義騷經曰奏九歌而舞韶兮聊假日以媮樂即其義也宋玉九辯以下皆出於此上陳事神之敬下見己之寃結託之以風諫故其文意不同章句雜錯而廣異義焉一云故其文詞意周章雜錯

吉日兮辰良日謂甲乙辰謂寅卯補曰沈括存中云吉日兮辰良蓋相錯成文則語勢矯健如杜子美詩云紅豆啄餘鸚鵡粒碧梧棲老鳳凰枝韓退之云春與猿吟兮秋鶴與飛皆用此

體也

穆將愉兮上皇

穆敬也愉樂也上皇謂東皇太一也言已將修祭祀必擇吉良之日齋戒恭敬以宴樂天神也補曰愉音俞

撫長劍兮玉珥

撫持也玉珥謂劍鐔也劍者所以威不軌衛有德故撫持之也補曰撫循也以手循其珥也傳雅曰劍珥謂之鐔鐔劍鼻一曰劍口一曰劍環珥耳飾也鐔所以飾劍故取以名焉珥音餌鐔覃淫二音

璆鏘鳴兮琳琅

璆琳琅皆美玉名也爾雅曰有璆琳琅玕焉鏘佩聲也詩曰佩玉鏘鏘言已供神有道乃使靈巫常持好劍以辟邪要垂衆佩周旋而舞動鳴五玉鏘鏘而和且有節度也或曰糾鏘鳴兮琳琅糾錯也琳琅聲也謂帶劍佩衆多糾錯而鳴其聲琳琅也鏘釋文作鎗補曰璆渠幽切鏘七羊切禮記曰古之君子必佩玉進則揖之退則揚之然後玉鏘鳴也琳音林琅音郎俗作瑯爾雅曰西北之美者有崑崙虛之璆琳琅玕焉璆琳美玉名琅玕狀似珠也本草云琅玕是石之美者明瑩若珠之色此言帶劍

佩玉以禮事神也**瑤席兮玉瑱**瑤石之次玉者詩云報之以瓊瑤瑱一作鎭補曰瑤音遙一曰美玉也瑱壓也音鎭下文云白玉兮爲鎭鎭是也周禮玉鎭大寶器故書作瑱鄭司農云瑱讀爲鎭**盍將把兮瓊芳**盍何不也把持也瓊玉枝也言已修飾淸潔以瑤玉爲席美玉爲瑱靈巫何持乎乃復把玉枝以爲香也五臣云靈巫何不持瓊枝以爲芳香取美潔也補曰盍音合**蕙肴蒸兮蘭藉**蕙肴以蕙草蒸肉也藉所以藉飯食也易曰藉用白茅也蒸一作𦶜一作烝補曰肴骨體也蒸進也𦶜烝並同國語曰親戚宴饗則有殽烝注云升體解節折之俎藉薦也慈夜切**奠桂酒兮椒漿**桂酒切桂置酒中也椒漿以椒置漿中也言已供待彌敬乃以蕙草蒸肴芳蘭爲藉進桂酒椒漿以備五味也五臣云蕙蘭椒桂皆取芬芳補曰說文奠置祭也漢樂歌曰奠桂酒勺椒漿周禮四飲之物三曰漿**揚枹兮拊鼓**揚舉

也拊擊也枹一作桴補曰枹房尤切擊鼓槌也**疏緩節兮安歌**疏希也言肴膳酒醴既具不敢寧處親舉枹擊鼓使靈巫緩節而舞徐歌相和以樂神也五臣云使曲節希緩而安音清歌補曰疏與疏同**陳竽瑟兮浩倡**陳列也浩大也言已又陳列竽瑟大倡作樂以自竭盡也補曰禮記鍾磬竽瑟以和之竽笙類三十六簧瑟琴類二十五絃**靈偃蹇兮姣服**靈謂巫也偃蹇舞貌姣好也服飾也姣一作妖服一作服補曰古者巫以降神靈偃蹇兮姣服言神降而託於巫也下文亦曰靈連蜷兮既留偃蹇委曲貌一曰眾盛貌方言曰好或謂之姣注云言姣潔也姣與妖並音狡服與服同**芳菲菲兮滿堂**菲菲芳貌也言乃使姣好之巫被服盛飾舉足奮袂偃蹇而舞芬芳菲菲盈滿堂室也**五音紛兮繁會**五音宮商角徵羽也紛盛貌繁眾也五臣云繁會錯雜也**君欣欣兮樂**

康欣欣喜貌康安也言已動作衆樂合會五音紛然盛美神以歡欣猒飽喜樂則身蒙慶祐家受多福也屈原以爲神無形聲難事易失然人竭心盡禮則歆其祀而惠以祉自傷履行忠誠以事於君不見信用而身放棄遂以危殆也五臣云君謂東皇也欣欣和悅貌補曰此章以東皇喻君言人臣陳德義禮樂以事上則其君樂康無憂患也

東皇太一

五臣云每篇之目皆楚之神名所以列於篇後者亦猶毛詩題章之趣太一星名天之尊神祠在楚東以配東帝故云東皇補曰漢書郊祀志云天神貴者太一太一佐曰五帝古者天子以春秋祭太一東南郊天文志曰中宮天極星其一明者太一常居也淮南子曰太微者太一之庭紫宮者太一之居說者曰太一天之尊

神曜魄寶也天文大象賦注云天皇大帝一星在紫微宮内勾陳口中其神曰曜魄寶主御羣靈秉萬機神圖也其星隱而不見其占以見則爲災也又曰太一一星次天一南天帝之臣也主使十六龍知風雨水旱兵革飢饉疾疫占不明反移爲災

浴蘭湯兮沐芳蘭香草也補曰本草白芷一名芳香樂府有沐浴子劉次莊云楚詞曰新沐者必彈冠新浴者必振衣又曰與汝沐兮咸池晞汝髮兮陽之阿皆潔濯之謂也李白亦有此作其詞曰沐芳莫彈冠浴蘭莫振衣處世忌太潔至人貴藏暉與屈原意異**華采衣兮若英**華采五色采也若杜若也言已將修饗祭以事雲神乃使靈巫先浴蘭湯沐香芷衣五采華衣飾以杜若之英以自潔清也補曰華戶花切荀卿雲賦云五采備而成文衣華采之衣以其類

也本草杜若一名杜蘅葉似薑而有文理味辛香今復別有杜蘅不相似按杜蘅爾雅所謂杜土鹵者也杜若廣雅所謂楚蘅者也其類自別古人多雜引用爾雅曰榮而不實者謂之英

靈連蜷兮既留靈巫也楚人名巫爲靈子連蜷巫迎神導引貌也既已也留止也一本靈下有子字補曰蜷音拳南都賦云蜿蜎連卷連卷長曲貌

爛昭昭兮未央爛光貌也昭昭明也央已也言巫執事肅敬奉迎導引顏貌矜莊形體連蜷神則歡喜必留而止見其光容爛然昭明無極已也

蹇將憺兮壽宮蹇詞也憺安也壽宮供神之處也祠祀皆欲得壽故名爲壽宮也言雲神既至於壽宮歆饗酒食憺然安樂無有去意也補曰憺徒濫切漢武帝置壽宮神君臣瓚曰壽宮奉神之宮

與日月兮齊光齊同也光明也言雲神豐隆爵位尊高乃與日月同光明也夫雲興而日月闇雲藏而日月明故言齊光也齊一作爭

龍駕兮帝

服龍駕言雲神駕龍也故易曰雲從龍帝謂五方之帝也言天尊雲神使之乘龍兼衣青黄五采之色與五帝同服也五臣云言神駕雲龍之車**聊翺遊兮周章**聊且也周章猶周流也言雲神居無常處動則翺翔周流往來且遊戲也五臣云翺遊周章往來迅疾貌**靈皇皇兮既降**靈謂雲神也皇皇美貌降下也言雲神來下其貌皇皇而美有光明也**猋遠舉兮雲中**猋去疾貌也雲中雲神所居也言雲神往來急疾飲食既飽猋然遠舉復還其處也補曰猋卑遙切羣犬走貌大人賦曰猋猋風涌而雲浮李善引此作飈其字从火非也**覽冀州兮有餘**覽望也兩河之間曰冀州餘猶他也言雲神所在高邈乃望於冀州尚復見他方也五臣云言神所居高絶下覽冀州横望四海皆有餘而無極冀州堯所都思有道之君故覽之補曰淮南子曰正中冀州曰中土注云冀大也四方之主又曰殺黑龍以濟冀州注云冀

九州中謂今四海之內**橫四海兮焉窮**窮極也言雲神出入奄忽須臾之間橫行四海安有窮極也補曰禮記云以橫於天下注云橫充也**思夫君兮太息**君謂雲神五臣曰夫君謂雲神以喻君也言夫君所居高遠下制有國我之思君終不可見故歎息而憂心也補曰記曰夫夫也爲習於禮者上夫音扶**極勞心兮𢥞𢥞**𢥞𢥞憂心貌屈原見雲一動千里周偏四海想得隨從觀望四方以忘已憂思而念之終不可得故太息而歎心中煩勞而𢥞𢥞也或曰君謂懷王也屈原陳序雲神文義略訖愁思復至哀念懷王暗昧不明則太息增歎心每𢥞𢥞而不能已也𢥞一作忡補曰𢥞𢥞敕中切說文忡憂也引詩憂心忡忡楚詞作𢥞此章以雲神喻君言君德與日月同明故能周覽天下橫被六合而懷王不能如此故心憂也

雲中君

雲神豐隆也一曰屏翳已見騷經漢書郊祀志有雲中君

君不行兮夷猶君謂湘君也夷猶猶豫也言湘君所在左沅湘右大江苞洞庭之波方數百里、羣鳥所集魚鼈所聚土地肥饒又有險阻故其神常安不肯遊蕩既設祭祀使巫請呼之尚復猶豫也**蹇誰留兮中洲**蹇詞也留待也中洲洲中也水中可居者曰洲言湘君蹇然難行誰留待於水中之洲乎以爲堯用二女妻舜有苗不服舜往征之二女從而不反道死於沅湘之中因爲湘夫人也所留蓋謂此堯之二女也五臣云誰將留待於中洲乎欲神之速至也補曰逸以湘君爲湘水神而謂留湘君於中洲者二女也韓退之則以湘君爲娥皇湘夫人爲女英留止也**美要眇兮宜修**要眇好貌修飾也言二女之貌要眇而好又宜修飾也眇一作妙一本宜上有又字補曰要於笑切眇與妙同前漢傳曰幼眇之聲亦音要妙此言娥皇容德之美以喻賢臣**沛吾乘兮桂舟**沛行貌舟船也吾屈原自謂也言已雖在湖澤之中猶乘桂木之船沛然而行常香淨也五臣云我復乘桂舟以迎神舟用桂者取香潔之異乘一作棄補日孟子日如水之就下沛然誰能禦之沛普賴切桂舟迎神之舟屈原因以自喻**令沅湘兮無波**沅湘水名**使江水兮安流**言已乘船常恐危殆願湘君令沅湘無波涌使江水順徑徐流則得安也補日沅湘已見騷經水經及荆州記云江出岷山其源若甕口可以濫觴潛行地底數里至楚都遂廣十里名爲南江初在犍爲與青衣水汶水合東北至巴郡與涪水漢水白水合至長沙與澧水沅水湘水合至江夏與沔水合至潯陽分爲九道東會於彭澤經蕪湖名爲中江東北至南徐州名爲北江而入海也**望夫君兮未來**君謂湘君未一作歸**吹參差兮誰思**參差洞簫也言已供修祭祀瞻望於君而未肯來則吹簫作樂誠欲樂君當復誰思念也五臣云謂神肯來斯而我作樂吹聲參差當復思誰言思神之甚一作篸差補日風

俗通云舜作簫其形參差象鳳翼參差不齊之貌初簪乂宜二切此言因吹簫而思舜也洞簫賦云吹參差而入道德洞簫簫之無底者篸參筌竹貌

駕飛龍兮北征征行也屈原思神略畢意念楚國願駕飛龍北行亟還歸故居也

邅吾道兮洞庭邅轉也洞庭太湖也言已欲乘龍而歸不敢隨從大道願轉江湖之側委曲之徑欲急至也五臣云轉道於洞庭湖上而直歸補曰邅池戰切文選音陟連切原欲歸而轉道於洞庭者以湘君在焉故也山海經曰洞庭之山帝之二女居之是常游于江淵澧沅之風交瀟湘之淵出入多飄風暴雨注云言二女遊戲江之淵府則能鼓動三江令風波之氣共相交通又曰湘水出帝舜葬東入洞庭下注云洞庭地穴在長沙巴陵也水經云四水同注洞庭北會大江名之五渚戰國策秦與荊戰大破之取洞庭五渚是也湖水廣員五百餘里日月若出没於其中湖中有君山潛通吴之苞山郭景純江賦云苞山洞庭巴陵地道潛陸旁通幽

岫窈窕者也按吳中太湖一名洞庭而巴陵之洞庭亦謂之太湖逸云太湖蓋指巴陵洞庭耳**薜荔柏兮蕙綢**薜荔香草柏榑壁也綢縛束也詩曰綢繆束楚是也柏一作拍榑一作搏補曰柏拍並音博綢儔叨二音**蓀橈兮蘭旌**蓀香草也橈船小楫也屈原言巳居家則以薜荔榑飾四壁蕙草縛屋乘船則以蓀爲楫櫂蘭爲旌旗動以香潔自修飾也蓀一作荃旌一作旍補曰蓀荃見騷經橈而遙切方言云楫謂之橈或謂之櫂周禮云析羽爲旌爾雅云注旄首曰旌旍與旌同諸本或云乘荃橈乘一作承或云采荃橈兮蘭旗皆後人增改或傳寫之誤耳**望涔陽兮極浦**涔陽江碕名近附郢極遠也浦水涯也補曰涔音岑碕音祈曲岸也今澧州有涔陽浦水經云涔水出漢中南縣東南旱山北至沔陽縣南入于沔涔水即黃水也集韻涔郎丁切水名其字从令引楚辭望涔陽兮極浦未詳說文云浦濱也風土記大水有小口別通曰浦**横**

大江兮揚靈靈精誠也屈原思念楚國願乘輕舟上望江之遠浦下附郢之隅以渫憂患橫度大江揚已精誠冀能感悟懷王使還已也五臣曰言我遠遊此浦將橫絕大江揚其精誠於君側補曰橫大江兮揚靈以湘君在焉故也揚靈兮未極極已也女嬋媛兮爲余太息女謂女嬃屈原姊也嬋媛猶牽引也言已遠揚精誠雖欲自竭盡終無從達故女嬃牽引而責數之爲已太息悲毒欲使屈原改性易行隨風俗也五臣云言我揚精誠未已女嬃牽引時事以爲不變節從俗終不可爲而爲我歎息也補曰嬋媛已見騷經橫流涕兮潺湲潺湲流貌屈原感女嬃之言外欲變節而意不能改內自悲傷涕泣橫流也補曰潺仕連鉏山二切湲音爰隱思君兮陫側君謂懷王也陫陋也言已雖見放弃隱伏山野猶從側陋之中思念君也補曰隱痛也孟子曰惻隱之心陫符沸切說文隱也

桂櫂兮蘭枻櫂楫也枻船旁板也一作栧五臣云桂蘭取其香也補曰櫂直教切枻音曳楫謂之枻一曰柂也斲冰兮積雪斲斫也言已乘船遭天盛寒舉其櫂楫斲斫冰凍紛然如積雪言已勤苦也一云斲曾冰五臣云言志不通猶乘舟值天盛寒斲斫冰凍徒爲勤苦而不得前也采薜荔兮水中薜荔之草緣木而生搴芙蓉兮木末搴手取也芙蓉荷華也生水中屈原言已執忠信之行以事於君其志不合猶入池涉水而求薜荔登山緣木而采芙蓉固不可得也補曰搴音蹇心不同兮媒勞言婚姻所好心意不同則媒人疲勞而無功也屈原自喻行與君異終不可合亦疲勞而已也恩不甚兮輕絕言人交接初淺恩不甚篤則輕相與離絕言已與君同姓共祖無離絕之義也五臣曰事君之道亦類此焉石瀨兮淺淺瀨湍也淺淺流疾貌補曰

瀨落蓋切說文曰水流沙上也文選注云石瀨水激石間則怒成湍淺音牋

飛龍兮翩翩

屈原憂愁觀視川水見石瀨淺淺疾流而下將有所至仰見飛龍翩翩而上將有所登自傷棄在草野終無所登至也五臣云下視水石淺淺而流仰觀飛龍翩翩而舉物皆遂性我獨不然也補曰說文云翩疾飛也

交不忠兮怨長

交友也忠厚也言朋友相與不厚則長相怨恨言已執履忠信雖獲罪過不敢怨恨於衆人也

期不信兮告余以不閒

閒暇也言君嘗與已期欲共爲治後以讒言之故更告我以不閒暇遂以疏遠已也余一作我五臣云言君與臣下爲友而臣爲不忠則怨而責之已爲不信則以爲閒爾疾其君初欲與已爲治後遂相背焉補曰此言朋友之交忠則見信不忠則生怨臣忠於君則君宜見信而反告我以不閒所謂羌中道而回畔兮反既有此它志也此原陳已之志於湘君也閒音閑

鼂騁騖兮江皋

鼂以

晻盛明也澤曲曰臯言已願及鼂明已年盛時任重馳驅以行道德也鼂一作朝補曰鼂涉遙切早也騁音逞騖音務說文曰騁直馳也騖亂馳也**夕弭節兮北渚**弭安也渚水涯也夕以喻衰言日夕將暮已已衰老弭情安意終志草壄也五臣云喻已盛少之時願驅馳於君前及衰謝之日反安意於草野自歎之詞補曰騁騖弭節不出江臯北渚之間自傷不得居朝廷也渚沚也爾雅小洲曰陼韓詩章句水一溢而爲渚**鳥次兮屋上**次舍也再宿曰信過信曰次**水周兮堂下**周旋也言已所居在湖澤之中衆鳥舍止我之屋上流水周旋已之堂下自傷與鳥獸魚鱉同爲伍也補曰下音戶**捐余玦兮江中**玦玉佩也先王所以命臣之瑞故與環即還與玦即去也補曰捐音沿玦古穴切如環而有缺左傳曰佩以金玦棄其衷也荀子曰絕人以玦皆取弃絕之義莊子曰緩佩玦者事至而斷史記曰舉佩玦以示之皆取決斷之義**遺**

余佩兮醴浦遺離也佩瓊琚之屬也言已雖見
放逐常思念君設欲遠去猶捐玦
佩置於水涯冀君求已示有還意佩一作珮醴一作
澧五臣云捐遺皆置也玦珮朝服之飾置於江澧二
水之涯者冀君命已猶可以用也補曰捐玦遺佩以
詒湘君與騷經解佩纕以結言同意喻求賢也遺平
聲方言注云澧水今在長沙水經云澧水出武陵充
縣注於洞庭按禹貢曰又東至於澧史記作醴孔安
國馬融王肅皆以醴爲水名鄭玄曰醴陵名也長沙
有醴陵縣澧醴古書通用今澧州有佩浦因楚詞爲
名也采芳洲兮杜若芳洲香草藂生水中
之處補曰藂音叢將以
遺兮下女遺與也女陰也以喻臣謂已之儔匹言
已願往芬芳絕異之洲采取杜若以與
貞正之人思與同志終不變更也五臣云欲將已之
美投於賢臣者思與同志復爲治道補曰遺去聲旣
詒湘君以佩玦又遺下女以杜若好
賢不已也騷經曰相下女之可詒旹不可兮再

得言日不再中年不再盛也旹一作時聊逍遙兮容與逍遙遊戲也詩日狐裘逍遙言天時不再至人年不再盛巳年既老矣不遇於時聊且逍遙而遊容與而戲以待天命之至也五臣云自言憂愁欲以決死死不再生何由復遇逍遙容與待君之命冀得盡其誠心焉

湘君

劉向列女傳舜陟方死於蒼梧二妃死於江湘之間俗謂之湘君禮記舜葬於蒼梧之野蓋二妃未之從也注云離騷所歌湘夫人舜妃也韓退之黄陵廟碑云湘旁有廟曰黄陵自前古立以祠堯之二女舜二妃者秦博士對始皇帝云湘君者堯之二女舜妃者也劉向鄭玄亦皆以二妃爲湘君而離騷九歌既有湘君又有湘夫人王逸以爲湘君者自其水神而謂湘夫人乃二妃也從舜南征三苗不

及道死沅湘之閒山海經曰洞庭之山帝之二女居之郭璞疑二女者帝舜之后不當降小水爲其夫人因以二女爲天帝之女以余考之璞與王逸俱失也堯之長女娥皇爲舜正妃故曰君其二女女英自宜降曰夫人也故九歌詞謂娥皇爲君謂女英帝子各以其盛者推言之也禮有小君君母明其正自得稱君也

帝子降兮北渚帝子謂堯女也降下也言堯二女娥皇女英隨舜不反沒於湘水之渚因爲湘夫人補曰此言帝子之神降於北渚來享其祀也帝子以喻賢臣**目眇眇兮愁予**眇眇好貌予屈原自謂也言堯二女儀德美好眇然絕異又配帝舜而乃沒命水中屈原自傷不遭值堯舜而遇闇君亦將沈身湘流故曰愁我也予一作余五臣云其神儀德美好愁我失

志焉補曰眇眇微貌言神之降望而不見使我愁也以況思賢而不得見也予音與嫋嫋兮

秋風嫋嫋秋風搖木貌補曰嫋長弱貌奴鳥切洞庭波兮木葉下言秋風疾則草木搖湘水波而樹葉落矣以言君政急則衆民愁而賢者傷矣或曰屈原見秋風起而木葉墮悲歲徂盡年衰老也五臣云喻小人用事則君子棄逐補曰淮南云見一葉落而知歲之將暮又曰桑葉落而長年悲下音戶

白薠兮騁望薠草秋生今南方湖澤皆有之騁平也薠或作薠一本此句上有登字皆非也補曰薠音煩淮南子云路無莎薠注云薠狀如葴葴音針見爾雅又說文云青薠似莎者司馬相如賦注云似莎而大生江湖鴈所食

與佳期兮夕張佳謂湘夫人也不敢指斥尊者故言佳也張施也言已願以始秋薠草初生平望之時修設祭具夕早灑掃張施帷帳與夫人期歆饗之也一本佳下有人字一云與佳人兮期夕張五臣云佳期謂湘夫人言已

願以此夕設祭祀張帷帳冀夫人之神來此歆饗以喻張設忠信以待君命補曰說文云佳善也廣雅云佳好也張音帳陳設也周禮曰凡邦之張事漢書曰供張東都門外言夕張者猶黃昏以爲期之意

鳥萃兮蘋中 萃集一本萃上有何字五臣云蘋水草補曰萃音遂

罾何爲兮木上 罾魚網也夫鳥當集木巔而言草中罾當在水中而言木上以喻所願不得失其所也補曰罾音增

沅有茝兮醴有蘭 言沅水之中有盛茂之茝澧水之內有芬芳之蘭異於衆草以興湘夫人美好亦異於衆人也茝一作芷醴一作澧五臣云蘭芷喻巳之善補曰水經云澧水又東南注於沅水曰澧口蓋其枝瀆耳引沅有芷兮澧有蘭或曰澧州有蘭江因此爲名

思公子兮未敢言 公子謂湘夫人也重以卑說尊故變言公子也言巳想若舜之遇二女二女雖死猶思其神所以不敢達言者士當須介女當須媒也五臣云公子謂夫人喻君也未敢

言者欲待賢王補曰諸侯之子稱公子謂子椒子蘭也思椒蘭宜有蘭茝之芬芳未敢言者恐逢彼之怒耳此原陳巳之志於湘夫人也山鬼云思公子兮徒離憂

荒忽兮遠望觀流水兮潺湲

言鬼神荒忽往來無形近而視之彷彿若存遠而望之但見水流而潺湲也荒一作慌忽一作惚補曰慌釋文文選並音荒此言遠望楚國若有若無但見流水之潺湲耳荒忽不分明之貌

麋何食兮庭中

麋獸名似鹿也食一作為補曰麋音眉月令曰麋角解疏云麋陰獸情淫而遊澤

蛟何為兮水裔

蛟龍類也麋當在山林而在庭中蛟當在深淵而在水涯以言小人宜在山野而陛朝庭賢者當居尊官而為僕隸也裔一作褻補曰裔邊也末也蛟在水裔猶所謂神龍失水而陸居也

朝馳余馬兮江皐

一云朝馳騁兮江皐

夕濟兮西澨

濟渡也澨水涯也自傷驅馳不出湘潭之間補曰澨

音逝說文曰澨埤增水邊土人所居者**聞佳人兮召予**予屈原自謂也**將騰駕兮偕逝**偕俱也逝往也屈原幽居草澤思神念鬼冀湘夫人有命召呼則願命駕騰馳而往不待侶偶也五臣云冀聞夫人召我將騰馳車馬與使者俱往喻有君命亦將然矣補曰佳人以喻賢人與已同志者**築室兮水中葺之兮荷蓋**屈原困於世願築室水中託附神明而居處也一本云以荷蓋五臣云願築室結茨於水底用荷葉蓋之務清潔也補曰築版築也葺七入切說文茨也**蓀壁兮紫壇**以蓀草飾室壁累紫貝爲室壇蓀一作荃補曰荀子曰東海則有紫紶魚鹽焉紫紫貝也相貝經曰赤電黑雲謂之紫貝郭璞曰今之紫貝以紫爲質黑爲文點陸機云紫貝其白質如玉紫點爲文本草云貝類極多而紫貝尤爲世所貴重淮南子曰腐鼠在壇注云楚人謂中庭爲壇七諫曰雞鶩滿堂壇兮注云高殿敞陽爲堂平場廣坦爲

壇音善**匊芳椒兮成堂**布香椒於堂上一云播芳椒兮盈堂補曰匊古播字本作㓹漢官儀曰椒房以椒塗壁取其温也**桂棟兮**以桂木爲屋棟補曰爾雅棟謂之桴注屋櫋也**蘭橑**以木蘭爲榱也補曰橑音老説文椽也一曰星橑簷前木爾雅曰桷謂之榱**辛夷楣兮**辛夷香草以作戶楣補曰本草云辛夷樹大連合抱高數仞此花初發如筆北人呼爲木筆其花最早南人呼爲迎春逸云香草非也楣音眉説文云秦名屋櫋聯也爾雅楣謂之梁注云門戶上橫梁**葯房**葯白芷也房室也五臣云以馨香爲房之飾補曰本草白芷楚人謂之葯博雅曰芷其葉謂之葯渥約二音**罔薜荔兮爲帷**罔結也言結薜荔爲帷帳補曰罔讀若綱在旁曰帷**擗蕙櫋兮既張**擗杭也以杭蕙覆櫋屋擗一從木一作擘杭一作析櫋一作槾五臣云罔結以爲帷帳擗析以爲屋聯盡張設於中也補曰擗普覓切一

音覔櫋音綿**白玉兮爲鎮**以白玉鎮坐席也鎮又彌堅切一作瑱一本爲上有以字**疏石蘭兮爲芳**石蘭香草疏布陳也一本兮下有以字一云疏石蘭以爲芳五臣云疏布其芳氣**芷葺兮荷屋**葺蓋屋也一本葺下有之字五臣云以芷草及荷葉葺以蓋屋也**繚之兮杜衡**繚縛束也杜衡香草一本兮下有以字衡一作蘅補曰繚音了纒也謂以荷爲屋以芷覆之又以杜衡繚之也五臣云束縛杜衡置于水中非是**合百草兮實庭**合百草之華以實庭中五臣云百草香草實滿也**建芳馨兮廡門**馨香之遠聞者積之以爲門廡也屈原生遭濁世憂愁困極意欲隨從鬼神築室水中與湘夫人比鄰而處然猶積聚衆芳以爲殿堂修飾彌盛行善彌高也補曰廡音武說文曰堂下周屋也廡門謂廡與門也**九嶷繽兮並迎**九嶷山名舜所葬也嶷一

作疑補曰迎去聲

靈之來兮如雲言舜使九嶷之山神繽然來迎二女則百神侍送衆多如雲也如一作若補曰詩云有女如雲言衆多也

捐余袂兮江中袂衣袖也補曰袂彌蔽切

遺余褋兮醴浦褋襜襦也屈原託與湘夫人共鄰而處舜復迎之而去窮困無所依故欲捐棄衣物裸身而行將適九夷也醴一作澧五臣云褋襜襦也袂褋皆事神所用今夫人既去君復背已無所用也故棄遺之補曰遺平聲褋音牒方言曰襌衣江淮南楚之間謂之褋捐袂遺褋與捐玦遺佩同意玦珮貴之也袂褋親之也

搴汀洲兮杜若　將以遺兮遠者汀平也遠者謂高賢隱士也言已雖欲之九夷絕域之外猶求高賢之士平洲香草以遺之與共修道德也者一作渚五臣云搴取也杜若以喻誠信遠者神及君也補曰汀他丁切水際平地遺去聲既詒湘夫人以袂褋又遺遠者以杜若好賢不已也舊本者音者集

韻者有覩音時不可兮驟得驟數聊逍遥兮容與言富貴有命天時難值不可數得聊且遊戲以盡年壽也與一作冶補曰不可再得則已矣不可驟得猶兾其一遇焉

湘夫人

廣開兮天門補曰漢樂歌云天門開詄蕩蕩淮南子注云天門上帝所居紫微宫門也紛吾乘兮玄雲吾謂大司命也言天尊重司命將出游戲則爲大開禁門使乘玄雲而行補曰漢樂歌云靈之車結玄雲令飄風兮先驅迴風爲飄使凍雨兮灑塵暴雨爲凍雨言司命爵位尊高出則風伯雨師先驅爲軾路也灑一作洒軾一作戒補曰凍音東爾雅注云今江東呼夏月暴雨爲凍雨灑所買切淮南子曰令雨師灑道風

伯掃塵自此已上皆踰君也

君迴翔兮㠯下

迴運也言司命行有節度雖乘風雨然徐迴運而來下也迴一作回以一作來補曰迴翔猶翱翔也下音戶

踰空桑兮從女

空桑山名司命所經屈原修履忠貞之行而身放棄將愬神明陳已之寃結故欲踰空桑之山而要司命也補曰山海經云東曰空桑之山注云此山出琴瑟材周禮空桑之琴瑟是也淮南曰舜之時共工振滔洪水以薄空桑注云空桑地名在魯也女讀作汝親之之辭踰欲從君也

紛總總兮九州

總總衆貌補曰堯時九州見禹貢商九州見爾雅周九州見周禮鄒衍云赤縣神州內自有九州中國外如赤縣神州者九乃所謂九州也淮南曰天地之間九州東南神州曰農土正南次州曰沃土西南戎州曰滔土正西弇州曰并土正中冀州曰中土西北台州曰肥土正北濟州曰成土東北薄州曰隱土正東陽州曰申土弇音奄

何壽夭兮在予

予謂司命言普天之下九

州之民誠甚衆多其壽考夭折皆自施行所致天誅加之不在於我也補曰此言九州之大生民之衆或壽或夭何以皆在於我以我爲司命故也言人君制生殺與奪之命也予音與

高飛兮安翔

言司命執持天政不以人言易其則度復徐飛高翔而行

乘清氣兮御陰陽

陰主殺陽主生言司命常乘天清明之氣御持萬民死生之命也清一作精補曰易云時乘六龍以御天莊子曰乘天地之正御六氣之辨乘猶乘車御猶御馬也

吾與君兮齋速

吾屈原自謂也齋戒也速疾也補曰齋速者齋戒以自敕也

導帝之兮九坑

言己願修飾急疾齋戒侍從於君導迎天帝出入九州之山與得陳已情也導一作道坑一作阬文苑作岡補曰之適也坑音岡山脊也周禮職方氏九州山鎮曰會稽衡山華山沂山岱山嶽山醫無閭霍山恒山也淮南曰天地之間九州八極土有九山山有九塞何謂九山會稽泰山王屋首山太華岐

山太行羊腸孟門也原言司命代天操生殺之柄人若亦代天制一國之命故欲與司命導帝適九州之山以觀四方之風俗天下之治亂

靈衣兮被被被被長貌一作披補曰被與披同

玉佩兮陸離言已得依隨司命被服神衣被被而長玉佩衆多陸離而美也

壹陰兮壹陽陰晦也陽明也

衆莫知兮余所爲屈原言已得配神俱行出陰入陽一晦一明衆人無緣知我所爲作也補曰此言司命開闔變化能制萬民之命人君亦當如此也

折疏麻兮瑤華疏麻神麻也瑤華玉華也補曰謝靈運詩云折麻心莫展又云瑤華未敢折說者云瑤華麻花也其色白故比於瑤此花香服食可致長壽故以爲美將以贈遠江淹雜擬詩云雜珮雖可贈疏華竟無陳李善云疏華瑤華也

將以遺兮離居離居謂隱者也言已雖出陰入陽涉歷殊方猶思離居隱士將折神麻采玉華以遺

與之明已行度如玉不以苦樂易其志也補曰遺去
聲離居猶遠者也自此以下屈原陳己之志於司命
也**老冉冉兮既極**極窮也極一作終**不寖近兮愈**
疏寖稍也疏遠也言履行忠信從小至老命將窮
矣而君猶疑之不稍親近而日以疏遠也寖一
作侵一作浸兮一**乘龍兮轔轔**轔轔車聲詩云
作而愈一作踰有車轔轔也釋
文作軨音轔補**高駝兮沖天**言已雖見疏遠執
曰兮詩作鄰志彌堅想乘神龍
轔轔然而有節度抗志高行沖天而驅不以貧困有
枉橈也駝一作馳補曰史記云一飛沖天沖持弓切
直上飛也集韻作翀與沖通此**結桂枝兮延竚**
言司命高馳而去不復留也
延長也竚立也詩曰竚立以泣釋**羌愈思兮愁人**
文延作莚補曰竚久立也直吕切
言已乘龍沖天非心所樂猶結木爲誓長立而望想
念楚國愁且思也補曰此言司命既去猶結桂枝以

延望踰君捨已不顧益憂思也**愁人兮柰何願若今兮無虧**虧歇也言已愁思安可柰何乎願身行善常若於今無有歇也**固人命兮有當孰離合兮可爲**言人受命而生有當貴賤貧富者是天祿也已獨放逐離別不復會合不可爲思也補曰君子之仕也去就有義用捨有命屈子於同姓事君之義盡矣其不見用則有命焉或離或合神實司之非人所能爲也一云孰離合兮不可爲

大司命

周禮大宗伯以槱燎祀司中司命疏引星傳云三台上台司命爲太尉又文昌宮第四曰司命按史記天官書文昌六星四曰司命晉書天文志三台六星兩兩而居西近文昌二星曰上台爲司命主壽然則有兩司命也祭法王立七祀諸侯立五祀皆有司命疏云司命宮中小神而

漢書郊祀志荊巫有司命說者曰文昌第四星也五臣云司命星名主知生死輔天行化誅惡護善也大司命云乘清氣兮御陰陽少司命云登九天兮撫彗星其非宮中少神明矣

秋蘭兮麋蕪羅生兮堂下言已供神之室空閑清淨衆香之草又環其堂下羅列而生誠司命君所宜幸集也秋一作龝麋下同麋一作蘪補曰爾雅曰蘄茝蘪蕪郭璞云香草葉小如萎狀山海經云臭如蘪蕪本草云芎藭其葉名蘼蕪似蛇床而香騷人借以爲譬其苗四五月間生葉作叢而莖細其葉倍香或蒔於園庭則芬香滿徑七八月開白花管子曰五沃之土生蘼蕪相如賦云芎藭昌蒲江離蘪蕪師古云蘪蕪即芎藭苗也下音戶

綠葉兮素枝

芳菲菲兮襲予襲及也予我也言芳草茂盛吐葉垂華芳香菲菲上及我

也枝一作華五臣云四句皆喻懷忠潔也補曰襲音習予上聲

夫人自有兮美子

夫人謂萬民也一云夫人兮自有美子補曰夫音扶考工記曰夫人而能爲鏄也夫人猶言凡人也

蓀何以兮愁苦

蓀謂司命也言天下萬民人人自有子孫司命何爲主握其年命而用思愁苦也以一作爲五臣云蓀香草喻司命言凡人各自有美愛臣子司命何爲愁苦而司王之葢自傷也補曰此言愛其子者人之常情非司命所憂猶恐不得其所原於君有同姓之恩而懷王曾莫之恤也蓀亦喻君騷經曰荃不察余之中情是也

秋蘭兮青青綠葉兮紫莖

言已事神崇敬重種芳草莖葉五色芳香益暢也一本蘭下有生字補曰詩云綠竹青青青青茂盛也音菁

滿堂兮美人忽獨與余兮目成

言萬民衆多美人並會盈滿於堂而司命獨與我睨而相視成爲親親也五臣云滿堂喻天下也謂天下

亦有善人而司命獨與我相目結成親親者爲我修道德爾謂初與巳善時也□□□□□**入不言兮出不辭**言神往來奄忽入不語言出不訣辭其志難知辭一作詞**乘回風兮載雲旗**言司命之去乘風載雲其形貌不可得見五臣云司命初與巳善後乃往來飄忽出入不言不辭乘風載雲以離於我喻君之心與我相背也**悲莫悲兮生別離**屈原思神略畢憂愁復出乃長歎曰人居世間悲哀莫痛與妻子生別離傷巳當之也補曰樂府有生別離出於此**樂莫樂兮新相知**言天下之樂莫大於男女始相知之時也屈原言巳無新相知之樂而有生別離之憂也五臣云喻巳初近君而樂後去君而悲也**荷衣兮蕙帶儵而來兮忽而逝**言司命被服香淨往來奄忽難當值也儵一作倏來一作倈五臣云言神倏忽往來終不可逢以喻君補曰莊子疏曰儵爲有

忽爲無夕宿兮帝郊帝謂天帝君誰須兮雲之際言司命之去暮宿於天帝之郊誰待於雲之際乎幸其有意而顧已五臣云須待也與君猶待已而命之

與女遊兮九河衝風至兮水揚波王逸無注古本無此二句文選遊作游女作汝風至作飈起五臣云汝謂司命九河天河也衝飈暴風也補曰此二句河伯章中語也

與女沐兮咸池咸池星名蓋天池也一作咸之淹補曰咸池見騷經

晞女髮兮陽之阿晞乾也詩曰匪陽不晞阿曲隅日所行也言已願託司命俱沐咸池乾髮陽阿齋戒潔已與衆蒙天祐也五臣云願與司命共爲清潔偸已與君俱行政敎以治於國補曰晞音希淮南曰日出湯谷浴於咸池拂於扶桑是謂晨明登于扶桑是謂朏明至於曲阿是謂旦明遠遊曰朝濯髮於湯谷兮夕晞余身兮九陽

望美人兮未來美人謂司命

臨風怳兮浩歌怳失意貌言巳思望司命而未肯來臨疾風而大歌冀神聞之而來至也五臣云以喻望君之使未至臨風怳然而大歌也浩大也補曰怳儻怳也許往切孔蓋兮翠旍言司命以孔雀之翅爲車蓋翡翠之羽爲旗旍言殊飾也旍一作旌一本此句上有揚字補曰相如賦云宛雛孔鸞孔孔雀也顏師古曰鳥赤羽者曰翡青羽者曰翠周禮曰蓋之圜也以象天漢樂歌曰麾旄翠旌登九天兮撫彗星九天八方中央也言司命乃陞九天之上撫持彗星欲掃除邪惡輔仁賢也五臣云飛登於天撫掃彗星言願將忠正美行還於君前翦讒賊矣補曰左傳曰天之有彗以除穢也爾雅彗星爲欃槍彗祥歲切偏指曰彗自此以下皆喻君也竦長劒兮擁幼艾竦執也幼少也艾長也言司命執持長劒以誅絕凶惡擁護萬民長少使各得其命也釋文竦作慫補曰竦慫並息拱切竦立也國語曰竦善抑惡慫慂也孟子曰知好

色則慕少艾說者曰艾美好也戰國策云今爲天下之工或非也乃與幼艾又齊王有七孺子注云孺子謂幼艾美女也離騷以美女喻賢臣此言人君當遏惡揚善佑賢輔德也或曰麗姬艾封人之子也故美女謂之艾猶姬貴姓因謂美妾爲姬耳

蓀獨宜兮爲民正言司命執心公方無所阿私善者佑之惡者誅之故宜爲萬民之平正也蓀一作荃五臣云蓀香草謂神也以喻君補曰正音征

叶韻

少司命

暾將出兮東方謂日始出東方其容暾暾而盛大也補曰暾他昆切**照吾檻兮扶桑**吾謂日也檻楯也言東方有扶桑之木其高萬仞日出下浴於湯谷上拂其扶桑爰始而登照曜四方日以扶桑爲舍檻故曰照吾檻兮扶桑也補曰檻闌也戶黯切楯音盾**撫**

余馬兮安驅余謂日也補曰淮南曰日至悲泉爰止其女爰息其馬是謂懸車車日所乘也馬駕車者也御之者羲和也女即羲和馬即六龍見騷經注**夜晈晈兮既明**言日既陞天運轉而西將過太陰徐撫其馬安驅而行雖幽昧之夜猶晈晈而自明也晈一作皎補曰晈字从日與皎同此言日之將出羲和御之安驅徐行使幽昧之夜晈晈而復明也補曰舊本明音亡**駕龍輈兮乘雷**輈車轅也補曰震東方也爲雷爲龍日出東方故曰駕龍乘雷也春秋命曆序曰皇伯登扶桑日之陽駕六龍以上下淮南曰雷以爲車輪注云雷轉氣也輈張留切方言曰轅楚韓之間謂之輈**載雲旗兮委蛇**言日以龍爲車轅乘雷而行以雲爲旌旗委蛇而長委一作透蛇一作虵**長太息兮將上心低佪兮顧懷**言日將去扶桑上而升天則俳佪太息顧念其居也低一作俳佪一作儃補曰低佪疑

不卽進貎出不忘本行則思歸物之情也以諷其君迷不知復也上上聲升也羌聲色兮娛人娛樂也一作色聲觀者憺兮忘歸憺安也言日色光明旦燿四方人觀見之莫不娛樂憺然意安而忘歸也補曰東方既明萬類皆作有聲者以聲聞有色者以色見耳目之娛各自適焉以諭人君有明德則百姓皆注其耳目也緪瑟兮交鼓緪急張絃也交鼓對擊鼓也緪一作絙補曰緪古登切長笛賦曰緪瑟促柱簫鍾兮瑤簴王逸無注簫一作蕭補曰儀禮有笙磬笙鍾周禮笙師共其鍾笙之樂注云鍾笙與鍾聲相應之笙然則簫鍾與簫聲相應之鍾歟簴其呂切爾雅木謂之虡縣鍾磬之木也瑤簴以美玉爲飾也鳴䶵兮吹竽䶵竽樂器名也言已願供修香美張施琴瑟吹鳴䶵竽列備衆樂以樂大神䶵一作箎補曰箎與䶵同並音池爾雅注云箎以竹爲之長尺四寸圍三寸一孔上出一寸三分名翹橫吹之小

者尺二寸廣雅云八孔竽已見上**思靈保兮賢姱**靈謂巫也姱好貌言已思得賢好之巫使與日神相保樂也補曰古人云詔靈保召方相說者曰靈保神巫也姱音戶叶韻舊苦胡切未詳**翾飛兮翠曾**曾舉也言巫舞工巧身體翾然若飛似翠鳥之舉也補曰翾小飛也許緣切曾作滕切傅雅曰翾翥飛也**展詩兮會舞**展舒補曰展詩猶陳詩也會舞猶合舞也**應律兮合節**言乃復舒展詩曲作爲雅頌之樂合會六律以應舞節補曰應於證切漢樂歌曰展詩應律鋗王鳴**靈之來兮蔽日**言日神悅喜於是來下從其官屬蔽日而至也**青雲衣兮白霓裳**言日神來下青雲爲上衣白蜺爲下裳也日出東方入西方故用其方色以爲飾也補曰霓見騷經**舉長矢兮射天狼**天狼星名以喻貪殘日爲王者王者受命必誅貪殘故曰舉長矢射天狼言君當誅

惡也射一作䠶補曰射食亦切晉書天文志云狼一星在東井南爲野將主侵掠**操余弧**

兮反淪降言日誅惡以後復循道而退下入太陰之中不伐其功也補曰操持也七刀切弧音胡說文曰木弓也一曰往體寡來體多曰弧淪沒也降下也戶江切叶韻晉志曰弧九星在狼東南天弓也主備盜賊天文大象賦注云弧矢九星常屬矢而向狼直狼多盜賊引滿則天下兵起河東賦云玃天狼之威弧思玄賦云彎威弧之拔剌兮射嶓冢之封狼**援北斗兮酌桂**

漿斗謂玉爵言誅惡既畢故引玉斗酌酒漿以爵命賢能進有德也補曰援音爰引也詩云酌以大斗斗酒器也又曰維北有斗不可以挹酒漿此以北斗喻酒器者大之也斗舊音主射天狼酌桂漿以諷其君不能遏惡揚善也**撰余轡兮高駝翔**駝一作馳一無此字補曰撰雛免切定也持也遠遊曰撰余轡而正策反淪降者喻人君退託不自有其功高馳翔者喻制世馭民於萬

物之上**杳冥冥兮以東行**言日過太陰不見其光出杳杳入冥冥直東行而復出或曰日月五星皆東行也一云翔杳冥兮一無以字補曰杳深也冥幽也日出東方猶帝出乎震也行胡岡切叶韻

東君博雅曰朱明耀靈東君日也漢書郊祀志有東君

與女遊兮九河河爲四瀆長其位視大夫屈原亦楚大夫欲以官相友故言女也九河徒駭太史馬頰覆鬴胡蘇簡絜鉤盤鬲津也補曰女讀作汝下同九河名見爾雅書曰九河既道注云河水分爲九道在兗州界又曰又北播爲九河同爲逆河入於海注云分爲九河以殺其溢漢許商上書云古記九河之名有徒駭胡蘇鬲津今見在成平東光鬲縣界中自鬲津以北至徒駭其間相去二百餘里是知九河所在徒駭最北鬲津最南蓋徒駭是河之本道東出分爲八枝也**衝風起**

兮橫波衝隧也屈原設意與河伯爲友俱遊九河之中想蒙神祐反遇隧風大波涌起所託無所也一本橫上有水字五臣云衝風暴風也補曰詩云大風有隧乘水車兮荷蓋駕兩龍兮驂螭言河伯以水爲車驂駕螭龍而戲遊也一本螭上有白字補曰括地圖云馮夷常乘雲車駕二龍史記曰水神不可見以大魚蛟龍爲候博物志曰水神乘魚龍驂蒼含切在旁曰驂驂兩騑也螭丑知切說文云如龍而黃北方謂之地螻一說無角曰螭一音离集韻螹螭龍無角登崑崙兮四望崑崙山河源所從出補曰援神契云河者水之伯上應天河山海經云崑崙山有青河白河赤河黑河環其墟其白水出其東北陬屈向東南流爲中國河爾雅曰河出崑崙虛色白所渠并千七百一川色黃百里一小曲千里一曲直淮南曰河出崑崙貫渤海入禹所導積石山也心飛揚兮浩蕩浩蕩忠放貌言已設與河伯俱遊西北登

崑崙萬里之山周望四方心意飛揚志欲陞天思念浩蕩而無所據也**日將暮兮悵忘歸**言崑崙之中多奇怪珠玉之樹觀而視之不知日暮言己心樂志說忽忘還歸也補曰此言登崑崙以望四方無所適從**惟極浦兮寤懷**惆悵歎息而忘歸也悵失志也寤覺也懷思也言已復徐惟念河之極浦江之遠碕則中心覺寤而復愁思也補曰惟思也極浦所謂望涔陽兮極浦是也**魚鱗屋兮龍堂紫貝闕兮朱宮**言河伯所居以魚鱗蓋屋堂畫蛟龍之文紫貝作闕朱丹其宮形容異制甚鮮好也文苑作珠宮補曰河伯水神也故託魚龍之類以爲宮室闕門觀也**靈何爲兮水中**言河伯之屋姝好如是何爲居水中而沈沒也補曰此喻賢人處非其所也**乘白黿兮逐文魚**大鼈爲黿魚屬也逐從也言河伯遊戲遠出乘龍近出乘黿又從鯉魚也一無文字補曰黿音

元紀年曰穆王三十七年征伐起師至九江叱黿鼉以爲梁陶隱居云鯉魚形既可愛又能神變乃至飛越山湖所以琴高乘之按山海經睢水東注江其中多文魚注云有班采也又文選云騰文魚以警乘注云文魚有翅能飛逸以文魚爲鯉豈亦有所據乎

與女遊兮河之渚流澌紛兮將來下流澌解冰也言屈原願與河伯遊河之渚而流流澌紛然相隨來下水爲汚濁故欲去也或曰流澌解散屈原自北流澌者欲與河伯離別也補曰渚洲也澌音斯從仌者流氷也從水者水盡也此當從仌下音戶

子交手兮東行子謂河伯也言屈原與河伯別子宜東行還於九河之居我亦欲歸也一本子上有與字補曰莊子曰河伯順流而東行

送美人兮南浦美人屈原自謂也願河伯送巳南至江之涯歸楚國也補曰江淹別賦云送君南浦傷如之何蓋用此語

波滔滔兮來迎魚隣隣兮

媵予媵送也言江神聞已將歸亦使波流滔滔來迎河伯遣魚隣隣侍從而送我也隣一作鱗補曰滔土刀切水流貌詩曰滔滔江漢媵以證切予音與屈原託江海之神送迎已者言時人遇已之不然也杜子美詩云岸花飛送客檣燕語留人亦此意

河伯山海經曰中極之淵深三百仞唯氷夷都焉氷夷人面而乘龍穆天子傳云天子西征至於陽紆之山河伯無夷之所都居氷夷無夷即馮夷也淮南又作馮遲抱樸子釋鬼篇曰馮夷以八月上庚日渡河溺死天帝署為河伯清泠傳曰馮夷華陰潼鄉隄首人也服八石得水仙是為河伯博物志云昔夏禹觀河見長人魚身出曰吾河精豈河伯也馮夷得道成仙化為河伯道豈同哉

若有人兮山之阿若有人謂山鬼也阿曲隅也被薜荔兮帶女羅女羅兔絲也言山鬼仿佛若人見於山之阿被薜荔之衣以兔絲爲帶也薜荔兔絲皆無根緣物而生山鬼亦晻忽無形故衣之以爲飾也羅一作蘿補曰爾雅云唐蒙女蘿女蘿兔絲詩云蔦與女蘿施于松上呂氏春秋云或謂菟絲無根也其根不屬地茯苓是也抱朴子云菟絲之草下有伏菟之根無此菟則絲不生於上然實不屬也既含睇兮又宜笑睇微眄貌也言山鬼之狀體含妙容美目盼然又好口齒而宜笑也五臣云山鬼美貌既宜含視又宜發笑補曰睇音弟傾視也一曰目小視也說文云南楚謂眄曰睇眄眠見切詩曰巧笑倩兮美目盼兮大招曰靨輔奇牙宜笑嘕只山鬼無形其情狀難知故含睇宜笑以喻姱美乘豹從狸以譬猛烈辛夷杜衡以況芬芳不一而足也子慕予兮善窈窕子謂山鬼也窈窕好貌詩曰窈窕淑女言山鬼之貌

旣以姱麗亦復慕我有善行好姿故來見其容也善一作善語五臣云喻君初與巳誠而用之矣補曰窈音杳窕徒了切方言云美狀爲窕美心爲窈注云窈幽靜窕閑都也

乘赤豹兮從文狸狸一作貍五臣云赤豹文貍皆奇獸也將以乘騎侍從者明異於衆也乘一作椉補曰從隨行也才用切豹有數種有赤豹有玄豹有白豹詩曰赤豹黃羆陸機云毛赤而文黑謂之赤豹狸有虎斑文者有貓斑者河伯云乘白黿兮逐文魚山鬼云乘赤豹兮從文狸各以其類也

辛夷車兮結桂旗辛夷香草也言山鬼出入乘赤豹從文狸結桂與辛夷以爲車旗言其香潔也文選桂誤作旌補曰以辛夷香木爲車結桂枝以爲旌旗也

被石蘭兮帶杜衡石蘭杜衡皆香草衡一作蘅

折芳馨兮遺所思所思謂清潔之士若屈原者也言山鬼修飾衆香以崇其善屈原履行清潔以厲其身神人同好故折芳馨相遺以

同其志也五臣云所思謂君也喻己被帶忠信又以嘉言而納於君也補曰遺去聲**余處幽篁兮終不見天**言山鬼所處乃在幽篁之內終不見天地所以來出歸有德也或曰幽篁竹林也五臣云幽深也篁竹叢也補曰篁音皇漢書音云篁竹之中注云竹田曰篁西都賦云篠簜敷衍編町成篁注云篁竹墟名也**路險難兮獨後來**言所處既深其路險阻又難故來晚暮後諸神也五臣云言己處江山竹叢之間上不見天道路險阻欲與神游獨在諸神之後喻己不得見君讒邪塡塞難以前進所以索居於此補曰來音釐**表獨立兮山之上**表特也言山鬼後到特立於山之上而自異也**雲容容兮而在下杳冥冥兮羌晝晦**言山鬼所在至高邈雲出其下雖白晝猶暝晦也五臣云表明也雖明然自異立於山上終被雲鄣蔽其下使不通也容容雲出貌杳深也晦暗也羌語詞也言雲氣深

厚冥冥使晝日昏暗一云日窈冥兮羌晝晦補曰此喻小人之蔽賢也下音戶**東風飄兮神靈雨**飄風貌詩曰匪風飄兮言東風飄然而起則神靈應之而雨以言陰陽通感風雨相和屈原自傷獨無和也飄一作飄五臣云自傷誠信不能感君也**留靈脩兮憺忘歸**靈脩謂懷王也**歲既晏兮孰華予**晏晚也孰誰也言己宿留懷王冀其還己心中憺然安而忘歸年歲晚暮將欲罷老誰復當令我榮華也五臣云言君若能除去讒邪我則可進留止於君所不然則歲晏衰老孰能榮華我乎補曰留止也不必讀爲宿留之留此言當及年德盛壯之時留於君所日月逝矣孰能使衰老之人復榮華乎自此以下屈原陳己之志於山鬼也予音與**采三秀兮於山間**三秀謂芝草也補曰爾雅苬芝注云一歲三華瑞草也苬音囚思玄賦云冀一年之三秀近時王令逢原作藏芝之賦序云離騷九歌自詩人所紀之外地

所常產目所同識之草盡矣而芝復獨遺說者遂以九歌之三秀爲芝予以其不明又其辭曰適山而采之芝非獨山草葢未足據信也余按本草引五芝經云皆以五色生於五岳又淮南云紫芝之生於山而不能生於盤石之上則芝正生於山間耳逢原之說豈其然乎

石磊磊兮葛蔓蔓言巳欲服芝草以延年命周旋山間采而求之終不能得但見山石磊磊葛草蔓蔓或曰三秀秀材之士隱處者也言石葛者喻所在深也五臣云芝草仙藥采不可得但見葛石爾亦猶賢哲難逢詔諛者衆也補曰磊衆石皃魯猥切詩曰葛之覃兮施于中谷又曰南有樛木葛藟纍之蔓莫干切俗作蔓

怨公子兮悵忘歸公子謂公子椒也言巳所以怨公子椒者以其知巳忠信而不肯達故我悵然失志而忘歸也補曰怨椒蘭薇賢如葛石之於三秀故悵然忘歸也

君思我兮不得閒言懷王時思念我顧不肯以閒暇之日召巳謀議也五臣云君縱相

思爲小人在側亦無暇召我也補曰間音閑

山中人兮芳杜若山中人屈原自謂也

飲石泉兮蔭松栢言巳雖在山中無人之處猶取杜若以爲芬芳飲石泉之水蔭松栢之木飲食居處動以香潔自修飾也五臣云飲清潔之水蔭貞實之木

君思我兮然疑作言懷王有思我時然讒言妄作故令狐疑也五臣云讒邪在旁起其疑惑作起也補曰然不疑也疑未然也君雖思我而爲讒者所惑是非交作莫知所決也

靁塡塡兮雨冥冥靁一作雷補曰塡音田

猨啾啾兮又夜鳴又一作狖五臣云塡塡雷聲冥冥雨貌啾啾猨聲皆喻讒言也補曰啾小聲也狖似猨余救切

風颯颯兮木蕭蕭言巳在深山之中遭雷電暴雨猨狖號呼風木搖動以言恐懼失其所也或曰雷爲諸侯以興於君雲雨冥昧以興佞臣猨狖善鳴以興讒言風以喻政

木以諭民雷塡塡者君妄怒也雨冥冥者羣佞聚也猨啾啾者讒夫弄口也風颯颯者政煩擾也木蕭蕭者民驚駭也蕭蕭文苑作搜搜補曰颯蘇合切搜搜動貌與蕭蕭同

思公子兮徒離憂

言己怨子椒不見達故遂去而憂愁也五臣云思子椒不能用賢使國若此但使我羅其憂愁離羅也

山鬼

莊子曰山有夔淮南曰山出嘄陽楚人所祠豈此類乎

操吳戈兮被犀甲

戈戟也甲鎧也言國殤始從軍之時手持吳戟身被犀鎧而行也或曰操吾科吾科楯之名也補曰操持也說文云戈平頭戟也考工記曰吳粵之劍又曰吳粵之金錫爾雅曰南方之美者有梁山之犀象焉考工記曰犀甲壽百年荀子曰楚人鮫革犀兕以爲甲鞈如金石鞈堅貌音夾

車錯轂兮短兵接

錯交也短兵刀劒也言戎車相迫輪

楚辭卷二　二

轂交錯長兵不施故用刀劒以相接擊也補曰錯倉各切詩傳云東西爲交邪行爲錯司馬法曰弓矢圍殳矛守戈戟助凡五兵長以衛短短以救長

旌蔽日兮敵若雲言兵士競路趨敵旌旗蔽天敵多人衆來若雲也

矢交墜兮士爭先墜墮也言兩軍相射流矢交墮壯夫奮怒爭先在前也墜一作隧補曰隧與墜同

凌余陣兮躐余行凌犯也躐踐也言敵家來侵凌我屯陣踐躐我行伍也躐一作蹣補曰顏之推云六韜有天陳地陳人陳雲鳥之陳左傳有魚麗之陳行陳之義取於陳列耳俗作阜傍車非也躐蹣並音獵行胡岡切

左驂殪兮右刃傷殪死也言已所乘左驂馬死右騑馬被刃創也補曰殪壹計切驂見遠遊創初良切

霾兩輪兮縶四馬縶絆也詩曰縶之維之言已馬雖死傷更霾車兩輪絆四馬終不反顧示必死也霾一作埋補曰霾讀若埋縶陟立切

援

玉枹兮擊鳴鼓言已愈自厲怒勢氣益盛援一作搖枹一作桴補曰援音爰引也左傳郤克傷於矢左并轡右援枹而鼓天時墜兮威靈怒墜落也言已戰鬬適遭天時命當墮落雖身死亡而威神怒健不畏憚也墜一作隧文苑作懟嚴殺盡兮棄原壄嚴壯也殺死也言壯士盡其死命則骸骨棄於原壄而不土葬也補曰壄古野字又叶韻出不入兮往不反言壯士出鬬不復顧入一往必死不復還反也平原忽兮路超遠言身棄平原山壄之中去家道甚遠也一云平原路兮忽超遠帶長劍兮挾秦弓言身雖死猶帶劍持弓示不舍武也補曰漢書地理志云秦地迫近戎狄以射獵爲先又秦有南山檀柘可爲弓幹首身離兮心不懲懲忿也言已雖死頭足分離而心終不懲忿身一作躃補曰懲音澄忿音又誠既

勇兮又以武終剛強兮不可凌言國殤之性誠以勇猛剛強之氣不可凌犯也身既死兮神以靈子魂魄兮為鬼雄言國殤既死之後精神強壯魂魄武毅長為百鬼之雄傑也一云䰟魄毅一云子魄毅補曰左傳曰人生始化曰魄既生魄陽曰魂用物精多則魂魄強疏云人禀五常以生感陰陽以靈有身體之質名之曰形有噓吸之動謂之為氣氣之靈者曰魄既生魄矣其內自有陽氣也氣之神者曰魂魂魄神靈之名本從形氣而有附形之靈為魄附氣之神為魂附形之靈者謂初生之時耳目心識手足運動啼呼為聲此則魄之靈也附氣之神者謂精神性識漸有所知此則附氣之神也魄在於前魂在於後魄識少而魂識多人之生也魄盛魂強及其死也形銷氣滅聖人緣生以事死改生之魂曰神改生之魄曰鬼合鬼與神教之至也魂附於氣氣又附形形強則氣強形弱則氣弱魂以氣強魄以形強淮南子

曰天氣爲魂地氣爲魄注云魂人陽神魄人陰神也

國殤

謂死於國事者小爾雅曰無主之鬼謂之殤

成禮兮會鼓 言祠祀九神皆先齋戒成其禮敬乃傳歌作樂急疾擊鼓以稱神意也成一作盛

傳芭兮代舞 芭巫所持香草名也代更也言祠祀作樂而歌巫持芭而舞訖以復傳與他人更用之芭一作巴補曰芭卜加切司馬相如賦云諸柘巴且注云巴且草一名巴焦

姱女倡兮容與 姱好貌謂使童稚好女先倡而舞則進退容與而有節度也與一作治補曰姱音夸倡讀作唱

春蘭兮秋菊 菊一作鞠補曰古語云春蘭秋菊各一時之秀也

長無絕兮終古 言春祠以蘭秋祠以菊爲芬芳長相繼承無絕於終古之道也

禮魂

禮一作祀魂一作䰟或曰禮魂謂以禮善終者

楚辭卷第二

汲古後人毛表字奏叔依古本是正

楚辭卷第三

校書郎臣王　逸上

天問章句第三　離騷

天問者屈原之所作也何不言問天天尊不可問故曰天問也屈原放逐憂心愁悴（一作瘁）彷徨山澤（一作川澤）經歷陵陸嗟號昊旻仰天歎息見楚有先王之廟及公卿祠堂圖畫天地山川神靈琦（一作瑰）瑋僪佹（一作譎詭）及古賢聖怪物行事周流

罷倦罷音皮休息其下仰見圖畫因書其壁何而問之何一作呵以渫憤懣舒瀉愁思楚人哀惜屈原因共論述故其文義不次序云爾天問之作其旨遠矣蓋曰遂古以來天地事物之憂不可勝窮欲付之無言乎而耳目所接有感於吾心者不可以不發也欲具道其所以然乎而天地變化豈思慮智識之所能究哉天固不可問聊以寄吾之意耳楚之興衰天邪人邪吾之用捨天邪人邪國無人莫我知也知我者其天乎此天問所爲作也太史公讀天問悲其志者以此柳宗元作天對失其旨矣王逸以爲文義不次序夫天地之間千變萬化豈可以次序陳哉序一作叙

曰遂古之初誰傳道之遂往也初始也言往古太始之元虛廓無

形神物未生誰傳道此事也補曰列子殷湯問於夏革曰古初有物乎夏革曰古初無物今惡得物自物之外自事之先朕所不知也周禮訓方氏誦四方之傳道道猶言也傳道世世所傳說往古之事也

上下未形何由考之言天地未分溷沌無垠誰考定而知之也考一作知定一作述補曰列子曰有形者生於無形則天地安從生故曰有太易有太初有太始有太素氣形質具而未相離故曰渾淪又曰一者形變之始也清輕者上爲天濁重者下爲地沖和氣者爲人

冥昭瞢闇誰能極之言日月晝夜清濁晦明誰能極知之補曰冥幽也所謂窈冥之門也昭明也所謂大明之上也瞢母亘切目不明也闇音暗閉門也此言幽明之理瞢闇難知誰能窮極其本原乎

馮翼惟像何以識之言天地既分陰陽運轉馮馮翼翼何以識知其形像乎補曰淮南言天墜未形馮馮翼翼洞洞灟灟故曰大昭注云馮翼無形之貌又曰古未有天

地之時惟像無形窈窈冥冥芒芒芠漠閔澒濛鴻洞莫知其門

明明闇闇惟時何爲 言純陰純陽一晦一明誰造爲之乎補曰此言日月相推晝夜相代時運不停果何爲乎

陰陽三合何本何化 謂天地人三合成德其本始何化所生乎補曰天對云合焉者三一以統同吁炎吹冷交錯而功引穀梁子云獨陰不生獨陽不生獨天不生三合然後生逸以爲天地人非也穀梁注云古人稱萬物負陰而抱陽沖氣以爲和然則傳所謂天盡名其沖和之功而神理所由也會二氣之和極發揮之美者不可以柔剛滯其用不得以陰陽分其名故歸於冥極而謂之天凡生類稟靈知於天資形於二氣故又曰獨天不生必三合而形神生理具矣

圜則九重孰營度之 言天圜而九重誰營度而知之乎補曰圜與圓同說文曰天體也易曰乾元用九乃見天則淮南曰天地九重人亦有九竅天對曰無營以成沓陽而九運輠渾淪蒙以圜號

積陽爲天九老陽數也營經營也度量度也惟茲何功孰初作之言此天有九重誰功力始作之邪斡維焉繫天極焉加斡轉也維綱也言天晝夜轉旋寧有維綱繫綴其際極安所加乎斡一作筦補曰說文云斡轂端沓也楊雄杜林云軺車輪斡也顏師古匡謬正俗云聲類字林並音管賈誼服鳥賦云斡流而遷張華勵志詩云大儀斡運皆爲轉也楚辭云筦維焉繫此義與斡同字即爲筦故知斡管二音不殊近代流俗音烏活切非也淮南曰帝張四維運之以斗東北爲報德之維西南爲背陽之維東南爲常羊之維西北爲蹏通之維注云四角爲維也先儒說云天是太虛本無形體但指諸星運轉以爲天耳天如彈丸圍圜三百六十五度四分度之一旁行四表之中冬南夏北春西秋東皆薄四表而止張衡靈憲云八極之維徑二億三萬二千三百里維謂四維極謂八極也一說云北極天之中也天官書曰中宮天極星其一明者太一常居也太玄經曰

天圜地方極植中央**八柱何當東南何虧**言天有八山爲柱皆何當値東南不足誰虧缺之也虧一作虧補曰河圖言崑崙者地之中也地下有八柱柱廣十萬里有三千六百軸互相牽制名山大川孔穴相通淮南云天有九部八紀地有九州八柱神異經云崑崙有銅柱焉其高入天所謂天柱也素問曰天不足西北故西北方陰也而人右耳目不如左明也地不滿東南故東南方陽也而人左手足不如右強也又曰天不足西北左寒而右涼地不滿東南右熱而左溫注云中原地形西北高東南下今百川滿湊東之滄海則東西南北高下可知**九天之際安放安屬**九天東方皞天東南方陽天南方赤天西南方朱天西方成天西北方幽天北方玄天東北方變天中央鈞天其際會何分安所繫屬乎皞亦作昊變一作欒一作鸞補曰際邊也傳曰九天之際曰九垠九天之外曰九陔放上聲孟子曰遵海而南放于琅邪放至也屬附也音注**隅隈**

多有誰知其數言天地廣大隅隈衆多寧有知其數乎補曰隅角也爾雅厓內爲隩外爲隈淮南曰天有九野九千九百九十九隅去地五億萬里注云九野九天之野一野千一百一十一隅

天何所沓十二焉分沓合也言天與地合會何所十二辰誰所分別乎補曰沓徒合切靈憲云天體於陽故圓以動地體於陰故平以靜動以行施靜以合化堙鬱構精時育庶類斯謂天元天何所沓言與地合也左傳曰日月所會是謂辰故以配日注云一歲日月十二會所會爲辰十一月辰在星紀十二月辰在元枵之類是也若歲在鶉火我周之分野實沈之虛晉人是居則十二辰所次也

日月安屬列星安陳言日月衆星安所繫屬誰陳列也補曰列子曰天積氣耳日月星宿亦積氣中之有光耀者靈憲曰星也者體生於地精成于天列居錯跱各有攸屬

出自湯谷次于蒙汜次舍也汜水涯也言日出東方湯谷之中

暮入西極蒙水之涯也補曰書云宅嵎夷曰暘谷郎湯谷也爾雅云西至日所入爲太蒙郎蒙汜也說文云暘日出也或作湯通作陽汜音似淮南曰日出于暘谷浴于咸池拂于扶桑是謂晨明登于扶桑爰始將行是謂朏明至于曲阿是謂旦明至于曾泉是謂早食至于桑野是謂晏食至于衡陽是謂隅中至于昆吾是謂正中至于鳥次是謂小還至于悲谷是謂餔時至于女紀是謂大還至于淵隅是謂高春至于連石是謂下春至于悲泉爰止其女爰息其馬是謂懸車薄于虞淵是謂黃昏淪于蒙谷是謂定昏日入于虞淵之汜曙於蒙谷之浦行九州七舍有五億萬七千三百九里注云自暘谷至虞淵凡十六所爲九州七舍

自明及晦所行幾里言日平旦而出至暮而止所行凡幾何里乎補曰論衡云日晝行千里夜行千里行太陰則無光行太陽則能照物理論云極南爲太陽極北爲太陰

夜光何德死則又育夜光月也育生也言月何德於天死而復

生也一云言月何德居於天地死而復生補曰博雅云夜光謂之月皇甫謐曰月以宵曜名曰夜光書有旁死魄哉生明既生魄死魄朔也生魄望也先儒云月光生於日所照魄生於日所蔽當日則光盈就日則光盡

厥利維何而顧菟在腹

言月中有菟何所貪利居月之腹而顧望乎菟一作兔補曰菟與兎同靈憲曰月者陰精之宗積而成獸象兎陰之類其數偶蘇鶚演義云兎十二屬配卯位處望日月最圓而出於卯上卯兎也其形入於月中遂有是形古今注云兎口有缺博物志云兎望月而孕自吐其子故天對云玄陰多缺爰感厥兎不形之形惟神是類

女岐無合夫焉取九子

女岐神女無夫而生九子也天對云陽健陰淫降施蒸摩岐靈而子焉以夫爲

伯強何處惠氣安在

伯強大厲疫鬼也所至傷人惠氣和氣也言陰陽調和則惠氣行不和調則厲鬼興二者當何所在乎補曰強巨良切惠順也

何闔而晦何開而明言天何所闔閉而晦冥何所開發而明曉乎補曰闔閉戶也開闢戶也陰闔而晦陽開而明角宿未旦曜靈安藏角亢東方星曜靈日也言東方未明旦之時日安所藏其精光乎釋文藏作臧補曰宿音秀臧與藏同爾雅曰壽星角亢也注云數起角亢列宿之長國語曰辰角見而雨畢注云辰角大辰蒼龍之角見者朝見東方建戌之初寒露節也此言角宿未旦者指東方蒼龍之位耳天對云孰旦孰幽繆躔于經蒼龍之寓而廷彼角亢廷欺也具往切亢音剛不任汩鴻師何以尚之汩治也鴻大水也師衆也尚舉也言鯀才不任治鴻水衆人何以舉之乎師一作鯀補曰汩音骨國語曰禹決汩九川汩通也荀子曰禹有功抑下鴻鴻即洪水也堯典曰湯湯洪水方割蕩蕩懷山襄陵下民其咨有能俾乂僉曰於鯀哉帝曰吁咈哉方命圮族岳曰异哉試可乃已帝曰往欽哉九載績用弗成异舉也僉

曰何憂何不課而行之僉衆也課試也言衆人舉鯀治水堯知其不能衆人曰何憂哉何不先試之也曰一作答鴟龜曳銜鯀何聽焉言鯀治水績用不成堯乃放殺之羽山飛鳥水蟲曳銜而食之鯀何能復不聽乎補曰鴟處脂切一名鳶也曳牽也引也聽從也此言鯀違帝命而不聽何爲聽鴟龜之曳銜也天對云方陟元子以胤功定地胡離厥考而鴟龜肆喙順欲成功帝何刑焉帝謂堯也言鯀設能順衆人之欲而成其功堯當何爲刑戮之乎補曰書云方命圮族國語云鯀違帝命則所謂順欲者順帝之欲也天對云盜堙息壤招帝震怒賦刑在下投棄於羽山海經云鯀竊帝之息壤以堙洪水帝令祝融殺鯀于羽郊永遏在羽山夫何三年不施永長也遏絕也施舍也言堯長放鯀於羽山絕在不毛之地三年不舍其罪也一無山字施一作弛補曰遏猶遏絕苗民之遏

施捨也通作施音豕**伯禹愎鯀夫何以變化**禹鯀子也言鯀愚狠愎而生禹禹小見其所爲何以能變化而有聖德也愎一作腹注同一本何下有故字補曰愎彌力切戾也詩云出入腹我腹懷抱也天對云氣孼宜害而嗣續得聖汗塗而藁夫固不可以類**纂就前緒遂成考功**父死稱考緒業也言禹能纂代鯀之遺業而成考父之功也補曰纂作管切集也緒音敘絲耑也記曰禹能修鯀之功**何續初繼業而厥謀不同**言禹何能繼續鯀業而謀慮不同也補曰洪範言鯀堙洪水汨陳其五行帝乃震怒不畀洪範九疇彝倫攸斁鯀則殛死禹乃嗣興天乃錫禹洪範九疇彝倫攸敘孟子曰禹之治水水之道也鯀堙洪水而禹行其所無事雖承父業其謀不同也**洪泉極深何以窴之**言洪水淵泉極深大禹何用窴塞而平之乎補曰窴與塡同淮南曰凡鴻水淵藪自三百仞以上二億三

萬三千五百五十里有九淵禹乃以息土塡洪水以爲名山注云息土不耗減掘之益多故以塡洪水也天對云行鴻下隤厥丘乃降焉塡絕淵然後夷於土

地方九則何以墳之

墳分也謂九州之地凡有九品禹何以能分別之乎墳一作憤補曰班孟堅云坤作地勢高下九則劉德云九則九州土田上中下九等也天對云從民之宜乃九於野墳厥貢藝而有上中下

河海應龍何盡何歷

有鱗曰蛟龍有翼曰應龍歷過也言河海所出至遠應龍過歷遊之而無所不窮也或曰禹治洪水時有神龍以尾畫地導水所注當決者因而治之也一云應龍何畫河海何歷補曰山海經云應龍處南極殺蚩尤與夸父不得復上故下數旱旱而爲應龍之狀乃得大雨山海經圖云犂丘山有應龍者龍之有翼也昔蚩尤禦黃帝令應龍攻於冀州之野女媧之時乘雷車服駕應龍夏禹治水有應龍以尾畫地即水泉流通天對云胡聖爲不足反謀龍知畚鍤究勤而欺畫厥尾

畫音獲**鯀何所營禹何所成**言鯀治鴻水何所營度禹何所成就乎補曰汩陳其五行此鯀所營也六府三事允治此禹所成也**康回馮怒墜何故以東南傾**康回共工名也淮南子言共工與顓頊爭爲帝不得怒而觸不周之山天維絕地柱折故東南傾也墜一作地一無以字補曰馮皮膺切列子曰帝憑怒注云憑大也春秋傳曰震電馮怒注云馮盛也方言云憑怒也楚曰憑注云恚盛貌引康回憑怒然則馮憑一也列子曰共工氏與顓頊爭爲帝怒而觸不周之山折天柱絕地維故天傾西北日月星辰就焉地不滿東南百川水潦歸焉注云共工氏興覇於伏羲神農之閒其後苗裔恃其強與顓頊爭爲帝又淮南言共工之力觸不周之山使地東南傾注云非堯時共工傾猶下也**九州安錯川谷何洿**錯厠也洿深也言九州錯厠禹何所分別之川谷於地何以獨洿深乎安一作何補曰錯七故切置也天

對云州錯畐媪爰定於趾國語曰疏爲川谷以導其氣蔡邕月令章句曰衆流注海曰川爾雅云水注川曰谿注谿曰谷集韻洿音户水深謂之洿舊音烏無深義亦不叶韻**東流不溢孰知其故**言百川東流不知滿溢誰有知其故也補曰列子云渤海之東不知幾億萬里有大壑焉實惟無底之谷名曰歸墟八紘九野之水天漢之流莫不注之而無增無減焉莊子曰天下之水莫大於海萬川歸之不知何時止而不盈尾閭泄之不知何時已而不虚天對云東窮歸墟又環西盈脉穴土區而濁濁清清墳壚燎疏滲渴而升充**東西南北其修孰多**修長也言天地東西南北誰爲長乎**南北順墮其衍幾何**衍廣大也言南北墮長其廣差幾何乎墮釋文作隋一作墮補曰爾雅云蟦小而橢橢音妥又徒禾切狹而長也疏引南北順橢其修幾何墮與橢同通作隋淮南子云闔四海之

内東西二萬八千里南北二萬六千里注云子午爲經卯酉爲緯言經短緯長也又曰禹乃使大章步自東極至於西極二億三萬三千五百里七十五步使竪亥步自北極至於南極二億三萬三千五百里七十五步注云海内有長短極内等也軒轅本紀云帝令竪亥步自東極至於西極得五億十選九千八百八步南北二億三萬一千三百里竪亥左手把筭右手指青丘北東盡泰遠西窮邠國東西得二萬八千里南北得二萬六千里靈憲曰八極之維徑二億三萬二千三百里南北則短減千里東西則廣增千里自地至天半於八極則地之深亦如之博物志曰河圖天地南北三億三萬五千五百里東西二億三萬三千里其說不同今並存之

崑崙縣圃其凥安在

崑崙山名也在西北元氣所出其巔曰縣圃乃上通於天也凥一作居天對云積高於乾崑崙攸居蓬首虎齒爰穴爰都補曰縣音玄凥與居同

增城九重其高幾里

淮南言崑崙之山九

重其高萬二千里也二一或作五補曰淮南云崑崙虛中有增城九重其高萬一千里百一十四步二尺六寸注云增重也有五城十二樓見括地象此葢誕實未聞也

四方之門其誰從焉

言天四方各有一門其誰從之上下一云誰其從焉補曰淮南言崑崙虛旁有四百四十門門間四里里間九純純丈五尺此云四方之門葢謂崑崙也又云東北方方土之山曰蒼門東方東極之山曰開明之門東南方波母之山曰陽門南方南極之山曰暑門西南方編駒之山曰白門西方西極之山曰閶闔之門西北方不周之山曰幽都之門北方北極之山曰寒門凡八極之雲是雨天下八門之風是節寒暑遂說葢出於此然與上下文不屬恐非也

西北辟啓何氣通焉

言天西北之門每常開啓豈元氣之所通辟一作闢一作開補曰辟與闢同淮南云崑崙虛五橫維其西北陬北門開以納不周之風按不周山在崑崙西北不周風自此出也

日安不到燭

龍何照言天之西北有幽冥無日之國有龍銜燭
而照之也補曰山海經云鍾山之神名曰燭
燭陰視爲晝瞑爲夜吹爲冬呼爲夏不飲不食不喘
不息身長千里人面蛇身赤色注曰即燭龍也淮南
云燭龍在鴈門北蔽於委羽之山不見日其神人面
龍身而無足雪賦云爛兮若燭龍銜曜照崑山李善
引山海經云西北海之外赤水之北有章尾山有神
人面蛇身而赤其瞑乃晦其視乃明是燭九陰是謂
燭龍詩含神霧曰天不足西北無陰陽
消息故有龍銜火精以照天門中者也**羲和之**
未揚若華何光羲和日御也言日未出之時
若木何能有明赤之光華乎
和釋文作龢揚一作陽天對云惟若之
華稟羲以耀補曰羲和若木已見騷經**何所冬暖**
何所夏寒暖溫也言天地之氣何所有冬溫而
夏寒者乎補曰素問天不足西北左
寒而右涼地不滿東南右熱而左溫其故何也岐伯
曰陰陽之氣高下之理太少之異也注云高下謂地

形太少謂陰陽之氣盛衰之異西方涼北方寒東方溫南方熱氣化猶然矣又曰東南方陽也陽者其精降於下故右熱而左溫西北方陰也陰者其精奉於上故左寒而右涼是以地有高下氣有溫涼高者氣寒下者氣熱注云以氣候驗之中原地形所居者悉以居高則寒處下則熱中華之地凡有高下之大者東西南北各三分也其一者自漢蜀江南至海也二者自漢江北至平遥縣也三者自平遥北山北至蕃界北海也故南分大熱中分寒熱兼半北分大寒南北分外寒熱尤極大熱之分其寒微大寒之分其熱微又東西高下之別亦三矣其一者自汧源縣西至沙州二者自開封縣西至汧源縣三者自開封縣東至滄海也故東分大溫中分溫涼兼半西分大涼大溫之分其寒五分之二大涼之分其熱五分之二溫涼分外溫涼尤極變爲大暄大寒也約其大凡如此然九分之地寒極於東北熱極於西南中原地形西北高東南下一爲地形高下故寒熱不同二則陰陽之氣有少有多故表溫涼之異爾又曰至高之地冬

氣常在至下之地春氣常在注云高山之巔盛夏氷雪汚下川澤嚴冬草生常在之義足明矣淮南云南至委火炎風之野北方之極有凍寒積氷雪雹霜霰漂潤羣水之野又曰南方有不死之草北方有不釋之氷

焉有石林何獸能言

言天下何所有石木之林林中有獸能言語者乎禮記曰猩猩能言不離禽獸也補曰石林與能言之獸各指一物非必林中有此獸也吳都賦云雖有石林之岝崿請攘臂而靡之雖有雄虺之九首將抗足而跐之注引天問云焉有石林此本南方楚圖畫而屈原難問之於義則石林當在南也按天問所言不獨南方之物但吳都賦以石林與雄虺同稱則當在南耳天對云石胡不林往視西極按淮南云西方之極石城金室未見石林所出也爾雅曰猩猩小而好啼山海經鵲山有獸狀如禺捷類獼猴被髮垂地名曰猩猩又曰猩猩知人名其爲獸如豕而人面

焉有虬龍負熊以遊

有角曰龍無角曰虬言寧有無角之龍負熊獸

以遊戲者乎補曰虬見騷經熊形類大豕而性輕捷好攀緣上高木見人則顛倒自投地而下天對云有虬蟉蛇不角不鱗嬉大玄熊相待以神

雄虺九首儵忽焉在虺蛇別名也儵忽電光也言有雄虺一身九頭速及電光皆何所在乎一無速字補曰虺許偉切國語云爲虺弗摧爲蛇將若何虺小蛇也然爾雅云蝮虺博三寸首大如擘則虺亦有大者其類不一招魂南方曰雄虺九首往來儵忽儵忽疾急貌天對曰儵忽之居帝南北海汪云儵忽在莊子甚明王逸以爲電非也按莊子云南海之帝爲儵北海之帝爲忽乃寓言爾不當引以爲證

何所不死長人何守括地象曰有不死之國長人長狄春秋云防風氏也禹會諸侯防風氏後至于是使守封嵎之山也一云何所不老補曰山海經不死民在交脛國東其人黑色壽不死汪云圓丘上有不死樹食之乃壽有赤水飲之不老又大荒之山日月所入有人三面一臂奇右其人不死淮南曰西方之極石城

金室飲氣之民不死之野國語仲尼曰昔禹致羣神於會稽之山防風氏後至禹殺而戮之其骨節專車又曰山川之守足以綱紀天下者其守爲神客曰防風氏何守也仲尼曰汪芒氏之君守封嵎之山者也爲漆姓在虞夏商爲汪芒氏於周爲長狄今爲大人客曰人長之極幾何仲尼曰長者不過十之數之極也注云十之三丈則防風氏也今湖州武康縣東有防風山山東二百步有禹山防風廟在封禺二山之間穀梁文公十一年叔孫得臣敗狄于鹹長狄也射其目身横九畝

靡蓱九衢枲華安居九交道曰衢言寧有蓱草生於水上無根乃蔓衍於九交之道又有枲麻垂草華榮何所有此物乎蓱一作萍補曰此謂靡蓱與枲華皆安在也爾雅萍蓱注云水中浮蓱也山海經曰宣山上有桑焉其枝曰衢注云枝交互四出又少室之山有木名帝休其枝五衢注云言樹枝交錯相重五出有象路衢大對云有蓱九岐厥圖以詭注云衢岐也逸以爲生九衢中恐謬魏都賦云尋靡蓱於中

逵蓋用逸說也李善云靡蔓也枲相里切爾雅有枲麻麻有子曰枲天對云浮山孰産赤華伊枲引山海經浮山有草焉其葉如麻赤華卽枲華也

一蛇吞象厥大何如山海經云南方有靈蛇吞象三年然後出其骨一或作靈大或作骨補曰山海經南海內有巴蛇身長百尋其色青黃赤黑食象三歲而出其骨君子服之無心腹疾在犀牛西也注云今南方蚺蛇亦吞鹿消盡乃自絞於樹腹中骨皆穿鱗甲間出亦此類也楊大年云逸注楚詞多不原所出或引淮南子而劉安所引亦本山海經其注巴蛇事文句頗謬戾乃知逸憑宅書不親見山海經也吳都賦云屠巴蛇出象骼

黑水玄趾三危安在玄趾三危皆山名也在西方黑水出崑崙山也趾一作沚補曰言黑水玄趾三危皆安在也書曰道黑水至於三危入于南海張揖云三危山在鳥鼠之西黑水出其南天對云黑水淫淫窮于不姜玄趾則北三危則南西京賦云昆明靈沼黑水玄阯言昆明靈沼取象

於黑水玄阯阯也李善云黑水玄阯謂昆明靈沼之水沚非是**延年不死壽何所止**言仙人稟命不死其壽獨何所窮止也補曰素問云上古有眞人壽敝天地無有終時中古之時有至人者益其壽命而強者也亦歸於眞人其次有聖人者形體不敝精神不散亦可以百數**鯪魚何所鬿堆焉處**鯪魚鯉也一云鯪魚鯪鯉也有四足出南方鬿堆奇獸也鯪一作陵所一作居鬿一作魁補曰鯪音陵山海經西海中近列姑射山有陵魚人面人手魚身見則風濤起天對云鯪魚人貌邇列姑射是也陶隱居云鯪鯉形似鼉而短小又似鯉魚有四足吳都賦云陵鯉若獸注引陵魚曷止與逸說同鬿音祈堆多回切山海經云北號山有鳥狀如雞而白首鼠足名曰鬿雀食人天對云鬿雀峙北號惟人是食注云堆當爲雀王逸注誤按字書鴟音堆雀屬也則鬿堆即鬿雀也**羿焉彃日烏焉解羽**淮南言堯時十日並出草木焦枯堯

命羿仰射十日中其九日日中九烏皆死墮其羽翼故留其一日也彃一作彈一作斃補曰山海經黑齒之北曰湯谷居水中有扶木九日居下枝一日居上枝皆戴烏注云羿射十日中其九日離騷所謂羿焉彃日烏焉解羽傳曰天有十日日之數十也此言九日居下枝一日居上枝者大荒經曰一日方至一日方出明天地雖有十日自使以次迭出運照而今俱見爲天下妖故羿稟天命洞其靈誠仰天控弦而九日潛退也歸藏易云羿彃十日說文云彃射也音畢引𢏚焉彃日𢏚與羿同然則彃或作彈蓋字之誤耳淮南又云羿除天下之害死而爲宗布注云羿古之諸侯此堯時羿非有窮后羿又云日中有踆烏踆猶蹲也春秋元命苞云陽成於三故日中有三足烏者陽精也天對云大澤千里羣鳥是解注云鳥當爲烏後人不知因配上句改爲鳥也山海經云大澤方千里羣鳥之所生及所解又穆天子傳曰北至曠原之野飛鳥之所解其羽然以文意考之烏當如字宗元改從鳥雖有所據近乎鑿矣

禹之力獻

功句絶**降省下土四方**言禹以勤力獻進其功堯因使省迨下土四方也一無四方二字補曰降下也省察也書曰惟荒度土功**焉得彼嵞山女而通之於台桑**言禹治水道娶塗山氏之女而通夫婦之道於台桑之地焉一作安一云焉得彼塗山之女而通於台桑塗釋文作涂補曰嵞音塗說文云會稽山也一曰九江當嵞也書曰娶於塗山辛壬癸甲疏引左傳禹會諸侯於塗山杜預云塗山在壽春東北蘇鶚演義云塗山有四一者會稽二者渝州三者濠州四者文字音義云嵞山古國名夏禹娶之今宣州當塗縣也塗山氏女即女嬌也史記曰辛壬娶塗山癸甲生啓呂氏春秋曰禹娶塗山氏女不以私害公自辛至甲四日復往治水故江淮之俗以辛壬癸甲爲嫁娶日也淮南曰禹治鴻水通轘轅山化爲熊謂塗山氏曰欲餉聞鼓聲乃來禹跳石誤中鼓塗山氏往見禹方作熊慙而去至嵩高山下化爲石方生啓禹曰歸我子石破北方而啓生**閔**

妃匹合厥身是繼閔憂也言禹所以憂無妃匹者欲爲身立繼嗣也補曰左傳云嘉偶曰妃妃爾雅云妃匹也對也胡維嗜不同味而快鼂飽言禹治水道娶者憂無繼嗣耳何特與衆人同嗜欲苟欲飽快一朝之情乎故以辛酉日娶甲子日去而有啓也一本嗜下有欲字一本快下有一字一云胡維嗜欲同味維一作爲鼂一作晁一作朝補曰鼂晁並音朝莫之朝此言禹之所嗜與衆人異味衆人所嗜以厭足其情欲禹所嗜者拯民之溺爾

啓代益作后卒然離蠥益禹賢臣也作爲也后君也離遭也蠥憂也言禹以天下禪與益益避啓於箕山之陽天下皆去益而歸啓以爲君益卒不得立故曰遭憂也蠥一作孽一作孼補曰蠥魚列切孟子曰禹薦益於天益避禹之子於箕山之陰朝覲訟獄者不之益而之啓曰吾君之子也謳歌者不謳歌益而謳歌啓曰吾君之子也書曰啓與有扈戰于甘之野說者曰有扈氏與夏

同姓啓繼世以有天下有扈不服大戰于甘故曰卒然離蠥也汲冢書云益爲啓所殺非也天對云彼呱克臧俾姒作夏獻后益于帝諄諄以不命復爲叟耆曷戚曷孼

何啓惟憂而能拘是達

言天下所以去益就啓者以其能憂思道德而通其拘隔拘隔者謂有扈氏叛啓啓率六師以伐之也補曰惟思也拘執也禹嘗薦益於天矣啓賢能敬承繼禹之道憂思天下因民心之歸代益作后因民心之不予以代有扈是能變通而不拘執也

皆歸䠶鞫而無害厥躬

射行也鞫窮也言有扈氏所行皆歸於窮惡故啓誅之長無害於其身也䠶一作射鞫一作鞠補曰凡能取中皆曰射鞫窮也音菊此言啓之所爲皆歸於中理而窮情夫孰能害之者

何后益作革而禹播降

后君也革更也播種也降下也言啓所以能變更益而代益爲君者以禹平治水土百姓得下種百穀故思歸啓也補曰據上所言則啓固賢矣然禹之播降

待益作革然後能成功特天與子則與子故益不有天下耳焚山澤奏鮮食所謂作革也稷降播種而曰禹播降者水土平然後嘉穀可殖故也降乎攻切見騷經天對云益革民艱咸粲厥粒惟禹授以土爰稼萬億

啓棘賓商九辯九歌

棘陳也賓列也九辯九歌啓所作樂也言啓能修明禹業陳列宮商之音備其禮樂也補曰史記契佐禹治水有功封於商與於唐虞大禹之際此言賓商者疑謂待商以賓客之禮棘急也言急於賓商也九辯九歌享賓之樂也

何勤子屠母而死分竟地

勤勞也屠裂剥也言禹腷剥母背而生其母之身分散竟地何以能有聖德憂勞天下乎地一作墬補曰腷判也音副史記楚世家陸終生子六人坼剖而產焉干寶曰前志所傳修巳背坼而生禹簡狄胷剖而生契歷代久遠莫足相證魏黃初五年汝南屈雍妻生男從右胳下水腹上出而平和自若母子無恙詩云不坼不副無災無害原詩人之旨明古之婦人常有坼副而

産者矣又有因産而遇災害者故美其無害也禹母事出帝王世紀禹以勤勞修鯀之功故曰勤子也上云九辯九歌言啓以禹故得享備樂何以修巳生禹而反遇災害邪言坼剖而産則有之死分竟地未必然也竟地猶言竟天也唐段成式云迸分竟地葢用此語

帝降夷羿革孽夏民

帝天帝也夷羿諸侯弑夏后相者也革更也孽憂也言羿弑夏家居天子之位荒淫田獵變更夏道爲萬民憂患天對云夷羿滔淫割更后相夫孰作厥孽而誣帝以降補曰左氏云在帝夷羿冐于原獸忘其國恤而思其麀牡武不可重用不恢于夏家

胡䠶夫河伯而妻彼雒嬪

胡何也雒嬪水神謂宓妃也傳曰河伯化爲白龍遊于水旁羿見䠶之眇其左目河伯上訴天帝曰爲我殺羿天帝曰爾何故得見䠶河伯曰我時化爲白龍出遊天帝曰使汝深守神靈羿何從得犯汝今爲虫獸當爲人所䠶固其宜也羿何罪歟深一作保羿又夢與雒水神宓妃交接也一本胡下

有羿字䠶一作射補曰䠶食亦切下同妻心計切此言射河伯妻雒嬪者何人乎乃堯時羿非有窮羿也革孽夏民封豨是射乃有窮羿耳淮南云河伯溺殺人羿射其左目注云堯時羿射十日繳大風殺窫窳斬九嬰射河伯

馮珧利決封豨是䠶

馮挾也珧弓名也決䠶韝也封豨神獸也言羿不修道德而挾弓䠶韝獵捕神獸以快其情也䠶一作射補曰馮音憑珧音遙爾雅弓以蜃者謂之珧注云用蜃飾弓兩頭因取其類以爲名又曰蜃小者珧注云王珧卽小蚌也說文云珧蜃甲也所以飾物儀禮有決遂注云決猶闓也以象骨爲之著右大擘指以鉤弦闓體也遂射韝也以韋爲之所以遂弦也說文云韝射臂決也封大也豨虛豈切方言云豬南楚謂之豨淮南云堯時封豨長蛇皆爲民害堯使羿斷修蛇禽封豨此言有窮羿亦封豨是射而反爲民害也左傳曰樂正后夔生伯封實有豕心貪惏無厭忿纇無期謂之封豕有窮后羿滅之此則竆奇饕餮之類以惡得名者

何獻蒸

肉之膏而后帝不若蒸祭也后帝天帝也若順也言羿獵䠶封豨以其肉膏祭天帝天帝猶不順羿之所爲也蒸一作烝補曰冬祭曰蒸膏脂也詩曰皇皇后帝謂天帝也天對云夸夫快殺鼎豨以慮飽馨膏腴帝叛德恣力胡肥台舌喉而濫厥福

浞娶純狐眩妻爰謀浞羿相也爰於也眩惑也言浞娶於純狐氏女眩惑愛之遂與浞謀殺羿也補曰寒浞見騷經

何羿之䠶革而交吞揆之吞滅也揆度也言羿好䠶獵不恤政事法度浞交接國中布恩施德而吞滅之也一無革字補曰禮云貫革之射左傳云蹲甲而射之徹七札焉言有力也羿之射藝如此唯不恤國事故其衆交合而吞滅之且揆度其必可取也

阻窮西征巖何越焉阻險也窮窘也征行也越度也言堯放鯀羽山西行度越岑巖之險因墮死也補曰羽山東裔此云西征者自西徂東也上文言永遏在羽山夫何三年不施

則鮌非死於道路此但言何以越巖險而至羽山耳

化爲黃熊巫何活焉

活生也言鮌死後化爲黃熊入於羽淵豈巫醫所能復生活也一本化下有而字補曰左傳曰昔堯殛鯀于羽山其神化爲黃熊以入于羽淵實爲夏郊三代祀之國語作黃能按能獸名能奴來切三足鱉也說者曰獸非入水之物故是鱉也一云旣爲神何妨是獸說文云能熊屬足似鹿然則能旣熊屬又爲鱉類東海人祭禹廟不用熊肉及鱉爲膳斯豈鮌化爲二物乎抑亦以左傳國語不同兼存之也

咸播秬黍莆雚是營

咸皆也秬黍黑黍也雚草名也營耕也言禹平治水土萬民皆得耕種黑黍於雚蒲之地盡爲良田也一作黃雚一作莆藿補曰詩云維秬維秠爾雅曰秬黑黍秠一稃二米秠亦黑黍但中米異爾秬音巨說文黍禾屬而黏也莆疑卽蒲字蒲水草可以作席李商隱詩云直是滅雚莆與圖同韻雚亂也音丸與萑同左氏云萑苻之澤是也以莆爲黃以雚爲藿皆字之

誤耳天對云維莞維蒲維菰維蘆**何由并投而鮌疾脩盈**疾惡也脩長也盈滿也由用也言堯不惡鮌而戮殺之則禹不得嗣興民何得投種五穀乎乃知鮌惡長滿天下也補曰并並也言禹平水土民得並種五穀矣何由鮌惡長滿天下乎所謂葢前人之愆**白蜺嬰茀胡爲此堂**蜺雲之有色似龍者也茀白雲透移若蛇者也言此有蜺茀氣透移相嬰何爲此堂乎葢屈原所見祠堂也補曰蜺雌虹也茀音拂說文云霏雲貌疑即此茀字天對云王子怪駭蜺形茀裳**安得夫良藥不能固臧**臧善也言崔文子學仙於王子僑子僑化爲白蜺而嬰茀持藥與崔文子崔文子驚怪引戈擊蜺中之因墮其藥俯而視之王子僑之尸也故言得藥不善也一本夫上有失字補曰崔文子事見列仙傳**天式從橫陽離爰死**式法也爰於也言天法有善陰陽從橫之道人失陽氣則死也補曰從即容切

大鳥何鳴夫焉喪厥體言崔文子取王子僑之尸置之室中覆之以弊籠須臾則化爲大鳥而鳴開而視之翻飛而去文子焉能亡子僑之身乎言仙人不可殺也喪一作亡

蓱號起雨何以興之蓱蓱翳雨師名也號呼也興起也言雨師號呼則雲起而雨下獨何以興之乎蓱一作荓一作萍補曰蓱音瓶號乎刀切山海經屏翳在海東時人謂之雨師天象賦云太白降神於屏翳注云其精降爲雨師之神博雅作荓翳張景陽詩云豐隆迎號屏顏師古云屏翳一曰蓱號大人賦云召屏翳誅風伯刑雨師注云屏翳天神使也

撰體協脅鹿何膺之膺受也言天撰十二神鹿一身八足兩頭獨何膺受此形體乎一云撰體脅鹿何以膺之補曰撰具也雖綰切協合也脅虛業切說文云兩膀也膺於陵切書曰永膺多福膺當也受也天對云氣怪以神爰有奇軀脇屬支偶尸帝之隅

鼇戴山抃何以安

之鼇大龜也擊手曰抃列仙傳曰有巨靈之鼇背負蓬萊之山而抃舞戲滄海之中獨何以安之乎戴一作載抃釋文作拚補曰鼇音敖抃音卞列子云五山之根無所連箸帝命禺彊使巨鼇十五舉首而戴之迭爲三番六萬歲一交焉五山始峙而不動張衡賦云登蓬萊而容與兮鼇雖抃而不傾玄中記云即巨龜也一云海中大鼇

釋舟陵行何以遷之

釋置也舟船也遷徙也舟釋水而陵行則何能遷徙也言龜所以能負山若舟船者以其在水中也使龜釋水而陵行則何以能遷徙山乎補曰列子云龍伯之國有大人舉足不盈數步而暨五山之所一釣而連六鼇合負而趣歸其國灼其骨以數焉此言鼇在海中其負山若舟之負物今釋水而陸反爲人所負何罪而見徙也天對云惡釋而陵殆或謫之龍伯負骨帝尚窄之

惟澆在戶何求于嫂

澆古多力者也論語澆盪舟言澆無義淫佚其嫂往至其戶佯有所求因與行淫亂也補曰澆堯弔切見騷經

何少康逐犬而顛隕厥首言夏少康因田獵放犬逐獸遂襲殺澆而斷其頭補曰說文顛倒也俗作巔下同隕從高下也**女岐縫裳而館同爰止**女岐澆嫂也館舍也爰於也言女岐與澆淫佚爲之縫裳於是共舍而宿止也**何顛易厥首而親以逢殆**逢遇也殆危也言少康夜襲得女岐頭以爲澆因斷之故言易首遇危殆也一本顛下有隕字殆上有天字**湯謀易旅何以厚之**湯殷王也旅衆也言殷湯欲變易夏衆使之從已獨何以厚待之乎補曰書云攸徂之民室家相慶曰徯予后后來其蘇湯之厚其衆以德而已**覆舟斟尋何道取之**覆反也舟船也斟尋國名也言少康滅斟尋氏奄若覆舟獨以何道取之乎補曰斟鄩深切左傳云有過澆殺斟灌以伐斟尋滅夏后相注云二斟夏同姓諸侯相失國依於二斟爲澆所滅然則取斟尋者乃有

過澆非少康也天對云康復舊物尋焉保之覆舟喻易尚或艱之承逸之誤也取此此苟切

桀伐蒙山何所得焉

桀夏亡王也蒙山國名也言夏桀征伐蒙山之國而得妹嬉也補曰國語云昔夏桀伐有施有施人以末嬉女焉注云有施嬉姓之國末嬉其女也

妹嬉何肆湯何殛焉

言桀得妹嬉肆其情意故湯放之南巢也妹一作末殛一作極補曰妹音末嬉音喜說文云殛誅也引書殛鯀于羽山或作極音義同

舜閔在家父何以鰥

舜帝舜也閔憂也無妻曰鰥言舜爲布衣憂閔其家其父頑母嚚不爲娶婦乃至于鰥也補曰鰥古頑切經傳多作鰥書曰有鰥在下曰虞舜此言舜孝如此父何以不爲娶乎

堯不姚告二女何親

姚舜姓也言堯不告舜父母而妻之如令告之則不聽堯女當何所親附乎一云女何所親補曰書云女于時觀厥刑于二女釐降二女于嬀汭嬪于虞二女娥皇

女英也孟子曰舜不告而娶爲無後也君子以爲猶告也又萬章曰舜之不告而娶則吾既得聞命矣帝之妻舜而不告何也曰帝亦知告焉則不得妻也伊川程頤曰舜不告而娶固不可堯命瞽使舜娶舜雖不告堯固告之爾堯之告也以君治之而已

厥萌在初何所億焉言賢者預見施行萌牙之端而知其存亡善惡所終非虛億也億一作意補曰億度也論語曰億則屢中意與億音義同

璜臺十成誰所極焉璜石次玉者也言紂作象箸而箕子歎預知象箸必有玉杯玉杯必盛熊蹯豹胎如此必崇廣宮室紂果作玉臺十重糟丘酒池以至于亡也補曰左傳曰夏后氏之璜璜美玉也郭璞注爾雅云成猶重也淮南云桀紂爲琁室瑤臺象廊玉牀

登立爲帝孰道尚之言伏羲始畫八卦脩行道德萬民登以爲帝誰開導而尊尚之也補曰登立爲帝謂疋夫而有天下者舜禹是也史記夏商之君皆稱帝天對云惟德登帝帥以首

之逸以爲伏羲未知何據**女媧有體孰制匠之**傳言女媧人頭蛇身一日七十化其體如此誰所制匠而圖之乎補曰媧古華切古天子風姓也山海經云女媧之腸化爲神處栗廣之野注云女媧古神女帝人面蛇身一日中七十變其腸化爲此神列子曰女媧氏蛇身人面牛首虎鼻此有非人之狀而有大聖之德注云人形貌自有偶與禽獸相似者亦如相書龜背鵠步鳶肩鷹喙耳淮南云黃帝生陰陽上駢生耳目桑林生臂手此女媧所以七十化也**舜服厥弟終然爲害**服事也言舜弟象施行無道舜猶服而事之然象終欲害舜也補曰此言舜德足以服象而象終爲害也書云父頑母嚚象傲克諧以孝史記云舜父瞽叟盲而舜母死瞽叟更娶妻而生象愛後妻子常欲殺舜舜順事父及後母與弟日以篤謹**何肆犬體而厥身不危敗**言象無道肆其犬豕之心燒廩寘井欲以殺舜然終不能危敗舜身也一

云何得肆其犬豕一云何肆犬豕補曰列女傳云瞽叟與象謀殺舜使塗廩舜告二女二女曰時唯其戕汝時唯其焚汝鵲如汝裳衣鳥工往舜旣治廩戕旋階瞽叟焚廩舜往飛復使浚井舜告二女二女曰時亦唯其戕汝時其掩汝汝去裳衣龍工往舜往浚井格其入出從掩舜潛出

吳獲迄古

南嶽是止獲得也迄至也古謂古公亶父也言吳國得賢君至古公亶父之時而遇太伯陰讓避王季辭之南嶽之下採藥於是遂止而不還也補曰迄許訖切史記古公亶父有長子曰太伯次曰虞仲少子季歷古公曰我世當興者其在昌乎長子太伯虞仲知古公欲立季歷以傳昌乃二人亡如荆蠻文身斷髮以讓季歷太伯之犇荆蠻自號句吳荆蠻義之從而歸之千餘家立爲吳太伯太伯卒弟仲雍立仲雍卽虞仲也

孰期去斯得兩男子期會也昔古公有少子曰王季而生聖子文王古公欲立王季令天命及文王長子太伯及弟仲雍去而之吳吳立以爲君誰與期

會而得兩男子兩男子謂太伯仲雍也去一作夫

緣鵠飾玉后帝是饗

后帝謂殷湯也言伊尹始仕因緣烹鵠鳥之羹脩玉鼎以事於湯湯賢之遂以爲相也補曰史記阿衡欲干湯而無由乃爲有莘氏媵臣負鼎俎以滋味說湯致於王道淮南云伊尹憂天下之不治調和五味負鼎俎而行注云負鼎俎調五味欲其調陰陽行其道孟子云吾聞以堯舜之道要湯未聞割烹也伊尹負鼎干湯猶太公屠釣之類於傳有之孟子不以爲然者慮後世貪鄙之徒託此以自進耳若謂初無負鼎之說則古書皆不可信乎

何承謀夏桀終以滅喪

言湯遂承用伊尹之謀而伐夏桀終以滅亡也一無夏字喪一作亡補曰此言伊尹承事湯以謀夏桀也喪去聲

帝乃降觀下逢伊摯

帝謂湯也摯伊尹名也言湯出觀風俗乃憂下民博選於衆而逢伊尹舉以爲相也乃一作力注同

何條放致罰而黎服大

說條鳴條也黎衆也說喜也言湯行天之罰以誅於桀放之鳴條之野天下衆民大喜悅也服一作伏補曰書云伊尹相湯伐桀遂與桀戰於鳴條之野又曰造攻自鳴條朕載自亳注云鳴條在安邑之西史記桀敗於有娀之虛犇於鳴條此言條放者自鳴條放之也致罰者湯誥所謂致天之罰也黎謂羣黎百姓也湯以臣放君而黎民說服者代虐以寬故也天對云條伐巢放民用潰厥疣以夷於膚夫曷不謠

簡狄在臺嚳何宜玄鳥致貽女何喜簡狄帝嚳之妃也玄鳥燕也貽遺也言簡狄侍帝嚳於臺上有飛燕墮遺其卵喜而吞之因生契也一云帝嚳何宜貽一作詒喜一作嘉補曰詩云天命玄鳥降而生商玄鳥鳦也湯之先祖有娀氏女簡狄配高辛氏天使鳦下而生商者謂鳦遺卵簡狄吞之而生契爲堯司徒而有功封之於商也嚳苦篤切天對云嚳狄禱禖契形于胞胡乙㲉之食而怪焉以嘉以詩考之非史氏之妄也

該秉季德

厥父是臧

該苞也秉持也父謂契也季末也臧善
之善業故天祐之以爲民王也補曰天對云該德侔其祖父
考蓐收于西爪虎手鉞尸刑以司慝左氏傳少皞氏
有四叔曰重曰該曰修曰熈使該爲蓐收世不失職
遂濟窮桑宗元所云謂此也按此當與下文相屬下
云弊于有扈則秉季德者謂夏啓也該兼也言能兼
秉大禹之末德猶曰恒秉季德耳恒豈亦人名乎厥
父是臧言爲父所
善以有天下也

胡終弊于有扈牧夫牛羊

有扈澆國名也澆滅夏后相相之遺腹子曰少康後
爲有仍牧正與王牛羊遂攻殺澆滅有扈復禹舊跡
祀夏配天也補曰書序云啓與有扈戰于甘之野淮
南曰有扈氏爲義而亡注云有扈夏啓之庶兄以堯
舜與賢啓獨與子故伐啓啓亡之左傳少康滅澆于
過非有扈也逸說非是地理志云扶風鄠縣是扈國
此言禹得天下以揖讓而啓用兵以滅有扈氏有扈
遂爲牧豎也天對云牧正矜矜澆扈爰踣承逸之誤

也

干協時舞何以懷之干求也舞務也協和也懷來也言夏后相旣失天下少康幼小復能求得時務調和百姓使之歸已何以懷來之也補曰書云三旬苗民逆命帝乃誕敷文德舞干羽于兩階七旬有苗格協合也言舜以時合舞干兩階而有苗格也莊子曰執干而舞干盾也天對云階干以娛苗革而格不迫以死夫胡狃厥賊

平脅曼膚何以肥之言紂爲無道諸侯背畔天下乖離當懷憂癯瘦而反形體曼澤獨何以能平脅肥盛乎一本平上有受字補曰受郎紂也曼音萬李善云曼輕細也天對云辛后騃狂無憂以肥肆蕩弛厥體而充膏于肌

有扈牧豎云何而逢言有扈氏本牧豎之人耳因何逢遇而得爲諸侯乎一曰其爰何逢一曰其云何逢補曰此言啓滅有扈之國其後子孫遂爲民庶牧夫牛羊其初以何道而得爲諸侯也豎童僕之未冠者巨庾切

擊牀先出其命何從

言啓攻有扈之時親於其牀上擊而殺之其先入失國之原何所從出乎一云其何所從

恒秉季德焉得夫朴牛

恒常也季末也朴大也言湯常能秉持契之末德脩而弘之天嘉其志出田獵得大牛之瑞也補曰說文云特牛牛父也言其朴特朴匹角切一云平豆切無樸音

何往營班祿不但還來

營得也班徧也言湯往田獵不但驅馳往來也還輒以所獲得禽獸徧施祿惠於百姓也補曰詩云經之營之營度也記曰請班諸兄弟之貧者班分也言湯田獵禽獸往營所以施祿惠於百姓者不但還來而已必有所分也

昏微遵迹有狄不寧

昏闇也遵循也迹道也言人有循闇微之道為婬妷夷狄之行者不可以安其身也詛晉大大解居父也遵一作循有　作佚

何繁鳥萃棘負子肆情

言解居父聘吳過陳之墓門見婦人負其子欲與之淫泆肆其情欲婦人則引詩刺之曰墓門

有棘有鴞萃止故曰繁鳥萃棘也言墓門有棘雖無人棘上猶有鴞汝獨不愧也補曰列女傳陳辯女者陳國采桑之女也晉大夫解居甫使於宋道過陳遇采桑之女止而戲之曰女爲我歌吾將舍女乃爲歌曰墓門有棘斧以斯之夫也不良國人知之知而不已誰昔然矣又曰爲我歌其二女曰墓門有楳有鴞萃止夫也不良歌以訊止訊予不顧顛倒思予大夫曰其棘則是其鴞安在女曰陳小國也攝乎大國之間因之以饑饉加之以師旅其人且亡而況鴞乎大夫乃服而釋之

眩弟並淫危害厥兄眩惑也厥其也言象爲舜弟眩惑其父母並爲淫泆之惡欲共危害舜也害一作虞補曰眩弟猶惑婦也言舜有惑亂之弟也

何變化以作詐後嗣而逢長言象欲殺舜變化其態內作姦詐使舜治廩從下焚之又命穿井從上窴之終不能害舜舜爲天子封象於有庳而後嗣子孫長爲諸侯也一云而後嗣逢長天對云象不兄龔而奮以謀蓋聖孰

凶怒嗣用紹厥愛補曰孟子云仁人之於弟不藏怒不宿怨封之有庳富貴之也**成湯東巡有莘爰極**有莘國名爰於也極至也言湯東巡狩至有莘國以爲婚姻也補曰莘所申切**何乞彼小臣而吉妃是得**小臣謂伊尹也言湯東巡狩從有莘氏乞匄伊尹因得吉善之妃以爲內輔也補曰孟子曰伊尹耕於有莘之野湯三使往聘之史記曰阿衡欲干湯而無由乃爲有莘氏媵臣列女傳云湯妃有莘氏之女明而有序左傳以后稷之妃爲吉人與此吉妃同意**水濱之木得彼小子夫何惡之媵有莘之婦**小子謂伊尹媵送也言伊尹母姙身夢神女告之曰臼竈生鼃亟去無顧居無幾何臼竈中生鼃母去東走顧視其邑盡爲大水母因溺死化爲空桑之木水乾之後有小兒啼水涯人取養之既長大有殊才有莘惡伊尹從木中出因以送女也一無彼字補曰濱水際也送女從嫁曰媵列子曰

伊尹生乎空桑注云伊尹母居伊水之上既孕夢有神告之曰臼水出而東走無顧明日視臼水出告其鄰東走十里而顧視其邑盡爲水身因化爲空桑有莘氏女子採桑得嬰兒於空桑之中故命之曰伊尹而獻其君令庖人養之長而賢爲殷湯相與注說小異故幷錄之

湯出重泉夫何皋尤重泉地名也言桀拘湯於重泉而復出之夫何用罪法之不審也補曰皋古罪字尤過也前漢志左馮翊有重泉史記曰夏桀不務德百姓弗堪乃召湯而囚之夏臺已而釋之

不勝心伐帝夫誰使挑之帝謂桀也言湯不勝衆人之心而以伐桀誰使桀先挑之也挑一作祧補曰帝謂帝履癸即桀也挑徒了切倉頡篇云挑招呼也書曰造攻自鳴條朕載自亳天對云湯行不類重泉是囚違虐立辟實罪德之由師馮怒以割癸祧而讎

會鼂爭盟何踐吾期言武王將伐紂紂使膠鬲視武王師膠鬲問曰欲以何日至殷武王

曰以甲子日膠鬲還報紂會天大雨道難行武王晝夜行或諫曰雨甚軍士苦之請且休息武王曰吾許膠鬲以甲子日至殷今報紂矣吾甲子日不到紂必殺之吾故不敢休息欲救賢者之死也遂以甲子日朝誅紂不失期也一作會鼂請盟補曰鼂鼂並朝夕之朝詩云肆伐大商會朝清明注云會甲也箋云會合也天期已至兵甲之強師率之武故今伐殷合兵以清明書牧誓曰時甲子昧爽武王朝至於商郊牧野乃誓

蒼鳥羣飛孰使萃之

蒼鳥鷹也萃集也言武王伐紂將帥勇猛如鷹鳥羣飛誰使武王集聚之者乎詩曰惟師尚父時惟鷹揚也蒼一作倉補曰詩注鷹鷙鳥也如鷹之飛揚按詩鷹揚指尚父此云羣飛者士以類從也

到擊紂躬叔旦不嘉

旦周公名也嘉善也言武王始至孟津八百諸侯不期而到皆曰紂可伐也白魚入于王舟羣臣咸曰休哉周公曰雖休勿休故曰叔旦不嘉也到一作列補曰六韜云武王東伐至於河上雨甚雷疾周公

旦進曰天不祐周矣意者吾君德行未備百姓疾怨邪故天降吾災請還師太公曰不可武王與周公旦望紂之陣引軍止之太公曰君何不馳也周公曰天時不順龜燋不兆占筮不吉妖而不祥星變又凶固且待之何可驅也天對云頸紂黃鉞旦孰喜之余謂武王之事太公佐之伯夷諫之佐之者以救天下之溺諫之者以懲萬世之亂武未盡善叔旦不嘉其意一也爾雅疏曰到者自遠而至也周公武王弟故曰叔旦

何親揆發足周之命以咨嗟揆度也言周公於孟津揆度天命發足還師而歸當此之時周之命令已行天下百姓咨嗟嘆而美之也一無何字一云周命咨嗟

授殷天下其位安施言天始授殷家以天下其王位安所施用乎善施若湯也位一作德天對曰位庸芘民仁克莅之

反成乃亡其罪伊何言殷王位已成反覆亡之其罪惟何乎罪若紂也乃一作及

爭遣伐器何以行

之伐器攻伐之器也言武王伐紂發遣干戈攻伐之器爭先在前獨何以行之乎補曰爭遣伐器謂羣后以師畢會也**竝驅擊翼何以將之**言武王三軍人人樂戰竝載驅載馳赴敵爭先前歌後舞鳧藻讙呼奮擊其翼獨何以將率之也鳧藻讙呼一云如鳥鼎呼補曰六韜云翼其兩旁疾擊其後擊翼葢兵法也**昭后成遊南土爰底**爰於也底至也言昭王背成王之制而出遊南至於楚楚人沈之而遂不還也補曰左傳齊侯伐楚曰昭王南征而不復寡人是問對曰昭王之不復君其問諸水濱注云昭王成王孫南巡守涉漢船壞而溺史記昭王之時王道微缺南巡狩不返卒於江上其卒不赴告諱之也成遊謂成南征之遊猶所謂斯遊遂成也底音旨**厥利惟何逢彼白雉**厥其也逢迎也言昭王南遊何以利于楚乎以為越裳氏獻白雉昭王德不能致欲親往逢迎之補曰後漢書曰交阯之南有越裳國周公居攝越裳重譯而獻白雉

穆王巧梅夫何爲周流梅貪也言穆王巧於辭令貪好攻伐遠征犬戎得四白狼四白鹿自是後夷狄不至諸侯不朝穆王乃更巧詞周流而往說之欲以懷來也一云夫何周流梅一作挴補曰方言云梅貪也亡改切其字從手賈生云品庶每生是也集韻云挴母罪切慙也挴母亥切貪也諸本作梅釋文每磊切其字從木傳寫誤耳瑂玉名音媒亦非也左傳云穆王欲肆其心周行天下將必有車轍馬迹焉祭公謀父作祈招之詩以止王心王是以獲沒於祇宮史記云周穆王得驥溫驪驊騮騄耳之駟西巡狩樂而忘歸徐偃王作亂造父爲穆王御長驅歸周以救亂巧梅言巧於貪求也

環理天下夫何索求環旋也言王者當脩道德以來四方何爲乃周旋天下而求索之也天對曰穆懵祈招猖洋以游輪行九野惟怪之謀補曰穆王事見竹書穆天子傳後世如秦皇漢武託巡狩以求神僊皆穆王啓之也志足氣滿貪求無猒適以召亂

妖夫曳衒

何號于市妖怪也號呼也昔周幽王前世有童謠曰檿弧箕服實亡周國後有夫婦賣是器以爲妖怪執而曳戮之於市也補曰曳牽也引也衒熒絹切行且賣也曳衒言夫婦相引行賣於市也褒姒事見國語

周幽誰誅焉得夫褒姒褒姒周幽王后也昔夏后氏之衰也有二神龍止於夏庭而言曰余褒之二君也夏后布幣糈而告之龍亡而漦在櫝而藏之夏亡傳殷殷亡傳周比三代莫敢發也至厲王之末發而觀之漦流于庭化爲玄黿入王後宮後宮處妾遇之而孕無夫而生子懼而弃之時被戮夫婦夜亡道聞後宮處妾所弃女啼聲哀而收之遂奔褒褒人後有罪幽王欲誅之褒人乃入此女以贖罪是爲褒姒立以爲后惑而愛之遂爲犬戎所殺也補曰藏一作弆弆郎藏也

天命反側何罰何佑言天道神明降與人之命反側無常善者佑之惡者罰之

齊桓九會卒然身殺言齊桓公任管仲九合諸侯一匡天

下任豎刁易牙子孫相殺虫流出戶一人之身一善一惡天命無常罰佑之不恒也會一作合補曰卒終也論語曰桓公九合諸侯不以兵車管仲之力也國語曰兵車之屬六乘車之會三孫明復尊王發微曰桓公之會十有五十三年會北杏十四十五年會鄄十六二十七年會幽僖元年會檉二年會貫三年會陽穀五年會首止七年會甯母八年會洮九年會葵丘十三年會鹹十五年會牡丘十六年會淮是也孔子止言其九者葢十三年會北杏桓始圖伯其功未見十四年會鄄又是伐宋諸侯僖八年會洮十三年會鹹十五年會牡丘十六年會淮皆有兵車故止言其會之盛者九焉史記曰管仲病桓公問曰易牙何如對曰殺子以適君非人情不可開方何如曰倍親以適君非人情難近豎刁何如曰自宮以適君非人情難親管仲死桓公卒近用三子三子專權桓公卒易牙與豎刁殺羣吏而立公子無詭爲君桓公病五公子各樹黨爭立及桓公卒遂相攻以故宮中莫敢棺桓公尸在牀上六十七日尸蟲出於戶無詭立乃

棺赴按小白之死諸子相攻身不得歛與見殺無異故曰卒然身殺甚之也

彼王紂之躬孰使亂惑

惑妲已也

何惡輔弼讒諂是服

服事也言紂憎輔弼不用忠直之言而事用諂讒之人也諂一作謅補曰服行也用也武王數紂曰賊虐諫輔崇信姦回莊子曰好言人之惡謂之讒希意導言謂之諂

比干何逆而抑沈之

比干聖人紂諸父也諫紂紂怒乃殺之剖其心也補曰抑沈猶九章云情沈抑而不達也

雷開阿順而賜封之

雷開佞人也阿順於紂乃賜之金玉而封之也一云雷開何順而賜封金

何聖人之一德卒其異方

聖人謂文王也卒終也言文王仁聖能純一其德則天下異方終皆歸之也補曰文王順紂而不敢逆武王逆紂而不肯順故曰異方或曰下文云梅伯受醢箕子佯狂此異方也

梅伯受醢箕子詳狂

梅伯紂諸

侯也言梅伯忠直而數諫紂紂怒乃殺之菹醢其身箕子見之則被髪詳狂也詳一作佯補曰梅音浼紂諸侯號淮南子曰醢鬼侯之女菹梅伯之骸史記曰箕子紂親戚也紂爲淫泆箕子諫不聽或曰可以去矣箕子曰爲人臣諫不聽而去是彰君之惡而自説於民吾不忍爲也乃被髪詳狂而爲奴遂隱而鼓琴以自悲故傳之曰箕子操詳詐也與佯同

稷維元子帝何竺之

元大也帝謂天帝也竺厚也言后稷之母姜嫄出見大人之迹怪而履之遂有娠而生后稷后稷生而仁賢天帝獨何以厚之乎竺一作篤一云帝何竺鳥何燠並無之字補曰爾雅云竺厚也與篤同詩曰厥初生民時維姜嫄生民如何克禋克祀以弗無子履帝武敏歆攸介攸止載震載夙載生載育時維后稷注云姜嫄之生后稷乃禋祀上帝於郊禖而得其福史記曰周后稷名弃其母有邰氏女曰姜原爲帝嚳元妃姜原出野見巨人迹心忻然悦欲踐之踐之而身動如孕者居期而生子左氏曰微子啓帝乙之元子説者曰元

子首子也姜嫄爲帝嚳元妃生后稷簡狄爲次妃生契故曰稷維元子也

投之於冰上鳥何燠之

投弃也燠温也言姜嫄以后稷無父而生弃之於冰上有鳥以翼覆薦温之以爲神乃取而養之詩曰誕寘之寒冰鳥覆翼之燠一作懊補曰燠音郁熱也其字從火懊貪也無熱義詩曰不康禋祀居然生子誕寘之隘巷牛羊腓字之誕寘之平林會伐平林誕寘之寒冰鳥覆翼之鳥乃去矣后稷呱矣注云大鳥來一翼覆之一翼藉之史記曰初欲弃之因名曰弃及爲成人遂好耕農帝堯聞之舉爲農師逸云后稷無父而生按稷以帝嚳爲父特姜嫄感巨迹而生有神靈之徵耳天命玄鳥降而生商亦猶是也

何馮弓挾矢殊能將之

馮大也挾持也言后稷長大持大強弓挾箭矢桀然有殊異將相之才馮一作憑補曰此與下文相屬馮如馮珧之馮武王多才多藝言馮弓挾矢而將之以殊能者武王也天對曰既岐既嶷宜肅將焉用逸說也

既驚帝切

激何逢長之帝謂紂也言武王能奉承后稷之業致天罰加誅於紂紂切激而數其過何逢後世繼嗣之長也驚一作敬切一作功補曰此言武王伐紂震驚而切責之不顧君臣之義惟紂無道故武王能逢天命以永其祚也

伯昌號衰秉鞭作牧伯昌謂文王也秉執也鞭以喻政言紂號令既衰文王執鞭持政爲雍州之牧也補曰号與號同孔叢子羊客問於子思曰古之帝王中分天下而二公治之謂之二伯周自后稷封爲王者之後子孫據國至太王王季皆爲諸侯矣焉得爲西伯乎子思曰吾聞殷王帝乙之時王季以九命作伯受圭瓚秬鬯之賜故文王因之得專征伐此以諸侯爲伯猶周召之君爲伯也西伯戡黎注云文王爲雍州之伯史記紂以西伯爲三公賜弓矢斧鉞使得專征伐周官曰牧以地得民

何令徹彼岐社命有殷國徹壞也社土地之主也言武王既誅紂令壞邠岐之社言已受天命而有殷國因徙以爲天下之太社也

一云命有殷之國補曰此言文王秉鞭作牧以事紂而武王代殷以有天下也論語曰三分天下有其二以服事殷周之德可謂至德也巳矣謂文王也詩曰迺立冢土戎醜攸行冢土大社美太王之社遂爲大社也記曰王爲羣姓立社曰大社岐在右扶風美陽中水鄉因岐山以名太王自豳徙焉

遷藏就岐何能依

言太王始與百姓徙其寶藏來就岐下何能使其民依倚而隨之也太王一作文王補曰按詩云度其鮮原居岐之陽注云文王謀居善原廣平之地亦在岐山之南說文云岐周文王所封也然太王居邠狄人侵之始邑於岐山之下則遷藏就岐葢恭太王也天對曰踰梁橐囊㩦仁蟻萃

殷有惑婦何所譏

惑婦謂妲巳也譏諫也言妲巳惑誤于紂不可復譏諫也補曰國語曰殷辛伐有蘇有蘇氏以妲巳女焉

受賜茲醢西伯上告

茲此也西伯文王也言紂醢梅伯以賜諸侯文王受之以祭告語於上天也補曰史記紂醢九侯脯鄂侯

西伯聞之竊歎紂囚西伯羑里**何親就上帝罰殷之命以不救**上帝謂天也言天帝親致紂之罪罰故殷之命不可復救也一云上帝之罰補曰此言紂爲無道自致天討故不可救也天對云孰盈癸惡兵躬殄祀**師望在肆昌何識**師望謂太公也昌文王名也言太公在市肆而屠文王何以識知之乎識一作志補曰識與志同**鼓刀揚聲后何喜**后謂文王也言呂望鼓刀在列肆文王親往問之呂望對曰下屠屠牛上屠屠國文王喜載與俱歸也天對云奮力屠國以髀髖厥商**武發殺殷何所悒**言武王發欲誅殷紂何所悁悒而不能久忍也補曰悒悒音邑憂也不安也天對云發殺曷逞寒民于烹**載尸集戰何所急**尸主也集會也言武王伐紂載文王木主稱太子發急欲奉行天誅爲民除害也補曰史記武王東觀兵至于盟津爲文王木主載以車中軍武王自稱太子

發言奉文王以伐不敢自專補曰記云祭祀之有尸也宗廟之有主也示民有事也主有虞主練主尸神象也以人爲之然書序云康王既尸天子則尸亦主也

伯林雉經維其何故

伯長也林君也謂晉太子申生爲後母驪姬所譖遂雉經而自殺一無何字補曰左傳晉獻公伐驪戎驪戎男女以驪姬歸生奚齊驪姬嬖欲立其子使太子居曲沃姬謂太子曰君夢齊姜必速祭之太子祭于曲沃歸胙於公姬毒而獻之泣曰賊由太子太子奔新城十二月戊申縊于新城國語云雉經于新城之廟注云雉經頭槍而懸死也

何感天抑墜夫誰畏懼

言驪姬譖殺申生其冤感天又讒逐羣公子當復誰畏懼也墜一作墬一作墜補曰墜即地字左傳云狐突適下國遇太子太子曰夷吾無禮余得請於帝矣又曰帝許我罰有罪矣敝於韓此言申生之冤感天抑地而誰畏懼之乎

皇天集命惟何戒之

言皇天集祿命而與王者王者何不

常畏愼而戒懼也補曰詩云天鑒在下有命既集此言何所戒愼而致天命之集也**受禮天下又使至代之**言王者既已修行禮義受天命而有天下矣又何爲至使異姓代之乎一無又字代一作伐補曰受禮天下言受王者之禮於天下也有德則興無德則亡三代之王是不一姓可不愼乎**初湯臣摯後茲承輔**言湯初舉伊尹以爲凡臣耳後知其賢乃以備輔翼承疑用其謀也承一作丞補曰孟子曰湯之於伊尹學焉而後臣之與此異者此言伊尹初爲媵臣後乃以爲相耳孟子言湯尊德樂道不以臣禮待之也**何卒官湯尊食宗緒**卒終也緒業也言伊尹佐湯命終爲天子尊其先祖以王者禮樂祭祀緒業流於子孫天對云湯摯之合祚以久食補曰官湯猶言相湯也尊食廟食也**勳闔夢生少離散亡**勳功也闔吳王闔廬也夢闔廬祖父壽夢也壽夢卒太子諸樊立諸樊卒傳弟餘祭

餘祭卒傳弟夷未夷未卒太子王僚立闔廬諸樊之長子也次不得爲王少離散亡放在外乃使專設諸刺王僚代爲吳王子孫世盛以伍子胥爲將大有功勳也補曰史記吳壽夢卒有子四人長諸樊次餘祭次餘昧次季札公子光者諸樊之子也以爲吾父兄弟四人當傳至季子季子卽不受國光父先立卽不傳季子光當立遂弑王僚代立爲王是爲吳王闔廬天對云光徵夢祖憾離以厲傍偟激覆而勇益德邁

何壯武厲能流厥嚴壯大也言闔廬少小散亡何能壯大厲其勇武流其威嚴也補曰闔廬用伍子胥孫武破楚入郢

彭鏗斟雉帝何饗彭鏗彭祖也好和滋味善斟雉羹能事帝堯堯美而饗食之補曰斟勺也諸深切鏗可衡切饗有香音神仙傳云彭祖姓籛名鏗帝顓頊之玄孫善養性能調鼎進雉羹於堯堯封於彭城歷夏經殷至周年七百六十七歲而不衰籛音翦

受壽永多夫何久長言彭祖進雉羹於堯堯饗食之

以壽考彭祖至八百歲猶自悔不壽恨枕高而唾遠也補曰莊子曰彭祖得之上及有虞下及五伯又曰吹呴呼吸吐故納新熊經鳥伸爲壽而已矣此導引之士養形之人彭祖壽考者之所好也天對云鏗羹於帝聖孰嗜味夫死自暮而誰饗以俾壽

中央共牧后何怒 牧草名也有實后君也言中央之州有歧首之蛇爭共食牧草之實自相啄嚙以喻夷狄相與忿爭君上何故當怒之乎牧唐本作牧注同一作枚補曰爾雅曰中有枳首蛇焉枳首歧頭蛇也韓非子曰虫有螝者一身兩口爭食相齕遂相殺也古今字詁云螝古虺字天對云螝齧已毒不以外肆

蠭蛾微命力何固 言蠭蛾有蠚毒之蟲受天命負力堅固屈原以喻蠻夷自相毒蠚固其常也獨當憂秦吳耳一作蠭蟻補曰蠭音峰傳曰蠭蠆有毒而況國乎蛾古蟻字記曰蛾子時術之是也蠚音若痛也天對云細腰羣螫夫何足病

驚女采薇鹿何祐 祐福也言昔者有女子采薇菜

有所驚而走因獲得鹿其家北至回水萃何喜
遂昌熾乃天祐之祐一作佑兄有噬犬弟
萃止也言女子驚而北走至於回
水之上止而得鹿遂有禧喜也
何欲兄謂秦伯也噬犬齧犬也弟秦伯弟鍼也易
言秦伯有齧犬弟鍼欲請之補曰噬音筮
之以百兩卒無祿言秦伯不肯與弟鍼犬鍼以
百兩金易之又不聽因逐鍼
而奪其爵祿也補曰春秋昭元年夏秦伯之弟鍼出
奔晉傳曰罪秦伯也晉語曰秦后子來仕其車千乘
后子即鍼也天對注云百兩蓋謂車也薄暮雷
逸以爲百兩金誤矣兩音亮車數也
電歸何憂言屈原書壁所問略訖日暮欲去時
天大雨雷電思念復至自解曰歸何
憂乎補曰薄暮日欲晚喻年將老也雷厥嚴不奉
電喻君暴怒也歸何憂者自寬之詞
帝何求言楚王惑信讒佞其威嚴當日墮不可伏
復奉成雖從天帝求福神無如之何

匿穴處爰何云爰於也吾將退於江濱伏匿穴處耳當復何言乎天對云合行違匿同若所咿嚘忿毒竟誰與**荊勳作師夫何長**荊楚也師衆也勳功也初楚邊邑之處女與吳邊邑處女爭采桑於境上相傷二家怒而相攻於是楚爲此興師攻滅吳之邊邑而怒始有功時屈原又諫言我先爲不直恐不可久長也一云夫何長先補曰史記吳王僚九年公子光伐楚拔居巢鍾離初楚邊邑卑梁氏之處女與吳邊邑之女爭桑二女家怒相滅兩國邊邑長聞之怒而相攻滅吳之邊邑吳王怒故遂伐楚取兩都而去荊勳作師夫何長言楚雖有功吳復伐楚非長久之策也此楚平王時事屈原徵往事以諷耳**悟過改更我又何言**欲使楚王覺悟引過自與以謝於吳不從其言遂相攻伐言禍起於細微也悟一作寤補曰更音庚太史公曰屈平雖放流睠顧楚國繫心懷王不忘欲反冀幸君之一悟俗之一改也其存君興國而欲反覆之一篇之中

三致志焉然終無可奈何故不可
以反卒以此此見懷王之終不悟也

吳光爭國久余是勝

光闔廬名也言吳與楚相伐至於闔廬之
時吳兵入郢都昭王出奔故曰吳光爭國
久余是勝言大勝我也補曰楚昭王十年吳王闔廬
伐楚楚大敗吳兵遂入郢懷王與秦戰爲秦所敗亡
其六郡入秦不返故屈原徵荊
動作師吳光爭國之事諷之

何環穿自閭社丘陵爰出子文

子文楚令尹也子文之母鄖公
之女旋穿閭社通於丘陵以淫
而生子文弃之夢中有虎乳之以爲神異乃取收養
焉楚人謂乳爲穀謂虎爲於菟故名鬬穀於菟字子
文長而有賢仁之才也一云何環閭穿社以及丘陵
是淫是蕩爰出子文補曰左傳初若敖娶於鄖生鬬
伯比若敖卒從其母畜於鄖淫於鄖子之女生子文
焉以其女妻伯比實爲令尹子文天對注曰爰出子
文哀今無此人
但任子蘭也

吾告堵敖以不長

堵敖楚賢人
也屈原放時

語堵敖曰楚國將衰不復能久長也一本以下有楚子補曰左傳楚子滅息以息姬歸生堵敖及成王焉楚子文王也莊公十九年杜敖生二十三年成王立杜敖即堵敖也天對注云楚人謂未成君而死曰堵敖堵敖楚文王兄也今哀懷王將如堵敖不長而死以此告之逸注以堵敖爲楚賢人大謬然宗元以堵敖爲文王兄亦誤矣

何試上自予忠名彌彰

屈原言我何敢嘗試君上自干忠直之名以顯彰後世乎誠以同姓之故中心懇惻義不能已也試一作誠予一作與彰一作章天對云誠若名不尚曷極而辭補曰予音與

敘曰昔屈原所作凡二十五篇世相教傳而莫能說天問以其文義不次又多奇怪之事自太史公口論道之多所不

逮至於劉向楊雄援引傳記（一作經傳）以解說之亦不能詳悉所闕者衆日無聞焉既有解□□□詞（一作說）乃復多連蹇其文（一云乃復支連其文）濛澒其說（上莫孔下乎孔切濛澒大水也澒一作鴻音同）故厥義不昭微指不晳自游覽者靡不苦之而不能照也今則稽之舊章合之經傳以相發明爲之符驗章決句斷事事可曉俾後學者永無疑焉

楚辭卷第三

汲古後人毛表字奏叔依古本是正

楚辭卷第四

校書郎臣王　逸上

九章章句第四　離騷

惜誦一作惜論

涉江

哀郢

抽思

懷沙

思美人

惜往日

橘頌

悲回風

九章者屈原之所作也屈原放於江南之壄思君念國憂心罔極故復作九章史記云上官大夫短屈原於頃襄王王怒而遷之乃作懷沙之賦則九章之作在頃襄時也章者著也明也言已所陳忠信之道甚著明也卒不見納委命自沈楚人惜而哀之世論其詞以相傳焉卒釋文作碎騷經之詞緩九章之詞切淺

深之序也五臣云九義與九歌同

惜誦以致愍兮惜貪也誦論也致至也愍病也言已貪忠信之道可以安君論之於心誦之於口至於身以疲病而不能忘愍一作愍補曰愍音敏惜誦者惜其君而誦之也**發憤以杼情**憤懣也杼渫也言已身雖疲病猶發憤懣作此辭賦陳列利害渫已情思以風諫君也杼一作舒補曰杼渫水槽也音署杜預云申杼舊意然文選云抒情素又曰抒下情而通諷諭其字竝从手上與丈呂二切**所作忠而言之兮**言已所陳忠信之道先慮於心合於仁義乃敢爲君言之也作一作非一本忠下有心字補曰作爲也下文云作忠以造怨**指蒼天以爲正**春曰蒼天正平也設君謂已作言非邪願上指蒼天使正平之也夫天明察無所阿私惟德是輔惟惡是去故指之以爲誓也補曰正音征叶韻**令五帝以**

枅中兮五帝謂五方神也東方爲太皞南方爲炎帝西方爲少昊北方爲顓頊中央爲黃帝枅猶分也言已復命五方之帝分明言是與非也一本作折中補曰枅與析同按史記索隱解折中於夫子引此爲證云折中正也安均云折斷也中當也言欲折斷其物而用之與度相中當故言折中也中陟仲切

戒六神與嚮服六神謂六宗之神也尚書禮於六宗嚮對也服事也言已願復令六宗之神對聽已言事可行與否也一云以鄉服補曰孔叢子云宰我問禮於六宗孔子曰所宗者六埋少牢於太昭祭時也祖迎於坎壇祭寒暑也王於郊宮祭日也夜明祭月也幽禜祭星也雩禜祭水旱也禮於六宗此之謂也孔安國王肅用此說又一說云六宗星辰風伯雨師司中司命一云乾坤六子顏師古用此說一云天地四時一云天宗三日月星辰地宗三太山河海一云六爲地數祭地也一云天地間游神也一云三昭三穆王介甫用此說一云六氣之宗謂太極沖和之氣蘇子由云捨祭法不用

而以意立說未可信也**俾山川以備御兮**俾使也御侍也**命咎繇使聽直**咎繇聖人也言己願復令山川之神備列而處使御知己志又使聖人咎繇聽我之言忠直與否也夫神明照人心聖人達人情故屈原動以神聖自證明也命一作會使一作以補曰舜舉咎繇不仁者遠惟茲臣庶罔或干予正故使之聽直**竭忠誠以事君兮**竭盡一本君下有子字**反離羣而贅肬**羣衆也贅肬過也言己竭盡忠信以事于君若人有贅肬之病與衆別異以得罪謫也補曰贅之苪切肬音尤瘤腫也莊子曰附贅懸肬**忘儇媚以背衆兮**儇佞也媚愛也背違也言己修行正直忘爲佞媚之行違背衆人言見憎惡也補曰儇隳緣切說文慧也一曰利也言己忘佞人之害己爲忠直以背衆背音佩**待明君其知之**須賢明之君則知己之忠也書曰知人則哲秦繆公舉由余齊桓任管仲知人

之君也一本無明字**言與行其可迹兮**出口爲言所履爲迹**情與貌其不變**志願爲情顏色爲貌變易也言已吐口陳辭言與行合誠可循迹情貌相副內外若一終不變易也**故相臣莫若君兮**言相視臣下忠之與佞在君知之明也補曰相視也息亮切傳曰知臣莫若君**所以證之不遠**證驗也言君相臣動作應對察言觀行則知其善惡所證驗之迹近取諸身而不遠也一本之下有而字**吾誼先君而後身兮**言我所以修執忠信仁義者誠欲先安君父然後乃及於身也夫君安則已安君危則已危也補曰誼與義同人臣之義當先君而後已**羌衆人之所仇**羌然辭也怨耦曰仇言在位之臣營私爲家已獨先君後身其義相反故爲衆人所仇怨一本羌下有然字一本仇下有也字**專惟君而無他兮**惟一作思一作爲**又衆兆之所讎**兆衆也百萬爲兆交

怨曰雖言已專心思欲竭忠情以安於君無有他志不與衆同趨故爲衆所怨雖欲殺已也兆一作人一本雖下有也字壹心而不豫兮豫猶豫也羌不可保也保知也言已專壹忠信以事於君雖爲衆人所惡志不猶豫顧君心不可保知易傾移也一本此句與下文皆無也字疾親君而無他兮疾惡有招禍之道也招召也言已疾惡讒佞欲親近君側衆人悉欲來害已有招禍之道將遇咎也思君其莫我忠兮言衆人思君皆欲自利無若已欲盡忠信之節忠一作知補曰此言君不以我爲忠也忽忘身之賤貧言已憂國念君忽忘身之賤貧猶顧自竭事君而不貳兮貳二也而一作其迷不知寵之門迷惑也言已事君竭盡信誠無有二心而不見用意中迷惑不知得遇寵之門戶當何由之也補曰老子云寵爲不寵非

君子之所貴也屈原惟不知出此故以信見疑以忠被謗忠何罪以遇罰兮罰刑亦非余心之所志言已履行忠直無有罪過而遇放逐亦非我本心宿志所望於君也一本此句末與下文皆有也字行不羣以巓越兮巓殞越墜又衆兆之所咍咍笑也楚人謂相啁笑曰咍言已行度不合於俗身以巓墜又為人之所笑也或曰衆兆之所異言已被放而巓越者行與衆殊異也補曰咍呼來切說文云蚩笑也紛逢尤以離謗兮紛亂貌也尤過也補曰紛衆貌言尤謗之多也離遭也謇不可釋謇辭也釋解也言已逢遇亂君而被罪過終不可復解釋而說也一本句末有也字情沈抑而不達兮沈沒也抑按也又蔽而莫之白言已懷忠貞之情沈没胷臆不得白達左右壅蔽無肯白達已心也一本句末有也字補

曰情沈抑而不達人君不知其用心也又蔽而莫之白羣臣莫肯明已所存也心鬱邑余侘傺兮鬱邑愁貌也侘猶堂堂立貌也傺任也楚人謂失志悵然任立爲侘傺也心一作忳又莫察余之中情言已懷忠不達心中鬱邑悃悵任立失我本志曾無有察我之中情也固煩言不可結詒兮詒遺也詩曰詒我德音也固一作故一本結下有而字補曰詒音怡贈言也願陳志而無路願思也路道也言已積思累日其言煩多不可結續以遺於君欲見君陳已志又無道路也補曰思美人曰媒絕路阻兮言不可結而詒退靜默而莫余知兮進號呼又莫吾聞言已放棄所在幽遠衆無知已之情也補曰號大呼也音豪申侘傺之煩惑兮中重也言衆人無知已之情思念惑亂故重侘傺悵然失意也中悶瞀之

忳忳悶煩也瞀亂也忳忳憂貌也言已憂心煩悶忳忳然無所舒也中一作心補曰瞀音茂忳徒昆切悶也昔余夢登天兮魂中道而無杭杭度也詩曰一葦杭之魂一作寬杭一作航補曰杭與航同許慎曰方兩小船竝與共濟爲航吾使厲神占之兮厲神蓋殤鬼也左傳曰晉侯夢大厲搏膺而踊也補曰禮記王立七祀有泰厲諸侯有公厲大夫有族厲注云厲主殺罰曰有志極而無旁旁輔也言厲神爲屈原占之曰人夢登天無以渡猶欲事君而無其路也但有勞極心志終無輔佐終危獨以離異兮言已行忠直身終危殆與衆人異行之故也曰君可思而不可恃恃怙也言君誠可思念爲竭忠謀顧不可怙恃能實任已與不也故衆口其鑠金兮鑠銷也言衆口所論萬人所言金性堅剛尚爲銷鑠以喻

讒言多使君亂惑也補曰鑠書藥切鄒陽曰衆口鑠金積毀銷骨顏師古曰美金見毀衆共疑之數被燒煉以至銷鑠**初若是而逢殆**殆危也言已志行忠信正直性若金石故爲讒人所危殆**懲於羹者而吹整兮**言人有歠羹而中熱心中懲忿見整則恐而吹之言易改移也獨已執守忠直終不可移也一無者字一云懲於熱羹者一云懲熱於羹整一作整一作齏補曰懲戒也整音賫鄭康成云凡醯醬所和細切爲整一曰擣薑蒜辛物爲之故曰整曰受辛也**何不變此志也**何不改忠直之節隨從吹整之志也一云何不變此之志一本自此句至又何以爲此援竝無也字**欲釋階而登天兮**釋置也登上也人欲上天而釋其階知其無由登也以言我欲事君而釋忠信亦知終無以自通也補曰釋名云階梯也孟子所謂完廩捐階是也易曰天險不可升語曰猶天之不可階而升欲釋階而登天甚言其不可也

猶有曩之態也曩曏也言欲使己變節而從俗猶鄉者欲釋階登天之態也言己所不能履行也猶有一作又猶補曰謂懲羹吹虀之態衆駭遽以離心兮又何以爲此伴也伴侶也言己見衆人易移意中驚駭遂離己心獨行忠直身無伴侶特立于世也一無衆字補曰言衆人見己所爲如此皆驚駭遑遽離心而異志也同極而異路兮又何以爲此援也路道也言衆人同欲極志事君顧忠佞之行異道而殊趨也援引也言忠佞之志不相援引而同也補曰援于願切接援救助也晉申生之孝子兮一無晉字父信讒而不好好愛也申生晉獻公太子也體性慈孝獻公娶後妻驪姬生子奚齊立爲太子因誣申生使祭其母於曲沃歸胙於獻公驪姬於酒肉置鴆其中因言曰胙從外來不可信乃以酒賜小臣以肉食犬皆斃姬乃泣曰賊由太

子於是申生遂自殺故曰父信讒而不愛也補曰禮記曰晉獻公將殺其世子申生公子重耳謂之曰子盍言子之志於公乎世子曰不可君安驪姬是我傷公之心也然則盍行乎曰不可君謂我欲弒君也天下豈有無父之國哉吾何行如之使人辭於狐突曰申生有罪不念伯氏之言也以至於死申生不敢愛其死雖然吾君老矣子少國家多難伯氏不出而圖吾君伯氏苟出而圖吾君申生受賜而死再拜稽首乃卒是以爲恭世子也

行婞直而不豫兮婞很也豫厭也豫一作㦝**鮌功用而不就**鮌堯臣也言鮌行婞很勁直恣心自用不知厭足故殛之羽山治水之功以不成也屈原履行忠直終不回曲猶鮌婞很終獲罪罰補曰申生之孝未免陷父於不義鮌績用不成殛於羽山屈原舉以自比者申生之用心善矣而不見知於君父其事有相似者鯀以婞直忘身知剛而不知義亦君子之所戒也

吾聞作忠以造怨兮忽謂之

過言始吾聞爲君建立忠策必爲群佞所怨忽過之耳以爲不然今而後信九折臂而成醫兮吾至今而知其信然言人九折臂更歷方藥則成良醫乃自知其病吾被放棄乃信知讒佞爲忠直之害也一云九折臂而爲良醫一云吾至今而知其然一云吾今而知其然補曰左氏云三折肱知爲良醫孔叢子云宰我問曰梁丘據遇虺毒三旬而後瘳大夫衆賓復獻攻療之方何也夫子曰三折肱爲良醫梁丘子遇虺毒而獲療諸有與之同疾者必問所以已之之方焉衆人爲此故各言其方欲售之以已人之疾也矰弋機而在上兮矰繳射矢也弋亦射也論語曰弋不射宿弋一作雉補曰矰音增淮南云矰繳機而在上罘罟張而在下雖欲翱翔其勢焉得注云矰弋射鳥短矢也機發也罻羅張而在下罻羅捕鳥網也言上有罥繳弋射之機下有張施罻羅之網飛鳥走獸動而遇害喩君法繁多百姓

動觸刑罰也補曰罻音尉記曰鳩化爲鷹然後設罻羅下音戶設張辟以娛君兮辟法也娛樂也補曰辟毗亦切說文云法也節制其罪也願側身而無所言君法繁多讒人復更設張峻法以娛樂君已欲側身竄首無所藏匿也欲儃佪以干傺兮儃佪猶低佪也干求也傺住也言已意欲低佪留待於君求其善意恐終不用恨然立住補曰儃知然切儃佪不進貌干傺謂求仕而不去也恐重患而離尤尤過也言已欲求君之善意恐重得患禍逢罪過也補曰恐去聲重儲用切增益也離遭也欲高飛而遠集兮君罔謂汝何之罔無也言已欲遠絕它國君又誣罔我言汝遠去何之乎補曰言欲高飛遠集去君而不仕得無謂我遠去欲何所適也欲橫奔而失路兮堅志而不忍言已意欲變節易操橫行失道

而從佞僞心堅於石而不忍爲也一云蓋志堅而不忍

背膺牉以交痛兮

膺胷也牉分也一本牉下有合字一云背膺敷牉其交痛補曰牉音判傳曰夫妻牉合也字林云牉半也

心鬱結而紆軫

紆曲也軫隱也言已不忍變心易行則憂思鬱結胷背分裂心中交引而隱痛也結一作約補曰紆縈也軫痛也

檮木蘭以矯蕙兮

矯猶糅也檮一作擣矯一作撟糅一作揉補曰檮音擣擣斷木也撟舉手也釋文古昴切

糳申椒以爲糧

申重也言已雖被放逐而棄居於山澤猶重糳蘭蕙和糅衆芳以爲糧食飲有節修善不倦也糳一作鑿補曰左傳曰粢食不鑿糳精細米說文曰糲米一斛舂九斗曰糳並音作

播江離與滋菊兮

播種也詩曰播厥百穀滋蒔也

願春日以爲糗芳

糗糒也言已乃種江離蒔香菊采之爲糧以供春日之食也補曰糗去久切乾飯屑也孟

子曰飯糗茹草江離與菊以爲糗糒取其芳香也糒音備恐情質之不信兮情志也質性也質一作志故重著以自明言我修善不懈恐君不深照己之情故復重深陳飲食清潔以自著明也補曰重直用切矯茲媚以私處兮矯舉也茲此也釋文作橋居表切補曰橋本從手舉手也願曾思而遠身曾重也言己舉此衆善可以事君則願私居遠處唯重思而察之補曰曾音增

惜誦此章言己以忠信事君可質於明神而爲讒邪所蔽進退不可惟博采衆善以自處而已

余幼好此奇服兮奇異也或曰奇服好服也年既老而不衰衰懈也言己少好奇偉之服履忠直之行至老不懈五臣云衰退也雖年老而此心不退帶

長鋏之陸離兮長鋏劒名也其所握長劒楚人名曰長鋏也五臣云陸離劒低昂貌補曰鋏古挾切莊子曰韓魏爲鋏注云鋏把也史記曰彈劒而歌曰長鋏歸來乎文選注云鋏刀身劒鋒也有長鋏短鋏**冠切雲之崔嵬**崔嵬高貌也言己內修忠信之志外帶長利之劒戴崔嵬之冠其高切青雲也嵬一作巍五臣云切雲冠名補曰崔音摧嵬巍並五回切**被明月兮珮寳璐**在背曰被寳璐美玉也言己背被明月之珠要佩美玉德寳兼備行度清白也珮一作佩五臣云被猶服也明月珠名補曰淮南曰明月之珠不能無纇注云夜光之珠有似月光故曰明月璐音路說文云玉名**世溷濁而莫余知兮**溷亂也濁貪也一無兮字**吾方高馳而不顧**言時世貪亂遭君蔽闇無有知我之賢然猶高行抗志終不回曲也一本句末有兮字五臣云言我冠帶佩服莫不盛美加之忠信貞潔而遭

世溷濁無相知者顧世上如此故高馳不顧顧駕虯螭而遠去也

駕青虯兮驂白螭

虯螭神獸宜於駕乘以喻賢人清白宜可信任也五臣云虯螭皆龍類補曰虯見騷經螭見九歌

吾與重華遊兮瑤之圃

重華舜名瑤玉也圃園也言已想侍虞舜遊玉園猶言遇聖帝升清朝也遊一作游一云瑤石次玉也補曰山海經云槐江之山上多琅玕金玉實惟帝之平圃

登崑崙兮食玉英

猶言坐明堂受爵位崑崙一作崐崘食一作飡五臣云瑤圃玉英皆美言之補曰爾雅西北之美者有崐崘虛之璆琳琅玕焉援神契曰玉英玉有英華之色

與天地兮同壽與日月兮同光

言已年與天地相敝名與日月同耀一云同壽齊光一云比壽齊光五臣云言若得值於此時而我年德冀如是也補曰莊子曰吾與日月參光吾與天地爲常

哀南夷之莫吾知

兮屈原怨毒楚俗嫉害忠貞乃曰哀哉南夷之人無知我賢也補曰國語云楚爲荆蠻旦余濟乎江湘旦明也濟渡也言已放弃以明旦之時始去遂渡江湘之水言明旦者紀時明刺君不明也乎一作於乘鄂渚而反顧兮乘登也鄂渚地名補曰楚子熊渠封中子紅於鄂鄂州武昌縣地是也隋以鄂渚爲名欸秋冬之緒風欸歎也緒餘也言已登鄂渚高岸還望楚國嚮秋冬北風愁而長歎心中憂思也五臣云秋冬之風搖落萬物比之讒佞是以歎焉補曰欸音哀方言云欸然也南楚凡言然者曰欸步余馬兮山皐邸余車兮方林邸舍也方林地名言我馬強壯行於山皐無所驅馳我車堅牢舍於方林無所載任也以言已才德方壯誠可任用弃在山野亦無所施也邸一作低補曰邸典禮切低無舍義風賦云邸蕚葉而振氣注云邸觸也乘舲船余上沅兮

舲船船有牕牖者補曰舲音靈淮南云越舲蜀艇注云舲小船也釋文作柃補曰上謂泝流而上也上上聲

齊吳榜以擊汰

吳榜船櫂也汰水波也言已始去乘舲船之船西上沅湘之水士卒齊舉大櫂而擊水波自傷去朝堂之上而入湖澤之中也或曰齊悲歌言愁思也補曰字書艑船也吳疑借用榜北孟切又音謗進船也汰音泰

船容與而不進兮淹回水而疑滯

疑惑也滯留也言士衆雖同力引櫂船猶不進隨水回流使已疑惑有還意也疑一作凝五臣云容與徐動貌淹留也疑滯者戀楚國也補曰江淹賦云舟凝滯於水濱杜子美詩云舊客舟凝滯皆用此語其作凝者傳寫之誤耳

朝發枉陼兮

枉渚地名

陼一作渚

夕宿辰陽

辰陽亦地名也言已乃從枉陼宿辰陽自傷去國日已遠也或曰枉曲也陼沚也辰時也陽明也言已將去枉曲之俗而趨時明之鄉也補曰前漢武陵郡有辰陽注云三山

谷辰水所出南入沅七百五十里水經云沅水東逕辰陽縣東南合辰水舊治在辰水之陽故取名焉楚詞所謂夕宿辰陽也沅水又東歷小灣謂之枉渚**苟余心其端直兮**苟誠也其一作之五臣云苟且也**雖僻遠之何傷**僻左也言我惟行正直之心雖在遠僻之域猶有善稱無害疾也故論語曰子欲居九夷也僻一作辟五臣云原自解之詞**入漵浦余儃佪兮**漵浦水名儃佪一作邅迴五臣云漵亦浦類邅轉迴旋也補曰漵徐呂切**迷不知吾所如**迷惑也如之也言已思念楚國雖循江水涯意猶迷惑不知所之也一本吾下有之字**深林杳以冥冥兮**山林草木茂盛一云杳杳以冥冥杳一作晦冥冥一作冥寞五臣云冥冥暗貌**猨狖之所居**非賢士之道徑一本此句上有乃字五臣云猨狖輕捷之獸喻國之昏亂邪巧生焉非賢智所能處也補曰猨狖見九歌**山**

峻高吕蔽日兮言險阻危傾也以一作而下幽晦吕多雨言暑濕泥濘也補曰此言陰氣盛而多雨也霰雪紛其無垠兮涉氷凍之盛寒補曰詩云如彼雨雪先集維霰霰霙也一曰雨雪雜垠音銀畔岸也雲霏霏而承宇室屋沈没與天連也或曰日以喻君山以喻臣霰雪以興殘賊雲以象佞人山峻高以蔽日者謂臣蔽君明也下幽晦以多雨者羣下專擅施恩惠也霰雪紛其無垠者殘賊之政害仁賢也雲霏霏而承宇者佞人並進滿朝庭也補曰霏芳微切詩雨雪霏霏哀吾生之無樂兮遭遇讒佞失官爵也幽獨處乎山中遠離親戚而斥逐也吾不能變心而從俗兮終不易志隨枉曲也固將愁苦而終窮愁思無聊身困窮也接輿髡首兮桑扈臝行接輿楚狂接輿也髡剔也

首頭也自刑身體避世不仕也桑扈隱士也去衣裸裎劾夷狄也言屈原自傷不容於世引此隱者以自慰也贏一作裸補曰論語曰楚狂接輿歌而過孔子揚子曰狂接輿之被其髮也莊子曰嗟來桑戶乎髡音坤去髮也贏力果切赤體也**忠不必用兮賢不必㠯**以亦用也補曰語曰不使大臣怨乎不以左氏曰師能左右之曰以**伍子逢殃兮**伍子伍子胥也爲吳王夫差臣諫令伐越夫差不聽遂賜劍而自殺後越竟滅吳故言逢殃補曰子胥伍員也史記越王句踐率其衆以朝吳吳王喜惟子胥懼曰是棄吳也諫不聽賜子胥屬鏤之劍以死將死曰抉吾眼置吳東門之上以觀越之滅吳也莊子曰伍員流于江鄒陽曰子胥鴟夷**比干菹醢**比干紂之諸父也紂惑妲己作糟丘酒池長夜之飲斷斮朝涉刳剔孕婦比干正諫紂怒曰吾聞聖人心有七孔於是乃殺比干剖其心而觀之故言菹醢也一云比干紂之庶兄菹一作葅**與前世而皆**

然兮謂行忠直而遇患害如比干子胥者多也吾又何怨乎今之人自古有迷亂之君若紂夫差不用忠信滅國亡身當何爲復怨今之君乎五臣云此自抑之詞余將董道而不豫兮董正也豫猶豫也言已雖見先賢執忠被害猶正身直行不猶豫而狐疑也固將重昏而終身昏亂也言已不逢明君思慮交錯心將重亂以終年命亂曰鸞鳥鳳皇日以遠兮鸞鳳俊鳥也有聖君則來無德則去以興賢臣難進易退也燕雀烏鵲巢堂壇兮燕雀烏鵲多口妄鳴以喻讒佞言楚王愚闇不親仁賢而近讒佞也補曰壇音善見九歌露申辛夷死林薄兮露暴也申重也叢冣木曰林草木交錯曰薄言重積辛夷露而暴之使死於林薄之中猶言取賢明君子弃之山野使之顛墜也腥臊並御芳不

得薄兮腥臊臭惡也御用也薄附也言不識味者並甘臭惡不知人者信任讒佞故忠信之士不得附近而放逐也補曰臊音騷周禮曰豕盲視而交睫腥犬赤股而躁臊左傳曰薄而觀之薄迫也逼近之意如字一音博下文忽翺翔之焉薄瞭杳杳而薄天並同陰陽易位時不當兮陰臣也陽君也言楚王惑蔽羣佞權臣將代君與之易位自傷不遇明時而當晻世補曰陰陽易位言君弱而臣強也當平聲懷信侘傺忽乎吾將行兮言已懷忠信不合於衆故悵然住立忽忘居止將遂遠行之它方也一無忽字

涉江此章言已佩服殊異抗志高遠國無人知之者徘徊江之上歎小人在位而君子遇害也

皇天之不純命兮德美大稱皇天以興君也何百姓之震

愆震動也愆過也言皇天不純一其施則萬物夭傷人君不純一其政則百姓震動以觸罪也

民離散而相失兮方仲春而東遷仲春二月也刑德合會嫁娶之時言懷王不明信用讒言而放逐已正以仲春陰陽會時徙我東行遂與室家相失也一無方字

去故鄉而就遠兮遵江夏以流亡遵循也江夏水名也言已東行循江夏之水而遂流亡無還鄉之期也補曰前漢有江夏郡應劭曰沔水自江別至南郡華容爲夏水過郡入江故曰江夏水經云夏水出江流於江陵縣東南注云江津豫章口東會中夏口是夏水之苕江之汜也所謂過夏首而西浮顧龍門而不見也又云又東至江夏雲杜縣入于沔注云應劭曰江別入沔爲夏水源夫夏之爲名始於分江冬竭夏流故納厥稱既有中夏之目亦苞大夏之名矣當其決入之所土謂之睹口焉鄭玄注尚書滄浪之水言今謂之夏水劉澄之著永初山川記云

夏水古文以爲滄浪漁父所歌也因此言之水應由沔今按夏水是江流沔非沔入夏假使沔注夏其勢西南非尚書又東文余亦以爲非也自睹口下沔水兼通夏目而會於江謂之夏汭故春秋傳吳伐楚沈尹戌奔命於夏汭也杜預曰漢水曲入江卽夏口矣

出國門而軫懷兮軫痛也懷思也

甲之鼂吾以行甲日也鼂旦也屈原放出郢門心痛而思始去正以甲日之旦而行紀時日淸明者刺君不聰明也鼂一作鼌補曰鼂鼌竝讀爲朝暮之朝馮衍賦云甲子之朝兮汨吾西征注云君子舉事尚早故以朝言也

發郢都而去閭兮荒忽其焉極言已始發郢去我閭里愁思荒忽安有窮極之時一無都字一本荒上有怊字其一作之補曰前漢南郡江陵縣故楚郢都楚文王自丹陽徙此後九世平王城之後十世秦拔我郢徙東郢閭里門也荒忽見九歌

楫齊揚以容與兮楫船櫂也齊同也揚

舉也補曰楫音接
哀見君而不再得
言已去乘船士卒齊舉楫櫂低佪容與咸有還意自傷卒去而不得再事於君也
望長楸而太息兮
長楸大梓太一作歎補曰楸音秋
涕淫淫其若霰
淫淫流貌也言已顧望楚都見其大道長樹悲而太息涕下淫淫如雨霰也
過夏首而西浮兮
夏首夏水口也船獨流爲浮也補曰荀子曰夏首之南有人焉
顧龍門而不見
龍門楚東門也言已從西浮而東行過夏水之口望楚東門蔽而不見自傷日以遠也補曰水經云龍門卽郢城之東門又伍端休江陵記云南關三門其一名龍門一名修門修門見招魂
心嬋媛而傷懷兮
嬋媛猶牽引也
眇不知其所蹠
眇猶遠也蹠踐也言已顧視龍門不見則心中牽引而痛遠視眇然足不知當所踐蹠也其一作余一無其字文苑作所宅補曰蹠音隻
順風波以

從流兮焉洋洋而爲客洋洋無所歸貌也言已憂不知所踐則聽船順風遂洋洋遠客而無所歸也補曰洋洋水盛貌焉讀如且焉止息之焉凌陽侯之汜濫兮凌乘也陽侯大波之神濫一作覽補曰戰國策云塞漏舟而輕陽侯之波則舟覆矣淮南云武王伐紂渡于孟津陽侯之波逆流而擊注云陽侯陵陽國侯也其國近水溺死於水其神能爲大波有所傷害因謂之陽侯之波也應劭曰陽侯古之諸侯有罪自投江其神爲大波汜孚梵切忽翺翔之焉薄薄止也言已遂復乘大波而遊忽然無所止薄也之一作而一作兮心絓結而不解兮絓懸補曰絓礙也音畫思蹇產而不釋蹇產詰屈也言已乘船蹈波愁而恐懼則心肝懸結思念詰屈而不可解釋也補曰山曲曰𡾊嵼義與此同將運舟而下浮兮運回也上洞庭而

下江言已憂愁身不能安處也去終古之所居兮遠離先祖之宅舍也今逍遙而來東遂行遊戲涉江湖也羌靈魂之欲歸兮精神夢遊還故居也羌一作晲補曰羌發聲也晲丘亮切於義不通何須臾而忘反倚任顧望常欲去也背夏浦而西思兮背水嚮家念親屬也哀故都之日遠遠離郢都何遼遼也登大墳以遠望兮想見宮闕與廊廟也水中高者爲墳詩曰遵彼汝墳聊以舒吾憂心且展我情渫憂思也哀州土之平樂兮閔惜鄉邑之饒富也補曰樂音洛悲江介之遺風遠涉大川民俗異也介一作界補曰薛君韓詩章句曰介界也曹子建詩云江介多悲風注云介間也當陵陽之焉至兮意欲

楚辭卷四　十六

騰馳道安極也陵一作淩補曰前漢丹陽郡有陵陽仙人陵陽子明所居也大人賦云反大壹而從陵陽

淼南渡之焉如淼混彌望無際極也渡一作度一云淼瀁彌望無棲集也曾不知夏之爲丘兮夏大殿也丘墟也詩云於我乎夏屋渠渠懷王信用讒佞國將危亡曾不知其所居宮殿當爲墟也補曰夏大屋楊子曰震風淩雨然後知夏屋之爲帡幪也孰兩東門之可蕪孰誰也蕪逋也言郢城兩東門非先王所作邪何可使逋廢而無路補曰說文曰蕪薉也

心不怡之長久兮怡樂皃也憂與愁其相接接續也言已念楚國將墟心常含戚憂愁相續無有解也其一作之惟郢路之遼遠兮楚道逶迤山谷隘也江與夏之不可涉分隔兩水無以渡也忽若不信兮始從細微遂見疑也一本若下有去字至今

九年而不復放且九歲君不覺也補曰卜居言令九年而不復按楚世家屈原傳六國世表劉向新序云秦欲吞滅諸侯屈原爲楚東使於齊以結強黨秦國患之使張儀之楚賂貴臣上官大夫靳尚之屬及令尹子蘭司馬子椒內賂夫人鄭袖共譖屈原屈原遂放於外乃作離騷當懷王之十六年張儀相楚十八年楚囚張儀復釋去之是時屈平既疏不復在位懷王悔不用屈原之策於是復用屈原屈原諫懷王曰何不殺張儀懷王使人追之不及三十年秦昭王欲與懷王會屈平曰不如無行懷王卒行當頃襄王之三年懷王卒於秦頃襄聽讒復放屈原以此考之屈平在懷王之世被絀復用至頃襄即位遂放於江南耳其云既放三年謂被放之初又云九年而不復蓋作此時放已九年也

慘鬱鬱而不通兮中心憂滿慮閉塞也通一作開

蹇侘傺而含慼悵然任立內結毒也外承歡之汋約

兮汋約好貌補曰汋音綽諶荏弱而難持諶誠也言佞人承君歡顏好其諂言令之汋約然小人誠難扶持之也忠湛補曰諶音忱信也荏音稔語曰色厲而內荏湛而願進兮湛湛重厚貌補曰詩曰湛湛露斯汪云湛湛茂盛貌丈減切相如賦云紛湛湛其差錯汪云湛湛積厚之貌徒感切妬被離而鄣之言己體性重厚而欲願進讒人妬害加被離析鄣而蔽之被一作披補曰被讀曰披反離騷曰亡春風之被離鄣音章壅也記曰鯀鄣洪水堯舜之抗行兮行不孟切瞭杳杳而薄天一無瞭字一云杳冥冥而薄天補曰瞭音了目明也杳杳遠貌衆讒人之嫉妬兮被以不慈之僞名補曰堯舜與賢而不與子故有不慈之名莊子曰堯不慈舜不孝言此者以明堯舜大聖猶不免讒謗況餘人乎憎慍惀之脩

美兮脩一作修補曰愠紆粉切心所愠積也倫力允切思求曉知謂之倫好夫人之忼慨釋文作礚苦蓋切補曰忼苦朗切忼慨憤意君子之愠倫若可鄙者小人之忼慨若可喜者惟明者能察之衆踥蹀而日進兮踥一作躞一作踕一作倢偞補曰踥思葉切蹀音牒踥蹀行貌美超遠而逾邁此皆解於九辯之中亂曰曼余目以流觀兮曼猶曼曼遠貌補曰說文曼引也音萬冀壹反之何時言已放遠日以曼曼周流觀視意欲一還知當何時也鳥飛反故鄉兮思故巢也補曰淮南云鳥飛反鄉狐死首丘各哀其所生狐死必首丘念舊居也補曰記曰樂樂其所自生禮不忘其本古人有言曰狐死正丘首仁也廣志曰狐死首丘豹死首山信非吾罪而棄逐兮我以忠信而獲過也何

日夜而忘之晝夜念君不遠離也

哀郢此章言已雖被放心在楚國徘徊而不忍去蔽於讒諂思見君而不得故太史公讀哀郢而悲其志也

心鬱鬱之憂思兮哀憤結縎慮煩冤也一無心字獨永歎乎增傷哀悲太息損肺肝也思蹇產之不釋兮心中詰屈如連環也曼遭夜之方長憂不能眠時難曉也悲秋風之動容兮風爲政令動搖也言風起而草木之類搖動君令下而百姓之化行也一本云悲夫補曰九辯曰悲哉秋之爲氣也蕭瑟兮草木搖落而變衰意與此同何回極之浮浮回邪也極中也浮浮行貌懷王爲回邪之政不合道中則其化流行羣下皆效也補曰極至也詩曰江漢浮浮

浮浮水流貌此言回邪盛行猶秋風之搖落萬物也數惟蓀之多怒兮數紀也蓀香草也以諭君蓀一作荃補曰數所矩切計也惟思也言計思其君多妄怒無罪而受罰也傷余心之憂憂憂痛貌也言己惟思君行紀數其過又多忿怒無罪受罰故我心憂憂而傷痛也補曰憂音憂說文云愁也願搖起而橫奔兮言己見君妄怒無辜而受罰則欲搖動而奔走覽民尤以自鎮尤過也鎮止也言己覽觀衆民多無過惡而被刑罰非獨己身自鎮止而慰己也補曰鎮音珍結微情以陳詞兮結續妙思作辭賦也矯以遺夫美人舉與懷王使覽照也補曰遺去聲昔君與我誠言兮始君與己謀政務也誠一作成曰黃昏以爲期且待日沒閒靜時也補曰淮南曰薄于虞淵是謂黃昏黃昏諭晩節也戰國策云行百里者半

於九十此言末路之難羌中道而回畔兮信用讒人更狐疑也反
既有此他志謂已不忠遂外疏也補曰志音之叶韻憍吾以其
美好兮握持寶玩以侮余也一無其字補曰此言懷王自矜伐也憍矜也莊子曰虛憍而恃
氣讀若驕覽余以其脩姱陳列好色以示我也覽一作鑒脩一作修補曰姱好
也亦有戶音與余言而不信兮外若親已內懷詐也一作逆言蓋
爲余而造怒責其非職語橫暴也蓋一作盍補曰爲去聲願承閒
而自察兮思待清宴自解說也補曰閒音閑莊子曰今日宴閒察明也心震
悼而不敢志恐動悸心中怛也悲夷猶而冀進兮意懷猶豫
幸擢拔也心怛傷之憺憺肝膽剖破血凝滯也補曰怛當割切悲慘也憺談敢

切安靜也茲歷情以陳辭兮發此憤思列謀謨也一作歷茲情蓀
詳聾而不聞君耳不聽若風過也蓀一作荃詳一作佯補曰詳詐也與佯同固
切人之不媚兮琢瑳羣佞見憎惡也衆果以我爲患諂諛
比巳干劒戟也補曰患音還初吾所陳之耿著兮論說政治道明
白也補曰耿古逈切豈至今其庸亡文辭尚在可求索也一云豈不至今其庸
止何毒藥之謇謇兮忠信不美如毒藥也一云何獨樂斯之謇謇兮
補曰書曰若藥不瞑眩厥疾不瘳傳曰美疢不如惡石願蓀美之可完想君
德化可興復也蓀一作荃完一作光望三五以爲像兮三王五伯可修法也
指彭咸以爲儀先賢淸白我式之也夫何極而不至

兮盡心修善獲官爵也補曰此言以聖賢爲法盡心行之何遠而不至也故遠聞而難虧功名布流長不滅也善不由外來兮才德仁義從已出也名不可以虛作愚欲强智不能及也補曰此言有實而後名從之孰無施而有報兮誰不自施德而蒙福補曰施矢豉切孰不實而有穫空穗滿田無所得也以言上不施惠則下不竭其力君不履信誠則臣下僞惑也穫一作獲少歌曰小唫謳謠以樂志也少一作小補曰少矢照切荀子曰其小歌也注云此下一章即其反辭總論前意反覆說之也此章有少歌有倡有亂少歌之不足則又發其意而爲倡獨倡而無與和也則總理一賦之終以爲亂辭云爾與美人抽怨兮爲君陳道抜恨意也并日夜而無正君性不端晝夜謬也并一作幷一作弃一云幷憾日夜無正補曰幷竝也馮

衍賦云并日夜而憂思憍吾以其美好兮示我爵位及財賄也憍一作驕敖朕辭而不聽慢我之言而不采聽也敖一作謷補曰敖倨也與傲同倡曰起倡發聲造新曲也補曰倡與唱同有鳥自南兮屈原自喻生楚國也補曰孔子曰鳥則擇木木豈能擇鳥子思曰君子猶鳥也疑之則舉矣色斯舉矣翔而後集故古人以自喻來集漢北雖易水土志不革也補曰禹貢嶓冢導漾東流爲漢周禮荊州其川江漢漢楚水也水經及山海經注云漢水出隴西氐道縣嶓冢山初名漾水東流至武都沮縣始爲漢水東南至葭萌與羌水合至江夏安陸縣名沔水故有漢沔之名又東至竟陵合滄浪之水又東過三澨水觸大別山南入於江也好姱佳麗兮容貌說美有俊德也牉獨處此異域背離鄉黨居他邑也牉一作叛一作柈補曰牉音泮舊音件既惸獨而

不羣兮行與衆異身孤特也補曰惸渠榮切無弟兄也又無良媒在其側左右嫉妒莫衛鬻也道卓遠而日忘兮卓一作逴願自申而不得望北山而流涕兮瞻仰高景愁悲泣也北山一作南山臨流水而太息顧念舊故思親戚也流水一作深水望孟夏之短夜兮四月之末陰盡極也補曰上云曼遭夜之方長此云望孟夏之短夜者秋夜方長而夏夜最短憂不能寐冀夜短而易曉也何晦明之若歲憂不能寐常倚立也惟郢路之遼遠兮隔以江湖幽僻側也䰟一夕而九逝精䰟夜歸幾滿十也曾不知路之曲直兮忽往忽來行亟疾也一本云曾不知路之曲直兮䰟識路之營營何靈䰟之信直兮南指月與列星願徑逝而未得

兮人之心不與吾心同南指月與列星參差轉運相遞代也願徑逝而未得兮意欲直還君不納也未一作不寃識路之營營精靈主行往來數也或曰識路知道路也營一作煢補曰詩注云營營往來貌煢煢憂也音瓊何靈寃之信直兮質性忠正不枉曲也人之心不與吾心同我志清白衆泥濁也理弱而媒不通兮知友劣弱又鄙朴也尚不知余之從容未照我志之所欲也補曰言尚不知巳志況能召我也亂曰長瀨湍流泝江潭兮湍亦瀨也逆流而上曰泝潭淵也楚人名淵曰潭言巳思得君命緣湍瀨之流上泝江淵而歸郢也補曰瀨見九歌說文逆流而上曰泝洄泝向也水欲下遡之而上也潭水出武陵[illegible]楚人名深曰潭徒含切又音淫狂顧南行聊

以娛心兮狂猶遽也娛樂也君不肯還已則復遽走南行幽藏山谷以娛已之本志也一無聊字

軫石崴嵬蹇吾願兮軫方也故曰軫之方也以象地崴嵬雀巍高貌也言雖放弃執履忠信志如方石終不可轉行度益高我常願之也嵬一作峞補曰軫石謂石之方者如車軫耳集韻崴音隈嵬吾回切又崴烏皆切嵬音櫰崴嵬不平也一曰山形崴嵬舊音委誰切巢音淮

超回志度行隱進兮超越也言已動履正直超越回邪志其法度隱行忠信日以進也補曰說文隱安也

低佪夷猶宿北姑兮夷猶猶豫也北姑地名言已所以低佪猶豫宿北姑者冀君覺寤而還已也低一作佌

煩冤瞀容實沛徂兮瞀亂也實是也徂去也言已憂愁思念煩冤容貌憤亂誠欲隨水沛然而流去也補曰瞀音茂

愁歎苦神靈遥思兮愁歎苦神者思舊鄉而神

勞也靈遙思者神遠思也路遠處幽又無行媒兮路遠處幽者道遠處僻也無行媒者無紹介也道思作頌聊以自救兮一無以字憂道思者中道作頌以舒怫鬱之念救傷懷之思心不遂斯言誰告兮也憂心不遂不達也誰告者無所告愬也

抽思此章言已所以多憂者以君信諛而自聖眩於名實昧於施報已雖忠直無所赴愬故反復其詞以泄憂思也

滔滔孟夏兮滔滔盛陽貌也史記作陶陶補曰說文滔水漫漫大貌他刀切又滔聚也音陶前云方仲春而東遷此云滔滔孟夏者屈原以仲春去國以孟夏徂南土也草木莽莽言孟夏四月純陽用事煦成萬物草木之類莫不莽莽盛茂自傷不蒙君惠而獨放弃曾不若

草木也補曰莽莫補切 **傷懷永哀兮** 懷思也永長也 **汨徂南土** 汨行貌徂往也言已見草木盛長而已獨汨然放流往居江南之土僻遠之處故心傷而長悲思也土一作去補曰汨越筆切見騷經 **眴兮杳杳** 眴視貌也杳杳深冥貌也史記作窈窈補曰眴與瞬同說文云開闔目數搖也 **孔靜幽默** 孔甚也詩曰亦孔之將默默無聲也言江南山高澤深視之冥冥野甚清淨漠無人聲一云孔靜兮史記默作墨 **鬱結紆軫兮** 紆屈也軫痛也史記紆作究 **離慜而長鞠** 慜痛也鞠窮也言已愁思心中鬱結紆屈而痛身遭疾病長窮困苦恐不能自全也史記慜作愍而作之補曰離遭也慜與愍同 **撫情效志兮** 撫循也效猶覈也 **寃屈而自抑** 抑按也言已身多病長窮恐遂顛沛撫已情意而考覈心志無有過失則屈志自抑而不懼也史記云俛詘以自抑 **刓方**

以爲圜兮刓削補曰刓五官切圓削也常度未替度法也替廢也言人刓削方木欲以爲圜其常法度尚未廢也以言讒人譖逐放己欲使改行亦終守正而不易也易初本迪兮史記迪作由一無初字君子所鄙鄙恥也言人遭世遇變易初行遠離常道賢人君子之所恥不忍爲也章畫志墨兮章明也志念也史記志作職補曰畫音獲前圖未改圖法也改易也言工明於所畫念其繩墨修前人之法不易其道則曲木直而惡木好也以言人遵先聖之法度修其仁義不易其行則德譽興而榮名立也史記圖作度內厚質正兮史記作內直質重兮大人所盛言人質性敦厚心志正直行無過失則大人君子所盛美也巧倕不斲兮倕堯巧工也斲斫也史記作巧匠斲一作劉一作斷補曰倕倕音垂書曰垂汝共工莊子曰工倕旋而蓋規矩淮南曰周鼎

著錘使銜其指說文云斲斫也劉殺也作斲者是**孰察其撥正**察知也撥治也言倕不以斤斧斲斫則曲木不治誰知其工巧者乎以言君子不居爵位衆亦莫知其賢能也史記作揆正補曰說文曰揆治也比末切揆度也**玄文處幽兮**玄墨也幽冥也史記作幽處**矇瞍謂之不章**矇盲者也詩云矇瞍奏工章明也言持玄墨之文居於幽冥之處則矇瞍之徒以爲不明也言持賢知之士居於山谷則衆愚以爲不賢也瞍一作瞍史記無瞍字補曰有眸子而無見曰矇無眸子曰瞍**離婁微睇兮**離婁古明目者也孟子曰離婁之明睇眄之也補曰淮南曰離朱之明即離婁也黃帝時人明目能見百步之外秋豪之末睇音弟說文曰目小視也南楚謂眄曰睇**瞽以爲無明**瞽盲者也詩云有瞽有瞽言離婁明目無所不見微有所眄盲人輕之以爲無明也言賢者遭困厄俗人侮之以爲癡也補曰說文瞽目但有狀也

變白以爲黑兮世以濁爲淸也史記以作而倒上以爲下俗人以愚爲賢也補曰下音戶鳳皇在笯兮笯籠落也徐廣曰笯一作郊補曰笯音暮釋文音奴又女家切說文曰籠也南楚謂之笯雞鶩翔舞言聖人困厄小人得志也史記鶩作雉補曰鶩鳧屬音木同糅玉石兮賢愚雜厠補曰糅雜也女救切一槩而相量忠佞不異補曰槩平斗斛木古代切夫惟黨人鄙固兮楚俗狹陋鄙一作交史記云夫黨人之鄙妬兮羌不知余之所臧莫照我之善意也史記云云羌不知吾所臧任重載盛兮補曰盛多也言所任者重所載者多也重直用切陷滯而不濟陷没也濟成也言已才力盛壯可任重載而身放弃陷没沉滯不得成其本志懷瑾握瑜兮在衣爲懷在手爲握瑾瑜美玉也補曰傳云鍾山之玉瑾

瑜爲良瑾音僅瑜音逾

窮不知所示示語也言巳懷持美玉之德遭世闇惑不別善惡抱寶窮困而無所語也史記云窮不得余所示

邑犬之羣吠兮吠所怪也言邑里之犬羣而吠者怪非常之人而嘷之也以言俗人羣聚毁賢智者亦以其行度異故羣而謗之也一云邑犬羣兮吠所怪也史記無之字一本此句與下文無也字

非俊疑傑兮千人才爲俊一國高爲傑也史記云誹駿疑桀補曰淮南云知過萬人謂之英千人謂之俊百人謂之豪十人謂之傑

固庸態也庸厮賤之人也言衆人所謗非傑異之士斯庸夫惡態之人也何者德高者不合於衆行異者不合於俗故爲犬之所吠衆人之所訕也

文質疏內兮史記疏作踈補曰內舊音訥疏疏通也訥木訥也釋文內如字

衆不知余之異采采文采也言巳能文能質內以疏達衆人不知我有異藝之文采也史記余作

吾徐廣曰異一作輿材朴委積兮條直爲材壯大爲朴壯一作庬史記朴作樸積一作
質補曰說文云朴木皮也樸木素也莫知余之所有言材木委積非魯班則不能別
其好醜國民衆多非明君則不知我之能也重仁襲義兮重累也襲及也補曰
淮南云聖人重仁襲恩注云襲亦重累謹厚以爲豐謹善也豐大也言衆人雖不知
已猶復重累仁德及與禮義修行謹善以自廣大也重華不可遌兮遌逢一作
遻史記作悟補曰遌遻當作遻遻音忤與迕同列子遻物而不慴是也釋文遻五各切心不欲見而見曰遻
於義頻迕孰知余之從容從容舉動也言聖辟重華不可逢遇誰得知我舉動欲行
忠信也古固有不竝兮竝俱補曰此言聖賢有不竝時而生者故重華不可
遌湯禹不可慕也豈知其何故言往古之世忠佞之臣不可俱並事君必相剋害故

曰豈知其何故一本此與下句末皆有也字史記云豈知其故也湯禹久遠兮邈而不可慕慕思也言殷湯夏禹聖德之君明於知人然去久遠不可思慕而得事之也史記云邈不可慕也懲連改忿兮懲止也忿恨也史記連作違抑心而自強抑按也言已知禹湯不可得則止已留違之心改其忿恨按慰已心以自強勉也強史記作彊補曰強巨兩切離慜而不遷兮慜病也遷徙也慜史記作湣一作閔願志之有像兮像法也言已自勉修善身雖遭病心終不徙願志行流於後世爲人法也史記像作象進路北次兮路道也次舍也日昧昧其將暮昧冥也言已思念楚國願得君命進道北行以次舍止與遂還歸日又將暮不可去也舒憂娛哀兮娛樂史記云含憂虞哀限之以大故限度也大故死

亡也言已自知不遇聊作詞賦以舒展憂思樂已悲愁自度以死亡而已終無它志也補曰孟子云今也不幸至於大故

亂曰浩浩沅湘史記此句末至明告君子並有兮字分流汨兮浩浩廣大貌也汨流也言浩浩廣大乎沅湘之水分汨而流將歸乎海傷己放棄獨無所歸也分一作汾補曰汨汨音骨者水聲也音鶻者涌波也莊子曰與汨俱出郭象云洄伏而涌出者汨也

脩路幽蔽道遠忽兮脩長也言己雖在湖澤之中幽深蔽闇道路甚遠且久長也史記蔽作拂自道遠忽兮以下有曾唫恒悲兮永歎慨兮世既莫吾知兮人心不可謂兮四句

懷質抱情史記云懷情抱質獨無匹兮匹雙也言己懷敦篤之質抱忠信之情不與衆同故孤煢獨行無有雙匹也匹俗作疋

伯樂既沒驥焉程兮伯樂善相馬也程量也言騏驥不遇伯樂則無所程量其才力也以言賢臣不遇明君則

無所施其智能也史記沒作歿焉上有將字補曰戰國策云昔騏驥駕鹽車上吳坂遷延負轅而不能進遭伯樂仰而鳴之知伯樂之知已也淮南子曰造父不能爲伯樂注云伯樂善相馬事秦繆公又王逸云孫陽伯樂姓名而張晏云王良字伯樂非也王良善馭事趙簡子

萬民之生各有所錯兮錯安也言萬民稟受天命生而各有所錯安其志或安于忠信或安于詐僞其性不同也一云民生有命史記民作人一云民生稟命

定心廣志余何畏懼兮言已旣安於忠信廣我志意當復何懼乎威不能動法不能恐也

曾傷爰哀永歎喟兮爰於也喟息也言已所以心中重傷於是歎息自恨懷道不得施用也曾一作增補曰曾音增喟丘愧切

世溷濁莫吾知人心不可謂兮謂猶說也言已遭遇亂世衆人不知我賢亦不可戶告人說一云念不可謂兮史記

一云世溷不吾知心不可謂兮一云世溷莫知不可謂兮

知死不可讓願勿愛兮讓辭也言人知命將終可以建忠伏節死義願勿辭讓而自愛惜之也補曰屈子以爲知死之不可讓則捨生而取義可也所惡有甚於死者豈復愛七尺之軀哉

明告君子吾將以爲類兮告語也類法也詩云永錫爾類言已將執忠死節故以此明白告諸君子宜以我爲法度一本明下有以字

懷沙

此章言已雖放逐不以窮困易其行小人蔽賢羣起而攻之舉世之人無知我者思古人而不得見伏節死義而已太史公曰乃作懷沙之賦遂自投汨羅以死原所以死見於此賦故太史公獨載之

思美人

思美人兮言已憂思念懷王也**擥涕而竚眙**竚立悲哀涕交

橫也補曰擘猶拔也竚直呂切久立也眙直視也丑吏切文選注云佇眙立視也今市聚人謂之立眙媒絕路阻兮良友隔絕道壞崩也一云媒絕而道路阻文苑作路絕而媒阻言不可結而詒祕密之語難傳誦也一無而字蹇蹇之煩冤兮忠謀盤紆氣盈胷也寃一作惋補曰易曰王臣蹇蹇陷滯而不發含辭鬱結不得揚也陷一作滔補曰懷沙云陷滯而不濟申旦以舒中情兮誠欲日日陳巳心也以一作不補曰九辯云申旦而不寐五臣云申至也志沈菀而莫達思念沈積不得通也一無志字補曰菀音鬱積也願寄言於浮雲兮思託要謀於神靈也遇豐隆而不將雲師徑遊不我聽也因歸鳥而致辭兮思附鴻鴈達中情也羌宿高而難當飛集山林道徑異也一云

羌迅高而難寓補曰當値也高辛之靈盛兮帝嚳之德茂神靈也盛一作晟一作威補曰史記帝嚳高辛者黃帝之曾孫生而神靈自言其名張晏曰高辛所興之地名也遭玄鳥而致詒嚳妃吞燕卵以生契也言殷契合神靈之祥知而生於是性有賢仁爲堯三公屈原亦得天地正氣而生自傷不遭聖王而遇亂世也欲變節以從俗兮念改忠直隨讒佞也媿易初而屈志慙恥本行中回傾也補曰媿與愧同志音之叶韻獨歷年而離愍兮脩德累歲身疲病也羌馮心猶未化憤懣守節不易性也補曰馮與憑同寧隱閔而壽考兮懷智佯愚終年命也何變易之可爲心不改更死忠正也一云何變初而可爲知前轍之不遂兮比干子胥蒙禍患也轍一作道未

跂此度執心不回志彌固也車既覆而馬顛兮君國傾側任小人也車以喻君馬以喻臣言車覆者君國危也馬顛仆者所任非人蹇獨懷此異路遭逢艱難思忠臣也勒騏驥而更駕兮舉用才德任俊賢也造父為我操之御民以道須明君也補曰史記秦之先造父以善御幸於周繆王得驥溫驪驊騮騄耳之駟西巡狩父音甫操七刀切遷逡次而勿驅兮使臣以禮得中和也補曰遷逡猶逡巡行不進貌再宿為信過信為次說文曰次不前也逡七旬切聊假日以須旹朞月考功知德化也補曰假日見騷經須待也旹古時字指嶓冢之西隈兮澤流山野被流沙也嶓冢山名尚書嶓冢導漾隈一作隅補曰嶓音波禹貢導嶓冢至於荊山注云嶓冢在梁州指嶓冢之西隈言日薄於西山也與纁黃以為

期待間靜時與賢謀也纁黃蓋黃昏時也纁一作曛補曰纁淺絳也其爲色黃而兼赤曛日入餘光並音薰開春發歲兮承陽施惠養百姓也白日出之悠悠君政溫仁體光明也吾將蕩志而愉樂兮滌我憂愁弘佚豫也將一作且補曰愉音逾遵江夏以娛憂循兩水涯以娛志也擥大薄之芳茝兮欲援芳茝以爲佩也擥一作攬茝一作芷補曰薄叢薄也搴長洲之宿莽采取香草用飾已也楚人名冬生草曰宿莽惜吾不及古人兮生後殷湯周文王也惜一作然一云古之人吾誰與玩此芳草誰與竭節盡忠厚也此一作斯補曰玩五換切說文弄也解萹薄與雜菜兮萹萹畜也雜菜雜香之菜補曰萹音匾爾雅曰竹萹蓄注云似小藜赤莖節好生道旁本草云亦呼爲萹竹萹薄謂萹蓄

之成叢者按蕳蓄雜菜皆非芳艸此言解去蕳菜而備芳茝宿莽以爲交佩也備以爲交

佩交合也言已解折蕳蓄雜以香菜合而佩之言修飾彌盛也備一作脩佩繽紛

以繚轉兮德行純美能絕異也以一作其補曰繽匹賓切繚音了繚繞也遂萎

絕而離異終以放斥而見疑也補曰萎於危切吾且儃佪以娛

憂兮聊且遊戲樂所志也儃佪一作徘徊觀南人之變態覽察楚俗化改

易也竊快在中心兮私懷僥倖而欣喜也一無在字一云吾竊快在其中心兮

一無吾字揚厥憑而不竢思舒憤懣無所待也芳與澤其雜

糅兮正直溫仁德茂盛也羌芳華自中出生含天姿不外受也補曰

出尺類切自中而外也紛郁郁其遠承兮法度文辭行四海也一云行度

文辭流四海也承一作蒸補曰說文郁有章也承奉也滿內而外揚修善於身名譽起也情與質信可保兮言行相副無表裏也羌居蔽而聞章雖在山澤名宣布也居一作重一云居重蔽而聞章令薜荔以為理兮意欲升高事貴戚也以一作而憚舉趾而緣木憚難也誠難抗足屈跧蹋也因芙蓉而為媒兮意欲下求從風俗也因一作用憚蹇裳而濡足又恐汙泥被垢濁也補曰莊子曰蹇裳躩步蹇起虔切蓋讀若褰謂摳衣也足一作之登高吾不說兮事上得位我不好也入下吾不能隨俗顯榮非所樂也固朕形之不服兮我性婞直不曲撓也然容與而狐疑徘徊進退觀衆意也廣遂前畫兮恢廓仁義弘聖道也補曰

畫音獲計策也未改此度也心終不變內自守也一無也字補曰度徒故切命則處幽吾將罷兮受祿當窮身勞苦也一無則字補曰罷讀若疲願及白日之未暮思得進用先年老也一本句末有也字獨煢煢而南行兮思彭咸之故也

思美人此章言己思念其君不能自達然反觀初志不可變易益自脩飭死而後已也

惜往日之曾信兮先時見任身親近也補曰史記云原博聞強志明於治亂嫺於辭令入則與王圖議國事以出號令出則接遇賓客應對諸侯王甚任之受命詔以昭詩君告屈原明典文也詩一作時補曰國語曰莊王使士亹傅太子箴問於申叔時叔時曰

敎之詩而爲之導廣顯德以耀明其志奉先功以照下兮承宣祖業以示民也明法度之嫌疑草創憲度定衆難也補曰史記云懷王使屈原造爲憲令屬草藁未定上官大夫見而欲奪之屈平不與因讒之曰王使屈平爲令衆莫不知每一令出平伐其功曰非我莫能爲也王怒而疏屈平國富強而法立兮楚以熾盛無盜姦也屬貞臣而日娭委政忠良而遊息也補曰屬音燭付也娭音嬉戲也一作娛非是秘密事之載心兮天災地變乃存念也秘一作移雖過失猶弗治臣有過差赦貰寬也弗一作不補曰治治音持心純庬而不泄兮素性敦厚愼語言也泄一作貰補曰庬厚也莫江切泄漏也音薛遭讒人而嫉之遭遇靳尚及上官也嫉之一作佞嫉君含怒而待臣兮上懷忿恚欲刑殘也不

清澈其然否內弗省察其侵冤也澈一作徹補曰澈音轍澂音澄蔽晦君之聰明兮專擅威恩握主權也虛惑誤又以欺欺罔戲弄若轉丸也一云惑虛言又以欺弗參驗以考實兮不審窮覈其端原也遠遷臣而弗思放逐徙我不肯還也信讒諛之溷濁兮聽用邪僞自亂惑也溷濁一作浮說盛氣志而過之呵罵遷怒妄誅戮也盛古作賊補曰漢書曰聞將軍有意督過之何貞臣之無辠兮忠正之行少愆忒也辠一作罪被離謗而見尤虛蒙誹訕獲過愆也離一作讟慙光景之誠信兮質性謹厚貌純慤也補曰說文云景光也此言已誠信甚著小人所慙也身幽隱而僃之雖處草野行彌篤也補曰此言身被放棄多讒謗也臨沅湘之

玄淵兮觀視流水心悲惻也沅一作江遂自忍而沈流遂赴深水自害賊也遂一作不卒沒身而絕名兮姓字斷絕形體沒也一云名字斷絕形朽腐也沒身一作沈身惜壅君之不昭懷王壅蔽不覺悟也古本壅皆作廱君無度而弗察兮上無撿押以知下也補曰撿押隱括也押音狎使芳草爲藪幽賢人放竄弃草野也補曰說文藪大澤也焉舒情而抽信兮安所展思拔愁苦也恬死亡而不聊忍不貪生而顧老也補曰恬安也言安於死亡不苟生也獨鄣壅而蔽隱兮遠放隔塞在裔土也鄣一作彰音如鄣壅一作雍使貞臣爲無由欲竭忠節靡其道也爲一作而聞百里之爲虜兮補曰晉獻公虜虞君與其大夫百里傒以百里傒爲秦繆公夫

人媵百里傒下秦走宛楚鄙人執之繆公聞百里傒賢以五羖羊皮贖之釋其囚與語國事繆公大說授之國政號曰五羖大夫孟子曰百里奚自鬻於秦養牲者五羊之皮食牛以要秦繆公莊子曰秦穆公以五羊之皮籠百里奚

伊尹烹於庖廚呂望屠於朝歌兮朝知苗切甯戚歌而飯牛見騷經天問不逢湯武與桓繆兮世孰云而知之吳信讒而弗味兮宰嚭阿諛甘如蜜也弗一作不補曰淮南云古人味而不貪今人貪而不味此言貪嗜讒諛不知忠直之味也子胥死而後憂竟爲越國所誅滅也介子忠而立枯兮介子介子推也文君寤而追求文君晉文公也寤覺也昔文公被孋姬之譖出奔齊楚介子推從行道乏糧割股肉以食文公文公得國賞諸從行者失忘子推子推遂

逃介山隱文公覺寤追而求之子推遂不肯出文公因燒其山子推抱樹燒而死故言立枯也七諫中推自割而食君

封介山而爲之禁兮一無而字**報大**

亦解此也

德之優游言文公遂以介山之民封子推使祭祀之又禁民不得有言燒死以報其德優游其靈寃也補曰史記晉初定賞從亡未至隱者介子推推推亦不言祿祿亦不及介子推從者乃懸書宮門文公出見其書曰此介子推也吾方憂王室未圖其功使人召之則亡遂求其所在聞其入緜上山中於是文公環緜上山中而封之以爲介推田號曰介山以記吾過且旌善人莊子曰介子推至忠也自割其股以食文公公後背之子推怒而去抱木而燔死淮南曰介子歌龍蛇而文君垂泣也封介山而爲之禁者以爲介推田也逸說非是優游大德之貌

思久故之親身兮因縞素而哭之言文公思子推親自割其身恩義尤篤因爲變服悲而哭之也補曰親身

言不離左右也縞音杲說文云縞素白緻繒也或忠信而死節兮仇牧荀息與梅伯也或訑謾而不疑張儀詐欺不能誅也訑一作訑補曰訑謾皆欺也上音移下謨官切弗省察而按實兮君不參錯而思慮也補曰省息井切聽讒人之虛辭諂諛毀訾而加誣也芳與澤其雜糅兮質性香潤德之厚也孰申旦而別之世無明智惑賢愚也何芳草之早殀兮賢臣被讒命不久也殀一作夭微霜降而下戒嚴刑卒至死有時也下一作不諒聰不明而蔽壅兮君知淺短無所照也一云不聽明補曰易噬嗑夬卦皆曰聰不明也使讒諛而日得佞人位高家富饒也家一作豪自前世之嫉賢兮憎惡忠直若仇怨也謂蕙若其

不可佩賤弃仁智言難用也補曰若杜若也妬佳冶之芬芳兮嫉害美善之婉容也佳一作娃補曰娃於佳切吳楚之間謂好曰娃冶妖冶女態易曰冶容誨淫嫫母姣而自好醜嫗自飾以粉黛也補曰嫫音謨說文云嫫母都醜也一曰黃帝妻貌甚醜姣妖媚也音絞好音耗雖有西施之美容兮世有好女之異貌也補曰西施越之美女越絕書曰越王句踐得採薪二女西施鄭旦以獻吳王讒妬入以自代衆惡推遠不附近也願陳情以白行兮列巳忠心所趨務也得罪過之不意譴怒橫異無宿戒也情寃見之日明兮行度清白皎如素也寃一作宛如列宿之錯置皇天羅宿有度數也補曰宿音秀錯倉各切乘騏驥而馳騁兮如駕駑馬而長驅也補曰騏驥駿馬也無轡

銜而自載不能制御乘車將仆補曰詩云六轡如琴說文銜馬勒口中行馬者也乘氾泭以下流兮乘舟氾船而涉渡也編竹木曰泭楚人曰柎秦人曰撥也乘一作桑泭一作柎補曰氾音泛泭音敷說文云編木以度柎與泭同無舟楫而自備身將沈沒而危殆也楫一作檝補曰說文云楫舟櫂也背法度而心治兮背弃聖制用愚意也治一作殆辟與此其無異若乘船車無轡櫂也辟一作譬補曰辟喻也與譬同寧溘死而流亡兮意欲淹沒隨水去也恐禍殃之有再罪及父母與親屬也不畢辭而赴淵兮陳言未終遂自投也惜壅君之不識哀上愚蔽心不照也識一作明補曰識音試亦音志馮衍賦云韓盧抑而不縱兮騏驥絆而不試獨慷慨而遠覽兮非庸庸之所識亦叶韻也

惜往日此章言已初見信任楚國幾於治矣而懷王不知君子小人之情狀以忠爲邪以譖爲信卒見放逐無以自明也

后皇嘉樹橘徠服兮后后土也皇皇天也服習也言皇天后土生美橘樹異於衆木來服習南土便其風氣屈原自喻才德如橘樹亦異於衆也便其風氣一云便且遂也一云便其性也補曰禹貢淮海惟揚州厥包橘柚錫貢漢書江陵千樹橘與千戶侯等異物志云橘爲樹白華赤實皮既馨香又有善味徠與來同說文云周所受瑞麥來麰天所來也故爲行來之來受命不遷生南國兮南國謂江南也遷徙也言橘受天命生於江南不可移徙種於北地則化而爲枳也屈原自比志節如橘亦不可移徙深固難徙更壹志兮屈原見橘根深堅固終不可徙則專一已志守忠信也綠葉素榮紛

其可喜兮綠猶青也素白也言橘青葉白華紛然盛茂誠可喜也以言已行清白可信任也榮一作華補曰爾雅草謂之榮木謂之華此言素榮則亦通稱也曹植賦曰朱實不萌焉得素榮李尤七歎曰白華綠葉扶疎冬榮金衣素裏班理內充皆謂橘也

曾枝剡棘圓果摶兮剡利也棘橘枝刺若棘也摶圜也楚人名圜爲摶言橘枝重累又有利棘以象武也其實圓摶又象文也以喻已有文武能方圓也圓果一作圜實摶一作槫補曰曾音增重也剡音琰方言曰凡草木刺人江湘之間謂之棘注引曾枝剡棘說文云摶圜也其字從手槫柩車也其字從木音同義異

青黃雜糅一作揉**文章爛兮**言橘葉青其實黃雜糅俱盛爛然而明以言已敏達道德亦爛然有文章也補曰橘實初青既熟則黃若以青爲葉則上文已言綠葉矣

精色內白類可任兮精明也類猶貌也言橘實赤黃其色精明內懷

潔白以言賢者亦然外有精明之貌內有潔白之志故可任以道而事用之也一云類任道兮補曰靑黃雜糅言其外之文精色內白言其中之質也紛緼宜脩一作修姱而不醜兮紛緼盛貌醜惡也言橘類紛緼而盛如人宜修飾形容盡好無有醜惡也補曰紛音墳緼音氳集韻蒶藴積也姱好也嗟爾幼志有以異兮爾汝也幼小也言嗟乎衆臣女少小之人其志易徙有異於橘也獨立不遷豈不可喜兮屈原言己之行度獨立堅固不可遷徙誠可喜也補曰自此以下申前義以明己志深固難徙廓其無求兮補曰凡與世遷徙者皆有求也吾之志舉世莫得而傾之者無求於彼故也蘇世獨立橫而不流兮蘇寤也言屈原自知爲讒佞所害心中覺寤然不可變節猶行忠直橫立自持不隨俗人也補曰死而更生曰蘇魏都賦

曰非蘇世而居正閉心自愼不終失過兮言巳閉心捐欲敕愼自守終不敢有過失也一云終不過兮一云終不失過兮補曰閉必結切閟也俗作閉非是秉德無私參天地兮秉執也言巳執履忠正行無私阿故參配天地通之神明使知之也補曰天無私覆地無私載秉德無私則與天地參矣願歲并謝與長友兮謝去也言巳願與橘同心并志歲月雖去年且衰老長爲朋友不相遠離也補曰說文云謝辭去也此言巳年雖與歲月俱逝願長與橘爲友也淑離不淫梗其有理兮淑善也梗強也言巳雖設與橘離別猶善持巳行梗然堅強終不淫惑而失義也年歲雖少可師長兮言巳年雖幼少言有法則行有節度誠可師用長老而事之補曰言可爲人師長行比伯夷置以爲像兮像法也伯夷孤

竹君之子也父欲立伯夷伯夷讓弟叔齊叔齊不肯受兄弟弃國俱去之首陽山下周武王伐紂伯夷叔齊扣馬諫之曰父死不葬謀及干戈可謂孝乎以臣弑君可謂忠乎左右欲殺之太公曰不可引而去之遂不食周粟而餓死屈原亦自以脩飾潔白之行不容於世將餓餒而終故曰以伯夷爲法也補曰行下孟切比音鼻近也韓愈曰伯夷者特立獨行亘萬世而不顧者也屈原獨立不遷宜與伯夷無異乃自謂近於伯夷而置以爲像尊賢之詞也

橘頌美橘之有是德故曰頌管子篇名有國頌說者云頌容也陳爲國之形容

悲回風之搖蕙兮回風爲飄飄風回邪以興讒人心冤結而內傷言飄風動搖芳草使不得安以言讒人亦別離忠直使得罪過也故已見之中心冤

結而傷痛也究一作宛**物有微而隕性兮**隕落也言芳草為物其性微眇易以隕落以言賢者用志精微亦易傷害也**聲有隱而先倡**倡始也言讒人之言隱匿其聲先倡導君使亂惑也**夫何彭咸之造思兮暨志介而不忘**暨與也尚書曰讓于稷契暨皋陶介節也言已見讒人倡君為惡則思念古世彭咸欲與齊志節而不能忘也補曰暨其冀切此言物有微而隕性者已獨不忘彭咸之志節**萬變其情豈可蓋兮**蓋覆也言讒人長於巧詐情意萬變轉易其辭前後反覆如明君察之則知其態也一云萬變情豈其可蓋兮補曰蓋古太切揜也**孰虛偽之可長**言讒人虛造人過其行邪偽不可久長必遇禍也補曰此言聲有隱而先倡者然明者察之則虛偽安可久長乎**鳥獸鳴以號群兮**號呼也音豪**草苴**

此而不芳生曰草枯曰苴比合也言飛鳥走獸羣鳴相呼則芳草合其莖葉芬芳以不暢也以言讒口衆多盈君之耳亦可令忠直之士失其本志也補曰苴釋文七古切茅藉祭也鮑欽止本云七閭子旅二切林德祖本云反賈士加二切比音阜**魚葺鱗以自別兮**葺累也補曰別彼列切**蛟龍隱其文章**言衆魚張其鬐尾葺累其鱗則蛟龍隱其文章而避之也言俗人朋黨恣其口舌則賢者亦伏匿而深藏也**故荼薺不同畝兮**二百四十步爲畝言枯草荼薺不同畝而俱生以言忠佞亦不同朝而俱用也薺一作若若一作苦補曰荼音徒爾雅荼苦菜疏引易緯云苦菜生於寒秋經冬歷春得夏乃成月令孟夏苦菜秀是也葉似苦苣而細花黃似菊堪食但苦耳又爾雅云蒫薺實疏引本草云薺味甘人取其菜作菹及羨詩云誰謂荼苦其甘如薺又曰堇荼如飴**蘭**此言荼苦而薺甘不同畝而生也若杜若也

茝幽而獨芳以言賢人雖居深山不失其忠正之行茝一作芷惟佳人之永都兮佳人謂懷襄王也邑有先君之廟曰都也更統世而自貺更代也貺與也言巳念懷王長居郢都世統其位父子相舉今不任賢亦將危殆也補曰更平聲貺虛王切叶韻眇遠志之所及兮言巳常眇然高志執行忠直冀上及先賢也憐浮雲之相羊相羊無所據依之貌也言巳放弃若浮雲之氣東西無所據依也羊一作徉介眇志之所惑兮介節也言巳能守耿介之眇節以自惑誤不用於世也竊賦詩之所明賦鋪也詩志也言巳守高眇之節不用於世則鋪陳其志以自證明也補曰古詩之所明者與今所遇同故屈原賦之惟佳人之獨懷兮懷思折若椒以自處處居也言巳獨念懷王雖見放逐猶折香

草以自修餙行善終不怠也若一作芳曾歔欷之嗟嗟兮歔欷啼貌曾一作增獨隱伏而思慮言巳思念懷王悲啼歔欷雖獨隱伏猶思道德欲輔助之也伏一作居涕泣交而淒淒兮淒淒流貌一云交下而淒淒下一作流補曰淒寒凉也音淒思不眠以至曙曙明也以一作而至一作極終長夜之曼曼兮曼曼長貌補曰曼莫半切掩此哀而不去心常悲慕補曰掩撫也止也寤從容以周流兮覺立徙倚而行步也以一作而聊逍遙以自恃且徐游戲內自娛也傷太息之愍憐兮憂悴重歎心辛苦也一作愍歎氣於邑而不可止氣逆憤懣結不下也補曰顔師古云於邑短氣上音烏下烏合切一讀皆如本字糺思心以爲纕兮糺戾

也纕佩帶也一作瓖補曰糺繩三合也瓖玉名一曰馬帶玦編愁苦以爲膺編結也膺胷也結胷者言動以憂愁自係結也一注云膺絡胷者也補曰編音邊折若木以蔽光兮光謂日光隨飄風之所仍仍因也言已願折若木以蔽日使之稽留因隨羣小而遊戲也補曰騷經云飄風屯其相離亦此意存髣髴而不見兮髣髴謂形貌也一云不得見補曰髣髴形似也髴沸拂二音心踊躍其若湯兮言已設欲隨從羣小存其形貌察其情志不可得知故中心沸熱若湯也踊躍一作沸熱撫珮衽以案志兮整飭衣裳自寛慰也補曰衽衣衿也音稔案抑也與按同超惘惘而遂行失志遑遽而直逝也補曰惘音罔歲曶曶其若頹兮年歲轉去而流沒也補曰曶音忽頹徒回切下墜也旹亦冉冉而

將至春秋更到與老會也蘋蘅槁而節離兮喻己年衰齒墮落也一云蘋蘅一云蘋蘩補曰槁音考芳以歇而不比志意已盡知慮闕也以一作已補曰比合也音鼻憐思心之不可懲兮履信被害志不㣻也補曰㣻音乂證此言之不可聊明已之謀不空設也寧逝死而流亡兮意欲終命心乃快也逝一作澨不忍爲此之常愁心情悁悁常如愁也一云此心之常愁孤子唫而抆淚兮自哀煢獨心悲愁也抆一作收補曰唫古吟字歎也抆音吻拭也放子出而不還遠離父母無依歸也屈原傷已無安樂之志而有孤放之悲也孰能思而不隱兮誰有悲哀而不憂也隱憂也詩曰如有隱憂照彭咸之所聞覩見先賢之法則也照一作昭登

楚辭卷四　卌二

石巒以遠望兮昇彼高山瞰楚國也補曰山少而銳曰巒落官切路眇眇之默默郢道遼遠居僻陋也補曰眇眇遠也默默寂無人聲也入景響之無應兮竄在山野無人域也補曰景於境切物之陰影也葛洪始作影響或作嚮古字借用聞省想而不可得目覩耳聽歎寂默也補曰省息井切察也審也愁鬱鬱之無快兮中心煩寃常懷忿也之一作而快一作決居戚戚而不可解思念憒悴相連接也一無可字補曰解除也居隘切心鞿羈而不形兮肝膽係結難解釋也形一作開補曰鞿羈見騷經不形謂中心係結不見於外也氣繚轉而自締思念緊卷而成結也緊卷一作繾綣補曰繚音了纏也締文尔切又音啼結不解也集韻引此穆眇眇之無垠兮天與地合無垠形也補曰賈誼

賦云沕穆無間沕穆深微貌垠音銀莽芒芒之無儀草木爾望容貌盛也補曰芒莫郎切芒芒廣大貌詩曰宅殷土芒芒儀匹也見爾雅聲有隱而相感兮鶴鳴九臯聞於天也物有純而不可爲松柏冬生稟氣純也補曰此言天地之大眇眇芒芒然聲有隱而相感者巳獨不能感君何哉物有純而不可爲者巳之志節亦非勉強而爲之也藐蔓蔓之不可量兮入極道理難筭計也一作邈漫漫補曰藐音邈遠也縹緜緜之不可紆細微之思難斷絕也補曰縹匹妙切紆音迂縈也愁悄悄之常悲兮憂心慘慘常涕泣也補曰悄親小切詩云憂心悄悄翩冥冥之不可娛身處幽冥心不樂也補曰翩疾飛也楊子曰鴻飛冥冥此言巳欲疾飛而去無可以解憂者也淩大波而流風兮意欲隨水而自退也補曰言乘風波

而流行也託彭咸之所居從古賢俊自沈沒也上高巖之峭
岸兮升彼山石之峻峭也峭一作陗補曰並七笑切處雌蜺之標顛
託乘風氣遊天際也補曰標杪也其字從木顛頂也蜺見騷經據青冥而攄虹
兮上至玄冥舒光耀也補曰攄舒也遂儵忽而捫天所至高眇不可逮也
補曰儵音叔捫音門撫也吸湛露之浮源兮湛厚也詩曰湛湛露斯源一作
涼漱凝霜之雰雰雰雰霜貌也言已雖昇青冥猶能食霜露之精以自潔也補曰
漱縮又切說文曰蕩口也雰音芬詩傳雰雰雪貌依風穴以自息兮伏聽天命
之緩急也補曰歸藏曰乾者積石風穴之翏翏淮南曰鳳皇羽翼弱水暮宿風穴注云風穴北方寒風從
地出也宋玉賦云空穴來風忽傾寤以嬋媛心覺自傷又痛惻也嬋媛一作

揮援一作擅徊

馮崑崙以瞰霧兮遂處神山觀濁亂之氣也一云瞰霧露一云激霧露補曰馮登也瞰視也苦濫切**隱岐山以清江**隱伏也岐山江所出也尚書曰岐山導江言已雖遠遊戲猶依神山而止欲清澄邪惡者也岐一作峨一作汶補曰岐峨汶並與岷同書曰岷山導江岷山在蜀郡氏道縣大江所出史記作汶山列子音義引楚詞隱汶山之清江隱依據也**憚涌湍之礚礚兮**憚難也涌湍危阻也以與讒賊危害賢人也礚一作磕補曰礚苦蓋切石聲**聽波聲之洶洶**水得風而波以喻俗人言也已欲澄清邪惡復爲讒人所危俗人所謗訕也補曰洶音凶水勢**紛容容之無經兮**言已欲隨衆容容則無經緯於世人也補曰此言楚國變亂舊常無定法也容容變動之貌**罔芒芒之無紀**又欲罔然芒芒與衆同志則無以立紀綱垂號謚也補曰此言楚國上下昏亂

無綱紀也軋洋洋之無從兮言欲軋沕已心仿佯立功則其道無從至也軋一作軋汪云軋惕已心補曰釋文軋於八切此言懷亂之勢如水洋洋雖欲軋絕之而無由也沕潛藏也馳委移之焉止雖欲長驅無所及也一作馳逶蛇之焉至補曰委音逶焉於軋切漂翻翻其上下兮登山入水周六合也漂一作飄翻一作幡一作潘補曰漂浮也音飄翼遙遙其左右雖遠念君在旁側也補曰翼疾趨也語曰趨進翼如也汜潏潏其前後兮思如流水遊楚國也補曰汜濫也音泛潏涌出也音決伴張弛之信期伴俱也弛毀也言已思君念國而衆人俱共毀已言內無誠信不可與期也補曰伴讀若背畔之畔言已嘗以弛張之道期於君而君背之也觀炎氣之相仍兮窺煙液之所積炎氣南方火也火氣煙上天爲

雲雲出湊液而爲雨也相仍者相從也煙液所積者所聚也補曰液音亦神異經曰南方有火山晝夜火然抱朴子曰南海蕭丘之中有自生之火常以春起而秋滅

悲霜雪之俱下兮聽潮水之相擊

言已上觀炎陽煙液之氣下視霜雪江潮之流憂思在心而無所告也補曰七發云江水逆流海水上潮

借光景以往來兮施黃棘之枉策

黃棘棘刺也枉曲也言已願借神光電景飛汪往來施黃棘之刺以爲馬策言其利用急疾也補曰言已所以假延日月往來天地之間無以自處者以其君施黃棘之枉策故也初懷王二十五年入與秦昭王盟約於黃棘其後爲秦所欺卒客死於秦今頃襄信任姦回將至七國是復施行黃棘之枉策也黃棘地名

求介子之所存兮

介子推也

見伯夷之放迹

伯夷叔齊兄也放遠也迹行也一云放放逐也

心調度而弗

去兮弗一作不補曰調度見騷經刻著志之無適無適言巳思慕子推伯夷清白之行尅心遵樂志無所復適也補曰刻勵也著立也曰吾怨往昔之所冀兮冀幸也言巳怨往古以邪事君而幸蒙富貴也一無昔字悼來者之悐悐悐悐欲利貌也言傷今世人見利悐悐然欲競之也悐一作逖補曰悐它的切勞也浮江淮而入海兮從子胥而自適適之補曰越絕書曰子胥死王使捐於大江乃發憤馳騰氣若奔馬乃歸神大海自適謂順適巳志也望大河之洲渚兮悲申徒之抗迹申徒狄也遇闇君遁世離俗自擁石赴河故言抗迹也補曰莊子云申徒狄諫而不聽負石自投於河淮南注云申徒狄殷末人也不忍見紂亂自沈於淵驟諫君而不聽兮驟數也一本作而君重任石之何益

任負也百二十斤爲石言已數諫君而不見聽雖欲自任以重石終無益於萬分也一云任重石一作秳補曰秳當作祏祏音石百二十斤也稻一祏爲粟二十升禾黍一祏爲粟十六升大升半又三十斤爲鈞四鈞爲石秳音庫禾不實也義與此異文選江賦云悲靈均之任石注引重任石之何益懷沙礫而自沈懷沙即任石也與逸說不同

心絓結而不解兮絓懸一作結絓**思蹇產而不釋**蹇產猶詰屈也言已乘水蹈波乃愁而恐懼則心懸結詰屈而不可解一本無此二句

悲回風

此章言小人之盛君子所憂故託遊天地之間以泄憤懣終沈汨羅從子胥申徒以畢其志也

楚辭卷第四

汲古後人毛表字奏叔依古本是正

楚辭卷第五

校書郎臣王　逸上

遠遊章句第五　離騷

遠遊者屈原之所作也屈原履方直之行不容於世上爲讒佞所譖毁下爲俗人所困極章皇山澤（一作徫徨山野）無所告訴乃深惟元一修執恬漠思欲濟世則意中憤然文采鋪（一作繡一作秀）發遂敘妙思託配仙人與俱遊戲周歷天地無所不到

然猶懷念楚國思慕舊故忠信之篤仁義之厚也是以君子珍重其志而瑋其辭焉古樂府有遠遊篇出於此

悲時俗之迫阨兮哀衆嫉妒迫脅賢也阨一作隘補曰阨音厄或讀作隘願輕舉而遠遊高翔避世求道眞也質菲薄而無因兮質性鄙陋無所因也因一作由焉託乘而上浮將何引援而升雲也補曰乘時證切遭沈濁而汙穢兮逢遇闇主觸讒佞也而一作之獨鬱結其誰語思慮煩冤無告陳也夜耿耿而不寐兮憂以愁戚目不眠也耿耿猶儆儆不寐貌也詩云耿耿不寐耿一作烱補曰耿烱並古茗切一云耿耿不安也

魂煢煢而至曙精䰟怔忪不寐故至曙也煢一作營惟天地之無窮兮乾坤體固居常寧也哀人生之長勤傷已命祿多憂患也補曰此原憂世之詞唐李翺用其語作拜禹言往者余弗及兮三皇五帝不可逮也來者吾不聞後雖有聖我身不見也一云吾不可聞一云余弗聞步徙倚而遙思兮彷徨東西意愁憤也怊惝怳而乖懷惆悵失望志乖錯也補曰怊音超悵恨也惝昌兩切怳詡往切驚皃意荒忽而流蕩兮情思罔兩無據依也補曰荒呼廣切心愁悽而增悲愴然感結涕沾懷也悽一作妻補曰悽痛也神儵忽而不反兮䰟靈遠逝遊四維也儵一作倏反一作返形枯槁而獨留身體寥廓無識知也內惟省

以端操兮捐棄我情慮專一也一云林素我情補曰操七到切求正氣之所由棲神藏情治心術也由一作繇漠虛靜以恬愉兮恬然自守內樂佚也澹無爲而自得滌除嗜欲獲道實也聞赤松之淸塵兮想聽眞人之徽美也塵一作虛補曰列仙傳赤松子神農時爲雨師服水玉教神農能入火自燒至崑山上常止西王母石室隨風雨上下炎帝少女追之亦得仙俱去張良欲從赤松子游即此也願承風乎遺則思奉長生之法式也貴眞人之休德兮珍瑋道士壽無窮極眞一作至補曰休美也美往世之登仙美門子喬古登眞也美一作羡仙一作僊子喬一作子高與化去而不見兮變易形容遠藏匿也名聲著而日延姓字彌章流千億也著一作彰奇傅說

之託辰星兮賢聖雖終精著天也傳說武丁之相辰星房星東方之宿蒼龍之體也傳說死後其精著於房尾也補曰大火謂之大辰大辰房心尾也莊子曰傳說得之以相武丁奄有天下乘東維騎箕尾而比於列星音義云傳說死其精神乘東維託龍尾今尾上有傳說星其生無父母登假三年而形遯淮南云傳說之所以騎辰尾是也羨韓衆之得一喻古先聖獲道純也美一作美衆一作終補曰羨似面切貪慕也列仙傳齊人韓終爲王採藥王不肯服終自服之遂得仙也形穆穆以浸遠兮卓絕鄉黨無等倫也離人羣而遁逸遁遁去風俗獨隱存也因氣變而遂曾舉兮乘風蹈霧升皇庭也補曰曾音增高舉也忽神奔而鬼怪往來奄忽出杳冥也怪一作恠補曰淮南云鬼出電入又曰電奔而鬼騰皆神速之意時髣髴以遥見兮

託貌雲飛象其形也補曰說文云髣髴見不諟也精晈晈以往來神靈照耀晈如星也晈一作皎釋文作皦以一作而絕氛埃而淑尤兮超越垢穢過先祖也淑善也尤過也言行道修善所以過先祖也絕一作超尤一作郵補曰氛妖氣左傳曰楚氛惡淑尤言其善有以過物也終不反其故都去背舊都遂登仙也其一作乎免衆患而不懼兮得離羣小脫艱難也世莫知其所如奮翼高舉昇天衢也自此以上皆美仙人超世離俗免脫患難屈原想慕其道以自慰緩愁思復至志意悵然自傷放逐恐命不延顧念年時因復吟歎也恐天時之代序兮春秋迭更年老暮也耀靈曅而西征託乘雷電以馳騖也靈曅電貌詩云曅曅震電西方少陰其神蓐收王刑罰屈原欲急西行者將命於神務寛大也補曰博雅云朱明耀靈東君日也張平子云耀靈忽其西

藏潘安仁云曜靈曄而遄邁皆用此微霜降而下
語曄音饁光也征行也逸説非是
淪兮淪者諭上用法之刻深悼芳草之先零
也補曰淪沈也音倫
不誅邪僞害仁賢也古聊仿佯而逍遙兮聊且
本零作蘦補曰零落也戲蕩
而觀聽也補曰永歷年而無成身以過老
仿佯旁羊二音無功名也誰可
與玩斯遺芳兮世莫足與議忠貞也晨向風
斯遺芳一作此芳草
而舒情想承君命竭誠信也高陽邈以遠兮
晨一作長向一作鄉
顓頊久矣在其前也以一作巳補曰屈原高陽氏之
苗裔也馮衍賦云高陽邈其超遠兮世孰可與論茲
汪引史記高陽氏沈深而有謀余將焉所程安
疏通而知事故欲與之論事取
法度修我身也焉一作安補曰説重曰憤懣未盡復
文程品也十髮爲程一程爲分陳辭也補曰

重直用切見騷經**春秋忽其不淹兮**四時運轉往若流也**奚久留此故居**何必舊鄉可浮遊也**軒轅不可攀援兮**黃帝以往難引攀也軒轅黃帝號也始作車服天下號之爲軒轅氏也補曰史記黃帝姓公孫名曰軒轅援音爰

吾將從王喬而娛戲上從眞人與戲娛也娛一作遊補曰列仙傳王子喬周靈王太子晉也好吹笙作鳳鳴遊伊洛間道士浮丘公接上嵩高山三十餘年後來於山上見桓良曰告我家七月七日待我緱氏山頭果乘白鵠住山顛望之不得到舉手謝時人數日去淮南云王喬赤松去塵埃之間離羣慝之紛吸陰陽之和食天地之精呼而出故吸而求新蹀虛輕舉乘雲游霧可謂養性矣戲音嬉**飡六氣而飲沆瀣兮**遠棄五穀吸道滋也補曰飡食呑也七安切飲歠也音蔭沆胡朗切瀣音械**漱正陽而含朝霞**飡食呑日精食元符也

陵陽子明經言春食朝霞朝霞者日始欲出赤黄氣也秋食淪陰淪陰者日没以後赤黄氣也冬飲沆瀣沆瀣者北方夜半氣也夏食正陽正陽者南方日中氣也并天地玄黄之氣是爲六氣也含一作食補曰莊子云御六氣之辯李云平旦爲朝霞日中爲正陽日入爲飛泉夜半爲沆瀣天玄地黄爲六也大人賦云呼吸沆瀣兮餐朝霞琴賦云餐沆瀣兮帶朝霞五臣注云沆瀣清露朝霞赤雲

保神明之清澄兮常吞天地之英華也精氣入而麤穢除納新吐故垢濁清也補曰麤聰徂切物不清也

順凱風以從遊兮乘風戲蕩觀八區也南風曰凱風詩曰凱風自南

至南巢而壹息觀視朱雀之所居也補曰山海經丹穴之山有鳥焉五彩而文曰鳳鳥南巢豈南方鳳鳥之所巢乎成湯放桀於南巢乃廬江居巢非此南巢也

見王子而宿之兮屯車留止遇子喬也

審壹氣之

和德究問元精之秘要也曰道可受兮言易者也一曰云無言也不可傳誠難論也一云而不可傳補曰曰者王子之言也謂可受以心不可傳以言語也莊子曰道可傳而不可受謂可傳以心不可受以量數也其小無內兮靡兆形也其大無垠覆天地也補曰淮南云深閎廣大不可爲外析豪剖芒不可爲內垠音銀無滑而寬兮亂爾精也無一作毋滑一作淈一云無淈滑而魂補曰淈淈滑並音骨淈濁也滑亂也彼將自然應氣臻也壹氣孔神兮專巳心也補曰列子曰心合於氣氣合於神壹專也孔甚也於中夜存恒在身也補曰孟子曰梏之反覆則其夜氣不足以存夜氣不足以存則其違禽獸不遠矣虛以待之兮軌清靜也補曰莊子曰氣者虛而待物者也無爲之先閑情欲也補曰此所謂感而後應迫

而後動不得已而後起

庻類以成兮（衆法陳也）此德之門（仙路徑也）補曰老子曰玄之又玄衆妙之門

聞至貴而遂徂兮（見彼王侯而奔驚也）補曰莊子曰獨有之人是之謂至貴屈子聞其風而往焉

忽乎吾將行（周覩萬宇）涉四遠也補曰天台賦云覩靈驗而遂徂忽乎吾之將行仍羽人於丹丘尋不死之福庭

仍羽人於丹丘兮（因就衆仙於明光也丹丘晝夜常明也九懷曰夕宿乎明光明光即丹丘也山海經言有羽人之國不死之民或曰人得道身生毛羽也補曰羽人飛仙也爾雅曰距齊州以南戴日爲丹穴）

留不死之舊鄉（遂居蓬萊處崑崙也補曰忽臨睨夫舊鄉謂楚國也）留不死之舊鄉其仙聖之所宅乎

朝濯髮於湯谷兮（朝沐浴於溫泉湯谷）在東方少陽之位淮南言日出湯谷入虞淵也補曰湯音暘

夕晞余身兮九

陽晞我形體於天垠也九陽謂天地之涯兮一作乎
垠一作根補曰晞日氣乾也仲長統云沆瀣當飡
九陽代燭洭云九陽日也陽谷上有扶木九日居下
枝一日居上枝九歌曰晞汝髮兮陽之阿張衡賦曰
晞余髮於朝陽**吸飛泉之微液兮**含吮玄澤之肥潤也補曰六氣日入
爲飛泉又張揖云飛泉飛谷也在崑崙西南**懷琬琰之華英**咀嚼玉英以養
神也補曰琬音宛琰音剡皆玉名黃庭經曰含漱金醴吞玉英**玉色頩以脕顏**
兮面目光澤以鮮好也脕一作艷一作曼補曰頩美貌一曰斂容普茗普經二切脕澤也音萬艷美色
也曼色理曼澤也黃庭曰顏色生光金玉澤**精醇粹而始壯**我靈強健而茂盛也
補曰班固云不變曰醇不雜曰粹又醇厚也美也**質銷鑠以汋約兮**身體
癯瘦柔婤善也補曰汋音綽汋約柔弱貌莊子曰肌
膚若氷雪綽約若處子質銷鑠謂凡質盡也司馬相

如曰列仙之儒形容甚臞神要眇以淫放魂魄漂然而遠征也漂一作飄補曰眇與妙同要眇精微貌廣雅曰淫遊也嘉南州之炎德兮奇美太陽氣和正也麗桂樹之冬榮元氣溫煖不殞零也補曰桂凌冬不凋山海經桂林八樹在賁禺東注云番禺也山蕭條而無獸兮谿谷寂寥而少禽也野寂漠其無人林澤空虛罕有民也寂一作家莫一作寞其一作乎載營魄而登霞兮抱我靈魂而上升也霞謂朝霞赤黃氣也魄一作魂補曰老子曰載營魄說者曰陽氣充魄則爲魂魂能運動則生金矣掩浮雲而上征攀緣蹈氣而飄騰也征一作升命天閽其開關兮告帝衛臣啓禁門也其一作而排閶闔而望予立排天門而須我也閶闔一作闔閶補曰排推也大人賦曰排閶闔而入帝宮

召豐隆使先導兮呼語雲師使清路也問大微之所居博訪天庭在何處也大一作太補曰大象賦云矚太微之崢嶸啓端門之赫奕何宮庭之宏敞類乾坤之翕闢汪云太微宮垣十星在翼軫北天子之宮庭五帝之坐十二諸侯府也其外蕃九卿也集重陽入帝宮兮得升五帝之寺舍也一本入上有以字補曰文選云重陽集清氣又云集重陽之清徵汪云言上止於天陽之宇上爲陽清又爲陽故曰重陽余謂積陽爲天天有九重故曰重陽造旬始而觀清都遂至天皇之所居也旬始皇天名也一云旬始星名春秋考異郵曰太白名旬始如雄雞也補曰造至也大象賦汪云鎮星之精爲旬始其怒青黑象狀如鼈見則天下兵起李奇曰旬始氣如雄雞見北斗旁列子曰清都紫微鈞天廣樂帝之所居朝發軔於太儀兮旦早趨駕於天庭也太儀天帝之庭習威儀之處也夕始臨

乎於微閭暮至東方之玉山也爾雅曰東方之美者有醫無閭之珣玗琪焉釋文於於其切一云微母閭補曰周禮東北曰幽州其山鎮曰醫無閭爾雅疏云地理志遼東郡無慮縣應劭曰慮音閭顏師古曰即所謂醫巫閭是縣因山爲名屯余車之萬乘兮百神侍從無不有也紛溶與而並馳車騎籠茸而競驅也補曰溶音容水盛也大人賦曰紛鴻溶而上厲溶音甬駕八龍之婉婉兮虬螭沛艾屈偃蹇也婉釋文作蜿音菀載雲旗之逶蛇旄旐竟天皆霓霄也此二句見騷經建雄虹之采旄兮係綴蝃蝀文紛錯也五色雜而炫燿衆采雜厠而明朗也補曰炫音縣明也燿音曜照也服偃蹇以低昂兮駟馬駊騀而鳴驤也驂連蜷以驕驁驂騑驕驁怒顛狂也補曰說文一云騑驂旁馬則騑驂一也初駕

馬者以二馬夾轅謂之服又駕一馬與兩服爲參故謂之驂又駕一馬乃謂之駟故說文云驂駕三馬也駟一乘也兩服爲主參之兩旁二馬遂名爲驂總舉一乘則謂之駟指其騑馬則謂之驂詩曰兩驂如舞是二馬皆稱驂也服馬夾轅其頸負軛兩驂在衡外挽靷助之服兩首齊驂首差退也連蜷句蹄也蜷巨圓切驕驁馬行縱恣也上居召下五到切

騎膠葛以雜亂兮 參差騈錯而縱橫也一作轇轕以一作其補曰騎奇寄切轇音膠轕音葛車馬喧雜貌一云猶交加也一曰長遠貌一曰驅馳貌

斑漫衍而方行 繽紛容裔以並升也漫一作曼補曰斑駁文也漫莫半切衍弋戰切漫衍無極貌前漢書云漫衍之戲

撰余轡而正策兮 我欲遠馳路何從也補曰撰見九歌

吾將過乎句芒 就少陽神於東方也句一作鉤補曰山海經東方勾芒鳥身人面乘兩龍注云木神也昔秦穆公有明德上帝使勾芒賜書壽九十年左傳曰木正

爲勾芒月令曰其帝太皞其神勾芒注云此木帝之君木官之佐自古以來著德立功者也太公金匱曰東海之神曰勾芒墨子云鄭繆公晝日處廟有神人面鳥身素服面狀正方神曰帝享汝明德使錫汝壽十年使若國昌公問神名曰予爲勾芒也

歷太皓以右轉兮遂過庖犧而諮訪也東方甲乙其帝太皓其神勾芒太皓始結罟罟以畋以漁制立庖厨天下號之爲庖犧氏皓一作皞

前飛廉以啓路風伯先導以開徑也啓一作燭

陽杲杲其未光兮日耀旭曙旦欲明也其一作亦補曰詩云杲杲出日

淩天地吕徑度超越乾坤之形體也徑一作俓補曰徑直也與俓同

風伯爲余先驅兮飛廉奔馳而在前也先一作前補曰爲去聲詩曰爲王前驅淮南曰令雨師灑道風伯掃塵

氛埃辟而清涼掃除霧霾與塵埃也一曰辟氛埃補曰辟除也必亦切

鳳皇翼其承旂兮俊鳥夾轂而扶輪也

遇

蓐收乎西皇遲少陰神于海津也西方庚辛其帝少皓其神蓐收西皇即少昊也離騷經曰召西皇使涉予知西皇所居在于西海之津也乎一作於補曰山海經西方神蓐收左耳有蛇乘兩龍人面白色有毛虎爪執鉞金神也太公金匱曰西海之神曰蓐收國語云虢公夢在廟有神人面白毛虎爪執鉞立於西阿召史嚚占之對曰如君之言則蓐收也左傳云金正爲蓐收擥彗星以爲旍兮引援字光以翳身也擥一作攬旍一作旗補曰旍即旌字舉斗柄以爲麾握持招搖東西指也補曰天文志北斗七星杓攜龍角杓斗柄也麾旗屬吁爲切叛陸離其上下兮繚隸叛散以別分也補曰叛音判遊驚霧之流波蹈履雲氣浮游淸波也一曰浮潎淸也旹曖曃其曭莽兮日月晻黮而無光也曖曃一作晻曀一作曖黮補曰曖音愛曃音逮暗也曭音儻日不明也莽莫朗切晻烏感切日無光也曀於計切陰而風爲曀

黤音晻深黑色黮徒感切黑也**召玄武而奔屬**呼太陰神使承衛也補曰禮記曰行前朱鳥而後玄武二十八宿北方爲玄武說者曰玄武謂龜蛇位在北方故曰玄身有鱗甲故曰武蔡邕曰北方玄武介虫之長文選注云龜與蛇交曰玄武屬音燭**後文昌使掌行兮**顧命中宮勑百官也天有三宮謂紫宮太微文昌也故言中宮紫宮一作紫微補曰大象賦云文昌制戴匡之位注云文昌六星如匡形故史遷天官書云斗魁戴匡六星曰文昌宮其中六星司錄此天之六府計集所會也晉天文志文昌六星在北斗魁前一曰上將二曰次將三曰貴相四曰司錄五曰司命六曰司寇掌行謂掌領從行者故下文云**選署衆神以並轂**召使群靈皆侍從也補曰署常恕切置也大人賦曰悉徵靈圉而選之兮部署衆神於搖光**路曼曼其修遠兮**天道蕩蕩長無窮也修一作悠補曰曼曼見騷經**徐弭節而高厲**按心抑意徐從容也徐一作颯

補曰厲渡也大人賦紛鴻溶而上厲左雨師使徑侍兮告使屏翳備下處也右雷公以爲衞進近猛將任威武也欲度世以忘歸兮遂濟干世追先祖也一本欲上有遂字一云欲遠度世一云遂遠度世補曰度世謂僊去也意恣睢以担撟縱心肆志所願高也撟一作矯補曰恣千咨切睢許鼻切恣睢自得貌恣一音資二切大人賦云掉指橋以偃蹇史記索隱云指居桀切橋音矯張揖云指橋隨風指靡也担釋文云音丘列切舉也撟居廟切史記作撟其字從手內欣欣而自美兮忠心悅喜德純深也而一作以一云德絕殊也聊媮娛以自樂且戲觀望以忘憂也自一作淫補曰媮樂也音俞涉青雲以汎濫游兮隨從豐隆而相伴也一無以字一無游字忽臨睨夫舊鄉觀見楚國之堂殿也僕夫懷余心悲兮思我

祖宗哀懷土也邊馬顧而不行馳驂徘徊睨故鄉也補曰邊旁也思舊故吕想像兮戀慕朋友念兄弟也以一作而像一作象長太息而掩涕喟然增歎泣沾裳也屈原謂修身念道得遇仙人託與俱遊周歷萬方升天乘雲役使百神而非所樂猶思楚國念故舊欲竭忠信以寧國家精誠之至德義之厚也氾容與而遐舉兮進退俛仰復欲去也補曰氾音泛聊抑志而自弭且自厭按而踟躕也指炎神而直馳兮將候祝融與諮謀也南方丙丁其帝炎帝其神祝融炎神一作炎帝吾將往乎南疑過衡山而觀九疑也疑一作嶷覽方外之荒忽兮遂究率土窮海嵎也沛罔象而自浮水與天合物漂流也罔象釋文作㓁瀁上摩朗下以養切補曰沛流貌文選云臧汨瓢淚沛以罔象兮注云罔象即仿像也又云罔象相求注云虛

無罔象然也**祝融戒而還衡兮**南神止我令北征也還衡一作蹕御一云戒其蹕禦補曰山海經南方祝融獸身人而乘兩龍火神也國語曰夏之興也祝融降於崇山太公金匱曰南海之神曰祝融楊雄賦云迴軫還衡衡轅前橫木大人賦云祝融警而蹕御注云蹕止行人也御禦也**騰告鸞鳥迎宓妃**馳呼洛神使侍予也**張咸池奏承雲兮**思樂黃帝與唐堯也咸池堯樂也承雲即雲門黃帝樂也屈原得祝融止已即時還車將即中土乃使仁賢若鸞鳳之人因迎貞女如洛水之神使達己於聖君德若黃帝帝堯者欲與建德成化制禮樂以安黎庶也一云張樂咸池補曰周禮有大咸咸堯樂也樂記云咸池備矣注云黃帝所作樂名堯增修而用之咸皆也池之爲言施也言德無不施也又呂氏春秋云帝顓頊令飛龍作樂效八風之音命之曰承雲淮南云有虞氏其樂咸池承雲九韶注云舜兼用黃帝樂**二女御九部歌**美堯二女助成化也韶舜樂名也九成九奏也屈原

美舜遭值於堯妻以二女以治天下內之大麓任之以職則百僚師師百工惟時於是遂禪以位升爲天子乃作韶樂鐘鼓鏗鏘九奏乃成屈原自傷不值於堯而遭濁世見斥逐也補曰御侍也孟子所謂二女婐也書曰簫韶九成鳳皇來儀周禮曰九德之歌九磬之舞

使湘靈鼓瑟兮百川之神皆謠歌也補曰上言二女則此湘靈乃湘水之神非湘夫人也

令海若舞馮夷河海之神咸相和也海若海神名也馮夷水仙人淮南言馮夷得道以潛於大川也令一作命補曰海若莊子所稱北海若也馮夷河伯也

玄螭蟲象並出進兮鬼魅神獸喜樂逸豫也螭龍類也象罔象也皆水中神物一云列螭象而並進兮補曰螭丑知切國語曰水之怪龍罔象

形蟉虯而逶蛇形體蜿蟺相銜受也蛇一作迤補曰上於九下巨九切蟉虯盤曲貌

雌蜺便娟㠯增撓兮神女周旋侍左右也娟一作蜎補曰蜺見騷經便讀作㛹毗連切娟於緣切便

娟輕麗貌爾雅疏引雌蜺㛹嬛嬛嬛與娟同釋文嬛虛捐切撓而照切釋文從手集韻撓纏也鸞鳥軒翥而翔飛鶤鴟玄鶴奮翼舞也軒一作騫補曰方言翥舉也楚謂之翥翥章庶切音樂博衍無終極兮五音安舒靡有窮也補曰衍廣也達也焉乃逝以俳佪遂往周流究九野也以一作而補曰焉辭也允虔切舒并節以馳鶩兮縱舍轡銜而長驅也補曰淮南云縱志舒節以馳大區大人賦云舒節出乎北垠注云舒緩也逴絕垠乎寒門經過后土出北區也寒門北極之門也逴釋文作踔敕孝切乎一作兮補曰逴遠也敕角切淮南曰出於無垠鄂之門注云垠鍔端崖也李善曰絕垠天邊之際也淮南曰北方北極之山曰寒門大人賦曰軼先驅於寒門軼迅風於清源兮遂入八風之藏府也源一作涼補曰軼音逸三蒼曰從後出前也迅疾也思玄賦云且余沐於清原從顓頊乎增冰

過觀黑帝之邑宇也補曰北方壬癸其帝顓頊其神玄冥太公金匱曰北海之神曰顓頊淮南云北方有凍寒積氷雪雹羣水之野**歷玄冥㠯邪徑兮**道絕幽都路窮塞也補曰左傳水正爲玄冥**乘間維㠯反顧**攀持天紘以休息也補曰孝經緯云夫有七衡而六間相去合十一萬九千里淮南云兩維之間九十一度注云自東北至東南爲兩維帀四維三百六十五度一度二千九百三十二里**召黔嬴而見之兮**問造化之神以得失補曰大人賦云左玄冥而右黔雷注云黔嬴也天上造化神名或曰水神史記作含靁黔具炎切**爲余先乎平路**開軌導我入道域也一本先下有道字**經營四荒兮**周遍八極**周流六漠**旋天一帀天一作地補曰漢樂歌作六幕謂六合也**上至列𦈢兮**窺天間隙補曰𦈢與鈌同陵陽子明經云列鈌去地一千四百里大人賦云貫列鈌之倒影注云列鈌天閃也文選

云列鈌曄其照夜應劭曰列鈌天隙電照也降望大壑視海廣狹補曰列子曰渤海之東有大壑焉實惟無底之谷名曰歸墟注引山海經東海之外有大壑下崢嶸而無地兮淪幽虛也嶸一作嶒補曰顏師古云崢嶸深遠皃也上仕耕切下音宏上寥廓而無天空無形也寥一作嵺補曰師古云寥廓廣遠也視儵忽而無見兮目瞑眩也聽惝怳而無聞窈無聲也補曰師古云惝怳耳不諦也淮南云若士曰我游乎罔㝗之野北息乎沉墨之鄉西窮冥冥之黨東開鴻濛之光此其下無地而上無天聽焉無聞視焉無眴超無爲吕至清兮登天庭也補曰淮南云契大渾之樸而立至清之中與泰初而爲鄰與道并也補曰列子曰太初者氣之始也莊子曰泰初有无无有无名按騷經九章皆託游天地之間以泄憤懣卒從彭咸之所居以畢其志至此章獨不然初曰長太息而掩涕思故國也終曰與太

祁而爲鄰則世
莫知其所如矣

楚辭卷第五

汲古後人毛表字
奏叔依古本是正

楚辭卷第六

校書郎臣王　逸上

卜居章句第六　離騷

卜居者屈原之所作也屈原體忠貞之性體一作履性一作節而見嫉妬念讒佞之臣承君順非而蒙富貴己執一作獨忠直而身放弃心迷意惑不知所爲乃往至太卜之家稽問神明決之蓍龜卜己居世何所宜行冀聞異策聞一作審異一作要以定嫌疑故曰卜居也五臣云卜己宜何所居

屈原既放三年遠出郢都處山林也不得復見道路僻遠所在險也竭知盡忠建立策謀披心胷也知一作智而蔽鄣於讒遇諂佞也一無而字心煩慮亂慮憒悶也慮一作意不知所從迷所著也一云迷瞀眩也往見太卜稽神明也一此句上有乃字鄭詹尹工姓名也曰余有所疑意遑惑也願因先生決之斷吉凶也詹尹乃端策拂龜整容儀也五臣云策著也立著拂龜以展敬也補曰龜策傳曰撻策定數灼龜觀兆曰君將何以教之願聞其要一無將字屈原曰吐詞情也吾寧悃悃欵欵志純一也欵一作款五臣云悃欵懃苦貌補曰悃苦本切款苦管切誠也俗作欵朴以忠乎竭誠信也五臣云朴質也將送往勞來追俗人也補曰勞去聲來如字斯無

窮乎不困貧也五臣云以此二事問其所宜以下類此補曰上句皆原所從也下句皆原所去也卜以決疑不疑何卜而以問詹尹何哉時之人去其所當從從其所當去其所謂吉乃吾所謂凶也此卜居所以作也寧誅鋤草茅刈蒿菅也鋤一作鉏補曰鋤士魚切釋名云去穢助苗也以力耕乎種稼穡也將游大人事貴戚也五臣云大人謂君之貴幸者以成名乎榮譽立也寧正言不諱諫君惡也以危身乎被刑戮也將從俗富貴食重祿也以媮生乎身安樂也補曰媮樂也音俞寧超然高舉讓官爵也已保真乎守玄默也將哫訾栗斯承顏色也栗一作慄斯一作嘶一作促訾栗斯補曰哫促竝音足唐本子祿切訾音貲哫訾以言求媚也慄音栗謹敬也栗讀若慄音栗詭隨也斯讀若嘶音斯慄也竝見集韻喔咿儒兒強笑噱也一作嚅唲補曰喔音

喔咿音伊嚅音儒兒音兒皆強笑之貌一云喔咿強顏貌兒曲從貌**以事婦人乎**詘蜷局也五臣云以事婦人諂君之所寵者**寧廉潔正直**志如玉也潔一作絜**以自清乎**修潔白也**將突梯滑稽**轉隨俗也補曰文選注云突吐忽切滑也滑音骨稽音雞五臣云委曲順俗也楊雄以東方朔爲滑稽之雄又曰鴟夷滑稽顏師古曰滑稽圜轉縱捨無窮之狀一云酒器也轉注吐酒終日不已出口成章不窮竭若滑稽之吐酒**如脂如韋**柔弱曲也五臣云能滑柔也補曰韋柔皮也**以潔楹乎**順滑澤也文選作絜五臣一云絜楹謂同謟諛也絜若結切**寧昂昂**志行高也昂一作卬補曰昂卬音同**若千里之駒乎**才絕殊也五臣云千里駒展才力也昂昂馬行貌補曰漢武帝謂劉德爲千里駒顏師古云言若駿馬可致千里也**將氾氾**普愛衆也氾一作泛五臣云氾氾鳥浮貌**若水中之鳧乎**羣戲遊也

一無乎字補曰鳧野鴨也與波上下隨衆卑高偷以全吾軀乎身免憂患偷一作愉補曰偷與偷同苟且也寧與騏驥亢軛乎沖天區也亢一作抗五臣云騏驥抗軛謂與賢才齊列也抗舉也補曰軛於革切車轅前也將隨駑馬之迹乎安步徐也五臣云駑馬喻不才之臣寧與黃鵠比翼乎飛雲嵎也五臣云黃鵠喻逸士也比翼猶比肩也補曰漢始元中黃鵠下建章宮大液池中師古云黃鵠大鳥一舉千里將與雞鶩爭食乎啄糠糟也五臣云雞鶩喻讒夫爭食爭食祿也鶩鴨也此孰吉孰凶誰喜憂也何去何從安所由也世溷濁而不清貨賂行也五臣汪文選改世爲俗以避諱蟬翼爲重近佞讒也補曰李善云蟬翼輕言薄也千鈞爲輕遠忠良也五臣云隨俗顛倒重小人輕君子也黃鐘毀棄賢者匿也

五臣云黄鐘樂器牏禮樂之士補曰國語云黄鐘所以宣養六氣九德也瓦釜雷鳴羣言獲進

一云愚讙訟也五臣云瓦釜牏庸下之人雷鳴者驚衆也讒人高張居朝堂也補曰張音帳自

侈大也左傳隨張必弃小國賢士無名身窮困也吁嗟默默兮世莫

論也吁一作于默一作嘿五臣云嘿嘿不言貌誰知吾之廉貞不別賢也詹

尹乃釋策而謝愚不能明也五臣云釋捨也謝辭也曰夫尺有所

短騏驥不驟中庭寸有所長雞鶴知時而鳴補曰莊子云梁麗可以克城而不可以窒穴尺

有所短也騏驥驊騮一日而馳千里捕鼠不如狸狌寸有所長也物有所不足地毀東南

補曰列子曰物有不足天傾西北地不滿東南智有所不明孔子厄於陳也補曰校人曰孰

謂子産智予既烹而食之智有所不明也數有所不逮天不可計量也補曰史記曰人

雖賢不能左畫圓右畫方神有所不通日不能夜光也補曰神龜能見夢於元君不能避余且之網智有所困神有所不及也用君之心所念慮也行君之意遂本操也龜策誠不能知事不能決君之志也一云知此事

楚辭卷第六

汲古後人毛表字奏叔依古本是正

楚辭卷第七

校書郎臣王　逸上

漁父章句第七　離騷

漁父者屈原之所作也屈原放逐在江湘之間憂愁嘆吟儀容變易而漁父避世隱身釣魚江濱欣然自樂時遇屈原川澤之域怪而問之遂相應答楚人思念屈原因叙其辭以相傳焉卜居漁父皆假設問答以寄意耳而太史公屈原傳劉向新序嵇康高士傳或採楚詞莊子漁父之言以爲實録非也

屈原既放身斥逐也游於江潭戲水側也行吟澤畔履荆
棘也顏色憔悴皯黴黑也補曰皯古旱切黴力遲切形容枯槁臞瘦瘠也
補曰槁音考漁父見而問之怪屈原也曰子非三閭大夫與
謂其故官史記作歟何故至於斯曷爲遭此患也史記云何故而至此屈原
曰舉世皆濁衆貪鄙也一作世人皆濁史記作舉世混濁而我獨清衆人皆醉而我獨醒
我獨清志潔已也衆人皆醉惑財賄也一云巧佞曲也我獨醒
廉自守也是以見放弃草野也一本此句末有爾字漁父曰隱士言也聖人
不凝滯於物不困辱其身也史記云夫聖人者一本物上有萬字而能與世
推移隨俗方圓世人皆濁人貪婪也一作舉世皆濁史記云舉世混濁何不淈

其泥同其風也史記作隨其流補曰淈古没切又乎没切濁也五臣云淈泥揚波稍隨其流也而揚其波與沈浮也衆人皆醉巧佞曲也何不餔其糟從其俗也補曰餔布乎切而歠其釃食其祿也文選釃作醨五臣云餔糟歠醨微同其事也餔食也歠飲也糟醨皆酒滓補曰釃力支切以水齊糟也醨薄酒也何故深思高舉獨行忠直五臣云深思謂憂君與民也自令放爲遠在他域史記云何故懷瑾握瑜而自令見放爲屈原曰吾聞之受聖人之制也新沐者必彈冠拂土坌也補曰荀子云新浴者振其衣新沐者彈其冠人之情也其誰能以己之僬僬受人之掝掝者哉新浴者必振衣去塵穢也安能以身之察察己清潔也五臣云察察潔白也史記云又誰能以身之察察受物之汶汶者乎蒙垢塵也補曰汶音門汶濛沾辱也一音昏荀子厓

引此作惛惛惛惛不明也惛惛門昏二音寧赴湘流自沈淵也史記作常流常音長葬於江魚之腹中身消爛也一無之字史記云而葬乎江魚腹中耳安能以皓皓之白皓皓猶皎皎也皓一作皎五臣云皓白喻貞潔而蒙世俗之塵埃乎被黙汚也一無而字塵埃史記作温蠖說者曰温蠖猶惛憒也漁父莞爾而笑笑離斷也莞一作莧補曰莞爾微笑胡板切鼓枻而去叩船舷也枻一作栧補曰枻音曳舷船邊也歌曰一本歌上有乃字滄浪之水清兮喻世昭明補曰浪音郎禹貢嶓冢導漾東流爲漢又東爲滄浪之水注云漾水至武都爲漢至江夏謂之夏水又東爲滄浪之水在荆州孟軻云有孺子歌曰滄浪之水清兮可以濯我纓滄浪之水濁兮可以濯我足清斯濯纓濁斯濯足矣自取之也水經云武當縣西北漢水中有洲名滄浪洲地說曰水出荆山東南流爲滄浪之水是近楚都故漁父歌云

二云余案尚書禹貢言導瀁水東流爲漢又東爲滄浪之水不言過而言爲者明非它水益漢沔水自下有滄浪通稱耳漁父歌之不達水地宜以尚書爲正

可以濯吾纓沐浴升朝廷也吾一作我五臣云清喻明時可以修飾冠纓而仕也

滄浪之水濁兮喻世昏闇

可以濯吾足濁喻亂世可以抗足遠去宜隱遁也吾一作我五臣云

遂去不復與言合道眞也補曰藝文志云屈原賦二十五篇然則自騷經至漁父皆賦也後之作者苟得其一體可以名家矣而梁蕭統作文選自騷經卜居漁父之外九歌去其五九章去其八然司馬相如大人賦率用遠遊之語史記屈原傳獨載懷沙之賦楊雄作伴牢愁亦旁惜誦至懷沙統所去取未必當也自漢以來靡麗之賦勸百而諷一無復惻隱古詩之義故子雲有曲終奏雅之譏而統乃以屈子與後世詞人同日而論其識如此則其文可知矣

楚辭卷第七

汲古後人毛表字
奏叔依古本是正

楚辭卷第八

校書郎臣王　逸上

九辯章句第八　楚辭

九辯者，楚大夫宋玉之所作也。辯者，變也，謂敶道德以變説君也。史記曰：原死之後，楚有宋玉、唐勒、景差之徒，皆好辭而以賦見稱，皆祖屈原之從容辭令，終莫敢直諫。辯一作辨。辯，治也。辨，别也。説，音稅。九者，陽之數，道之綱紀也。五臣云：宋玉惜其師忠信見放，故作此辭以辯之，皆代原之意。九義亦與九歌同。故天有九星，以正機衡；地有九州，以成萬邦；人有九竅，以通精明。

屈原懷忠貞之性而被讒邪傷君闇蔽一作昧國將危亡乃援天地之數列人形之要而作九歌九章之頌以諷諫懷王明己所言與天地合度可履而行也宋玉者屈原弟子也閔惜其師忠而放逐故作九辯以述其志至於漢興劉向王褒之徒咸悲其文依而作詞故號爲楚詞亦采其九以立義焉采一作承

悲哉秋之爲氣也寒氣聊戾歲將暮也哉一作夫蕭瑟兮陰令

促急風疾暴也五臣云蕭瑟秋風風貌言屈原枉見放逐其情如秋節之悲故託言秋之爲狀而盛述之

草木搖落華葉隕零肥潤去也一本句末有兮字**而變衰**形體易色枝葉枯槁也自傷不遇將與草木俱衰老也**憭慄兮**思念暴戾心自傷也五臣云憭慄猶悽愴也補曰憭舊音流又音了**若在遠行**遠客出去之他方也**登山臨水兮**陞高遠望視江河也**送將歸**族親别逝還故鄉也**泬寥兮**泬寥曠蕩空虛也或曰泬寥猶蕭條蕭條無雲貌寥釋文作廖補曰泬音血廖高貌**天高而氣清**秋天高朗體清明也言天高朗照見無形傷君昏亂不聰明也氣清一作氣平補曰清疾正切說文云無垢薉也古本作瀞**宋廖兮**源瀆順流漠無聲也宋一作寂廖一作寥一作漻五臣云寂漻虛靜貌補曰說文云宋無人聲與寂同廖空虛也與寥同漻深清也並音聊一云廖崖虛也**收**

潦而水清清無溢濫百川淨也言川水夏濁而秋清傷人君無有清明之時也五臣云潦雨水音老憯悽增欷兮愴痛感動歎累息也五臣云憯悽悲痛貌欷泣歎補曰憯七感切欷虛毅切歔欷也薄寒之中人傷我肌膚變顏色也五臣云薄迫也有似迫寒之傷人補曰中去聲愴怳懭悢兮中情悵惘意不得也五臣云愴怳懭悢皆悲傷也補曰愴怳失意貌上初兩下許昉切懭悢不得志上口廣切下音朗又音亮去故而就新初會鉏鋙志未合也五臣云去故就新別離也坎廩兮數遭患禍身困極也廩一作壈五臣云坎壈困窮也補曰廩力敢切坎廩失志一曰不平貧士失職亡財遺物逢寇賊也貧一作窮而志不平心常憤懣意未服也廓落兮喪妃失耦塊獨立也五臣云廓落空寂也羇旅而無友生遠客寄居孤單特也羇一作羈一無生字補曰

羇旅寓也惆悵兮後黨失輩惆愁毒也五臣云惆悵悲哀也而私自憐竊內念已自憫傷也

燕翩翩其辭歸兮將入大海飛回翔也五臣云言秋深也翩翩飛貌

蟬宋漠而無聲螗蜩斂翅而伏藏也宋漠一作寂寞

鴈廱廱而南遊兮雄雌和樂羣戲行也廱一作噰一作灉補曰廱與噰同詩曰噰噰鳴鴈鴈陰起則南陽起則北避寒就煗也

鵾雞啁哳而悲鳴奮翼鳴呼而低昂也夫燕蟬遇秋寒將入水穴處而懷憂懼候鴈鵾鷄喜樂而逸豫言已無有候鴈鵾鷄之喜樂而有蟬燕之憂懼也補曰鵾雞似鶴黃白色啁哳聲繁細貌上竹交下陟轄

獨申旦而不寐兮夜坐視瞻而達明也坐一作起五臣云申至也

哀蟋蟀之宵征見螿蛩之夜行自傷放弃與昆蟲爲雙也或曰宵征謂七月在野八月在宇九月在戶十月蟋蟀入我牀

下是其宵征征行也五臣云宵夜也時亹亹而過中兮時已過半日進往也亹亹進貌詩云亹亹文王五臣云亹亹行貌過中謂漸衰暮也補曰亹音尾蹇淹留而無成雖久壽考無成功也五臣云蹇語詞也念已將老淹留草澤無所成也悲憂窮戚兮脩德見過愁懼惶也戚一作慼文選作慼補曰戚慼慼竝倉歷子六二切迫也促也憂也獨處廓孤立特止居一方也五臣云廓空也謂已窮慼處於空澤補曰處昌舉切有美一人兮位尊服好謂懷王也心不繹常念弗解內結藏也五臣云繹解也言思君之心常不解也補曰繹抽絲也陳也理也去鄉離家兮背違邑里之他邦也補曰離去聲徠遠客去郢南征濟沅湘也徠一作來超逍遙兮遠去浮遊離州域也五臣云無所依今焉薄欲止無賢皆讒賊也五臣云焉

何也薄止也專思君兮執心壹意在胷臆也思一作息不可化同姓親聯恩義篤也五臣云化變也補曰化舊音花君不知兮聰明淺短志迷惑也可柰何頑嚚難啓長歎息也蓄怨兮積思結恨在心慮憤鬱也心煩憺兮忘食事思君念主忽不食也補曰憺徒濫切憂也食事謂食與事也願一見兮道余意舒寫忠誠自陳列也余一作我君之心兮與余異方圓殊性猶白黑也五臣云願一見君道忠信之意君心以是爲非故與余異矣車既駕兮朅而歸回逝言邁欲反國也一無既字補曰朅丘傑切去也不得見兮心傷悲自傷流離路隔塞也一本心下無傷字五臣云將去歸國而君不見察故心悲也倚結軨兮長太息伏車重軾而涕泣也一無長字補曰軨音零車

轓間橫木

涕潺湲兮下霑軾

泣下交流濡茵席也一本霑上無下字五臣云潺湲流涕貌軾車上所憑者

忼慨絕兮不得

中情恚恨心剌切也忼一作慷補曰忼慨壯士不得志忼口朗切

中瞀亂兮迷惑

思念煩惑忘南北也五臣云歎與相絕而不見使中昏亂迷惑也瞀昏也補曰瞀音茂

私自憐兮何極

哀祿命薄常含感也私一作思五臣云自憐失志也極窮也

心怦怦兮諒直

志行中正無所告也五臣云心存諒直終日不足怦怦心不足貌補曰怦披繃切心急一曰忠謹貌

皇天平分四時兮

何直春生而秋殺也

竊獨悲此廩秋

微霜淒愴寒栗冽也廩一作凜五臣云秋氣凜然而萬物搖落踰已為讒邪所害是以播遷故竊悲此也補曰廩與凜同寒也

白露既下百草兮

萬物羣生將被害也下一作降

一云下降

奄離披此梧楸痛傷茂木又芟刈也披一作被五臣云言秋氣傷物之甚也奄同離羅也既凋百草而梧楸同罹此患百草喻百姓林木喻賢人補曰奄忽也遽也離披分散貌被與披同梧桐楸梓皆早凋

去白日之昭昭兮違離天明而湮没也五臣云白日喻君言

襲長夜之悠悠永處冥冥而覆蔽也五臣云襲長夜謂因放逐去君受覆蔽也悠悠無窮也補曰襲因也入也

離芳藹之方壯兮去已盛美之光容也補曰藹繁茂也於蓋切

余萎約而悲愁身體疲病而憂貧也萎文選作委五臣云言離去芳盛之德方壯之任使余委弃而悲愁也約弃也補曰萎於爲切草木枯也約窮也

秋既先戒以白露兮君不弘德而嚴令也一本戒下有之字

冬又申之以嚴霜刑罰刻峻而重深也五臣云喻暴虐相濟爲害也申重也

收恢台之孟夏兮上無仁恩以養民也夫天制四時春生夏長人君則之以養萬物秋殺冬藏亦順其宜而行刑罰故君賢臣忠政令大中則品庶安寧萬物豐茂上闇下偽用法殘虐則貞良民被害草木枯落故宋玉援引天時託譬草木以茂美之樹興於仁賢早遇霜露懷德君子忠而被害也台一作炱一作炱五臣云恢台長養也釋文台他來切補曰舞賦云舒恢炱之廣度注云恢炱廣大貌炱與台古字通黃魯直云恢大也台即胎也言夏氣大而育物爾雅曰夏為長贏是也集韻炱煤塵也臺胎二音

然欿傺而沈藏民無駐足竄巖穴也楚人謂住曰傺也欿本多作坎釋文藏作臧音藏五臣云坎陷傺止也言收歛長養之氣使陷止沈藏但以秋氣殺物矣皆諭楚之君臣也補曰欿與坎同

葉菸邑而無色兮顏容變易而蒼黑也邑一作悒五臣云言草木殘瘁也菸菸邑傷壞也補曰菸音於臭草也邑草傷壞也

枝煩挐而交

橫柯傺糾錯而萷𩬌也五臣云煩拏擾亂也補曰拏女除切牽引也煩也顔淫溢而將罷兮形貌羸瘦無潤澤也五臣云顔容也淫溢積漸也罷毀也補曰罷之也音疲柯彷彿而萎黃肌肉空虛皮乾腊也萎一作委一作矮五臣云柯枝也矮黃葉凋補曰佛音費矮枯死也萷櫹槮之可哀兮華葉已落莖獨立也萷一作櫹補曰萷音梢萷蔘木枝竦也釋文文選竝音朔萷櫂木無枝柯長而殺者櫹音蕭槮音森櫹槮樹長貌選云櫹爽櫹槮是也櫹與萷同形銷鑠而瘀傷身體燋枯被病久也五臣云瘀病皆喻已離愁苦補曰瘀於去切血瘀也惟其紛糅而將落兮蓬茸顛仆根蠹朽也糅一作楺而一作之五臣云惟思也紛糅衆雜也言思姦邪衆雜將或毁落補曰糅女救切蓬蒲孔茸仁勇切恨其失時而無當不值聖王而年老也五臣云又悵失其明時不與賢

君相當擘騑轡而下節兮安步徐行而勿驅也擘一作擥音啓姸切五臣云爲此擘轡按節徐行游涉草澤也下節按節也補曰擘力敢切持也擘啓姸切亦持也其字從臤作擘誤矣騑音菲聊逍遙以相佯且徐徘徊以遊戲也一作徜佯一作相羊補曰相佯徙倚也歲忽忽而遒盡兮年歲逝往若流水也遒一作逝五臣云忽忽運行皃補曰遒即由即秋二切迫也盡也恐余壽之弗將懼我性命之不長也弗一作不五臣云將長也補曰將有漸之詞悼余生之不時兮傷已幼少後三王也逢此世之俇攘卒遇讒而遽惶也五臣云俇攘憂懼皃一作恇勷一作迋躟補曰俇音臣攘而羊切怯也遽也澹容與而獨倚兮煢煢獨立無朋黨也五臣云澹徒敢切澹容與徐步也倚立也蟋蟀鳴此西堂

自傷閔巳與蟲並也

心怵惕而震盪兮思慮惕動沸若湯也盪一作蕩五臣云怵惕震蕩自驚動也補曰怵音黜盪音蕩搖動貌

何所憂之多方內念君父及兄弟也五臣云方猶端也

卬明月而太息兮上告昊旻愬神靈也卬一作仰太一作大補曰卬望也音仰

步列星而極明周覽九天仰觀星宿不能臥寐乃至明也補曰明舊音亡

竊悲夫蕙華之曾敷兮蕙草芬芳以典在位之貴臣也五臣云曾重也敷布也

紛旖旎乎都房被服盛飾於宮殿也旖旎盛貌詩云旖旎其華文選作猗柅上音倚下女綺切五臣云都大也房花房也翰君初好善布德有如此也旖一作旑於可切旎乃可切補曰集韻旑旖倚可切其字從可旑旎旌旗貌旖音倚其字從奇旖旎旌旗從風貌天子所宮曰都

何曾華之無實兮外貌若忠而心佞也從風雨而飛颺隨君嗜欲而回傾也夫風爲號令雨爲德惠故風動而草木搖雨降而萬物殖故以風雨諭君言政令德惠所由出也五臣云踰其後隨佞人之言以爲君獨服此蕙兮體受正氣而高明也羌無以異於衆芳乃與佞臣之同情也五臣云我謂君獨好美行乃無異於衆人之心而受其佞也閔奇思之不通兮傷已忠策無由入也思一作恩五臣云閔自傷也奇思謂忠信也將去君而高翔兮適彼樂土之他域也五臣云高翔遠去也心閔憐之慘悽兮內自哀念心隱惻也願一見而有明分別貞正與僞惑也五臣云心之憂傷願見君而自明重無怨而生離兮身無罪過而放逐也五臣云重念也自念無怨咎於君而生離隔補曰重去聲

九歌云悲莫悲兮生別離中結軫而增傷肝膽破裂心剖牖也傷一作傷五臣云心中結怨軫憂而增悲傷補曰傷痛也憂也牖普逼切豈不鬱陶而思君兮憤念蓄積盈胷臆也思一作恩補曰書云鬱陶乎予心君之門以九重閨閤扃閉道路塞也一云閨闥五臣云雖思見君而君門深邃不可至也補曰月令云九門磔攘天子有九門謂關門遠郊門近郊門城門皐門庫門雉門應門路門也猛犬狺狺而迎吠兮讒佞讙呼而在側也五臣云狺狺開口貌迎吠拒賢人使不得進也補曰狺音垠犬爭一云吠聲關梁閉而不通閽人承指呵問急也五臣云閉關喻塞賢路也皇天淫溢而秋霖兮久雨連日澤深厚也后土何時而得漧山皐濡澤草木茂也而一作兮漧一作乾五臣云后土地也補曰漧與乾同塊獨守

此無澤兮不蒙恩施獨枯槁也仰浮雲而永歎愬天語神我何咎也古本仰作卬五臣云衆人皆蒙君澤而我獨不霑故仰望而長歎也補曰歎平聲何時俗之工巧兮世人辯慧造詐僞也背繩墨而改錯違廢聖典背仁義也夫繩墨者工之法度也仁義者民之正路也繩墨用則曲木截仁義進則讒佞滅二者殊義不可不察也五臣云踰信詐僞弃忠正易置禮法也補曰錯置也七故切却騏驥而不乘兮斥逐子胥與比干也不一作弗乘一作棄五臣云騏驥良馬踰賢才也策駑駘而取路信任豎貂與椒蘭也五臣云踰疎賢才而親不肖也駑駘踰不肖當世豈無騏驥兮家有稷契與管晏也誠莫之能善御世無堯舜及桓文也五臣云言豈無賢才但君不能用也御謂御馬者補曰古者車駕四馬御之爲

難故爲六藝之一也**見執轡者非其人兮**遭値桀紂之亂昏也一無者字**故駒跳而遠去**被髮爲奴走横奔也一作駒跳一作駒駣五臣云言見君非好善之王故賢才皆避而遠去駒郎騏驥也跳跳走皃補曰馬立不常謂之駒音局一本駒亦音衢六切釋文跳徒聊切躍也跳徒浩切馬三歲名**鳧鴈皆唼夫粱藻兮**羣小在位食重祿也鴈釋文作鵞一無夫字五臣云粱米藻水草補曰唼喋鳧鴈食皃上音翣下音雪**鳳愈飄翔而高舉**賢者遯世竄山谷也愈一作俞飄翔一作飄飄補曰俞與愈同荀子曰其身俞危是也舉音倨**圜鑿而方枘兮**正直邪枉行殊則也五臣云若鑿圜穴而方木內之而必參差不可入喻邪佞在前忠賢何由能進補曰鑿音造鏨也枘音汭柄也**吾固知其鉏鋙而難入**所務不同若粉墨也一無其字五臣云鉏鋙相距皃

補曰鉏狀所牀舉二切鉏音語不相當也衆鳥皆有所登棲兮羣佞並進處官爵也鳳獨遑遑而無所集孔子棲棲而困戹也一無獨字一作惶惶五臣云賢才竄逐獨無所託遑遑不得所貌願銜枚而無言兮意欲括囊而靜默也願一作願五臣云銜枚所以止言者也補曰周禮有銜枚氏枚狀如箸橫銜之嘗被君之渥洽前蒙寵遇錫祉福也五臣云我亦欲不言而自弃爲昔者嘗受君之厚澤故復不能已渥厚也洽澤也太公九十乃顯榮兮呂尚者老然後貴也誠未遇其匹合遭值文王功冠世也五臣云太公呂尚年九十而窮困遭西伯而用之當未遇之時故無匹偶而與相合也言已所以弃逐者其行亦不與君意同也謂騏驥兮安歸躊躇吳坂遇伯樂也謂鳳皇兮安棲集棲

梧桐食竹實也五臣云騏驥安歸在於良樂鳳皇安歸在於聖明自喻時無知己也**變古易俗兮世衰**以賢爲愚時闇惑也五臣云代衰之時則必變古之法易常之道**今之相者兮舉肥**不量才能視顏色也五臣云將相士而用舉肥美者不言其才行此疾時之深補曰相視也去聲**騏驥伏匿而不見兮**仁賢幽處而隱藏也五臣云騏驥伏匿而不見至雖願忠其焉得皆喻己也**鳳皇高飛而不下**智者遠逝之四方也補曰下音戶**鳥獸猶知懷德兮**慕歸堯舜之聖明也釋文懷作褱**何云賢士之不處**二老太公歸文王也**驥不驟進而求服兮**干木闔門而辭相也五臣云服御也**鳳亦不貪餧而妄食**顏闔鑿坏而逃之也坏一作培補曰餧於僞切楊子曰食其不妄說者曰非義不妄食引

此爲證君弃遠而不察兮介推割股而自放也弃一作棄雖

願忠其焉得中生至孝而被謗也欲寂漠而絕端兮甯武佯愚而不言也漠一作嘆一作寞五臣云寂寞止息貌補曰廣雅嘆音莫安也說文嗼嘆無聲竊

不敢忘初之厚德嘗受祿惠識舊德也五臣云言我將心不思於君不能忘君昔之厚德耳獨悲愁其傷人兮思念纏結摧肝肺也馮鬱鬱其

何極憤懣盈胷終年歲也馮一作憑其一作之何一作安五臣云憑鬱鬱愁心滿結也極窮也

霜露慘悽而交下兮君政嚴急刑罰峻也慘一作憯心尚㚔

其弗濟冀過不成得免脫也㚔一作幸尚㚔一云倘倖補曰幸說文作㚔當以幸爲正霰

雪雰糅其增加兮威怒益盛刑酷烈也其一作而補曰雰雰雪貌乃知

遭命之將至卒遇誅戮身顚沛也願徼幸而有待兮冀儻貰赦宥罪法也宥一作止補曰徼古堯切泊莽莽與壄草同死將與百卉俱徂落也一云泊莽莽兮與壄草同死一作材草泊一作汨補曰泊止也莽莫古切草盛壄埜並野字願自往而徑遊兮不待左右之紹介也一云願自直而徑往路壅絕而不通讒臣嫉妬無由達也欲循道而平驅兮遵放衆人所履爲也欲一作願又未知其所從不識趣舍何所宜也然中路而迷惑兮舉足猶豫心回疑也自壓桉而學誦弭情定志吟詩禮也壓一作厭桉一作按一作壓塞補曰集韻壓盍涉切按也桉與按同抑也止也釋文厭於鹽切安也誦疾恭切性愚陋以褊淺兮姿質鄙鈍寡所知也補曰褊卑善切急也

狹也信未達乎從容君不照察其眞僞也乎一作兮一作於一本云然中路而迷惑兮悲蹭蹬而無歸性愚陋以褊淺兮自壓按而學詩蘭蕠雜於蕭艾兮信未達其從容竊美申包胥之氣盛兮申包胥楚大夫也昔伍子胥得罪於楚將適於吳見申包胥謂曰我必亡郢申包胥答曰子能亡之我能存之遂出奔吳爲吳王闔閭臣興兵而伐楚破郢昭王出奔於是申包胥乃之秦請救兵鶴立於秦庭啼呼悲泣七日七夜不絕聲勺飲不入於口秦伯哀之爲發兵救楚昭王復國故言氣盛也古本盛皆作晟恐時世之不固俗人執誓多不堅也何時俗之工巧兮靜言諓諓而無信也滅規榘而改鑿弃捐仁義信讒佞也補曰鑿音造獨耿介而不隨兮執節守度不枉傾也願慕先聖之遺教循行道德

遵典經也處濁世而顯榮兮謂仕亂君為公卿也非余心之所樂彼雖富貴我不願也補曰樂五孝切與其無義而有名兮宰嚭專吳握君權也寧窮處而守高思從夷齊於首陽也補曰高孤到切一苦浩切即枯槁之槁食不媮而為飽兮何必杭粱與芻豢也一無而字補曰媮他鉤切巧也衣不苟而為溫非貴錦繡及綾紈也一無而字竊慕詩人之遺風兮勤身修德樂伐檀也願託志乎素餐不空食祿而曠官也詩云彼君子兮不素餐兮謂居位食祿無有功德名曰素餐也釋文作食音孫蹇充倔而無端兮媒理斷絕無因緣也補曰倔俱物巨物二切儒行云不充詘於富貴充詘喜失節皃泊莽莽而無垠幽處山野而無鄰也泊一作汩補曰

垠岸也音銀無衣裘以御冬兮言巳飢寒家困貧也御一作禦補曰御魚
據切詩云我有旨蓄亦以御冬注云御禦也以禦冬月乏無時也恐溘死不得
見乎陽春懼命奄忽不踰年也一本自霜露慘悽而交下至此爲一章
靚杪秋之遥夜兮盛陰脩夜何難曉也補曰靚音靜杪末也心繚
悷而有哀思念糾戾腸折摧也悷一作例補曰繚音了繚繞悷盧帝切又音列懍悷悲吟
例音列憂也春秋逴逴而日高兮年齒巳老將晚暮也補曰逴竹角切
遠也然惆悵而自悲功名不立自矜哀也四時遞來而卒
歲兮冬夏更運去若頹也遞一作迭補曰遞更易也本作遞陰陽不可
與儷偕寒往暑來難追逐也釋文陰作霒補曰儷偶也音戾白日晼晚

其將入兮年時欲暮才力衰也補曰晼晼音宛景昳也明月銷鑠而滅毀形容滅少顏貌虧也補曰日出於東方入於西極故言入月三五而盈三五而缺故言滅毀歲忽忽而遒盡兮時去晻晻若鶩馳也忽一作曶老冉冉而愈弛年命逝往促急危也老一作壽愈一作俞釋文弛作施補曰俞與愈同施與弛同心搖悅而日幸兮意中私喜想用施也搖一作遙一作愮幸一作幸補曰搖動也愮憂也無喜悅義幸與幸同然怊悵而無冀內無所恃失本義也補曰怊音超中憯惻之悽愴兮志願不得心肝沸也之一作而一注云心傷慘也長太息而增欷憂懷感結重歎悲也補曰欷虛穀切年洋洋以日往兮歲月已盡去奄忽也以一作而老嵺廓而無處下官

失祿去家室也𨞦一作廖補曰玉篇云𨞦廓空也力幺切事亹亹而覬進兮思想君命幸復位也補曰覬音兾蹇淹留而躊躇久處無成卒放弃也補曰躊躇進退貌躇丈呂切舊本自霜露慘悽而交下兮至此爲一章

何氾濫之浮雲兮浮雲晻翳興讒佞也補曰氾與泛同猋壅蔽此明月妨遮忠良害仁賢也夫浮雲行則蔽月之光讒佞進則忠良壅也補曰猋卑遥切犬走貌忠昭昭而願見兮思竭謇謇而陳誠也然霧曀而莫達邪僞推排而隱蔽也然一作蔽露一作雺補曰雺音陰雲覆日也曀陰風也願皓日之顯行兮思望聖君之聘請也日以喻君詩云杲杲出日補曰皓光也明也日出貌也雲蒙蒙而蔽之羣小專恣掩君明也蒙一作濛竊不自聊而願

忠兮意欲竭死不顧生也聊一作料補曰料量也音聊或黕點而汙之讒人誣謗彼以惡名也補曰黕說文都感切滓垢也又陟甚切汚也汙烏故切堯舜之抗行兮聖迹顯著高無顛也瞭冥冥而薄天茂德煥炳配乾坤也瞭一作杳補曰瞭音了明也一音杳薄附也何險巇之嫉妬兮亂惑之主嫉其榮也被以不慈之僞名言堯有不慈之過以其不傳丹朱也舜有卑父之謗以其不立瞽瞍也彼日月之照明兮三光照察鏡幽冥也尚黯黮而有瑕雲霓之氣蔽其精也補曰黯鄔感切黮徒感切雲黑何況一國之事兮衆職叢務君異政也亦多端而膠加賢愚反戾人異形也補曰集韻膠加戾也膠音豪加丘加切王逸說

被荷裯之晏晏兮荷芙蕖也裯祇裯也若襜褕矣晏晏盛貌也藝文類聚作披荷裯之晃晃補曰被音披又如字裯音刀說文祇裯短衣方言汗襦自關而西謂之祇裯爾雅晏晏柔也然潢洋而不可帶潢洋猶浩蕩不著人貌也言人以荷葉為衣貌雖香好然浩浩蕩蕩而不可帶又易敗也以喻懷王自以為有賢明之德猶以荷葉為衣必壞敗也補曰潢音晃戶廣切水深廣貌洋音養滉瀁水貌既驕美而伐武兮懷王自謂有懿德又勇猛也驕一作憍負左右之耿介恃怙眾士被甲兵也懷王內無文德不納忠言外好武備而無名將所以為秦所誘客死不還補曰耿古幸切明也逸以介為介胄憎慍惀之脩美兮惡孫叔敖與子文也補曰慍紆粉切惀力允切好夫人之慷慨愛重囊瓦與莊蹻也釋文慨作礚莊蹻一作椒蘭眾踥蹀而日進

兮無極之徒在帷幄也踥一作蹈釋文作啑諜補曰踥思協切蹀音牒美超遠而逾邁接輿避世辭金玉也逾一作愈農夫輟耕而容與兮愁苦賦斂之重數也恐田野之蕪穢失不耨鉏亡五穀也事綿綿而多私兮政由細微以亂國也綿一作緜竊悼後之危敗子孫絕嗣失社稷也世雷同而炫曜兮俗人羣黨相稱舉也補曰曲禮云毋雷同注云雷之發聲物無不同時應者何毀譽之昧昧論善與惡不分梲也今修飾而窺鏡兮言與行副面不慙也今一作余窺一作覩後尚可以竄藏身雖隱匿名顯彰也補曰竄逃也匿也願寄言夫流星兮欲託忠策於賢良也羌倏忽而難當行疾去亟路不値也補曰倏音倏卒壅

蔽此浮雲兮終爲讒佞所覆冒也卒一作上下暗漠而無光忠臣喪精不識謀也堯舜皆有所舉任兮稷契禹益與咎繇也舉一作專故高枕而自適安臥垂拱萬國治也諒無怨於天下兮已之行度信無尤也心焉取此怵惕內省審已無畏懼也焉一作安乘騏驥之瀏瀏兮衆賢並進職事脩也乘一作六補曰乘與乘同瀏流栁二音水淸也馭安用夫強策百姓成化刑不用也策一作策補曰強巨良切策馬箠所以驅策諒城郭之不足恃兮信哉險阻何足恃也雖重介之何益身被甲鎧猶爲虜也補曰介甲也邅翼翼而無終兮竭身恭敬何有極也補曰邅行不進忳惽惽而愁約憂心悶瞀

自約束也補曰忳徒渾切惛音昏說文憿也愁約謂窮約而悲愁也語曰不可以久處約生天地之若過兮忽若雲馳駟過隙也功不成而無効道德不施志不遂也願沉滯而不見兮思欲潛匿自屏弃也不一作無尚欲布名乎天下敷名四海垂號謚也補曰下音戶然潢洋而不遇兮佷倡後時無所逮也直怐愗而自苦守死忠信以自畢也釋文作愢愗若一作若一作善補曰怐遘寇二音愗音茂莽洋洋而無極兮周行曠野將何之也忽翺翔之焉薄浮遊四海無所集也國有驥而不知乘兮推遠周邵與伊摯也補曰曹子建以此爲屈子語焉皇皇而更索不識賢愚尚暗昧也補曰更平聲寧戚謳於車下兮

飯牛而歌厮賤役也一本謳下有歌字桓公聞而知之言合聖道應經術也無伯樂之善相兮驥與駑鈍幾不別也今誰使乎譽之後世歎譽稱其德也譽一作呰補曰呰音貲思也亦通罔流涕以聊慮兮惓然深思而悲泣也惟著意而得之知天生賢不虛出也補曰著明也立也定也紛純純之願忠兮思碎首腦而伏節也一作紛忳忳而願忠妬被離而鄣之讒邪妬害而壅遏也被一作披鄣一作彰補曰被音披反離騷云下春風之被離鄣音章舊本自何氾濫之浮雲兮至此爲一章

願賜不肖之軀而別離兮乞丐骸骨而自退也放遊志乎雲中上從豐隆而觀望也志一作意椉精氣之摶摶

兮託載日月之光耀也楚人名圓曰摶也摶一作槫補曰摶度官切鶩諸神之湛湛追逐羣靈之遺風也補曰湛舊音羊戎切驂白霓之習習兮驂駕素虹而東西也言已雖去舊土猶脩潔白以厲身也驂一作參一作六歷羣靈之豐豐周過列宿存六宗也靈一作神左朱雀之茇茇兮朱雀奉送飛翩翩也茇釋文作芺於表切一作茷音蒲艾切一云左朱雀之拔拔補曰集韻拔茷茇皆有旆音右蒼龍之躣躣青虬負轂而扶轅也躣釋文作躩音同補曰躣躣行貌其俱切廣韻引此屬雷師之闐闐兮整理車駕而鼓嚴也補曰屬朱欲切連也闐音田鼓聲通飛廉之衙衙風伯次且而掃塵也通一作道補曰衙衙行貌舊五乎切又牛吕切集韻音魚前輕輬之鏘鏘兮軒車先導聲轉轔也輕一作輕補曰輕音

（致詩曰如輊如軒說文云輬臥車音涼招魂云軒輬既低注云軒輬皆輕車名則作輕輬亦通）後輜乘之從從（輜軿侍從響雷震也補曰說文輜軿車前衣車後也從楚江切）載雲旗之委蛇兮（斿旗盤紆背雲霄也委一作逶）扈屯騎之容容（羣馬分布列前後也補曰屯徒渾切）計專專之不可化兮（我心匪石不可轉也補曰化舊音花）願遂推而爲臧（執履忠信不離善也）賴皇天之厚德兮（靈神覆祐無疾病也）還及君之無恙（願楚無憂君康寧也言巳雖陞雲遠遊隨從百神志猶念君而不能忘也補曰恙舊音羊說文恙憂也一曰虫入腹食人心古者州居多被此毒故相問無恙乎蘇鶚演義引神異經云北方大荒中有獸食人吻人則病羅人則疾名曰獇獇者恙也黃帝上章奏天從之於是北方人得無憂無疾謂之無恙）終

楚辭卷第九

校書郎臣王　逸上

招䰟章句第九䰟一作魂下同　楚辭

招䰟者宋玉之所作也李善以招䰟爲小招以有大招故也招者召也以手曰招以言曰召䰟者身之精也宋玉憐哀屈原忠而斥棄愁懣一作憂愁山澤䰟魄一作魄放佚厥命將落故作招䰟欲以復其精神延其年壽外陳四方之惡内崇楚國之美以諷諫懷王冀

其覺悟而還之也太史公讀招魂悲其志

朕幼清以廉潔兮朕我也不求曰清不受曰廉不汙曰潔潔一作絜五臣云皆代原爲辭身服義而未沬沬巳也言我少小修清潔之行身服仁義未曾有懈巳之時也補曰沬莫貝切易曰日中見沬注云沬微昧之明也一云日中而昏也主此盛德兮牽於俗而蕪穢牽引也不治曰蕪多草曰穢言己施行常以道德爲主以忠事君以信結交而爲俗人所推引德能蕪穢無所用之也五臣云主守也言己主執仁義忠信之德爲讒佞所牽迫使荒蕪穢汙而不得進上無所考此盛德兮考校五臣云上君也考察也長離殃而愁苦殃禍也言己履行忠信而遇瘖主上則無所考校己之盛德長遭殃禍愁苦而已也離一作罹五臣云罹羅也帝告巫陽

帝謂天帝也女曰巫陽其名也巫一作至五臣云上假立天帝及巫陽以爲辭端補曰山海經云開明東有巫彭巫抵巫陽巫几巫相巫履汪云皆神醫也**曰有人在下**在一作於**我欲輔之**人謂賢人則屈原也宋玉上設天意祐助貞良故曰帝告巫陽有賢人屈原在於下方我欲輔成其志以厲黎民也**䰟魄離散汝筮予之**䰟者身之精也魄者性之決也所以經緯五藏保守形體也筮卜問也著曰筮尚書曰決之著龜言天帝哀閔屈原䰟魄離散身將顛沛故使巫陽筮問求索得而與之使反其身也予一作與補曰予去聲下同**巫陽對曰掌㝱**巫陽對天帝言招䰟者本掌㝱之官所主職也㝱一作夢**上帝其難從**言天帝難從掌㝱之官欲使巫陽招之也一云其命難從一云命其難從補曰難文選讀作去聲**若必筮予之恐後之謝**一云謝之一無之字**不**

能復用巫陽焉謝去也巫陽言如必欲先筮問求魂魄所在然後與之恐後世怠懈必去卜筮之法不能復修用但招之可也五臣云若必筮而招之恐後代懈怠去卜筮之法但以招魂爲事陽意不欲以筮與招相次而行以爲不筮而招亦足可也乃下招曰巫陽受天帝之命因下招屈原之魂乃一作因魂兮歸來還歸屈原之身一作徠歸去君之恒幹恒常也幹體也易曰貞者事之幹五臣曰君謂原也何爲四方些言魂靈當扶人養命何爲去君之常體而遠之四方乎夫人須魂而生魂待人而榮二者別離命則實零也或曰去君之恒閈閈里也楚人名里曰閈也一云何爲乎四方乎一作兮一注云魄待人而榮補曰些蘇賀切說文云語詞也沈存中云今夔峽湖湘及南北江獠人凡禁呪句尾皆稱些乃楚人舊俗舍君之樂處而離彼不祥些舍置也祥善也言何爲舍君楚

國僥樂之處而陸離走不善之鄉以犯觸衆惡也舍一作捨離一作羅五臣云捨去也羅羅維也魂兮歸來東方不可㠯託些託寄也論語曰可以託六尺之孤言東方之俗其人無義不可託命而寄身也長人千仞惟魂是索些七尺曰仞索求也言東方有長人之國其高千仞王求人魂而食之也惟一作唯五臣云皆假立其惡而甚言之補曰山海經云東海之外大荒之中有大人之國十日代出代更流金鑠石些鑠銷也言東方有扶桑之木十日並在其上以次更行其熱酷烈金石堅剛皆爲銷釋也補曰莊子曰昔者十日並出萬物皆照十日見天問代出言一日至一日出交會相代也彼皆習之魂往必釋些釋解也言彼十日之處自習其熱魂行往到身必解爛也皆一作自歸來兮不可㠯託些言魂魄宜急來歸此誠不可以託附而居

之也一無兮字一云歸來歸來**魂兮歸來南方不可以止些**言南方之俗其人甚無信不可久留也**雕題黑齒**雕畫也題額也黑一作墨五臣云雕鏤也補曰禮記南方曰蠻雕題交趾注云雕題刻其肌以丹青涅之**得人肉以祀以其骨爲醢些**醢醬也言南極之人雕畫其額齒牙盡黑常食蠃蚌得人之肉用祭祀先祖復以其骨爲醢醬也一云而祀一云得人以祀無肉字五臣云醢肉醬也**蝮蛇蓁蓁**蝮大蛇也蓁蓁積聚之貌補曰山海經蝮蛇色如綬文大者百餘斤一名反鼻蛇爾雅蝮虺博三寸首大如擘本草引張文仲云蝮蛇形乃不長頭扁口尖人犯之頭足貼著蝮音覆蓁音臻**封狐千里些**封狐大狐也言炎土之氣多蝮虺惡蛇積聚蓁蓁爭欲齧人又有大狐健走千里求食不可逢遇也五臣云大狐其長千里**雄虺九首**首頭也五臣云虺亦蛇名

補曰天問已見虺許鬼切往來儵忽吞人以益其心些儵忽疾急貌也言復有雄虺一身九頭往來奄忽常喜吞人魂魄以益其心賊害之甚也儵一作倏五臣云益其心助其毒也歸來兮不可以久淫些淫遊也言其惡如此不可久遊必被害也一云魂兮歸來一云歸來歸來不可久淫無以字五臣云淫淹也寃兮歸來西方之害流沙千里些流沙沙流而行也尚書曰餘波入於流沙言西方之地厥土不毛流沙滑滑晝夜流行從廣千里又無舟航也從廣一作縱橫旋入雷淵旋轉也淵室也淵文選作泉補曰旋泉絹切唐避諱以淵爲泉山海經云雷澤中有雷神龍身而人頭靡散而不可止些靡碎也言欲涉流沙少止則回入雷公之室轉還而行身雖靡碎尚不得休息也靡一作靡釋文作糜一作縻非是補曰靡靡爲切爛也壞也幸而

得脫其外曠宇些曠大也宇野也言從雷淵雖得免脫其外復有曠遠之野無人之土也夲一作幸赤螘若象螘蚍蜉也小者為螘大者謂之蚍蜉也螘一作蟻補曰山海經大蜂其狀如螽朱蛾狀如蟻玄蠭若壺些壺乾瓠也言曠野之中有赤蟻其狀如象又有飛蠭腹大如壺皆有蠚毒能殺人也蠭一作蜂釋文作螽五臣云壺器名補曰蠭音峯方言云螽大而蜜謂之壺螽蠚音壑五穀不生藂菅是食些柴棘為藂菅茅也言西極之地不生五穀其人但食柴草若羣牛也藂一作叢菅一作菼補曰藂草叢生也菅菼竝音姦說文菼草出吳林山其土爛人求水無所得些言西方之土溫暑而熱燋爛人肉渴欲求水無有源泉不可得之也補曰前漢西域傳烏弋地暑熱莽平又天竺卑溼暑熱彷徉無所倚廣大無所極

些倚依也言欲彷徉東西無民可依其野廣大行不可極也一云言西方之土廣大遙遠無所臻極雖欲彷徉求所依止不可得也一作彷徉五臣云彷徉遊行貌極窮也補曰廣雅云彷徉徙倚也彷蒲忙切

歸來兮恐自遺賊些賊害也言䰟魄欲往者自予賊害也一云歸來歸來補曰遺已季切

䰟兮歸來北方不可以止些

增冰峨峨飛雪千里些言北方常寒其冰重累峨峨如山涼風急時疾雪隨之飛行千里乃至地也五臣云增積也峨峨高貌補曰神異經北方有曾冰萬里厚百丈尸子曰朔方之寒地凍厚六尺北極左右有不釋之冰

歸來兮不可以久些言其寒殺人不可久留也一云歸來歸來一云不可以久止

䰟兮歸來君無上天些天不可得上也

虎豹九關五臣云關鑰

啄害下人

些啄醯也言天門凡有九重使神虎豹執其關閉主啄醯天下欲上之人而殺之也一夫九首拔木九千些言有丈夫一身九頭強梁多力從朝至暮拔大木九千枚也豺狼從目往來侁侁些侁侁往來聲也詩曰侁侁征夫言天上有豺狼之獸其目皆從奔走往來其聲侁侁爭欲啗人也侁一作莘五臣云從從豎也侁侁衆貌補曰南北曰從即容切釋文足用切縱注意不合侁所臻切懸人以娭懸釋文作縣娭一作嬉一作娱補曰娭許其切投之深淵些投擿也言豺狼得人不即啗食先懸其頭用之娭戲疲倦已後乃擿於深淵之底而棄之也致命於帝然後得瞑些瞑臥也言投人已訖上致命於天帝然後乃得眠臥也瞑一作眠五臣云致送也送人之命於天帝補曰瞑音眠又音銘歸來往恐危身些往即逢害身危殆也一云歸來歸來一云

魂兮歸來䰟兮歸來君無下此幽都些幽都地下后土所治也地下幽冥故稱幽都一無此字土伯九約其角觺觺些土伯后土之侯伯也約屈也觺觺猶狺狺角利貌也言地有土伯執衛門戶其身九屈有角觺觺主觸害人也觺一作觺觺五臣云觺觺銛利貌補曰觺音疑又牛力切敦脄血拇敦厚也脄背也拇手母指也脄一作胸補曰脄胸音梅又音妹脊側之肉說文云背肉也易咸其脢一曰心上口下拇莫垢切逐人駓駓些駓駓走貌也言土伯之狀廣肩厚背逐人駓駓其走捷疾以手中血漫汙人也補曰駓音丕參目虎首其身若牛些言土伯之頭其貌如虎而有三目身又肥大狀如牛也參一作三補曰參蘇甘切博雅云參三也此皆甘人歸來恐自遺災些甘美也災害也言此物食人以爲甘美徑必自與害

不旋踵也歸來一云歸來歸來一作歸來兮災釋文作菑補曰遺與也去聲菑與災同魂兮

歸來入修門些修門郢城門也宋玉設呼屈原之魂歸楚都入郢門欲以感激懷王使還之也補曰修門已見九章龍門注中工祝招君背行先些工巧也男巫曰祝背倍也言選擇名工巧辯之巫使招呼君倍道先行導以在前宜隨之也五臣云工祝良巫也君謂原言良巫背行在先君宜隨後補曰背音倍秦篝齊縷篝絡縷綫也篝釋文作篝補曰篝古侯切籠也答也答音落可熏衣鄭綿絡些綿纏也絡縛也言爲君魂作衣乃使秦人織其篝絡齊人作綵縷鄭國之工纏而縛之堅而且好也綿一作緜補曰說文緜聯微也招具該備永嘯呼些該亦備也言撰設甘美招魂之具靡不畢備故長嘯大呼以招君也夫嘯者陰也呼者陽也陽主魂陰主魄故必嘯呼以感之也魂兮歸

來反故居些反還也故古也言宜急來歸還古昔之處也天地四方多賊姦些賊害也姦惡也言天有虎豹地有土伯東有長人西有赤蟻南有雄虺北有增冰皆爲姦惡以賊害人也地一作𡒄一作墬像設君室像法也君一作居靜閒安些無聲曰靜空寬曰閒言乃爲君造設第室法像舊廬所在之處清淨寬閒而安樂也補曰閒音閑高堂邃宇邃深也宇屋也檻層軒些檻楯也從曰檻橫曰楯軒樓版也言所造之室其堂高顯屋甚深邃下有檻楯上有樓板形容異制且鮮明也五臣云檻欄層重也軒檻樓上板補曰一云檐宇之末曰軒層臺累榭層累皆重也無木謂之臺有木謂之榭補曰說文臺觀四方而高者榭臺有屋也一曰凡屋無室曰榭臨高山些言復作重層之臺累石之榭其顚眇眇上乃臨於高山也或曰臨高山而作臺榭也綱

戶朱綴網戶綺文鏤也朱丹也綴緣也網一作罔五臣云織網于戶上以朱色綴之刻方連些刻鏤也橫木關柱爲連言門戶之楣皆刻鏤綺文朱丹其緣雕鏤連木使之方好也五臣云又刻鏤橫木爲文章連於上使之方好補曰連集韻作槤門持關冬有穾廈穾複室也廈大屋也詩云於我乎夏屋渠渠廈一作夏五臣云穾廈重屋補曰穾深也隱暗處爾雅東南隅謂之窔廈胡雅切穾窔竝於門切夏室寒些言隆冬凍寒則有大屋複穾溫室盛夏暑熱則有洞達陰堂其內寒涼也室一作屋補曰夏胡駕切川谷徑復流源爲川注谿爲谷徑過也復反也川一作谿徑一作徑五臣云徑往也補曰爾雅水注谿爲谷說文泉出通川爲谷流潺湲些言所居之舍激導川水徑過園庭回通反復其流急疾又潔淨也光風轉蕙光風謂雨已日出而風草木有光也轉搖也五臣云日光風風氣轉氾薄於蘭蕙之叢氾

崇蘭些 汜猶汎汎搖動貌也崇充也言天雨霽日明微風奮發動搖草木皆令有光充實蘭蕙使之芬芳而益暢茂也五臣云崇高也補曰汜音泛

經堂入奧 西南隅謂之奧經一作徑古本作陘奧釋文作隩五臣云言自蘭蕙經入於此矣補曰奧烏到切

朱塵筵些 朱丹也塵承塵也筵席也詩云肆筵設机言升殿過堂入房至室奧處上則有朱畫承塵下則有簟筵好席可以休息也或曰朱塵筵謂承塵搏壁曼延相接也搏一作薄補曰鋪陳曰筵藉之曰席說文筵竹席也

砥室翠翹 砥石名也詩曰其平如砥翠鳥名也翹羽也五臣云以砥石為室取其平也又以翠羽相飾之補曰砥音咫礪石也書傳云砥細於礪皆磨石也穀梁云天子之桷斲之礱之加密石焉注云以細石磨之翹祁堯切鳥尾長毛也

挂曲瓊些 挂懸也曲瓊玉鉤也言內臥之室以砥石為壁平而滑澤以翠鳥之羽雕飾玉鉤以懸衣物也或曰僵室謂僵佪曲房也挂一作絓

五臣云玉鉤挂於室中補曰絓罥也古賣切**翡翠珠被**雄曰翡雌曰翠被衾也補曰翡赤羽雀翠青羽雀異物志云翠鳥形如燕赤而雄曰翡青而雌曰翠翡大於翠其羽可以飾幃帳顏師古曰鳥各別異非雌雄異名也**爛齊光些**齊同也言牀上之被則飾以翡翠羽及珠璣刻畫衆華其文爛然而同光明也五臣云以珠翠飾被光色爛然相齊**蒻阿拂壁**蒻蒻席也阿曲隅也拂薄也五臣云以蒻席替壁之曲補曰蒻音弱蒲也可以爲席**羅幬張些**羅綺屬也張施也言房內則以蒻席薄牀四壁及輿曲隅復施羅幬輕且涼也補曰幬禪帳也音儔爾雅幬謂之帳**纂組綺縞**纂組綬類也一作綦一作綦五臣云縞練也補曰纂作管切似組而赤組音祖綺文繒也縞音杲素也一曰細繒綦蒼白色　曰青黑文禮記有綦組綬**結琦璜些**璜玉名也言幬帳之細皆用綺縞又以纂組結束玉璜爲帷帳之飾也琦一作奇補曰琦

玉名璜半璧也**室中之觀多珍怪些**金玉爲珍詭異爲怪言縱觀房室之中四方珍奇玩好怪物無不畢具也珍一作珎怪一作恠補曰珎恠皆俗字**蘭膏明燭**蘭膏以蘭香煉膏也燭一作爥**華容備些**容皃也言日暮遊宴燃香蘭之膏張施明燭觀其鐙錠雕鏤百獸華奇好備也五臣云華容謂美人也補曰錠都定切**二八侍宿**二八二列也言大夫有二列之樂故晉悼公賜魏絳女樂二八歌鍾二肆也**射遞代些**射猒也詩云服之無射遞更也言使好女十六人侍君宴宿意有厭倦則使更相代也或曰夕遞代夕暮也遞一作遰五臣云君或猒之則遞代進矣補曰射音亦**九侯淑女**淑善補曰九侯謂九服之諸侯也**多迅衆些**迅疾也言復有九國諸侯好善之女多才長意用心齊疾勝於衆人也五臣云其來迅疾衆多於此**盛鬋不同制**鬋鬢也制法也五臣云盛

飾理鬢其制不同補曰鬋音翦女鬢垂貌**實滿宮些**宮猶室也爾雅曰宮謂之室言九侯
之女工巧妍雅裝飾兩結垂鬢髮下髮形貌奇異不
與衆同皆來實滿充後宮也一云垂髮鬢下鬋一云
垂鬋下鬋補曰鬋髮美也鬋首飾也**容態好比**態姿也比親也五臣云比容也補曰好王
逸作美好之好五臣作好愛之好**順彌代些**彌久也言美女衆多其貌齊同姿態好美
自相親比承順上意久則相代也代一作世五臣云
彌猶久也好相親容和順久以相代也補曰作世者
非**弱顏固植**固堅也植志也植一作立**謇其有意些**謇正言貌
也言美女內多廉恥弱顏易媿心志堅固不可侵犯
則謇然發言中禮意也謇一作蹇五臣云謇正直貌
有意禮則之意**姱容修態**姱好貌修長也補曰姱若瓜切**絚洞房些**
絚竟也房室也言復有美好之女其貌姱好多意長
智羣聚羅列竟識洞達滿於房室也絚一作縆五臣

云洞深也補曰絙與亘同文選云洞房叫窱而幽邃**蛾眉曼睩**曼澤也睩視貌蛾一作娥睩一作睇五臣云曼長也補曰李善云曼輕細也音萬睩音祿說文云目睞謹也**目騰光些**騰馳也言美女之貌蛾眉玉白好目曼澤時睩睩然視精光騰馳驚惑人心也五臣云騰發也**靡顏膩理**靡緻也膩滑也五臣云靡好也補曰呂氏春秋靡曼皓齒注云靡曼細理弱肌美色也膩女吏切**遺視矊些**遺竊視也矊脉也言諸美女顏容脂細身體夷滑心中矊脉時時竊視安詳審諦志不可動也矊一作矊一作矙五臣云矊目中瞳子言目淸澈炯然見其瞳子補曰方言黸瞳之子謂之矊注云矊邈也音綿廣韻瞳子黑也又矊眇遠視**離榭修幕**離別也修長也幕大帳也**侍君之閒些**閒靜也言願令美女於離宮別觀帳幕之中侍君閒靜而宴遊也補曰閒音閑**翡帷翠帳飾高堂些**

言復以翡翠之羽雕餝幬帳張之高堂以樂君也帳一作幬飾一作餝補曰在旁曰帷餝與飾同

紅壁沙版紅赤白色也沙丹沙也玄玉梁些玄黑也言堂上四壁皆堊色令之紅白又以丹沙畫飾軒版承以黑玉之梁五采分別也一云玄玉之梁五臣云黑玉飾于屋梁

仰觀刻桷補曰左傳丹楹刻桷文選云龍角雕鏤說文椽方曰桷音角畫龍蛇些言仰觀視屋之榱橑皆刻畫龍蛇而有文章也

坐堂伏檻檻楯也臨曲池些言坐於堂上前伏檻楯下臨曲水清池可漁釣也

芙蓉始發芙蓉蓮華也雜芰荷些芰蔆也秦人謂之薢茩言池水之中有芙蓉始發其華芰蔆雜錯羅列而生俱盛茂也或曰倚荷謂荷立生水中持倚之也五臣云芰水草荷芙蓉之莖

紫莖屏風屏風水葵也補曰本草鳧葵即莕菜生水中俗名水葵又防風一名屏風文緣波些

言復有水葵生於池中其莖紫色風起水動波緣其葉上而生文也或曰紫莖言荷莖紫色也屏風謂荷葉鄣風也緣文選作緣五臣云風起吹之生文於緣波中也**文異豹飾**豹猶虎豹補曰詩云羔裘豹飾**侍陂陁些**陂陁長陛也言侍從之人皆衣虎豹之文異采之飾侍君堂隅衞階陛也或曰侍陂池謂侍從於君遊陂池之中赫然光華也陁一作陀補曰陂音頗陀音駞不平也文選陂音波**軒輬既低**軒輬皆輕車名也低屯也一曰低俛也補曰軒曲輈藩車也輬音涼卧車也**步騎羅些**徒行爲步乘馬爲騎羅列也言官屬之車既已屯止步騎士衆羅列而陳竢須君命也**蘭薄戶樹**薄附也樹種也五臣云木叢生曰薄**瓊木籬些**柴落爲籬言所造舍種樹蘭蕙附於門戶外以玉木爲其籬落守禦堅重又芬香也五臣云言夾戶種叢蘭又栽木爲藩籬以自蔽瓊者美言也**魂兮歸來何遠**

為些遠為四方而久不歸也五臣云此足可安居何用遠去為也

室家遂宗宗衆也補曰宗尊也

食多方些方道也言君九族室家遂以衆盛人人曉味故飲食之和多方道也五臣云營造飲食亦多方畧

稻粢穱麥稻稌粢稷穱擇也擇麥中先熟者也補曰顏師古云本草所謂稻米者今之稉米耳說文云稻稌也又急就篇云稻黍秋稷左太冲蜀都賦云稉稻漠漠益知稻即稉共稉並出矣粢子夷切本草云稷即穄也今楚人謂之稷穱音捉稻處種麥也

挐黃粱些挐糅也言飯則以秔稻糅稷擇新麥糅以黃粱和而柔嬬且香滑也補曰挐女居切記云飯黍稷稻粱白黍黃粱本草黃粱出蜀漢商浙間亦種之香美逾於諸粱號為竹根黃

大苦醎酸大苦豉也醎一作鹹五臣云鹹鹽也酸酢也大苦鹹酸辛甘皆和之使其味行補曰本草豉味苦故逸以大苦為豉然說左氏者曰醯醢鹽梅不及豉古人未有豉也內則及招䰟備論

飲食言不及豉史游急就篇曰及有無夷鹽豉蓋秦漢以來始爲之耳據此則逸說非也又爾雅云蘦大苦郭氏以爲甘草又詩云隰有苓陸機草木蟲魚疏云苓大苦也可爲乾菜此所謂大苦蓋苦味之甚者爾

辛甘行些辛謂椒薑也甘謂飴蜜也言取豉汁和以椒薑醎酢和以飴蜜則辛甘之味皆發而行也

肥牛之腱腱筋頭也五臣云腱筋肉補曰腱居言切膂腱肉也一曰筋之大者

臑若芳些臑若熟爛也言取肥牛之腱爛熟之則肥濡䐈美也若一作弱臑一作胹一作胹臑仁珠切臑音耎胹音而釋文作烝而究切補曰集韻腝烲胹臑皆有而音說文云爛也一曰臑嫩耎貌腝蘇本切

和酸若苦陳吳羹些言吳人工作羹和調甘酸其味若苦而復甘也五臣云酸若皆得中補曰若猶及也羹音郎臛也集韻云魯頌楚辭急就篇羹與房漿爲韻淮南曰荊吳芬馨以嚂其口嚂音藍又云煎熬焚炙調齊和之適以窮荊吳甘酸之變注云二國善醎

酸之和

胹鼈炮羔羔羊子也胹一作腝釋文作濡而朱切五臣云濡煑也補曰濡集韻音而亨肉和湆也炮蒲交切合毛炙物一曰裹物燒

有柘漿些柘藷蔗也言復以飴蜜胹鼈炮羔令之爛熟取藷蔗之汁爲漿飲也或曰血鼈炮羔和牛五藏爲羔臛鶩爲羹者也柘一作蔗一注云胹鼈炮羔和牛五藏臛爲羹者也補曰相如賦云諸柘巴苴注云柘甘柘也

鵠酸臇鳧臇小臛也補曰鵠鴻鵠也臇子兖切臛少汁也鳧野鴨也

煎鴻鶬些鴻鴻鴈也鶬鶬鶴也言復以酸酢烹鵠爲羹小臛鳧煎熬鴻鶬令之肥美也補曰鶬音倉麋鴰也此言以酢漿烹鵠鳧爲羹用膏煎鴻鶬也

露雞臛蠵露鷄露棲之鷄也有菜曰羹無菜曰臛蠵大龜之屬也蠵一作蠵補曰鹽鐵論曰煎魚切肝羊淹鷄寒臛字書作腌呼各切又音霍肉羹也集韻湆陵郡出大龜一名靈蠵音携又以規切

厲而不爽些厲烈也爽敗也楚人名羹

敗曰爽言乃復烹露棲之肥雞臛蠵龜之肉則其味清列不敗也補曰爽音霜協韻老子曰五味令人口爽

粔籹蜜餌有餦餭些餦餭餳也言以蜜和米麪熬煎作粔籹擣黍作餌又有美餳衆味甘美也擣黍一作擣麥一作搡米補曰粔音巨籹音女又音汝粔籹蜜餌也吳謂之膏環餌粉餅也方言曰餌謂之餻餳謂之餦餭洭云即乾飴也音張皇一曰餅也一曰餌也

瑤漿蜜勺瑤玉也勺沾也古本蜜作䆑補曰勺音酌一云丁狄時斫二切沾音添

實羽觴些實滿也羽翠羽也觴觚也言食已復有玉漿以蜜沾之滿于羽觴以漱口也五臣云勺和也觴酒器也揷羽于上補曰杯上綴羽以速飲也一云作生爵形實曰觴虛曰觶

挫糟凍飲挫捉也凍冰也五臣云糟酒滓也可以凍飲李善云凍冷也補曰挫宗臥切

酎清涼些酎醇酒也言盛夏則爲覆蹷乾釀提去其糟但取清醇居之冰上然後飲之酒寒涼

又長味好飲也補曰酎直又切三重釀酒月令孟夏天子飲酎注云春酒至此始成**華酎既陳**酎酒斗也陳一作嗽五臣云華酎謂置華於酒中補曰華采也說文云酎盛酒行觴也**有瓊漿些**言酒罇在前華酎陳列復有玉漿恣意所用也**歸來反故室敬而無妨些**妨害也言君魂急來歸還反所居故室子孫承事恭敬長無禍害也一云歸來歸來一云歸反故室無來字**肴羞未通**魚肉爲肴羞進也補曰肴骨體又菹也致滋味爲羞**女樂羅些**言肴膳已具進舉在前賓主之禮殷勤未通則女樂倡蕩羅列在堂下也**嗽鐘按鼓**按徐嗽一作陳按一作桉五臣云按猶擊也**造新歌些**言乃奏樂作音而撞鍾徐鼓造爲新曲之歌與衆絕異也**涉江采菱發揚荷些**楚人歌曲也言已涉渡大江南入湖池采取菱芰發揚荷葉喻屈原背去朝堂

隱伏草澤失其所也菱一作蔆文選作陽荷注云荷當作阿涉江采菱陽阿皆楚歌名補曰淮南云歌采菱發揚阿又云足蹀陽阿之舞注云陽阿古之名倡又云欲美和者必先始於陽阿采菱注云陽阿采菱樂曲之和聲**美人既醉朱顔酡些**朱赤也酡著也言美女飲啗醉飽則面著赤色而鮮好也酡一作酡一本云當作袉徒何切著也爲酡者非補曰酡音馱飲而赭色著面**娭光眇視**娭戲也眇眺也娭一作嬉一作娭**目曾波些**波華也言美女酣樂顧望娭戲身有光文眺視曲眄目采盼然白黑分明若水波而重華也五臣云言美人旣爲戲樂光彩横出眇然遠視目若水波補曰曾重也**被文服纖**文謂綺繡也纖謂羅縠也補曰纖細也**麗而不奇些**麗美好也不奇奇也猶詩云不顯文王不顯顯也言美女被服綺繡曳羅縠其容靡麗誠足奇怪也一云被兹文服纖麗不奇**長髮曼鬋**曼澤髮一作鬢

補曰曼音萬鬋音翦豔陸離些豔好貌也左氏傳曰宋華督見孔父之妻目逆而送之曰美而豔言美人長髮工紒鬋鬢滑澤其狀豔美儀貌陸離而難具形也二八齊容齊同補曰二八已見舞賦云鄭女出進二八徐侍起鄭舞些鄭舞鄭國之舞也言二八美女其儀容齊一被服同飾奮袂俱起而鄭舞也或曰鄭舞鄭重屈折而舞也補曰相如賦云鄭女曼姬邊讓賦云齊倡列鄭女羅戰國策云被鄭國之女粉白黛黑立於衢閭非知而見之者以爲神淮南子注云鄭袖楚懷幸姬善歌工舞因名鄭舞鄭重殷勤也衽若交竿竿竹竿也衽一作袵補曰而甚切撫案下些撫抑也言舞者迴旋衣衽掉搖回轉相鉤狀若交竹竿以手抑案而徐來下也一云撫抵也以手抵案而徐下行也五臣云衽衣襟也言舞人迴轉衣襟相交如竿也以手撫案其節而徐行也補曰下音戶唐段安節樂錄曰舞者樂之容古有大垂手小垂手竽瑟

狂會狂猶並也搷鳴鼓些搷擊也言衆樂竝會吹竽彈瑟又搷擊鳴鼓以進八音爲之節也搷一作嗔一作塡文選作槇徒年切補曰搷田殿二音集韻嗔音田引詩振旅嗔嗔宮庭震驚震動也驚駭也發激楚些激淸聲也言吹竽擊鼓衆樂並會宮庭之內莫不震動驚駭復作激楚之淸聲以發其音也補曰淮南曰揚鄭衛之浩樂結激楚之遺風注云結激淸楚之聲也舞賦云激楚結風陽阿之舞五臣云激急也楚謂楚舞也舞急縈結其風李善云激楚歌曲也列女傳曰聽激楚之遺風上林賦云鄢郢繽紛激楚結風文穎曰激衝激急風也結風廻風亦急風也楚地風既自漂疾然歌樂者猶復依激結之急風爲節其樂促迅哀切也吳歈蔡謳吳蔡國名也歈謳皆歌也補曰歈音俞古賦云巴俞宋蔡說文云歈歌也徐鉉曰渝水之人善歌舞漢高祖采其聲後人因加此字按楚詞已有此語則歈蓋歌之別稱耳徐說非是奏大呂些大呂六律

名也周官曰舞雲門奏大吕言乃復使吳人歌謠蔡人謳吟進雅樂奏大吕五音六律聲和調也文選奏作奏五臣云吳蔡秦皆國名補曰大吕非秦聲五臣説非是

士女雜坐亂而不分些言醉飽酣樂合罇促席男女雜坐比肩齊膝恣意調戲亂而不分別也

放敶組纓組綬敶一作陳補曰纓冠系也

班其相紛些紛亂也言男女共坐除去威嚴放其冠纓笴敶印綬班然相亂不可整理也班一作斑

鄭衛妖玩鄭衛國名也妖玩好女也補曰許慎云鄭衛新聲所出國也

來雜陳些雜厠也陳列也言鄭衛二國復遣妖玩之好女來雜厠俱坐而陳列也陳一作敶

激楚之結激感也結結頭髻也補曰結古詣切束髮也

獨秀先些秀異也言鄭衛妖女工於服飾其結殊形能感楚人故異之而使之先進也五臣云秀異而先進於前

菎蔽象棊菎玉也蔽簙箸以玉飾之也或言菎

落今之箭囊也箟一作琨一作箟補曰箟音昆香草也琨玉名箟竹名蔽蔽集韻作簸其字從竹方言簙謂之蔽秦晉之間謂之簙吳楚之間謂之蔽或謂之箭裏或謂之棊博雅云博箸謂之箭

有六簙些投六箸行六棊故爲六簙也言宴樂既畢乃設六簙以箟蔽作箸象牙爲棊棊麗而且好也簙一作博補曰說文云局戲也六箸十二棊也鮑宏博經云所擲頭謂之瓊瓊有五采刻爲一畫者謂之塞刻爲兩畫者謂之白刻爲三畫者謂之黑一邊不刻者五塞之間謂之五塞列子曰擊博樓上注云擊打也如今雙陸棊也古博經云博法二人相對坐向局局分爲十二道兩頭當中名爲水用棊十二枚六白六黑又用魚二枚置於水中其擲采以瓊爲之瓊畟方寸三分長寸五分銳其頭鑽刻瓊四面爲眼亦名爲齒二人互擲采行棊棊行到處卽竪之名爲驍棊卽入水食魚亦名牽魚每牽一魚獲二籌翻一魚獲二籌畟音側

分曹並進曹偶**遒相迫些**遒亦迫言分曹列偶並進技巧

投箸行棊轉相遒迫使不得擇行也或曰分曹並進者謂並用射禮進也五臣云遒急也言務以求勝

成梟而牟 倍勝爲牟文選梟作梟補曰漢書梟騎注云梟勇也若六博之梟作梟非是淮南曰善博者不欲牟不恐不勝注云博其棊不傷爲牟梟堅垚切牟過也進也大也

呼五白些 五白簙齒也言巳棊巳梟當成牟勝射張食棊下兆於屈故呼五白以助投也兆於屈一作逃於窟補曰列子云樓上博者射明瓊張中說者曰凡戲爭能取中皆曰射明瓊齒五白也中去聲射食亦切

晉制犀比 晉國名也制作也比集也補曰比頻二切

費白日些 費光貌也言晉國工作簙棊箸比集犀角以爲雕飾投之皜然如日光也補曰費耗也昲曰光也芳未切

鏗鍾搖簴 鏗撞也搖動也鏗釋文作銵簴一作虡五臣云虡懸鍾格言擊鍾則搖動其格補曰鏗銵並苦耕切虡奇舉切

揳梓瑟些 揳鼓也言衆賓既集共簙以相娛樂堂下復鳴大鍾

左右歌吟鼓瑟琴也五臣云揳撫也以梓娛酒不
木爲瑟補曰揳古人切轢也書亦作戛
廢娛樂沈日夜些言雖以酒相娛樂不廢政事晝夜沈湎以忘憂也或曰娛酒不發發
旦也詩云明發不寐言日夜娛樂又曰和蘭膏明
樂且湛言晝夜以酒相樂也夜一作夕
燭一作爥華鐙錯些言鐙錠盡雕琢錯鏤飾設以禽獸有英華也鐙一作雕五臣云
似蘭漬膏取其香也華謂有光華補曰鐙音登說文
曰錠也徐鉉曰錠中置燭故謂之鐙又說文曰錯金
涂也亦支錯結撰至思撰猶博也五臣云言我能撰深心以思賢人補曰撰述也定也
持也蘭芳假些假至也書曰假于上下蘭芳以喻賢人也言君能結撰博專至之心以思
賢人賢人卽自至也補曰假音格人有所極同心賦些賦誦也言衆坐之人
各欲盡情與己同心者獨誦忠信與道德也五臣云
極盡也賦聚也賢人盡至則同心相聚君可選也補

曰釋名曰敷布其義謂之賦漢書曰不歌而誦謂之賦五臣以賦爲聚斂取賦歛之義**酎飲**

盡歡樂先故些故舊也言飲酒作樂盡巳歡欣者誠欲樂我先祖及與故舊人也酎一作酌一本盡上有既字

魂兮歸來反故居些五臣云樂君先祖及故舊言魂神宜急來歸還反楚國居舊故之處安樂無憂也

亂曰獻歲發春兮獻進

汨吾南征征行也言歲始來進春氣奮揚萬物皆感氣而生自傷放逐獨南行也五臣云汨疾也亦代原爲詞補曰汨于筆切文選自此至白芷生句末皆有些字一本至誘騁先有些字

菉蘋齊葉兮菉王芻也蘋一作薠補曰菉音綠見騷經**白芷生**言屈原放時菉蘋之草其葉適齊白芷萌芽方始欲生據時所見自傷哀也猶詩云昔我往矣楊柳依依也

路貫廬江兮左長薄貫出也廬江長薄地名也言屈原行先出廬江

過歷長薄長薄在江北時東行故言左也五臣云在其左也補曰前漢地理志廬江出陵陽東南北入江

倚沼畦瀛兮

沼池也畦猶區也瀛池中也楚人名池澤中曰瀛五臣云倚立也

遥望博

遥遠也博平也言巳循江而行遂入池澤其中區瀛遠望平博無人民也

青驪結駟兮

純黑爲驪結連也四馬爲駟補曰驪呂知切

齊千乘

齊同也言屈原嘗與君俱獵於此官屬齊駕駟馬或青或黑連千乘皆同服也補曰自此以下盛言畋獵之樂以招之也

懸火延起兮玄顏烝

懸火懸鐙也玄天也言巳時從君夜獵懸鐙林木之中其火延及燒于野澤煙上烝天使黑色也烝一作蒸補曰顏容也說文烝火氣上行也蒸進也衆也

步及驟處兮

驟走也處止也

誘騁先

誘導也騁馳也言獵時有步行者有乘馬走驟者有處止者分以圍獸巳獨馳騁爲君先導也

抑騖若通兮

抑止也騖馳也若順也五臣云止馳騖者使順通獵

事

引車右還還轉也言抑止馳騖者順通共獲引車右轉以遮獸也還一作旋一云引右運無車字補曰還音旋

與王趨夢兮課後先夢澤中也楚人名澤中爲夢中左氏傳曰楚大夫鬬伯比與䢵公之女婬而生子弃諸夢中言巳與懷王俱獵于夢澤之中課第羣臣先至後至也一注云夢草中也補曰夢音蒙又去聲楚謂草澤曰夢爾雅曰楚有雲夢先儒云左傳楚子與鄭伯田于江南之夢地理志南郡華容縣南有雲夢澤杜預云南郡枝江縣西有雲夢城江夏安陸縣亦有雲夢或曰南郡華容縣東南有巴丘湖江南之夢雲夢一澤而每處有名者司馬相如子虛賦云雲夢者方八九百里則此澤跨江南北每處名存焉左傳楚昭王寢寢于雲中則此澤亦得單稱雲單稱夢也沈存中云書曰雲土夢作又孔安國注書云雲夢在江南不然也據左傳吳人入郢楚子涉雎濟江入於雲中王寢盜攻之以戈擊王王奔鄖楚子自郢西走涉雎則當出於江南其後涉江入於雲中遂奔鄖鄖則今之安州涉江而後至雲入雲然

後至郢則雲在江北也左傳鄭伯如楚王以田江南之夢曰江南之夢則雲在江北明矣江南則今之公安石首建寧等縣江北則王沙監利景陵等縣也

君王親發兮發射憚青兕憚驚也言懷王是時親自射獸驚青兕牛而不能制也以言嘗侍從君獵今乃放逐歎而自傷閔也兕一作兕五臣云憚懼也時君王親射青兕懼其不能制我佐君殺之補曰憚當割切莊子云憚赫千里音義云千里皆懼爾雅兕似牛注云一角青色重千斤

朱明承夜兮朱明日也承續也時不可以淹淹久也言歲月逝往晝夜相續年命將老不可久處當急來歸也一云時不淹一云時不可淹一云時不見淹五臣云日夜相承四時不得淹止

皋蘭被徑兮皋澤也被覆也徑路也斯路漸漸沒也言澤中香草茂盛覆被徑路人無采取者水卒增溢漸沒其道將至弃捐也以言賢人久處山野君不事用亦將隕顛也五臣云埋沒凋落補曰漸音尖流入也

湛湛江

水兮湛湛水貌上有楓楓木名也言湛湛江水浸潤楓木使之茂盛傷已不蒙君惠而身放弃曾不若樹木得其所也或曰水旁林木中鳥獸所聚不可居之也補曰楓音風爾雅楓攝攝注云似白楊葉圓而歧有脂而香本草云樹高大商洛間多有說文云楓木厚葉弱枝善搖漢宮殿中多植之至霜後葉丹可愛故騷人多稱之目極千里兮傷春心言湖澤博平春時草短望見千里令人愁思而傷心也或曰蕩春心蕩滌也言春時澤平望遠可以滌蕩愁思之心也一作傷心悲補曰心舊音蘇含切按詩遠送于南與實勞我心叶韻正與此同魂兮歸來哀江南言魂魄當急來歸江南上地僻遠山林嶮阻誠可哀傷不足處也五臣云欲使原復歸於郢故言江南之地可哀如此皆諷君之詞補曰庾信哀江南賦取此爲名

楚辭卷第九

汲古後人毛表字奏叔依古本是正

楚辭卷第十

校書郎臣王　逸上

大招章句第十　楚辭

大招者屈原之所作也或曰景差疑不能明也屈原賦二十五篇漁父以上是也大招恐非屈原作屈原放流九年憂思煩亂精神越散與形離別恐命將終所行不遂故憤然大招其魂盛稱楚國之樂崇懷襄之德以比三王能任用賢公卿明察能薦舉一無明字人宜輔佐之以興至治因以風諫達已

之志也

青春受謝青東方春位其色青也謝去也謝一作謝補曰淮南曰扶桑受謝日炤宇宙炤炤之光輝燭四海文選云陰謝陽施注引此語白日昭只昭明也言歲始春青帝用事盛陰已去少陽受之則日色黃白昭然光明草木之類皆含氣芽蘖而生以言魂魄亦宜順陽氣而長養也補曰只音止語已詞

春氣奮發春蠢也發洩也萬物遽只遽猶競也言春陽氣奮起上帝發洩和氣溫燠萬物蠢然競起而生各欲滋茂以言精魂亦宜奮發精明令已盛壯也補曰遽其據切

冥淩浹行冥玄冥北方之神也淩猶馳也浹徧也魂無逃只逃竄也言歲始春陽氣上陞陰氣下降玄冥之神徧行淩馳於天地之間收其陰氣閉而藏之故魂不可以逃將隨太陰下而沈沒也一作伏陰

魂魄歸徠無遠遙只遙猶漂遙放流貌也魂者陽之精也魄者

陰之形也言人體含陰陽之氣失之則死得之則生屈原放在草野憂心愁悴精神散越故自招其魂魄言宜順陽氣始生而徠歸已無遠漂遥將遇害也一作魂魄一作徠歸

魂乎歸徠無東無西無南無北只言我精魂可徠歸矣無散東西南北四方異俗多賊害也古本乎皆作兮一作徠歸一云魂乎歸兮一云無東西而南北只

東有大海溺水浟浟只浟浟流流貌也言東方有大海廣遠無涯其水淖溺沈没萬物不可度越其流浟浟又迅疾也補曰浟音悠

螭龍竝流上下悠悠只悠悠螭龍行貌也言海水之中復有螭龍神獸隨流上下竝行遊戲其狀悠悠可畏懼也悠一作攸古作儵儵

霧雨淫淫地氣發泄天氣不應曰霧淫淫流貌也

白皓膠只皓膠水凍貌也言大海之涯多霧惡氣天常甚雨如注壅水冬則凝凍皓然正白回錯膠膠戾與天相薄也皓一作浩補曰膠戾也音豪

魂乎無東湯谷

宋只言鬼神不可東行又有湯谷日之所出其地無人寂聽宋然無所見聞或曰宋水蘸之貌乎一作兮一本宋下有寥字補曰蘸没也魂乎無南南有炎火千里炎火盛貌也尚書曰火曰炎上蝮蛇蜒只蜒長貌也言南方太陽有積火千里又有惡蛇蜿蜒而長有蠚毒也補曰蜿音鬱蜒音延山林險隘林一作陵虎豹蜿只鰅鱅短狐蜿虎行貌也言南方有高山深林其路險阸又多虎豹匍匐蜿蜒以候伺人也鰅鱅短狐類也短狐鬼蜮也補曰鰅魚恭切鱅以恭切鰅鱅狀如犁牛又鰅魚名皮有文鱅魚音如彘鳴王虺騫只王虺大蛇也爾雅曰蟒王蛇也騫舉頭貌也言復有鰅鱅鬼蜮射傷害人大蛇群聚舉頭而望其狀騫然也補曰騫讀若騫音軒魂乎無南蜮傷躬只蜮短狐也詩云為鬼為蜮言魂乎無敢南行水中多域鬼必傷害於爾躬也乎一作兮補曰穀梁子曰蜮射人者也前漢五行志云蜮生南越亂氣所生

在水旁能射人甚者至死陸機云一名射影人在岸上影見水中投人影則射之或謂含沙射人孫眞人云江東江南有虫名短狐谿毒亦名射工其虫無目而利耳能聽在山源谿水中聞人聲便以口中毒射人說文云蜮似鱉三足以氣射害人音蜮又音或

魂乎無西西方流沙漭洋洋只洋洋無涯貌也言西方有流沙漭然平正視之洋洋廣大無涯不可過也補曰漭毋朗切水大貌

豕首縱目縱一作從補曰南北曰縱將容切

被髮鬤只豕猪也首頭也鬤亂貌也鬤古作長補曰鬤而羊切

長爪踞牙誒笑狂只誒猶强也言西方有神其狀猪頭從目被髮鬤鬤手足長爪出齒倨牙得人强笑悳而狂猶也或曰誒笑樂也謂得人悳樂也此蓋蓐收神之狀也一云豕爪踞一作倨誒一作娭補曰踞音據蹲也誒音僖說文云可惡之詞漢書嘻笑注云强笑也

魂乎無西多害傷只言西方金行其神獸剛强皆傷害人也

魂

乎無北北有寒山逴龍赩只逴龍山名也赩赤色無草木貌也言北方有常寒之山陰不見日名曰逴龍其土赤色不生草木不可過之必凍殺人也或曰逴龍色逴越也赩懼也言起越寒山赩然而懼恐不得過也逴一作卓補曰逴音卓遠也山海經西北海之外有章尾山有神身長千里人面蛇身而赤是燭九陰是謂燭龍疑此逴龍卽燭龍也赩許力切大赤也代水不可涉深不可測只言復有代水廣大不可過度其深無底不可窮測沈没人也代一作伐天白顥顥顥顥光貌補曰顥音皓說文白貌寒凝凝只凝凝水凍貌也言北方冬夏積雪其光顥顥天地皆白氷凍重累其狀凝凝其寒酷烈傷肌骨也凝一本及釋文並作凝魚力切魂乎無往盈北極只盈滿也北極太陰之中空虛之處也言我魂歸乎北極空虛不可盈滿往必隕墜不得出也補曰淮南云北極之山曰寒門魂魄歸徠閒以

靜只言巳魂魄宜急徠還歸我之身隨巳遊戲心既閑樂居淸靜也一作徠歸自恣荆
楚安以定只言四方多害不可以遊獨荆楚饒樂可以恣意居之安定無危殆也逞志
究欲逞快也究窮也心意安只欲嗜欲也言楚國珍奇所聚集尤多姣女可以快志
意窮情欲心得安樂而無憂也窮身永樂年壽延只言居於楚國窮身長
樂保延年壽終無憂患也永一作安魂乎歸徠樂不可言只言楚國饒樂不
可勝歎也一作徠歸五穀六仞五穀稻稷麥豆麻也七尺曰仞補曰說文云仞伸臂一尋八尺
也設菰粱只設施也苽粱蔣實謂雕葫也言楚國土地肥美堪用種植五穀其穗長六仞又
有苽粱之飯芬香且柔滑也或曰仞因也以五穀因苽粱厠爲飯也菰一作苽補曰菰苽並音孤此言積穀之
多爾非謂穗長六仞也鼎臑盈望和致芳只臑熟也致致醎酸也芳謂椒薑

也言乃以鼎鑊臑熟羹臛調和鹹酸致其芬芳望之滿案有行列也臑一作胹釋文作腩徒南切補曰腩臑也

內鶬鴿鵠鶬鶬鶴也鴿似鳩而小青白鵠黃鵠也內一作肭補曰內與納同肭肥也鶬音倉爾雅鶬麋鴰注云卽鶬鴰也徐朝七喻云雲鶬水鵠禽蹯豹胎鵠有白鵠有黃鵠

味豺羹只豺似狗言宰夫巧於調和先定甘酸乃內鶬鴿黃鵠重以豺肉故羹味尤美也補曰豺狼屬狗聲

魂乎歸徠恣所嘗只嘗用也言羹飯旣美魂宜急徠歸恣意所用快已之口也一作徠歸

鮮蠵甘鷄生潔爲鮮蠵大龜也釋文作鱗

和楚酪只酪酢酨也言取鮮潔大龜烹之作羹調以飴蜜復用肥鷄之肉和以酢酪其味清烈也補曰酪乳漿也酨音載漿也

醢豚苦狗醢肉醬也苦以膽和醬也世所謂膽和者也豚古作豘補曰集韻作豚音同

膾苴蓴只苴蓴蘘荷也言乃以肉醬啗烝豚以膽和醬啗狗肉雜用膾炙切蘘荷以爲香備衆味也蓴一

作蒪補曰苴卽魚切蒪普各匹沃二切本草蘘荷葉似初生甘蔗根似薑牙博雅云蒪苴蘘荷也九歎蘘荷注云蒪苴也或作蒪非是

吳酸蒿蔞蒿蘩草也蔞香草也詩曰言采其蔞也一作苼蔞注云苼萊也言吳人善爲羹其菜若蔞味無沾薄言其調也補曰爾雅云蘩皤蒿郎白蒿也可以爲菹陸機云春生秋乃香美可食又蔞蒿也葉似艾生水中脆美可食蔞龍珠切以菜和羹曰苼

不沾薄只沾多汁也薄無味也言吳人工調鹹酸爚蒿蔞以爲虀其味不濃不薄適甘美也或曰吳酸醔𨡕醔𨡕楡醬也一云吳酢醔𨡕補曰沾音添益也醔音模𨡕音途

魂兮歸徠恣所擇只言衆味盛多恣魂志意擇用之也一作魂乎徠歸

炙鴰烝鳧鴰一作鵠鳧一作梟補曰炙音柘燔肉也鴰麋鴰也古活切

煔鶉𨻧只煔爚也言復炙鵠鴰烝鳧鴈煔爚鶉鷃𨻧列衆味無所不具也補曰煔音潛沈肉於湯也

煎鰿臛雀鰿鮒臛一作臛補曰鰿舊音積集韻

賾責二音小魚也遽爽存只遽趣也爽差也存前也言乃復煎鮒魚臛黃雀趣宰人
差次衆味持之而前也魂乎歸徠麗以先只言先進靡麗美物以快神
心也麗一作進四酎并孰醇酒爲酎并俱也不澀嗌只嗌餶也言乃醖釀醇
酒四器俱熟其味甘美飲之醲滑入口消釋不苦澀令人不餶滿也澀一作澁補曰澀不滑也嗌於革切又音
益咽喉也餶飫也於汯切一作饐清馨凍歆馨香之遠聞者也凍猶寒也歆一作飲補曰集
韻作歆不歠役只歠飲也役賤也言醇醲之酒清而且香宜於寒飲不可以飲役賤之人郎
以飲役賤之人郎易醉顛仆失禮敬吳醴白蘖再宿爲醴蘖米麴也補曰說文云醴酒一宿熟
和楚瀝只瀝清酒也言使吳人醲醴和以白米之麴以作楚瀝其清酒尤醲美也魂
乎歸徠不遽惕只言飲食醲美安意遨遊長無惶遽怵惕之憂也一作徠歸代

秦鄭衛鳴竽張只言代秦鄭衛之國工作妙音使吹鳴竽篪作爲衆樂以樂君也代一作岱伏戲駕辯楚勞商只伏戲古王者也始作瑟駕辯勞商皆曲名也言伏戲氏作瑟造駕辯之曲楚人因之作勞商之歌皆要妙之音可樂聽也或曰伏戲駕辯皆要妙歌曲也勞絞也以楚聲絞商音爲之清激也補曰文選云或超延露而駕辯謳和揚阿徒歌曰謳揚舉也阿曲也補曰揚阿卽陽阿已見招魂趙簫倡只趙國名也簫樂器也先歌爲倡言樂人將歌徐且謳吟楊舉善曲乃俱相和又使趙人吹簫先倡五聲乃發也或曰謳和揚阿皆歌曲也魂乎歸徠定空桑只空桑瑟名也周官云古者絃空桑而爲瑟言魂急徠歸定意楚國聽瑟之樂也或曰空桑楚地名一作徠歸下並同二八接舞接聯也舞一作武投詩賦只投合也詩賦雅樂也古者以琴瑟歌詩賦爲雅樂關雎鹿鳴是也言有美女十六人聯接

而舞發聲舉足與詩雅相合且有節度也叩鍾調磬叩擊也金曰鍾石曰磬也娛人亂只娛樂也亂理也言美女起舞叩鍾擊磬得其節度則諸樂人各得其理有條序也四上競氣四上謂上四國代秦鄭衛也補曰四上謂聲之上者有四謂代秦鄭衛之鳴竽也伏戲之駕辯也楚之勞商也趙之簫也極聲變只言四國競發善氣窮極音聲變易其曲無終已也魂乎歸徠聽歌譔只譔具也言觀聽衆樂無不具也朱脣皓齒皓白朱脣一作美人嫭以姱只嫭姱好貌也言美人朱脣白齒嫭眄美姿儀狀姱好可近而親侍左右也嫭一作嫮補曰嫭音護姱苦花切比德好閒習以都只言選擇美人比其才德容貌都閑習於禮節乃敢進也補曰比必寐切閒音閑漢書曰閒雅甚都豐肉微骨豐厚也微細也調以娛只言美人肥白潤澤小骨厚肉肌膚柔弱心志和調宜侍燕

居以自娛樂也魂乎歸徠安以舒只言美女鮮好可以安意舒緩憂思也嫮目宜笑嫮眄曕貌補曰嫮與嫭同娥眉曼只曼澤也言復有異女工於嫮眄好口宜笑蛾眉曼澤異於衆人也容則秀雅則法也秀異也稺朱顏只稺幼也朱赤也言美女儀容閒雅動有法則秀異於人年又幼稺顏色赤白體香潔也魂乎歸徠靜以安只言美好之女可以靜居安精神也嫮脩滂浩脩長也滂浩廣大也一作脩廣婉心婉一作遠麗以佳只佳善也言美女身體脩長用意廣大多於所知又性婉順善心腸也曾頰倚耳曾重也倚辟也曲眉規只規圜也言美女之面丰容豐滿頰肉若重兩耳郭辟曲眉正圜貌絕殊也郭一作却滂心綽態綽猶多也態姿也滂一作漫綽一作淖姣麗施只姣好也言美女心意廣大寬能容衆多姿綽態調戲不窮既好有智無所

不施也

小腰秀頸若鮮卑只鮮卑袞帶頭也言好女之狀腰支細少頸銳秀長靖然而特異若以鮮卑之帶約而束之也補曰前漢匈奴傳黄金犀毘孟康曰要中大帶也張晏曰鮮卑郭洛帶瑞獸名也東胡好服之師古曰犀毘胡帶之鉤亦曰鮮卑魏書曰鮮卑東胡之餘也别保鮮卑山因號焉

魂乎歸徠思怨移只移去也言美女可以忘憂去怨思也思一作息古本作怨思移

易中利心以動作只言復有美女用志滑易心意和利動作合禮能順人意可以自侍也補曰易以豉切

粉白黛黑施芳澤只言美女又工糚飾傅著脂粉面白如玉黛畫眉鬢黑而光淨又施芳澤其芳香鬱渥也

長袂拂面袂袖也拂拭也善留客只言美女工舞揄其長袖周旋屈折拂拭人面芬香流衍衆客喜樂留不能去也

魂乎歸徠㠯娛昔只昔夜也詩云樂酒今昔言可以終夜自娛樂也昔一作夕

青

色直眉美目婳只婳黠也言復有美女體色青白顏眉平直美目竊眄婳然黠慧知人之意也補曰青色謂眉也婳音綿美目貌

靨輔奇牙宜笑嗎只嗎笑貌也言美女頰有靨輔口有奇牙嗎然而笑尤媚好也輔一作酺補曰靨於牒切酺與輔同扶羽切頰車也左氏輔車相依淮南云奇牙出靨酺摇注云將笑故好齒出靨酺頰邊文婦人之媚也又云靨輔在頰前則好嗎虛延切

豐肉微骨體便娟只便娟好貌也巳解於上補曰便平聲

魂乎歸徠恣所便只便猶安也言所選美女五人儀貌各異恣魂所安以侍棲宿也補曰便平聲

夏屋廣大沙堂秀只沙丹沙也言乃爲魂造作高殿峻屋其中廣大又以丹沙朱畫其堂其形秀異宜居處也

南房小壇房室也壇猶堂也補曰壇音善

觀絕霤只觀猶樓也霤屋宇也言復有南房別室間靜小堂樓觀特高與大殿宇絕遠宜遊宴

也補曰覩音貫釋名曰覩覩者於上觀望也霤音溜說文曰霤屋水流也禮記中霤注云古者複穴是以名室爲霤云

曲屋步壛

曲屋周閣也步壛長砌也壛一作櫩補曰上林賦步櫩周流李善云步櫩長廊也集韻櫩與簷同壛與閻同

宜擾畜只

擾謹也言南堂之外復有曲屋周旋閣道步壛長砌其路險狹宜乘擾謹之馬周旋屈折行遊觀也畜一作嘼一作獸補曰畜音嗅師古云嘼者人之所養獸是山澤所育故爾雅說牛馬羊豕郎在釋畜論麋鹿虎豹郎在釋獸說文云嘼犍也六畜之字本自作嘼後乃借畜養字爲之

騰駕步遊

騰馳

獵春囿只

春草始生囿中平易也言從曲閣之路可駕馬騰馳而臨平易又可步行遂往田獵於春囿之中取禽獸也

瓊轂錯衡

金銀爲錯瓊一作瑤補曰詩云約軧錯衡

英華假只

假大也言所乘之車以下飾轂以金錯衡英華照燿大有光明也假一作嘏補曰假大也嘏亦大也

茝蘭桂樹鬱彌路只

言所

行之道皆羅桂樹茝蘭香草鬱鬱然滿路動履芳潔德義備也茝一作芷魂乎歸徠恣志慮只言魂乎徠歸居有大殿宴有小堂遊有園囿恣君所志而處之也慮一作處孔雀盈園畜鸞皇只畜養也言園中之禽則有孔雀群聚盈滿其中又養鸞鳥鳳皇皆神智之鳥可珍重也畜釋文作慉補曰畜許六切鵾鴻群晨鵾鵾雞鴻鴻鶴也雜鶖鶬只鶖鶬鶖鶖也詩云有鶖在梁言鵾雞鴻鶴群聚候時鶴知夜半鵾雞晨鳴各知其職也雜以鶖鶬之屬鳴聲啾啾各有節度也補曰鶖音秋鴻鵠代遊曼鷫鷞只曼曼行也鷫鷞俊鳥也言復有鴻鵠往來遊戲與鷫鷞俱飛翺翔曼衍無絕已也曼一作漫鷞一作鸘補曰鷞鸘並音霜鷫鷞長頸綠身其形似鴈一曰鳳皇別名馬融曰其羽如紈高首而脩頸說文曰西方神鳥也東方發明南方焦明西方鷫鷞北方幽昌中央鳳皇魂乎歸徠鳳皇翔只言所居園圃皆

多俊大之鳥咸有智謀魂宜來歸若鳳皇之翔歸有德就同志也或曰鸞皇以下皆大鳥以喻仁智之士言楚國多賢魂宜來歸也**曼澤怡面**怡懌貌也怡一作台注云台澤貌也**血氣盛只**言魂來歸巳則心志説樂肌膚曼緻面貌怡懌血氣充盛身體强壯也盛一作晠**永宜厥身保壽命只**言魂既還歸則與巳身相共俱生長保壽命終百年也一云長保命只**室家盈廷爵祿盛只**言巳既保年壽室家宗族盈滿朝廷人有爵祿豪强族盛也**魂乎歸徠居室定只**言官爵既崇宗族既盛則居家之道大安定也**接徑千里出若雲只**言楚國境界徑路交接方千餘里中有隱士慕巳徠出集聚若雲也**三圭重侯**三圭謂公侯伯也公執桓圭侯執信圭伯執躬圭故言三圭也重侯謂子男也子男共一爵故言重侯也或曰公侯伯子男同謂之諸侯三圭比子男爲重矣**聽類神只**言楚國所

包中有公侯伯子男執玉圭之君明於知人聽愚賢之類别其善惡昭然若神能薦達賢人也

察篤夭隱篤病也早死爲夭隱匿也夭一作殀**孤寡存只**言三圭之君不但知賢愚之類乃察知萬民之中被篤疾病早殀死及隱逸之士存視孤寡而振贍之也補曰篤厚也

魂兮歸徠正始昆只昆後也言楚國公侯昭明魂宜來歸遂忠信之志正終始之行必顯用也兮一作乎

田邑千畛田野也畛田上道也邑都邑也詩云徂隰徂畛補曰畛之忍切**人阜昌只**阜盛也昌熾也言楚國田野廣大道路千數都邑衆多人民熾盛所有肥饒樂於他國也

美冐衆流冐覆**德澤章只**章明也言楚國有美善之化覆冐群下流於衆庶德澤之惠甚著明也

先威後文威武**善美明只**言楚國爲政先以威武嚴民後以文德撫之用法誠善美而君明臣直魂宜還歸也

魂乎歸徠賞罰當只

言君明臣正賞善罰惡各當其所也一作徠歸補曰當平聲**名聲若日照四海只**言楚王方建道德名聲光輝若日之明照見四海盡知賢愚照一作昭**德譽配天萬民理只**言楚王脩德於內榮譽外發功德配天能理萬民之寃結也理一作治一本此二句次善美明只之後**北至幽陵**幽陵猶幽州也**南交阯只**交阯地名補曰記云南方曰蠻雕題交趾注云交趾足相鄉後漢書云其俗男女同川而浴故曰交阯阯與趾同輿地志云其夷足大指開析兩足並立指則相交**西薄羊腸**羊腸山名補曰戰國策注云羊腸趙險塞名山形屈辟狀如羊腸今在太原晉陽之西北**東窮海只**言榮譽流行周遍四極無遠不聞也補曰書云東漸于海西被于流沙朔南暨聲教訖于四海史記曰北至于幽陵南至于交阯西至於流沙東至于蟠木淮南曰南至交阯北至幽都東至昜谷西至三危**魂乎歸徠尚賢士只**言魂急歸徠楚

方尚進賢士必見進用也一作徠歸一云尚進士只一云進賢士只**發政獻行**進**禁**

苛暴只言楚王發敎施令進用仁義之行禁絕苛刻暴虐之人也禁一作絕**舉傑壓**

陛一國之高爲傑壓抑也陛階次也壓一作厭陛一作階補曰厭於甲切**誅譏罷只**譏非

也罷駑也言楚國遐舉必先升用傑俊之士壓抑無德不由階次之人詐惡罷駑誅而去之補曰罷音疲**直**

贏在位贏餘補曰贏音盈說文云有餘賈利也**近禹麾只**禹聖王明於知人麾

舉手也言忠直之人皆在顯位復有贏餘賢俊以爲儲副誠近夏禹指麾取士一國之人悉進之也一云誠近夏禹所稱舉賢人之意也**豪傑執政**千人才曰豪萬人才曰傑傑一作俊執一作理**流**

澤施只言豪傑賢士執持國政惠澤流行無不被其施也**魂乎徠歸國**

家爲只言魂乎急徠歸爲國家作輔佐也補曰據注爲去聲**雄雄赫赫天**

德明只雄雄赫赫威勢盛也言楚王有雄雄之威赫赫之勇德配天地體性高明宜爲盡節也三公穆穆穆穆和美貌登降堂只言楚有三公其位尊高穆穆而美上下玉堂與君議政宜急徠歸處履之也降一作玉諸侯畢極立九卿只言楚選置三公先用諸侯盡極乃立九卿以續之用士有道不失其次序也昭質既設昭質謂明旦也補曰記云質明而始行事大侯張只侯謂所射布也王者當制服諸侯故名布爲侯而射之古者選士必於鄉射心端忠正射則能中所以別賢不肖也言楚王選士必於鄉射明旦既設禮張施大侯使衆射之中則舉進不中退却各以能陞民無怨望也補曰射侯見周官考工記禮記射義執弓挾矢挾持也矢箭也揖辭讓只上手爲揖言衆士將射已持弓箭必先舉手以相辭讓進退有禮不失威儀也一云揖讓辭只魂乎徠歸尚三王只尚上也三王禹湯文王也

言魂急徠歸楚國舉士上法夏
殷周衆賢並進無有遺失也

楚辭卷第十

汲古後人毛表字
奏叔依古本是正

汲古閣

楚辭卷第十一

校書郎臣王　逸上

惜誓章句第十一　楚辭

惜誓者不知誰所作也或曰賈誼疑不能明也漢書賈誼洛陽人文帝召爲博士議以誼任公卿絳灌之屬毀誼天子亦疏之以誼爲長沙王太傅意不自得及度湘水爲賦以弔屈原賦云所貴聖之神德兮遠濁世而自藏使麒麟可係而羈兮豈云異夫犬羊又曰鳳皇翔于千仞兮覽德煇而下之見細德之險徵兮遥增擊而去之彼尋常之汙瀆兮豈容呑舟之魚横江潭之鱣鯨兮固將制於螻蟻與此語意頗同

惜者哀也誓者信也約也言哀惜懷王與已信約而復背之

也古者君臣將共爲治必以信誓相約然後言乃從一作從之而身以親也蓋刺懷王有始而無終也

惜余年老而日衰兮歲忽忽而不反言哀已年歲已老氣力衰微歲月卒過忽然不還而功不成德不立也登蒼天而高舉兮歷衆山而日遠言己想得道眞上升蒼天高抗志行經歷衆山去我鄉邑日以遠也觀江河之紆曲兮離四海之霑濡言己遂見江河之紆曲志爲盤結遇四海之風波衣爲濡濕心愁身苦憂悲且思也遇一作過攀北極而一息兮吸沆瀣以充虛言己周流行求道眞冀得上攀北極之星且中休息

吸清和之氣以充空虛療飢渴也以一作旨補曰晉志云北極五星天運無窮三光迭燿而極星不移故曰居其所而衆星共之沆瀣已見

飛朱鳥使先驅兮駕太一之象輿言巳吸天元氣得其道眞即朱雀神鳥爲我先導遂乘太一神象之轝而遊戲也補曰淮南云左青龍右白虎前朱鳥後玄武注云角亢爲青龍參伐爲白虎星張爲朱鳥斗牛爲玄武沉存中云朱雀莫知何物但謂鳥而朱者羽族赤而翔上集必附木此火之象也或云鳥即鳳也然天文家朱鳥乃取象於鶉南方七宿曰鶉首鶉火鶉尾是也

蒼龍蚴虬於左驂兮白虎騁而爲右騑言巳德合神明則駕蒼龍驂白虎其狀蚴虬有威容也補曰蚴於糾切虬渠糾切騑音妃

建日月巳爲蓋兮載玉女於後車言巳乃立日月之光以爲車蓋載玉女於後車以侍棲宿也補曰大人賦云載玉女而與之歸張揖曰玉女青要乘弋等也

騶

騖於杳冥之中兮休息虖崑崙之墟言已雖馳騖杳冥之中脩善不倦休息崑崙之山以遊觀也騖一作騖虖一作乎補曰說文虛大丘也丘於切崐崘丘或謂之崑崙虛或從土樂窮極而不猒兮願從容虖神明言已周行觀望樂無窮極志猶不猒願復與神明俱遊戲也虖一作乎涉丹水而駝騁兮丹水猶赤水也淮南言赤水出崑崙也駝一作馳右大夏之遺風大夏外國名也在西南言已復渡丹水而馳騁顧見大夏之俗思念楚國也補曰淮南云九州之外有八殥西北方曰大夏黃鵠之一舉兮知山川之紆曲再舉兮睹天地之圜方言黃鵠養其羽翼一飛則見山川之屈曲再舉則知天地之圜方居身益高所睹愈遠也以言賢者亦宜高望遠慮以知君之賢愚也黃一作鴻一或作壹睹一作覩一作知補曰

始元中黄鵠下建章宮太液池中師古云黄鵠大鳥一舉千里非白鵠也臨中國之衆人兮託回飈乎尚羊尚羊遊戲也言已臨見楚國之中衆人貪佞故託回風遠行遊戲也一云託回風乎倘佯補曰尚音常與倘同飈集韻作飆音標乃至少原之壄兮少原之壄仙人所居壄一作野赤松王喬皆在旁言遂至衆仙所居而見赤松子與王喬也喬一作僑補曰淮南云王喬赤松去塵埃之間離羣慝之紛吸陰陽之和食天地之精蹀虛輕舉乘雲游霧二子擁瑟而調均兮均亦調也補曰國語云律者所以立均出度也余因稱乎清商清商歌曲也言赤松王喬見已歡喜持瑟調弦而歌我因稱清商之曲最爲善也澹然而自樂兮澹一作淡吸衆氣而翱翔衆氣謂朝霞正陽淪陰沆瀣之氣也言已得與松喬相對心中澹然而自欣樂俱吸衆氣而遊

戲

念我長生而久僊兮不如反余之故鄉言屈原設去世離俗遭遇眞人雖得長生久僊意不甘樂猶思楚國念故鄉忠信之至恩義之篤也黄鵠後時而寄處兮鴟梟羣而制之言黄鵠一飛千里常集高山茂林之上設後時而欲寄處則鴟梟群聚禁而制之不得止也言賢者失時後輩亦爲讒佞所排逐一作鴻鵠補曰鴟稱脂切鴟鵂怪鳥梟堅堯切不孝鳥神龍失水而陸居兮爲螻蟻之所裁螻螻蛄也蟻蚍蜉也裁制也言神龍常潛深水設其失水居於陵陸之地則爲螻蟻蚍蜉所裁制而見啄齧也以言賢者不居廟堂則爲俗人所侵害也蟻一作螘補曰螻音樓管子曰蛟龍水虫之神者也乘於水則神立失於水則神廢莊子曰呑舟之魚碭而失水則蟻能苦之

夫黄鵠神龍猶如此兮況賢者之逢亂

世哉言黃鵠能飛翔神龍能存能亡奄然失所爲鴟梟螻蟻所制其困如此何况賢者身無爵祿爲俗人所困侮固其宜也壽冉冉而日衰兮固儃回而不息儃回運轉也言已年壽日以衰老而楚國羣臣承順君非隨之運轉常不止息也固一作國儃一作邅俗流從而不止兮衆枉聚而矯直枉邪也矯正也言楚國俗人流從諂諛不可禁止衆邪羣聚反欲正忠直之士使隨之也或偷合而苟進兮或隱居而深藏言士有偷合於世苟欲進取以得爵位或有修行德義隱藏深山而君不照知也苦稱量之不審兮稱所以知輕重量所以別多少補曰稱量並平聲同權槩而就衡槩平也權衡皆稱也言患苦衆人稱物量穀不知審其多少同其稱平以失情實則使衆人怨也以言君不稱量士之賢愚而同用之則使智者恨

也補曰權稱錘也槩平斛木也衡平也或推逶而苟容兮或直言之諤諤言臣承順君非可推可逶苟自容入以得高位有直言諤諤諫正君非而反放弃之也逶一作移諤釋文作譃傷誠是之不察兮并紉茅絲以爲索單爲紉合爲索言巳誠傷念君待遇苟合之人與忠直之士曾無別異猶并紉絲與茅共爲索也一云并繩絲以爲索注云單爲繩合爲索補曰紉女巾切方世俗之幽昏兮幽昏不明也眩白黑之美惡眩惑也言方今之世君臣不明惑於貪濁眩於白黑不能知人善惡之情也一本眩下有於字放山淵之龜玉兮龜可以決吉凶故人亦珤之放弃也相與貴夫礫石小石爲礫言世人皆弃崑山之玉大澤之龜反相與貴重小石也言闇君貴佞僞賤忠直也梅伯數諫而至醢

兮已解於離騷經醢醢一作菹一云至菹醢兮補曰梅音浼來革順志而用國來革紂佞臣也言來革佞諛從順紂意故得顯用持國權也悲仁人之盡節兮反爲小人之所賊言哀傷梅伯盡忠直之節諫正於紂反爲來革所譖而被賊害也比干忠諫而剖心兮剖一作剖箕子被髮而佯狂已解於九章佯一作詳補曰詳與佯同水背流而源竭兮竭釋文作渴補曰渴音竭水盡也木去根而不長言水橫流背其源泉則枯竭木去其根株則枝葉不長也以言人背仁義違忠信亦將遇害也非重軀以慮難兮惜傷身之無功言已非重愛我身以慮難而不竭忠誠傷生於世間無功德於民也軀一作體已矣哉獨不見夫鸞鳳之高翔

兮乃集大皇之壄大皇之壄大荒之藪一無夫字大一作太壄一作野一注云皇美也大美之藪循四極而回周兮見盛德而後下言鸞鳥鳳皇乃高飛於大荒之野循於四極回旋而戲見仁聖之王乃下來集歸於有德也以言賢者亦宜處山澤之中周流觀望見高明之君乃當仕也回一作徊而回周兮一作以周覽兮彼聖人之神德兮遠濁世而自藏言彼神智之鳥乃與聖人合德見非其旹則遠藏匿迹言已亦宜効之也使麒麟可得羈而係兮一無得字一本係下有之字又何以異虖犬羊言麒麟仁智之獸遠見避害常藏隱不見有聖德之君乃肯來出如使可得羈係而畜之則與犬羊無異不足貴也言賢者亦以不可枉屈爲高如可趨走亦不足稱也虖一作乎一作夫

楚辭卷第十一

汲古後人毛表字奏叔依古本是正

楚辭卷第十二

校書郎臣王　逸上

招隱士章句第十二　楚辭

招隱士者淮南小山之所作也昔淮南王安博雅好古招懷天下俊偉之士（漢書淮南王安好書招致賓客數千人作爲內外書甚衆）自八公之徒咸慕其德而歸其仁（神仙傳曰八公詣門王執弟子之禮後八公與安俱仙去）各竭才智（竭一作擅）著作篇章分造辭賦以類相從故或稱小山或稱大山其義猶詩有

小雅大雅也漢藝文志有淮南王群臣賦四十四篇小山之徒閔傷屈原又怪其文昇天乘雲役使百神似若仙者雖身沈沒名德顯聞與隱處山澤無異故作招隱士之賦已章其志也也一作云遹

桂樹叢生兮桂樹芬香以興屈原之忠貞也補曰郭璞云桂白華叢生山峰冬常青間無雜木山之幽遠去朝廷而隱藏也偃蹇連蜷兮容貌美好悳茂盛也蜷一作卷補曰音權枝相繚仁義交錯條理成也以言才德高明宜輔賢君爲貞幹也五臣云皆樹之美貌亦喻原之美行補曰繚紐也居休切山氣巃嵸兮岑崟嵺嵯雲滃鬱也

巃一作巄五臣云巃嵸雲氣貌補曰巃力孔切嵸音總山孤貌**石嵯峨**嵯峨巀嶭峻蔽日也五臣云嵯峨高貌**谿谷嶄巖兮**崎嶇閒窩嶮阻巇也五臣云嶄巖險峻貌補曰嶄鉏咸切閒呼雅反窩于軌反巇苦滑反**水曾波**踊躍灃沛流迅疾也曾一作增**猨狖群嘯兮**禽獸所居至樂佚也猨一作蝯補曰狖以狩切**虎豹嗥**猛獸爭食欲相嚙也以言山谷之中幽深險阻非君子之所處猨狖虎豹非賢者之偶使屈原急來也補曰嗥胡高切咆也**攀援桂枝兮**登山引木遠望愁也一云引持美木喻美行也五臣云援持也言原引持美行淹留於此以待明君**聊淹留**周旋中野立踟躕也**王孫遊兮**隱士避世在山隅也遊一作游五臣云原與楚同姓故云王孫補曰樂府有王孫遊出於此**不歸**違背舊土棄室家也**春草生兮**萬物蠢動抽萌芽也**萋萋**垂條吐葉紛華榮也五臣云萋萋草色**歲**

暮兮年齒已老壽命衰也不自聊中心煩亂常含憂也補曰聊音留蟪蛄鳴兮蜩蟬得夏喜呼號也五臣云蟪蛄夏蟬補曰莊子云蟪蛄不知春秋說者云寒蟬也一名蝭蟧春生夏死夏生秋死或曰山蟬秋鳴者不及春春鳴者不及秋廣雅云蟪蛄蛁蟧郎楚詞所云寒螿者也方言云蛥蚗齊謂之螇螰楚謂之蟪蛄啾啾秋節將至悲嘹噍也以言物盛則衰樂極則哀不宜久隱失盛時也補曰啾啾衆聲音揫坱兮軋霧氣昧也補曰坱烏朗切軋於黠切賈誼賦云坱北無垠注云其氣坱北非有限齊也集韻軮軋遠相映貌山曲岪盤詰屈也補曰岪音佛山曲也一音皮筆切心淹留兮志望絕也恫慌忽亡妃匹也一作洞荒忽五臣云憂思深也補曰恫音通痛也慌上聲罔兮沕精氣失也五臣云失志貌補曰沕潛藏也美筆切文選音勿憭兮栗心剩切也栗一作慄補曰憭音了又音聊一音留虎豹穴嵺穿岤也穴一

作岏五臣云既危苦又進虎豹之穴補曰淮南云虎豹襲穴而不敢咆襲入也咆嘷也嵺音料岏音血叢薄深林兮攢刺棘也補曰深草曰薄人上慄恐變色也上一作之五臣云慄戰也嶔岑碕礒兮山阜嵁嵑嶔一作嶔岑一作崟碕礒一作崎嶬補曰嶔音欽岑音吟碕音綺礒音蟻又音錡嶔岑山高險也碕礒石貌崎嶬山形硱磳磈硊崔嵬嵯峩補曰硱綺矜切釋文苦本切非也硱從囷硱從困磳七冰切磈於鬼切硊魚毀切並石貌樹輪相糾兮交錯扶疎糾一作糺扶疎一作糾紛五臣云輪橫枝也林木茷骫枝條盤紆一無林木二字茷一作茇一作板一作茷補曰茇柭茷並音跋茷木枝葉盤紆貌通作茇骫音委骫骳屈曲也青莎雜樹兮草木雜居補曰本草云莎古人爲詩多用之此草根名香附子荆襄人謂之莎草薠草靃靡隨風披敷薠一作蘋靃一作藿一作靃補曰靃靡弱貌藿靃草木花敷貌白鹿

麏麚兮衆獸並遊麚一作麃補曰麏音君麞也麚音加牝鹿或騰或倚走住異趨一云走跱殊也狀皃崟崟兮峨峨頭角甚殊峨峨一作巇巇音蟻五臣云頭角高貌淒淒兮漇漇衣毛若濡也兮一作而漇一作縰補曰漇疏綺切潤也獼猴兮熊羆百獸俱也補曰羆音陂如熊黃白文慕類兮以悲哀已不遇也從此以上皆陳山林傾危草木茂盛麋鹿所居虎兕所聚不宜育道德養情性欲使屈原還歸郢也五臣云言山中之獸猶慕儔類而悲哀放弃獨處實難爲心也攀援桂枝兮配託香木誓同志也援一作折一無援字聊淹留踟躕低佪待明時也一云倚立躊躇待明時也虎豹鬭兮殘賊之獸忿爭怒也熊羆咆貪殺之獸跳梁吼也補曰咆蒲交切嗥也禽獸駭兮雉兎之群驚犇走也亡其曹違離黨輩失群偶也王孫兮歸

來旋反舊邑入故宇也一作來歸山中兮不可以久留誠多患害難隱處也

楚辭卷第十二

汲古後人毛表字奏叔依古本是正

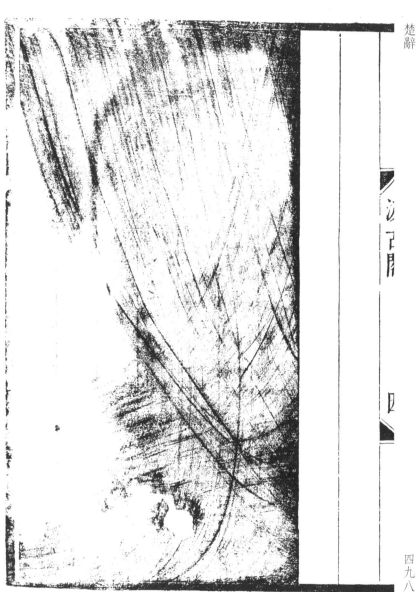

楚辭卷第十三

校書郎臣王逸上

七諫章句第十三　楚辭

初放

沈江

怨世 世一作上

怨思

自悲

哀命 一作哀時命

上海圖書館藏書
桐華

謬諫謬一作繆

七諫者東方朔之所作也昔枚乘作七發傅毅作七激張衡作七辯崔駰作七依曹植作七啓張協作七命皆七諫之類李善云七諫者說七事以起發太子也猶楚辭七諫之流五臣云七者少陽之數欲發陽明於君也前漢東方朔字曼倩爲太中大夫免爲庶人後常爲郎上書自訟不得大官欲求試用 諫者正也謂陳法度以諫正君也古者人臣三諫不從退而待放屈原與楚同姓無相去之義故加爲七諫慇懃之意忠厚之節也或曰七諫者法天子有爭臣七人也東方朔追憫屈原

故作此辭以述其志一作意所以昭忠信矯曲朝也

平生於國兮平屈原名也一本國上有中字長於原壄高平曰原坰外曰野言屈原少生於楚國與君同朝長大見遠棄於山野傷有始而無終也壄一作野言語訥譅兮出口為言相答曰語訥者鈍也譅者難也譅一作澀釋文作譅補曰並所立切集韻作歰口不能言也通作澀又無彊輔言已質性忠信不能巧利辭令言語訥鈍復無彊友黨輔以保達已志也彊一作强淺智褊能兮褊狹也補曰褊必善切說文衣小也聞見又寡寡少也屈原多才有智博聞遠見而言淺狹者是其謙也數言便事兮見怨門下門下喻親近之人也言已數進忠言陳便宜之事以助治而見怨恨於左右欲害已也一

作數諫便事王不察其長利兮卒見棄乎原壄言懷王不察已忠謀可以安國利民反信讒言終棄我於原野而不還也一無見字壄一作野伏念思過兮無可改者言已伏自思念行無過失可改易也羣衆成朋兮羣一作群上浸以惑上謂君也浸稍也言佞人相與群聚朋黨成衆君稍以惑亂而不自知也巧佞在前兮賢者滅息滅消也言佞臣巧好其言順意承旨旦夕在於君前而使忠賢之士心懷恐懼呑聲小語消滅蹇蹇之氣以避禍患也堯舜聖已沒兮一無聖字孰爲忠直言堯舜聖明今已沒矣誰爲盡忠直也補曰爲去聲高山崔巍兮崔巍高貌補曰上徂回下五回切水流湯湯湯湯流貌言已仰視高山其形崔巍而不知顧瞻俛視水流湯湯焉流行而不知竭自傷不

如山川之性身將顛沛也補曰書云湯湯洪水方割湯音商**死日將至兮與麋鹿同坑**陂池曰坑言已年歲衰老死日將至不得處國朝輔政治而與麋鹿同坑鳥獸爲伍將墜陷坑穽不復久也補曰坑字書作抗丘庚切俗作坑**塊兮鞠**塊獨處貌匍匐爲鞠一作塊鞠兮補曰塊苦對切**當道宿**夜止曰宿言已孤獨無耦塊然獨處鞠然匍匐當道而躓臥無所棲宿也

舉世皆然兮舉一作與**余將誰告**舉與也言舉當世之人皆行佞僞當何所告我忠信之情也一無余字補曰告姑沃切易初筮告**斥逐鴻鵠兮**鴻鵠大鳥**近習鴟梟**鴟梟惡鳥一無習字梟一作鴞補曰斥音赤梟不孝鳥鴞于驕切惡聲之鳥也

斬伐橘柚兮橘柚美木補曰尚書厥包橘柚小曰橘大曰柚柚似橙而實酢呂氏春秋果之美者有雲夢之柚**列樹苦桃**苦桃惡木言君親近貪賊姦惡之人而遠仁賢之士也補

曰桃自有苦者如苦李之類本草云羊桃味苦陶隱居云山野多有之詩隰有萇楚是也便娟之脩竹兮寄生乎江潭便娟好貌屈原以竹自喻言有便娟長好之竹生於江水之潭被蒙潤澤而茂盛自恨放流而獨不蒙君之惠也乎一作於補曰便平聲娟烏玄切上葳蕤而防露兮葳蕤盛貌防蔽也補曰葳音威蕤儒佳切艸木垂貌集韻作蕤下泠泠而來風泠泠清涼貌言竹被潤澤上則葳蕤而防蔽霧露言能有所覆也下則泠泠清涼可休庇也以言己德上能覆蓋於君下能庇廕於民補曰泠音靈孰知其不合兮孰一作固若竹柏之異心竹心空屈原自喻志通達也柏心實以喻君闇塞也言己性達道德而君閉塞其志不合若竹柏之異心也往者不可及兮謂聖明之王堯舜禹湯文武也來者不可待欲須賢君年齒已老命不可待也悠悠蒼天

兮莫我振理悠悠憂貌振救也言已憂愁思想則呼蒼天言已懷忠正而君不知羣下無有救理我之侵寃者補曰太史公屈原傳云人窮則反本故勞苦倦極未嘗不呼天也竊怨君之不寤兮吾獨死而後已言已私怨懷王用心闇惑終不覺寤令我獨抱忠信死於山野之中而已

初放

惟往古之得失兮言已思念古者人君得道則安失道則危禹湯以王桀紂以覽私微之所傷傷害也言已又觀人君私愛佞讒受其微言傷害賢臣者國以亡危殆也楚之無極吳之宰嚭是也堯舜聖而慈仁兮後世稱而弗忘言堯舜所以有聖明之德者以任賢能慈愛百姓故民至今稱之也弗一作不齊

桓失於專任兮夷吾忠而名彰夷吾管仲名也管仲將死戒桓公曰豎刁自割易牙烹子此二臣者不愛其身不慈其子不可任也桓公不從使專國政桓公卒二子各欲立其所傳公子諸公子並爭國亂無主而桓公尸不棺積六十日虫流出戶故曰失於專任夷吾忠而名著也

晉獻惑於孋姬兮申生孝而被殃已解於九章篇中孋一作驪補曰並力支切

偃王行其仁義兮荆文寤而徐亡荆楚也徐偃王國名也周宣王之舅申伯所封也詩曰申伯番番既入于徐周衰其後僭號稱王也偃謚也言徐偃王修行仁義諸侯朝之三十餘國而無武備楚文王見諸侯朝徐者衆心中覺悟恐爲所并因興兵擊之而滅徐也故司馬法曰國雖强大忘戰必危葢謂此也補曰史記周穆王西巡狩徐偃王作亂造父爲穆王御長驅歸周以救亂淮南子云徐偃王被服慈惠身行仁義然而身死國亡子孫無類注云偃于

於衰亂之世脩行仁義不設武備楚文王滅之徐國今下邳徐僮是也又曰徐偃王好行仁義陸地而朝者三十二國王王孫厲謂楚莊王曰王不伐徐必反朝徐乃舉兵伐徐遂滅之後漢書曰徐夷僭號率九夷以伐宗周西至河上穆王畏其方熾乃分東方諸侯命徐偃王主之偃王行仁義陸地而朝者三十六國穆王後得驥騄之乘乃使造父御以告楚令伐徐一日而至於是楚文王大舉兵而滅之博物志云偃王既治其國仁義著聞江淮諸侯服從者三十六國穆王聞之遣使乘駟一日至楚使伐之偃王仁不忍鬬其民爲楚所敗元和姓纂云伯益之子夏時受封於徐至偃王爲楚所滅按徐偃王當周穆王時楚文王乃春秋時相去甚遠豈春秋時自有一徐偃王邪然諸書稱偃王多云穆王時人唯博物志姓纂但云爲楚敗滅不指文王其說近之後漢書乃以穆王與楚文王同時大謬紂暴虐以失位兮周得佐乎呂望卒怒曰暴賊善曰虐言殷紂暴虐以失其位周得呂望而有天下也修往古以

行恩兮封比干之丘壟小曰丘大曰壟言武王修先古之法敬愛賢能克紂封比干之墓以彰其德宣示四方也壟一作隴補曰集韻壟有籠音賢俊慕而自附兮日浸淫而合同才敵千人爲俊浸淫多貌也言天下賢能英俊慕周之德日來親附浸淫盛多四海並合皆同志也浸一作侵補曰浸音侵浸淫漸漬明法令而修理兮蘭芷幽而有芳言周家選賢任上官得其人法令修理故幽隱之士皆有嘉名也一云法令修而循理兮苦衆人之妬予兮言己患苦楚國衆人妬我忠直欲害己也箕子寤而佯狂箕子紂之庶兄見比干諫而被誅則被髮佯狂以脫其難也佯一作詳補曰詳與佯同不顧地以貪名兮心怫鬱而內傷言己欲效箕子佯狂而去不顧楚國之地貪忠直之名念君闇昧心爲傷痛而怫鬱也補

曰佛音佛**聯蕙芷以爲佩兮過鮑肆而失香**言仁人聯結蕙芷服之於身過鮑魚之肆則失其性而不芬香也以言已積絫忠信爲讒人所毀失其忠名也芷一作若佩一作珮香一作芳補曰古人云與不善人居如入鮑魚之肆謂惡人之行如鮑魚之臭也**正臣端其操行兮反離謗而見攘**謗訕也攘排也言正直之臣端其心志欲以輔君反爲讒人所謗訕身見排逐而遠放也補曰操七到切行下孟切攘而羊切**世俗更而變化兮**而一作以**伯夷餓於首陽**言當世俗人皆改其清潔化爲貪邪當若伯夷餓於首陽而身垂功名也補曰馬融云首陽山在河東蒲坂華山之北河曲之中蘇鶚演義云蒲坂有雷首山伯夷叔齊所居故云首陽山又隴西地名首陽東有鳥鼠山亦謂之首陽又杜預云洛陽之東首陽山之南有小山西瞻宮闕北望夷齊又阮籍詩云步出上東門遥望首陽岑下有采薇士上有嘉樹林據

夷齊所居此山是矣論語注以蒲坂爲是恐誤又後漢注亦云首陽山在洛陽東北

獨廉潔而不容兮叔齊久而逾明叔齊伯夷弟也言己獨行廉潔不容於世雖飢餓而死幸若叔齊久而有榮名也逾一作愈

浮雲陳而蔽晦兮使日月乎無光言讒佞陳列在側則使君不聰明也乎一作兮

忠臣貞而欲諫兮讒諛毀而在旁言忠臣正其心欲諫其君讒毀在旁而不敢言也

秋草榮其將實兮其一作而微霜下而夜降微霜殺物以喻讒諛言秋時百草將實微霜夜下而殺之使不得成熟也以言讒人晨夜毀己亦將害己身使其忠名不得成也

商風肅而害生兮商風西風肅急貌一作肅肅

百草育而不長言秋氣起則西風急疾而害生物使百華不得盛長以言君令急促剋傷百姓

使不得保其性命也育一作墮**衆竝諧以妬賢兮**諧同也**孤聖特而易傷**言衆佞相與竝同以妬賢者雖有聖明之智孤特無助易傷害也一云聖孤特補曰易以豉切**懷計謀而不見用兮巖穴處而隱藏**士曰隱寶曰藏言巳懷忠信之計不得列見獨處巖穴之中隱藏而巳**成功隳而不卒兮**隳壞也補曰隳規切**子胥死而不葬**言子胥爲吳伐楚破郢謀行功成後用讒言賜劒棄死故言死而不葬也補曰吳王取子胥尸盛以鴟夷革浮之江中故曰死而不葬也葬音藏瘞也顏師古音臧**世從俗而變化兮隨風靡而成行**言當世之人見子胥被害則變心從俗以承上意若風靡草群聚成行而羅列**信直退而毀敗兮虛僞進而得當**言信直之臣被蒙讒毀而身敗弃虛僞之人進用在位而當顯職也

追悔過之無及兮之一作而無一作不豈盡忠而有功言君進用虛僞之臣則國傾危追而自悔亦無所及也巳欲盡忠直之節終不能成其功也豈一作覬廢制度而不用兮務行私而去公言在位之臣廢先王之制度務從私邪背去公正爭欲求利也終不變而死節兮惜年齒之未央言巳執守清白而死忠直終不變節惜年齒尚少壽命未盡而將夭逝也將方舟而下流兮冀幸君之發矇大夫方舟士特舟矇僮矇也言我將方舟隨江而浮冀幸懷王開其矇惑之心而還巳也方一作舫矇一作矇補曰舫與方同說文云方併舟也亦作舫素問曰發矇解惑未足以論痛忠言之逆耳兮恨申子之沈江申子伍子胥也吳封之於申故號爲申子也哀痛忠直之言忤逆君耳使之恚怒若申胥諫吳

王殺而沈之江流也願悉心之所聞兮心一作余遭值君之不聽悉盡也聽遠曰聰言已欲盡忠竭其所聞陳列政事遭值懷王闇不聽明而不見納也不開寤而難道兮道一作導不別橫之與縱緯曰橫經曰縱言君心常惑而不可開寤語以政道尚不別緡布經緯橫縱不能知賢愚亦明矣補曰別彼列切聽姧臣之浮說兮姧一作姦絕國家之久長言君好聽邪說之臣虛言浮說以自誤亂將絕國家累世久長之祿也滅規榘而不用兮背繩墨之正方言君爲政滅先聖之法度而不施用背棄忠直之臣以自傾危離憂患而乃寤兮離一作罹若縱火於秋蓬蓬蒿也秋時枯槁言君信任佞諛不慮艱難卒遭憂患然後乃覺若放火於秋蒿不可救制也業失之而

不救兮尚何論乎禍凶言君施行業以失道身將危殆尚復論國之禍凶豈不晚哉彼離畔而朋黨兮獨行之士其何望言彼讒佞相與朋黨並食重祿獨行忠直之士當復何望宜窮困也補曰望平聲日漸染而不自知兮稍積爲漸汙變爲染積一作漬補曰漸音尖秋毫微哉而變容銳毛爲毫夏落秋生言君用讒邪日以漸染隨之變化而不自知若秋毫更生其容微眇而日長大也毫一作豪一無哉字哉一作裁補曰莊子秋豪雖小司馬云兎豪在秋而成一云毛至秋而耎細故以喻小說文云豪豕鬣如筆管者毫長銳毛衆輕積而折軸兮原咎雜而累重咎過也言車載衆輕之物以折其軸而不可乘其過咎由重棄雜載衆多之故也以言國君聽用羣小之言則壞敗法度而自傾危也原一作厚補曰戰國策云積羽沈舟羣輕折軸累釋文力瑞切

赴湘沅之流澌兮恐逐波而復東言已心清潔不能久居濁世故赴湘沅之水與流澌俱浮恐遂乘波而東入大海也補曰說文澌水索也澌流水也此當從仌懷沙礫而自沈兮不忍見君之蔽壅礫小石也言已所以懷沙負石甘樂死亡自沉于水者不忍久見懷王壅蔽於讒佞也壅一作雍補曰壅塞也音雍

沈江

世沈淖而難論兮沈沒也淖溺也難一作不補曰淖泥也女孝切俗岭峨而嵾嵳岭峨嵾嵳不齊貌言時世之人沈沒財利用心淖溺不論是非不別忠佞風俗毀譽高下嵾嵳賢愚合同上不任賢化使然也岭一作岑補曰岦魚今切嵾楚岑切嵳叉宜切一音倉何切清泠泠而殲滅兮清泠泠以喻潔白殲盡也滅消也殲一作瀸一作纖一云而日瀸兮

補曰殲盡也殲泉一見一否並音尖

涸湛湛而日多涸湛湛喻貪濁也言泠泠清潔之士盡棄銷滅不見論用貪濁之人進在顯位日以盛多

梟鴞既以成羣兮玄鶴弭翼而屏移言貪狠之人並進成羣廉潔之士歛節而退也以一作已補曰鴞于驕切釋文何苗切史記師曠鼓琴有玄鶴二八舞于廊門山海經雷山有玄鶴粹黑如漆其壽滿三百六十歲則色純黑昔黃帝習樂于崑崙山有玄鶴飛翔

蓬艾親入御於床第兮第牀簀也以喻親密一無入字補曰第音姊牀也方言陳楚謂之第又阻史切說文牀簀也

馬蘭踸踔而日加馬蘭惡草也踸踔暴長貌也加盛也言蓬蒿蕭艾入御房中則馬蘭之草踸踔暴長而茂盛也以言佞諂見親近則邪僞之徒踊躍而欣喜也補曰踸勑錦切踔勑角切又丑角切說文云踸踔行無常貌本草云馬蘭生澤旁氣臭花似菊而紫楚詞以惡草喻惡人

棄捐葯

芷與杜衡兮余奈世之不知芳何言棄捐芳草忠正之士當奈世人不知賢何葯一作蘭衡一作蘅一本余下有今字一云余奈余奈夫世不知芳何一云余奈夫不知芳何釋文葯音約何周道之平易兮然蕪穢而險戲險戲猶言傾危也言周家建立德化其道平直公方所履無失而言蕪穢傾危者心惑意異也以平直爲傾危則以忠正爲邪枉也詩曰周道如砥其直如矢補曰易以豉切戲音希高陽無故而委塵兮高陽帝顓頊也委塵坋塵也言帝顓頊聖明克讓然無故被塵翳言與帝共工爭天下也淮南子曰顓頊與共工爭爲帝唐虞點灼而毀議點汙也灼灸也猶身有病人點灸之言堯舜至聖道德擴被尚點灸謗毀言有不慈之過卑父之累也補曰集韻議有儀音誰使正其眞是兮言佞人妄論以善爲惡乃非訕聖王當誰使正其眞僞乎

已以忠被罪固其宜也

雖有八師而不可爲

八師謂禹稷卨皐陶伯夷倕益夔也言堯舜有聖賢之臣八人以爲師傅不能除去虛僞之謗平疾讒之辭也

皇天保其高兮后土持其久

言皇天保其高明之姿不可踰越也后土持其久長不可掘發也賢人守其志分亦不可傾奪也一云不可輕脫

服清白以逍遙兮偏與乎玄英異色

玄英純黑也以喻貪濁言巳被服芬香履修清白偏與貪濁者異行不可同趣也色一作采補曰爾雅冬爲玄英

西施媞媞而不得見兮

西施美女也媞媞好貌也詩曰好人媞媞也補曰淮南云嫫母有所美西施有所醜又曰曼頰皓齒形夸骨佳不待脂粉芳澤而性可說者西施陽文也媞大奚切媞媞安也一曰美切

嫫母勃屑而日侍

嫫母醜女也勃屑猶媻姍膝行貌言西施媞媞儀容姣好屏不得見嫫母醜惡反得媻姍

而侍左右也以言親近小人斥逐君子也日一作近補曰蔓音謨屑蘇骨切勃屑行皃媻姍一作蹣跚

桂蠹不知所淹留兮桂蠹以喻食祿之臣也言桂蠹食芬香居高顯不知留止妄欲移徙則失甘美之木亡其處也以言衆臣食君之祿不建忠信妄行佞諂亦將失其位喪其所也補曰蠹音妬木中虫

蓼蟲不知徙乎葵菜言蓼虫處辛烈食苦惡不能知徙於葵菜食甘美終以困苦而癯瘦也以喻己修潔白不能變志易行以求祿位亦將終身貧賤而困窮也知一作能補曰蓼辛菜也音了魏都賦云習蓼蟲之忘辛李善引楚詞蓼蟲不知從乎葵藿

處涽涽之濁世兮今安所達乎吾志言已居濁溷之世無有達我清白之志也涽一作涽一無乎字一云今安達乎吾志補曰涽涽音昬

意有所載而遠逝兮固非衆人之所識識知也言已心載忠正之志欲遠去以求

賢人君子固非衆人所能知也補曰識音志

驥躊躇於弊輂兮躊躇不行貌輂一作輦一作輂補曰輂拘玉切大車駕馬

遇孫陽而得代孫陽伯樂姓名也言衆人不識騏驥以駕敗車則不肯進遇伯樂知其才力以車代之則至千里流名德也以言俗人不識已志亦將遇明君建道流化垂功業也

呂望窮困而不聊生兮遭周文而舒志甯戚飯牛而商歌兮桓公聞而弗置皆解於離騷經弗一作不補曰聊賴也

路室女之方桑兮路室客舍也

孔子過之以自侍言孔子出遊過於客舍其女方釆桑一心不視喜其貞信故以自侍過一作遇

吾獨乖剌而無當兮乖差也剌邪也補曰剌戾也力達切

心悼怵而耄思耄亂也九十曰耄言古賢俊皆有遭遇我

獨乎差與時邪刺故心中自傷怵惕而思志爲耄亂補曰思去聲思比干之怦怦兮怦怦忠直之貌補曰怦披耕切伉慨也哀子胥之慎事子胥臨死曰抉吾兩目置吳東門以觀越兵之入也死不忘國故言慎事也補曰子胥慎事吳王而見殺故哀之悲楚人之和氏兮獻寶玉以爲石遇厲武之不察兮厲厲王武武王羌兩足以畢斮斮斷也昔卞和得寶玉之璞而獻之楚厲王或毀之以爲石王怒斷其左足武王即位和復獻之武王不察視又斷其右足和乃抱寶泣於荊山之下悲極血出於是暨成王乃使工人攻之果得美玉世世所謂和氏之璧也或曰兩足畢索索盡也以言玉石易別於忠佞尚不能知巳之獲罪是其常也一本云兩足以之畢斮補曰斮灰畧切劉向新序云荊人卞和得玉璞而獻之荊厲王使王尹相之曰石也王以和爲謾而斷其左足厲王薨武王即位和復

奉玉璞而獻之武王王使王尹相之曰石也又以爲謾而斷其右足武王薨共王即位和乃奉玉璞而哭於荆山中三日三夜泣盡而繼之以血共王聞之乃使人理其璞而得寶焉又淮南子注云楚人卞和得美玉璞於荆山之下以獻武王王以示玉人玉人以爲石刖其左足文王即位復獻之以爲石刖其右足抱璞不釋而泣血及成王即位又獻之成王曰先君輕刖而重剖石遂剖視之果得美玉以爲璧蓋純白夜光故曰和氏之璧又琴操曰卞和得玉璞以獻楚懷王懷王使樂正子占之言非玉以其欺謾斬其一足懷王死子平王立和復抱其璞而獻之平王復以爲欺斬其一足平王死和欲獻恐復見斷乃抱其玉而哭荆山之中諸說不同按史記楚世家武王卒子文王立文王卒子熊囏立是爲杜敖其弟弑杜敖自立是爲成王則淮南子注爲是新序之說與朔同然與史記不合今並存之

小人之居勢兮志狹智少爲小人也視忠正之何若言小人智少慮狹苟欲承順求媚以居位勢視忠正之人當何如乎甚於

草芥也之一作其改前聖之法度兮前一作先喜囁嚅而妄作囁嚅小語謀私親也言小人在位以其愚心改更先聖法度背違仁義相與耳語謀利而妄造虛僞以譖毀賢人也囁嚅或作噂沓補曰囁如葉切嚅如朱切說文云噂聚語也引詩噂沓背憎親讒諛而疎賢聖兮訟謂閭娵爲醜惡讙譁爲訟閭娵好女也言君親信讒諛之臣斥逐忠正背先聖法度衆人讙譁之訟以好爲惡心惑意迷而不自知也一無謂字娵一作娶補曰荀子曰閭姝子奢莫知媒兮亦作閭娵韋昭云梁王魏瞿之美女娵音鄒集韻娶音須人名引荀子閭娶子奢愉近習而蔽遠兮孰知察其黑白言君近諂諛習而信之蔽遠賢者言不見用誰當知已之清白彼之貪濁也愉一作偷補曰愉音愈卒不得效其心容兮卒一作來安眇眇而無

所歸薄薄附也言已放流不得內竭忠誠外盡形體東西眇眇無所歸附也專精爽以自明兮晦冥冥而壅蔽言已專壹忠情竭盡耳目之精明欲以助君而爲佞人之所壅蔽不得進也年既已過太半兮然埳軻而留滯輡軻不遇也言已年已過五十而輡軻沈滯卒無所逢遇也埳一作轗一作輡補曰埳苦闇切軻苦个切又音坎可轗音坎埳坷不平也輡軻車行不平一曰不得志欲高飛而遠集兮恐離罔而滅敗罔以喻法言已欲高飛遠止他方恐遭罪法以滅敗忠厚之志也離一作罹獨寃抑而無極兮傷精神而壽夭壽命夭也皇天既不純命兮余生終無所依依保也一本無上四句顧自沈於江流

兮絕橫流而徑逝（徑一作遠）寧爲江海之泥塗兮安能久見此濁世（言已思委命於江流沈爲泥塗不忍久見貪濁之俗也）

怨世

賢士窮而隱處兮（士一作者）廉方正而不容（言時貪亂者衆賢者隱蔽廉正之士不能容於世也）子胥諫而靡軀兮比干忠而剖心子推自割而飤君兮德日忘而怨深（已解於九章也一云推自割而食君兮補曰靡美皮切飤音寺糧也食音同）行明白而曰黑兮荊棘聚而成林（荊棘多刺以喻讒賊言已修行

淸白皎然曰明而讒人聚而蔽之謂之晻使不得進也聚一作藂江離棄於窮巷兮蒺藜蔓乎東廂廧序之東爲東廂以言賢者棄捐閭巷小人親近左右也蔾一作藜補曰曼音萬廂廂廡也賢者蔽而不見兮讒諛進而相朋相朋一作在位朋一作明梟鴞並進而俱鳴兮鳳皇飛而高翔言小人相舉而論議賢智隱而深藏也願壹往而徑逝兮壹或作一道壅絶而不通言己思壹見君盡忠言而遂徑夫障蔽於讒佞而不得至也

怨思

居愁懃其誰告兮獨永思而憂悲言己放在

山澤心中愁苦無所告愬內自省而不慙兮操長憂悲而已慙一作苦愈堅而不衰言巳自念懷抱忠誠履行清白內不慙於身外不媿於人志愈堅固不衰懈也隱三年而無決兮歲忽忽其若頹言巳放在山野滿三年矣歲月迫促去若頹下年且老也古者人臣三諫不從待放三年君命還則復無則遂行也憐余身不足以卒意兮憐一作怜卒釋文作猝冀一見而復歸言巳自憐身老不足以終志意幸復一見君陳忠言還鄉邑也哀人事之不幸兮幸愛屬天命而委之咸池咸池天神也言巳自哀不能修人事以見愛於君屬祿命於天委之神明而巳補曰言巳遭時之不幸無可奈何付之天命而巳逸說非是屬音燭亾也淮南云咸池者水魚之囿也注云水魚天神身被疾而不閒兮

開差也補曰開廖也音諫差楚懈切心沸熱其若湯言巳修行仁義身反被病而不開差憂道不立心中怛然而氣熱若湯之沸沸一作佛補曰佛音費忿貌冰炭不可以相並兮並併也吾固知乎命之不長言冰見炭則消炭得冰則滅以喻忠佞不可並處則相傷害固知我命之不得長久將消滅也一云固知余命之不長一云吾乎固知命之不長哀獨苦死之無樂兮惜予年之未央自哀惜死年尚少也予一作余悲不反余之所居兮一本不下有得字恨離予之故鄉不得歸郢見故居也鳥獸驚而失羣兮飛者為鳥走者為獸羣一作群補曰禮記云今是大鳥獸失喪其羣匹越月踰時焉則必反巡過其故鄉翔回焉鳴號焉蹢躅焉踟躕焉然後乃能去之猶高飛而哀鳴言鳥獸失其羣

偶尚哀鳴相求以刺同位之人曾無相念之意也

狐死必首丘兮夫人孰能不反其眞情

眞情本心也言狐狸之死猶嚮丘穴人年老將死誰有不思故鄉乎言已尤甚也

故人疏而日忘兮新人近而俞好

言舊故忠臣日以疏遠讒諛新人日近而見親也俞一作愈一云新人愈近而日好補曰俞與愈同

莫能行於杳冥兮孰能施於無報

言衆人誰能有執心正行於杳冥之中施於無報之人乎言皆苟且而行以求利也補曰傳曰行乎冥冥施乎無報

若衆人之皆然兮乘回風而遠遊

言已患苦衆人皆行苟且故乘風而遠去也

凌恒山其若陋兮

凌乘也恒山北嶽也陋小也補曰恒胡登切恒山在中山曲陽縣西北

聊愉娛以忘憂

言已乘騰高山以爲痺小陟險猶昜聊且愉樂以忘

悲憂也愉一作媮補曰並音俞悲虛言之無實兮讒言無誠君不察也苦衆口之鑠金已解於九章中過故鄉而一顧兮泣歔欷而霑衿言已遠行猶思楚國而悲泣也厭白玉以爲面兮厭著也補曰厭於葉切一音淹懷琬琰以爲心言已施行清白心面若玉內外相副邪氣入而感內兮施玉色而外淫淫潤也言讒邪之言雖自內感已志而猶不變玉色外潤而內愈明也何青雲之流瀾兮瀾一作爛微霜降之蒙蒙蒙蒙盛貌詩云零雨其蒙言遭佞人羣聚造作虛辭君政用急天旱下霜則害草木傷其貞節也之一作而蒙一作濛注同徐風至而徘徊兮而一作之一作徘徊疾風過之湯湯風爲號令言君命寬則風舒風舒則已徘徊而有還

志也兮急風疾則已惶遽欲急去也湯一作蕩一云疾風舒之蕩蕩聞南藩樂而欲往兮藩蔽也南國諸侯爲天子藩蔽故稱藩也唐本無樂而二字補曰樂五教切注讀作入聲至會稽而且止會稽山名也言巳聞南國饒樂而欲往至會稽山且休息也見韓衆而宿之兮問天道之所在韓衆仙人也天道長生之道也衆一作終借浮雲以送予兮載雌霓而爲旌旌旗也有鈴爲旌也載一作戴一云載虹霓而爲旌補曰梁書王筠傳沈約製郊居賦要筠讀至雌霓連蜷約曰僕常恐人呼爲霓上五激下五雞切駕青龍以馳騖兮班行行之冥冥言極疾也忽容容其安之兮超慌忽其焉如不知所之也焉一作安補曰如去聲苦衆人之難信兮願

離羣而遠舉舉去也言若見俗人多言無信不可據任故願離衆而遠去也補曰舉有據音登巒山而遠望兮巒小山也一云登巒無山字好桂樹之冬榮南方有不死之草北方有不釋之冰也一云好桂茂而冬榮觀天火之炎煬兮聽大壑之波聲大壑海水也言已仰觀天火下覩海水心愁思也補曰煬以讓切炙燥也引八維以自道兮天有八維以爲綱紀也道一作導含沆瀣以長生言已乃擘持八維以自導引含沆瀣之氣以不死也補曰沆胡亢瀣胡介切本作瀣居不樂以時思兮以一作而一云思時食草木之秋實秋實謂棗栗之屬也飲菌若之朝露兮構桂木而爲室言飲食潔清所處芬香也補曰菌音窘雜橘柚以爲囿兮囿一

作圖列新夷與椒楨雜聚衆善以自修餝也補曰新夷即辛夷也楨女貞也

鶤鶴孤而夜號兮哀居者之誠貞言鶤雞鶤鶴大鳥猶知賢良哀惜已之履行正直而不施用也

自悲

哀時命之不合兮傷楚國之多憂言已自哀生時祿命好行公正不與君合憐傷楚國無有忠臣國家多憂也內懷情之潔白兮潔一作質遭亂世而離尤言已懷潔白之志以得罪過於衆人也而一作以惡耿介之直行兮世溷濁而不知言衆人惡明正之直士以君闇昧不知用之故也何君臣之相失兮上沅湘而

分離言讒佞害已使明君放逐忠臣上下分離失其所也測汨羅之湘水兮汨水在長沙羅縣下注湘水中補曰汨音覓知時固而不反言已沈身汨水終不還楚國也傷離散之交亂兮遂側身而既遠遂去而流遷也處玄舍之幽門兮穴巖石而窟伏巖穴也言已修德不用欲伏巖穴之中以自隱藏也從水蛟而爲徒兮與神龍乎休息自喻德如蛟龍而潛匿也乎一作而何山石之嶄巖兮靈魂屈而偃蹇言山石高巖非已所居靈魂偃蹇難止欲去之也嶄一作嶃補曰並士銜切含素水而蒙深兮日眇眇而既遠素水白水也言雖遠行不失清白之節也蒙深一作濛濛哀形體之離解兮解一

作懈補曰解音懈神罔兩而無舍罔兩無所據依貌也舍止也自哀身體陸離遠行解倦精神罔兩無所據依而舍止也罔一作罔補曰郭象曰罔兩景外之微陰也惟椒蘭之不反兮椒子椒也蘭子蘭也不一作無魂迷惑而不知路言子椒子蘭不肯反已蒐蒐迷惑不知道路當如何也願無過之設行兮釋文行戶更切雖滅沒之自樂言願設陳已行終無過惡雖身沒名滅猶自樂不改易也補曰樂去聲痛楚國之流亡兮哀靈脩之過到言懷王之過已至於惡楚國將危亡失賢之故也補曰到至也固時俗之溷濁兮志瞀迷而不知路瞀悶也迷惑也言已遭遇亂世心中煩惑不知所行也補曰瞀音茂念私門之正匠兮匠教也遙涉江而遠去言已念衆臣皆營其

私相敎以利乃以其邪心欲正國家之事故已遠去也念女嬃之嬋媛兮涕泣流乎於悒於悒增歎貌也已解於離騷經悒一作邑補曰於悒音見九章我決死而不生兮雖重追吾何及言亦無所復還也一云吾其何及戲疾瀨之素水兮望高山之蹇產言已履淸白其志如水雖遇棄放猶志仰高遠而不解也高山一作喬木哀高丘之赤岸兮遂沒身而不反言已哀楚有高丘之山其岸峻嶮赤而有光明傷無賢君將以阽危故沈身於湘流而不還也沒一作歿

哀命

怨靈脩之浩蕩兮已解於離騷經夫何執操之不

固操志也固堅也言已念懷王信用讒佞志數變移而不堅固也補曰操七到切悲太山之爲隍兮隍城下池也易曰城復于隍也隍一作湟補曰說文城池有水曰池無水曰隍孰江河之可涸涸塞也言太山將頹爲池以諭君且失其位用心迷惑過惡已成若江河之決不可涸塞也補曰涸乎固切水竭也願承閒而效志兮志一作忠補曰閒音閑恐犯忌而干諱所畏爲忌所隱爲諱干觸也言已願承君閒暇之時竭効忠言恐犯上忌觸衆人諱而見刑誅也卒撫情以寂寞兮寞一作漠然怊悵而自悲怊悵恨貌也言已終撫我情寂寞不言然怊悵自恨心悲毒也補曰怊音超玉與石其同匱兮匵匣也其一作而貫魚眼與珠璣圜澤爲珠廉隅爲璣以言君不知賢愚忠佞之士猶同玉石雜魚眼與珠璣同貫而不別也一云麤㒟爲璣補曰璣

字音機珠不圓也鴑駿雜而不分兮鴑頓馬也良馬爲駿補曰頓與鈍同服罷牛而驂驥在轅爲服外騑爲驂言君選士用人雜用鴑駿不異賢愚若駕罷牛驂以騏驥才力不同也補曰罷音皮年滔滔而自遠兮滔滔行貌遠一作往壽冉冉而愈衰自傷不遇年衰老也愈一作俞補曰俞與愈同衰所淚切一所戾切心悇憛而煩冤兮悇憛憂愁貌也冤一作怨釋文作寃於袁切補曰悇他胡切憛他闇切一曰禍福未定屈艸自覆曰宛蹇超搖而無冀蹇辭也超搖不安也言已自念年老心中悇憛超搖不安終無所冀望也固時俗之工巧兮滅規榘而改錯補曰錯七故切却騏驥而不乘兮策鴑駘而取路當世豈無騏驥兮誠無王良之

善駁見執轡者非其人兮故駒跳而遠去皆已解在九辯補曰許愼云王良晉大夫御無恤子良也所謂御良也一名孫無政爲趙簡子御死而託精於天駟星天文有王良星是也不量鑿而正枘兮恐榘矱之不同已解於離騷經同一作周補曰鑿才到切枘而銳切榘俱兩切矱烏郭切不論世而高舉兮恐操行之不調調和也言人不論世之貪濁而高卑淸白之行恐不和於俗而見憎於衆也弧弓弛而不張兮弛解弧一作故弛一作弛弛釋文作弦補曰弧音胡說文木弓也一曰往體多來體寡曰弧弛弦並音矢孰云知其所至言弧弓雖强弛而不張誰知其力之所至乎以言賢者不在職位亦不知其才德也無傾危之患難兮焉知賢士之所死言國無傾危之

難則不知賢士之伏節死義補曰老子云國家昏亂有忠臣俗推佞而進富兮節行張而不著張一作明補曰著張慮切賢良蔽而不群兮朋曹比而黨譽補曰比音鼻邪說飾而多曲兮正法弧而不公弧戾也言世俗之人推佞以爲賢進富以爲能故君之正法膠戾不用衆皆背公而嚮私也一本邪下有枉字補曰膠音豪戾也直士隱而避匿兮避一作辟讒諛登乎明堂明堂布政之宮也言忠直之士隱身避世讒諛之人反登明堂而爲政也補曰左傳勇則害上不登於明堂棄彭咸之娛樂兮言棄彭咸清潔之行娛樂風俗則爲貪佞也補曰彭咸以伏節死義爲樂而時人棄之滅巧倕之繩墨言工滅巧倕之繩墨則枉直失其制也言君偝先王之法則自

亂惑也

菎蕗雜於廢蒸兮枲翮曰廢熇竹曰蒸言待菎蕗香直之草雜於廢蒸燒而燃之則不識於物也以言取忠直棄之林野亦不知賢也一作箟簬廢一作菆一作靡一作菆一作叢一作叢一作藂一云菎蔬雜於廢蒸補曰菎音昆蕗音路箟與箘同箘簬也音窘亦音昆廢麻蕉也菆麻蒸也並音鄒蒸折麻中幹也蒸竹炬也並音烝菆叢藂並與叢同草叢生也菆亦音叢靡音糜

機蓬矢以射革矢箭也言張强弩之機以蓬蒿之箭以射犀革之楯必摧折而無所能入也言使愚巧任政必致荒亂無所能成

駕蹇驢而無策兮蹇跛也策箠也

又何路之能極極竟也言君任駑頓之臣使在顯職如駕跛蹇之驢又無鞭箠終不竟道將傾覆也

以直鍼而爲釣兮釣一作鉤補曰鍼音針

又何魚之能得言君不能以禮敬聘請賢者猶以直鍼釣魚無所能得也

伯牙之

絶弦兮伯牙工鼓琴也補曰列子伯牙善鼓琴鍾子期善聽無鍾子期而聽之鍾子期識音者也言鍾子期死伯牙破琴絶絃不肯復鼓以世無知音也言巳不遇明君識忠直者亦宜鉗口而不語言也和抱璞而泣血兮一云和氏安得良工而剖之和卞和也剖猶治也巳解於上篇也安一作焉剖一作刑一作刑同音者相和兮謂清濁也同類者相似謂好惡也以言君清明則潔白之士進君闇昧則貪濁之人用易曰方以類聚物以羣分似一作仇飛鳥號其羣兮鹿鳴求其友同志爲友言飛鳥登高木志意喜樂則和鳴求其羣而呼其耦鹿得美草口甘其味則求其友而號其侶也以言在位之臣不思賢念舊曾不若鳥獸也詩曰嚶其鳴矣求其友聲又曰呦呦鹿鳴食野之苹故叩宮而宮應兮彈角而角動叩擊也彈

揳也宮角五音也言叩擊五音各以其聲感而相應也以言君求仁則仁至修正則下直也一云叩宮而商應彈角而徵動補曰莊子云鼓宮宮動鼓角角動音律同矣淮南云調絃者叩宮宮應彈角角動此同聲相和者也注叩大宮則少宮應彈大角則少角動**虎嘯而谷風至兮**虎陽物也谷風陽氣也言虎悲嘯而吟則谷風至而應其類也以言君修德行正則百姓隨而化也**龍舉而景雲往**龍介虫陰物也景雲大雲而有光者雲亦陰也言神龍將舉陞天則景雲覆而扶之輔其類也言君好賢士則英俊往而並集也補曰詩云習習谷風易曰雲從龍風從虎新序孔子曰虎嘯而谷風起龍興而景雲見淮南曰虎嘯而谷風至龍舉而景雲屬注云虎土物也谷風木風也木生於土故虎嘯而谷風至龍水物也雲生水故龍舉而景雲屬管輅別傳云徐季龍與輅共論龍動則景雲起虎嘯則谷風至以爲火星者龍參星者虎火出則雲應參出則風到此乃陰陽之感化非龍虎之所致也輅言若以參星爲虎則谷風更爲寒

霜之風非東風之名是以龍者陽精以潛爲陰幽靈上通和氣感神二物相扶故能興雲夫虎者陰精而居于陽依木長嘯動於巽林二數相感故能運風況龍有潛飛之化虎有文明之變招雲召風何足爲疑季龍言龍之在淵不過一井之底虎之悲嘯不過百步之中形氣淺弱所通者近何能漂景雲而馳東風轄言君不見陰陽燧在掌握之中形不出手乃上引太陽之火下引太陰之水嘘吸之間煙景以集自然之道無有遠近**音聲之相和兮言物類之相感也**言鳥獸相呼雲龍相感無不應其類而從其耦也傷君獨無精誠之心以動賢也一云音擊而相和兮一無言及也字**夫方圜之異形兮**一云若夫圜一作圓**勢不可以相錯**言君性所爲不與已合若方與圜不可錯雜勢不相安也**列子隱身而窮處兮**列子古賢士也補曰列子名禦寇其書曰子列子窮容貌有飢色居鄭圃四十年人無識者**世莫**

可以寄託言列子所以隱佚不仕而窮處者以世多詐偽無可以寄命託身也以一作與衆鳥皆有行列兮鳳獨翔翔而無所薄己解於九辯也翔翔一作翱翔一作洋洋薄一作合補曰行胡剛切經濁世而不得志兮願側身巖穴而自託言己歷貪濁之世終不得展其志意但廿處巖穴之中而隱伏也一無側身二字有依字欲闔戶而無言兮嘗被君之厚德闔閉也言己欲閉口結舌而不復言以嘗被君之厚祿故不能默也獨悁悒而懷毒兮愁鬱鬱之焉極言憂愁之無窮悁悒一作申旦愁一作憂補曰悁忿也音淵念三年之積思兮願壹見而陳詞思一見君而陳忠言也壹或作一補曰糜信以爲屈原著辭見放九年今

東方朔謬諫之章云三年積思願壹見愚謂此言朔自爲也案漢書朔傳亦鬱邑於不登用故因名此章爲謬諫若云謬語因託屈原以諷漢主也諷一作誣靡信魏樂平太守也一作庾信予按卜居云屈原既放三年不得復見則三年積思正謂屈原也唯以謬諫名篇當如靡信之說爾

不及君而騁說兮騁馳也世孰可爲明之言已不及賢君而騁極忠說則時世闇蔽無可爲明眞僞也

身寢疾而日愁兮寢臥也情沉抑補曰爲去聲而不揚言已身被疾病臥而愁思自傷忠誠沈抑而不得揚達也

衆人莫可與論道兮悲精神之不通言當世之人無可與議事君之道者哀我精神所志而不得通於君也

謬諫鮑愼思云篇目當在亂曰之後按古本釋文七諫之後亂曰別爲一

篇九懷九

思皆同

亂曰鸞皇孔鳳日以遠兮孔孔雀也一云鸞孔鳳皇畜鳧駕鵝一云畜梟駕鵞鶩鵞補曰駕鵞音加博雅鴚鵞鴈也鴚音加郭璞云駕鵞鵝野鵝也雞鶩滿堂壇兮高殿敞揚爲堂平場廣坦爲壇揚一作陽補曰壇音善鼃黽游乎華池鼃蝦蟇也華池芳華之池也言君推遠孔鳳斥逐賢智畜養鵞鶩親近小人滿於堂庭鼃黽諭讒諛弄尸得志也要褭奔亡兮騰駕橐駝要一作騕補曰並音杳應劭曰騕褭古之駿馬赤喙玄身日行五千里橐音託又音駱鉛刀進御兮遙棄太阿要褭駿馬太阿利劍也言君放遠要褭英俊之士而駕橐駝任使罷駑頓朽之人而棄明智之士也補曰賈誼云莫邪爲鈍兮鉛刀爲銛鉛音沿青金也拔搴

汲古閣

玄芝兮玄芝神草也補曰搴音蹇本草黑芝之一名玄芝列樹芋荷橘柚萎枯兮橘柚美木也苦李旖旎旖旎盛貌也言君乃拔去芝之草賤棄橘柚種殖芋荷養育苦李愛重小人斥逐君子也補曰旖烏可切當作旖旎儺可切見九辯甂甌登於明堂兮甂甌瓦器名也補曰甂音邊方言自關而西盆盎小者曰甂也甌小盆也周鼎潛乎深淵周鼎夏禹所作鼎也左氏傳曰昔夏禹之有德遠方圖物貢金九牧鑄鼎象物桀有昏德鼎遷于商商紂暴虐鼎遷于周是爲周鼎言甂甌之器登明堂周鼎反藏於深淵之水言小人任政賢者隱匿也乎一作於補曰漢郊祀志云宋太丘社亡而鼎沒于泗水彭城下自古而固然兮吾又何怨乎今之人言往古嫉妬忠直而不肯進用我何爲獨怨今世之人乎自慰之詞

楚辭卷第十三

楚辭卷第十四

校書郎臣王　逸上

哀時命章句第十四　楚辭

哀時命者嚴夫子之所作也夫子名忌（忌會稽吳人本姓莊當時尊尚号曰夫子避漢明帝諱曰嚴一云名忌字夫子）與司馬相如俱好辭賦客遊於梁梁孝王甚奇重之忌哀屈原受性忠貞（一云受命而生）不遭明君而遇暗世斐然作辭歎而述之（一云追以述之）故曰哀時命也

哀時命之不及古人兮夫何予生之不遘時遘遇也詩云遘閔既多言已自哀生時年命不及古賢聖之出遇淸明之時而當貪亂之世也遘一作遭閔一作愍往者不可扳援兮俫者不可與期言往者聖帝不可扳引而及後世明王亦不可須待與期傷生不遇時遭困戹也扳一作攀俫一作來補曰扳與攀同引也志憾恨而不逞兮憾亦恨也論語曰與朋友共弊之而無憾逞解也補曰逞丑郢切說文逞通也楚謂疾行爲逞一曰快也杼中情而屬詩屬續也言已上下無所遭遇意中憾恨憂而不解則杼我中情屬續詩文以嗽已志也杼一作抒補曰杼常與切屬音燭夜炯炯而不寐兮懷隱憂而歷茲言已中心愁怛目爲炯炯而不能眠如遭大憂常懷戚戚經歷年歲以至於此也炯一作烱釋文作

烱隱一作殷補曰烱古茗切光也烱烱俱永切炎蒸也隱痛也殷大也注云大憂疑作殷者是心鬱鬱而無告兮衆孰可與深謀言己心中憂毒而無所告語衆皆諂諛無可與議忠信也歆愁悴而委惰兮歆愁貌也委惰懈倦也惰釋文作憜補曰歆音坎不自滿足意老冉冉而逮之言己欲行忠信而不得進歆然愁悴意中懈倦年復已過爲老所及而志不立也居處愁以隱約兮居一作尻以一作㠯志沈抑而不揚言己放於山澤隱身守約而志意沈抑不得揚見於君而永發恨也道壅塞而不通兮通一作達江河廣而無梁言己欲竭忠謀讒邪壅塞而不得達若臨江河無橋梁以濟也願至崑崙之懸圃兮采鍾山之玉英鍾山在崑崙山西北淮南言鍾山之

玉燒之三日其色不變言已自知不用願避世遠去上崑崙山遊於懸圃采玉英咀而嚼之以延壽也補曰淮南云鍾山之玉炊以鑪炭三日三夜而色澤不變則至德天地之精也許慎云鍾山北陸無日之地出美玉援神契曰玉英玉有英華之色**擥瑤木之橝枝兮**擥一作擘橝一作撢補曰橝大男切木名**望閬風之板桐**板桐山名也在閬風之上言已旣登崑崙復欲引玉樹之枝上望閬風板桐之山遂陟天庭而遊戲也板一作阪補曰博雅云崑崙虛有三山閬風板桐玄圃水經云崑崙三級下曰樊桐一名板松二曰玄圃一名閬風上曰層城一名天庭淮南云懸圃涼風樊桐在崑崙閶闔之中樊讀如飯**弱水汩其爲難兮**尚書曰道弱水至於合黎也補曰汩音骨一于筆切應劭曰弱水出張掖刪丹西至酒泉合黎餘波入于流沙師古曰弱水謂西域絕遠之水乘毛車以渡者耳非張掖弱水也**路中斷而不通**言已想得登神山顚

以娛憂迫弱水不得涉渡路絕不通所爲無可也斷一作絕勢不能凌波以

徑度兮以一作而度一作渡又無羽翼而高翔言已勢不能爲船乘波渡水又無羽翼可以飛翔當亦窮困也然隱憫而不達兮憫一作閔

獨徙倚而彷徉徙倚猶低佪也言已隱身山澤內自憫傷志不得達獨徘徊彷徉而遊戲也一作彷徉悵惝罔以永思兮以一作而補曰惝昌掌切驚貌心

紆軫而增傷言已含憂彷徉意中悵然惝罔長思心屈纏痛苦重傷也補曰軫當作軫

倚躊躇以淹留兮以一作已日飢饉而絕糧蔬不熟曰饉言已欲躊躇久留恐百姓飢餓糧食絕乏之也絕古本作𢇍糧一作粻補曰𢇍古絕字反𢇍爲繼或作㡭非是

廓抱景而獨倚兮超永思乎故鄉言已在於

山澤廓然無耦獨抱形景而立長念楚國心不能已惝罔長思故鄉也乎一作兮一云超永思乎此故鄉**廓落寂而無友兮誰可與玩此遺芳**玩習也言已居處廓落又無知友當誰與講習忠信之謀也**白日晼晚其將入兮哀余壽之弗將**將猶長也言日月西流晼晚而歿天時不可留哀我年命不得長久也弗一作不補曰晼音苑**車既弊而馬罷兮蹇邅徊而不能行**言已周行四方車以弊敗馬又罷極蹇然邅徊不能復前而不遇賢君也徊一作廻補曰罷音疲**身既不容於濁世兮不知進退之宜當**言已執貞潔之行不能自入貪濁之世愁不知進止之宜當何所行者也**冠崔嵬而切雲兮劒淋離而從橫**淋離長貌也言已雖不見容猶整飾衣服冠則崔嵬

上摩於雲霓則長好文武並盛與衆異也補曰崔音摧淋音林衣攝葉以儲與兮攝葉儲與不舒展貌補曰攝之葉切曲折也儲音宁又音佇左袪挂於榑桑袪袖也詩云羔裘豹袪言已衣服長大攝葉儲與不得舒展德能弘廣不得施用東行則左袖挂於榑桑無所不覆也挂一作絓榑一作扶桑一作桒補曰榑與扶同右衽拂於不周兮六合不足以肆行六合謂天地四方也言已西行則右衽拂於不周之山以六合爲小不足肆行言道德盛大無所不包也上同鑿枘於伏戲兮戲一作羲下合矩矱於虞唐言已德能純美宜上輔伏戲與同制量下佐堯舜與合法度而共治也合一作同矩一作規願尊節而式高兮志猶卑夫禹湯言已雖不見用猶尊高節度意卑禹湯不欲事也雖知困

其不改操兮終不以邪枉害方言已雖自知貧賤困極不能變志易操終不能邪枉其身以害公方之行也世竝舉而好朋兮壹

斗斛而相量言今世之人皆好朋黨竝相薦舉持其貪佞之心以量清潔之士壹或作一斗一作升衆比周以肩迫兮比親也周合也以一作而賢者遠

而隱藏言衆佞相與合同竝肩親比故賢者遠逝而藏匿也一云隱而退藏爲鳳皇

作鶉籠兮雖翕翅其不容爲鳳皇作棲以鶉鶉之籠雖翕其翅翼猶不能容其形體也以言賢者遭世亂雖屈其身亦不能自容入一本作上有而字翅一作翼補曰翕許及切

靈皇其不寤知兮一無寤字焉陳詞而効忠言懷王闇蔽心不覺寤安所陳詞効己之忠信乎詞一作辭俗嫉妬而蔽賢兮

孰知余之從容言楚國風俗嫉妬蔽賢無有知我進退執守忠信也願舒志而抽馮兮馮一作憑一作懣一作愁補曰馮音憑亦音憤庸詎知其吉凶庸用也言己思舒志意援引憤懣盡極忠信當何緣知其逢吉將被凶也璋珪雜於甑窐兮璋珪玉名也窐甑上孔一作珪璋補曰甑子孕切窐音攜又音畫淮南云弊箄甑瓾在裀茵之上注云瓾甑帶音畫隴廉與孟娵同宮隴廉醜婦也孟娵好女也言世人不識善惡乃以甑窐之上雜廁圭玉又使醜婦與好女同室也以言君闇惑不別賢愚也補曰娵女名音鄹一音須舉世以爲恒俗兮恒常固將愁苦而終窮言舉世不識賢愚以爲常俗我固當終身窮苦而已幽獨轉而不寐兮惟煩懣而盈匈懣憤也言已愁思展轉而不能臥心中煩憤氣結滿

匈也寃眇眇而馳騁兮心煩寃之𢥞𢥞言己精寃眇眇獨馳心中煩懣𢥞𢥞而憂也寃一作魂之一作而補曰𢥞丑弓切志欿憾而不憺兮憺安補曰大暫切路幽昧而甚難言己心中欿恨意識不安欲復遠去以道路深冥難數移也塊獨守此曲隅兮然欿切而永歎言己獨處山野塊然守此山曲心爲切痛長歎而已愁脩夜而宛轉兮而一作之氣涫𤅶其若波言己心憂宛轉而不能臥愁夜之長氣爲涫𤅶若水之波也其一作而波一作湯補曰涫沸也釋文音館集韻官貫二音𤅶與沸同握剞劂而不用兮剞劂刻鏤刀也補曰剞居綺切劂居衛切又九月切應劭曰剞曲刀劂曲鑿說文云剞刷曲刀也操規榘而無所施言己懷德不用若工握剞劂而無所刻鏤持方

圜而無所錯也
一云而無施
騁騏驥於中庭兮焉能極
夫遠道言騏驥壹馳千里乃騁之中庭促狹之處不
得展足以極遠道也以言使賢者執洒掃之
役亦不得置猨狖於櫺檻兮夫何以責其
展志意也
捷巧言猨狖當居高木茂林見其才力而置之櫺檻
之中迫局之處責其捷巧非其理也以言君子
當在廟堂爲政而弃之山林責其智能亦非其宜也
猨一作蝯狖一作貁捷一作倢補曰櫺音零階際欄
駟跛鼈而上山兮吾固知其不能陞言已念
君信用
衆愚欲以致治猶若駑跛鼈而欲上山
我固知其不能登也補曰跛波可切
釋管晏而
任臧獲兮臧爲人所賤繫也獲爲人所係得也賤
繫一作殘擊補曰方言云臧獲奴婢賤
稱也罵奴曰臧罵婢曰獲男而聟婢曰臧
女而婦奴曰獲亡奴謂之臧亡婢謂之獲何權衡之

能稱言君欲爲政反置管仲晏嬰任用敗軍賤辱係獲之士何能稱權衡典至治乎或曰臧守藏者也獲生禽者也皆甲賤無知之人箟簬雜於廄蒸兮機蓬矢以䠶華已解於七諫也箟竹也一作箟簬廄一作菆一作叢一作靡䠶一作射負檐荷以丈尺兮欲伸要而不可得背曰負荷曰檐言已居於衰亂之世常低頭俛視若以背肩負檐丈尺而步不敢伸要仰首以遠罪過也檐一作擔補曰檐擔並都濫切負也擔又都甘切釋名曰任也任力所勝也要與腰同外迫脅於機臂兮迫脅近附也機臂弩身也於一作以臂一作辟補曰莊子云中於機辟辟毗亦切疏云辟法也機關之類上牽聯於矰隿言已居常怖懼若附強弩機臂畏其妄發上恐牽聯於隿䠶身被矰繳也隿一作弋補曰聯音連矰音增隿與弋同肩傾側而不容兮

一云不得容補曰孟子云脅肩諂笑固陿腹而不得息言已欲傾側肩背容頭自入又不見納故陿腹小息畏懼患禍也陿一作愜腹一作腸補曰陿音狹隘也務光自投於深淵兮務光古清白之士也補曰務光見莊子不獲世之塵垢言古有賢士務光憎惡濁世言不見從自投深淵而死不爲讒佞所塵汙已慕其行也垢一作埃補曰屈原傳不獲世之滋垢孰魁摧之可久兮願退身而窮處言已爲讒佞所譖被過魁摧不可久止願退我身處於貧窮而已鑿山楹而爲室兮楹柱而一作以下被衣於水渚渚水涯也言已雖窮猶鑿山石以爲室柱下洗浴水涯被已衣裳不失清潔也霧露濛濛其晨降兮一作曚曚雲依斐而承宇言幽居山谷霧露濛濛而晨來下浮雲依斐承我屋

霤晝夜闇冥也斐一作霏一云雲衣斐斐而承宇補曰斐音非虹霓紛其朝霞兮霓一作蜺夕淫淫而淋雨言天雲雜色虹霓揚光紛然炫燿日未明旦復有朝霞則夕淋雨愁且思也補曰詩云朝隮于西崇朝其雨怊茫茫而無歸兮茫一作芒悵遠望此曠野言已幽居遇雨愁思茫茫無所依歸但見曠野草木盛茂也曠一作廣下垂釣於谿谷兮上要求於僊者言已幽居無事下則垂釣餌於谿谷上則要結僊人從之受道也求一作結補曰要平聲與赤松而結友兮一無而字比王僑而爲耦言已執守清潔遂與二子爲羣黨也使梟楊先導兮梟楊山神名即狒狒也導一作道補曰說文周成王時州靡國獻狒人身反踵自笑笑則上脣掩其目食人爾雅狒狒如人被髮迅走食人汪云梟

羊也山海經曰其狀如人面長脣黑身有毛反踵見人則笑狒父費切淮南云山出嘄陽汪云山精也一說云梟羊大口其初得人喜而笑却脣上覆額移時而後食之張衡玄圖曰梟羊喜獲先笑後愁謂人鑿其脣於額而得禽之也

白虎爲之前後浮雲霧而入冥兮騎白鹿而容與言已與仙人俱出則山神先道乘雲霧騎白鹿而游戲也

䰟眐眐以寄獨兮眐眐獨行貌也補曰眐音征从目眐眩獨視也博雅云眐眐行也其字从耳

汨徂往而不歸言我䰟神眐眐獨行寄居而處汨然遂往而不還也補曰汨于筆切

處卓卓而日遠兮卓卓高貌卓一作逴遠一作高補曰逴音卓

志浩蕩而傷懷言已隨從仙人上游所居卓卓日以高遠中心浩蕩罔然愁思念楚國也

鸞鳳翔於蒼雲兮故矰繳而不能加

一無而字補曰繳音酌蛟龍潛於旋淵兮身不挂於罔羅言鸞鳳飛於千仞蛟龍藏於旋淵故矰繳不能逮羅罔不能加也以言賢者亦宜高舉隱藏法令不能拘也旋一作深罔一作網補曰淮南云藏志乎九旋之淵注云九迴之淵至深也知貪餌而近死兮不如下游乎清波清波清潔之流無人之處也言蛟龍明於避害知貪香餌必近於死故下游於清波無人之處也以言賢者亦不宜貪祿位以危其身也而一作之寧幽隱以遠禍兮孰侵辱之可為言已亦寧隱身幽藏以遠患禍不能久被侵辱誠為難也子胥死而成義兮屈原沈於汨羅雖體解其不變兮其一作而豈忠信之可化補曰化音花志怦怦而內直兮怦一作恲補曰披耕

切履繩墨而不頗皆已解於離騷九辯七諫執權衡而無私兮稱輕重而不差差過也言已如得執持權衡能無私阿稱量賢愚必不過差各如其理也補曰差七何切摡塵垢之枉攘兮枉攘亂貌摡一作慨一作狂攘一作枉攘摡滌也除穢累而反眞言已又欲摡激濁亂之臣使君除去穢累而反於淸明之德眞一作悳形體白而質素兮中皎潔而淑淸言已自念形體潔白表裏如素心中皎潔內有善性淸明之質也時猒飫而不用兮且隱伏而遠身言時君不好忠直之士猒倦其言而不肯用故且隱伏山澤斥遠已身也補曰飫於據切聊竄端而匿迹兮嗼寂默而無聲言已竭忠而不見用且逃頭匿足竄伏自藏執守寂寞吞

舌無聲也嗼一作漠一作歎一作嘆一云歎寂漠補曰嗼音莫說文啾嗼也獨便悁而煩毒兮便悁一作悁悒焉發憤而抒情言己懷忠直之志獨悁悒煩毒無所發我憤懣泄己忠心也時曖曖其將罷兮曖一作薆補曰罷音皮遂悶歎而無名言己遭時不明行善罷倦心遂煩悶傷無美名以流後世也歎一作漠一作嘆伯夷死於首陽兮一作首山一云首陽之山卒天隱而不榮言伯夷餓於首陽天命而死不饗其爵祿得其榮寵也夭一作殀補曰夭於表切太公不遇文王兮身至死而不得逞言太公不遇文王至死不得解於厮賤一無得字補曰逞丑京切縱也懷瑤象而佩瓊兮願陳列而無正言己懷玉象履忠信願陳列己志無有明正之君聽而受之也生

天墬之若過兮忽爛漫而無成爛漫猶消散也言已生於天地之間忽若風雨之過晻然而消散恨無成功也爛一作瀾邪氣襲余之形體兮一無體字疾憯怛而萌生襲及也言已常恐邪惡之氣及我形體疾病憯痛橫發而生身僵仆也補曰怛多達切願壹見陽春之白日兮恐不終乎永年言已被疾憂懼恐隨草木徂落不能至陽春見白日不終年命遂委弃也

楚辭卷第十四

汲古後人毛表字奏叔依古本是正

汲古閣

楚辭卷第十五

校書郎臣王逸上

九懷章句第十五　楚辭

匡機（匡一作王）

通路

危俊（危一作苞）

昭世

尊嘉

蓄英

思忠思一作申一作由一云遊思

陶壅壅一作廱音同

株昭昭一作明一作招一云珠昭一云林招

九懷者諫議大夫王褒之所作也褒字子淵蜀人也爲諫大夫懷者思也言屈原雖見放逐一作流放猶思念其君憂國傾危而不能忘也褒讀屈原之文嘉其溫雅藻采敷衍執握金玉委之汙瀆遭世溷濁溷一作泥莫之能識追而愍之一作諸故作九懷以裨其詞釋文作埤作詈

埤頻弥切史官錄第遂列于篇一作編極運兮不中周轉求君道不合也來將屈兮困窮還就農桑修播植也來一作求一作永余深愍兮慘怛我內憤傷心切剝也愍一作慜慘一作憤願一列兮無從欲陳忠謀道隔塞也乘日月兮上征想託神明歷天庭也顧遊心兮鄗酆回眄周京念先聖也文王都酆武王都鄗二聖有德明於用賢故顧其都冀遭逢也顧一作願補曰鄗下老切在長安西上林苑中酆在京兆杜陵西南彌覽兮九隅歷觀九州求英俊也彷徨兮蘭宮遊戲道室誦五經也一作仿偟芷閭兮葯房居仁履義守忠貞也閭一作室奮搖兮衆芳動作應禮行馨香也衆一作種菌閣兮蕙樓節度彌高德成就也觀

道兮從横衆人瞻望聞功名也補曰横音黄叶寶金兮委積志意堅固策謀明也美玉兮盈堂懿譽光明滿朝廷也桂水兮潺湲芳流衍溢周四境也揚流兮洋洋潔白之化動百姓也蓍蔡兮踊躍蓍龜喜樂慕清高也蓍筮也蔡大龜也論語曰臧文仲居蔡補曰淮南云大蔡神龜注云大蔡元龜所出地名因名其龜爲大蔡家語云臧氏有守龜其名曰蔡文選云搏耆龜注云耆老也龜之老者神引耆蔡兮踊躍據此則蓍當作耆然注以爲蓍龜之蓍蓍雖神草安能踊躍乎孔鶴兮回翔畏怖羅網壓青雲也鶴一作鵠撫檻兮遠望登樓伏楯觀楚郢也念君兮不忘思慕懷王結中情也不一作弗怫鬱兮莫陳忠言蘊積不列聽也莫一作弗陳一作嗽補曰怫音佛永懷兮內傷長思切切中心痛也

匡機

天門兮墜戶金闕玉闥君之舍也墜一作墬一作地孰由兮賢者誰當涉履英俊路也無正兮溷廁邪佞雜亂來並居也懷德兮何覩忠信之士不見用也假寐兮愍斯衣冠而寢自憐傷也不脫冠帶而臥曰假寐詩云假寐永歎愍一作慜誰可與兮寤語衆人愚闇誰與謀也一無與字痛鳳兮遠逝仁智之士遁世去也畜鴳兮近處畜養佞諛而親附也鴳釋文作鷃補曰鴳音晏鴽也鯨鱏兮幽潛大賢隱匿竄林藪也鱏一作鱘補曰鯨音勍海大魚也鱏音尋鱓音善皮可爲鼓從蝦兮遊陼小人並進在朝廷也鯨鱏大魚也蝦小魚也陼一作渚補曰蝦釋文音遐說文云蝦蟇也一曰蝦虫與水母游乘虬兮登

陽意欲駕龍而陞雲也載象兮上行遂騎神獸用登天也神象白身赤頭有翼能飛也補曰行胡剛切叶朝發兮葱嶺旦發西極之高山也補曰後漢書云西至葱嶺注云葱嶺山名其山高大生葱故名夕至兮明光暮宿東極之丹巒也北飲兮飛泉吮嗽天液之浮源也補曰張揖云飛泉在崑崙西南南采兮芝英咀嚼靈草以延年也宣遊兮列宿徧歷六合視衆星也補曰文選云將北度而宣游宣徧也順極兮彷徉周繞北辰觀天庭也紅采兮騂衣婆娑五采芬華英也古本虹采兮霓衣補曰騂思營切赤色翠縹兮爲裳衣色瓌瑋纚青葱也補曰縹疋沼切帛青白色舒佩兮綝纚綏帶徐步五玉鳴也一本舒下有余字補曰綝林森二音纚力知所宜二切衣裳毛羽垂貌竦余劍兮干將提我寶劒

立延頸也補曰張揖云干將韓王劒師也博物志干將陽龜文莫耶陰漫理此二劒吳王使干將作之莫耶干將妻也夫婦善作劒**騰蛇兮後從**神虵侍從慕仁賢也騰一作滕一云從後補曰荀子云螣蛇無足而飛文子曰騰蛇無足而騰郭璞云騰龍類能興雲霧而游其中**飛駏兮步旁**駏驉奮飛承轂輪也補曰駏音巨淮南云北方有獸其名曰蟨常爲蛩蛩駏驉取甘草蟨有患蛩蛩駏驉必負而走郭璞曰邛邛似馬而青穆天子傳邛邛距虛日走五百里**微觀兮玄圃**上䁆帝圃見天園也**覽察兮瑤光**觀視斗柄與玉衡也瑤一作搖補曰淮南云瑤光者資糧萬物者也注云瑤光北斗杓第七星也居中而運歷指十二辰擿起陰陽以殺生萬物者也**啓匱兮探筴**發匣引籌考祿相也筴釋文作箣**悲命兮相當**不獲冨貴値流放也相一作所**紉蕙兮永詞**結草爲誓長訣行也補曰紉女巾切**將**

離兮所思 背去九族遠懷王也 浮雲兮容與 天氣滃溶乍東西也 道余兮何之 來迎導我難隨從也 遠望兮仟眠 遂視楚國闇未明也一作芊瞑一作晦皆補曰集韻云肝瞑遂視 聞雷兮闐闐 君好妄怒威武盛也補曰闐音田 陰憂兮感余 內愁鬱伊害我性也憂一作愁 惆悵兮自怜 悵然失志嗟厥命也

通路

林不容兮鳴蜩 國不養民賢冝退也 余何留兮中州 我去諸夏將遠逝也 陶嘉月兮總駕 嘉及吉時驅乘駟也總一作揔一作驅 搴玉英兮自脩 采取瓊華自脩飾也脩一作修 結榮茝兮

透逝求草陳信遂奔逝也透一作遠將去烝兮遠遊違離於君之四裔也爾雅曰林烝君也或曰烝進也言去曰進而遠也徑岱土兮魏闕行出北荒山高桀也闕一作國補曰岱泰山也汪云北荒疑岱本代字春秋傳曰魏大名也一曰象魏闕名許慎云巍巍高大故曰魏闕歷九曲兮牽牛過觀列宿九天際也補曰爾雅河鼓謂之牽牛

聊假日兮相佯且徐遊戲須臾也須臾一作消相一作徜釋文作徜音祥遺光燿兮周流敷揚榮華垂顯烈也望太一兮淹息觀天貴將止流滯也紆余轡兮自休綏我馬勒留寢寐也睎白日兮皎皎天精光明而照察也睎一作睎皎一作咬補曰睎明之始升也睎望也彌遠路兮悠悠周望八極究地外也顧列孛兮縹縹邪視彗星光瞥瞥也補曰

孛薄没切縹匹妙切**觀幽雲兮陳浮**山氣滃鬱而羅列也陳一作敶**鉅寶遷兮砏磤**太歲轉移聲礚礚也補曰砏普貧披班二切磤音殷又於謹切石聲**雉咸雊兮相求**飛鳥驚鳴雌雄合也補曰雊音遘前漢郊祀志云秦文公獲若石云于陳倉北阪城祠之其神或歲不至或歲數來也常以夜光輝若流星從東方來集於祠城若雄雉其聲殷殷云野雞夜鳴以一牢祠之名曰陳寶又曰漢興世世常來光色赤黃長四五丈直祠而息音聲砰隱野雞皆雊此陽氣舊祠也注云陳寶若來而有聲則野雞皆鳴以應之又楊雄校獵賦云追天寶出一方應駍聲擊流光爄盡山窮囊括其雌雄注云天寶陳寶也陳寶神來下時駍然有聲又有光精也下時窮極山川天地之間然後得其雌雄雄在陳倉雌在南陽故云野盡山窮也**泱莽莽兮究志**周望卒上遠廣大也補曰泱於朗切**懼吾心兮儔儔**惟我憂思意愁毒也補曰儔憂也音儔**步**

余馬兮飛柱徘徊神山且休息也覽可與兮匹儔歷觀羣英求妃合也二人爲匹四人爲儔儔一作疇一云一人爲匹卒莫有兮纖介衆皆邪佞無忠直也永余思兮怞怞愁心長慮憂無極也補曰怞憂貌音由

危俊

世溷兮冥昏時君闇蔽臣貪佞也一云世溷濁兮違君兮歸眞將去懷王就仁賢也一云臣違君兮乘龍兮偃蹇驂駕神獸拏紛紜也高回翔兮上臻行戲遨遊遂至天也回一作廻襲英衣兮緹䌦重我絳袍采色鮮也襲一作龍補曰緹音提䌦音習集韻緹赤色䌦纓衣也七入切又音妾披華裳兮芳芬徐曳文衣動馨香也詩曰婆娑其下登羊角兮扶

輿陘使高山徐顧覗也輿一作與補曰莊子摶扶搖羊角而上者九萬里疏云旋風曲戾猶如羊角音義云風曲上行曰羊角相如賦云扶輿猗靡史記注云郭璞曰淮南所謂曾折摩地扶輿猗委也按今淮南子云曾撓摩地扶於猗那浮雲漠兮自娛乘雲歌吟而遊戲也或曰浮雲漢漢天河也握神精兮雍容握持神明動容儀也一云握精明一云接精神一云按神明一云按精明雍一作雝與神人兮相胥留待松喬與伴儷也流星墜兮成雨陰精並降如墮雨也補曰春秋夜中星隕如雨公羊曰如雨者狀似雨進瞵盼兮上丘墟天旦欲明至山溪也進一作集古本無上字補曰瞵力辰切覗貌盼普莧切覽舊邦兮滃鬱下見楚國之亂危也覽一作臨補曰滃烏孔切雲氣起也余安能兮久居將背舊鄉之九夷也志懷逝兮心懰慄

心中欲去內傷悲也一無懰字補曰懰音留懰慄憂貌紆余轡兮躊躇緩我馬躕而低佪也一云情躊躇聞素女兮微歌神仙謳吟聲依違也聽王后兮吹竽伏妃作樂百虫至也魂悽愴兮感哀精神惆悵而思歸也腸回回兮盤紆意中毒悶心紆屈也回一作迴撫余佩兮繽紛持我玉帶相糾結也高太息兮自憐長歎傷巳遠放弃也使祝融兮先行俾南方神開軌轍也令昭明兮開門炎神前驅闢梁發也馳六蛟兮上征乘龍直驅陞閶闔也竦余駕兮入冥遂馳我車上寥廓也歷九州兮索合周遍天下求雙匹也索一作寡誰可與兮終生莫足與友為親客也忽反顧兮西囿見彼隴蜀道阻陒也覩

軫丘兮崎傾山陵嶔岑難涉歷也軫丘一作丘陵補曰軫丘猶九章言軫石也崎音欹横垂涕兮泫流悲思念國泣雙下也補曰泫胡犬切涕流貌悲余后兮失靈哀惜我后違天法也

昭世

季春兮陽陽三月温和氣清明也列草兮成行百卉垂條吐榮華也余悲兮蘭生哀彼香草獨隕零也生一作萃一作悴委積兮從横枝條摧折傷根莖也江離兮遺捐忠正之士弃山林也辛夷兮擠臧仁智之士抑沈沒也臧一作將補曰擠子雞切拼也臧音藏匿也伊思兮往古惟念前世諸賢俊也亦多兮遭殃仁義遇罰禍及身也遭一作逢伍胥兮

浮江吴王弃之於江濱也屈子兮沈湘懷沙負石赴汨淵也運余兮念茲轉思念此志煩寃也心内兮懷傷腸中惻痛摧肝肺也望淮兮沛沛臨水恐懼畏禍患也一云淵沛沛補曰沛普貝切濱流兮則逝意欲隨水而隱遁也榜舫兮下流乘舟順水游海濱也榜舫一作榜舫一作榜舡一作摘舫一作摘舫補曰榜音謗進船也舫音方併船也舫補孟切船也東坡本作榜舫釋文榜作摘摘取也東注兮磕磕濤波踊躍多險難也磕一作磕釋文作磕補曰並苦蓋切石聲蛟龍兮導引虬螭水禽馳在前也又作文蛇在前也一云蛟龍沃兮文魚兮上瀨巨鱗扶巳渡涌湍也文一作大抽蒲兮陳坐拔草爲席處薄單也援芙蕖兮爲蓋引取荷華以覆身也一云援英兮爲蓋一云拔英水躍

兮余旌風波動我搖旗旛也旌一作旍繼以兮微蔡續以草芥入巳舩也以一作巳補曰蔡艸也雲旗兮電鶩遂乘風電驅橫奔也倏忽兮容裔往來亟疾若鬼神也補曰倏音叔河伯兮開門水君游望開府寺也迎余兮歡欣喜笑迎巳愛我善也顧念兮舊都還視楚國思郢城也懷恨兮艱難抱念恚恨常欲還也竊哀兮浮萍自比如蘋生水瀕也萍一作蓱汎淫兮無根隨水浮游乍東西也一作沉淫一作汎搖補曰搖當作淫舊音牟瞻切巴東有淫預石通作灩又相如賦云汎淫泛灩汎音馮浮也一讀作泛灩一讀作馮淫皆通汎一作沉淫一作搖皆非是

尊嘉

秋風兮蕭蕭陰氣用事天政急也舒芳兮振條動搖百草使芳熟也微霜兮眇眇霜凝微薄寒深酷也病殀兮鳴蜩飛蟬卷曲而寂默也玄鳥兮辭歸燕將入海化爲蛤也飛翔兮靈丘悲鳴神山奮羽翼也望谿兮滃鬱川谷吐氣雲闇昧也熊羆兮呴嗥猛獸應秋將害賊也呴一作吻補曰呴音吼一音雊一音烏角切嗥胡刀切唐虞兮不存堯舜已過難追逐也何故兮久留冝更求君之他國也臨淵兮汪洋瞻望大川廣無極也補曰汪洋晃養二音顧林兮忽荒回視喬木與山薄也補曰荒火晃切修余兮袿衣整我衫裳自結束也修一作脩補曰袿音圭廣雅袿長襦也釋名婦人上服曰袿其下垂者上廣下狹如刀圭騎霓兮南上託乘

赤霄登張翼也補曰上一音常棄雲兮回回載氣溶溶意中惡也棄一作乘亹兮自强稍稍陞進遂自力也强一作彊將息兮蘭皐且欲中休止方澤也失志兮悠悠從高視下目眩惑也悠悠一作調調蒶蘊兮黴黧愁思蓄積面垢黑也蒶一作紛補曰蒶音墳蘊於雲切蒶蘊積也黴音眉物中久雨青黑一曰敗也黧憐題切黑黃思君兮無聊想念懷王忘寢食也補曰聊音留身去兮意存體遠情近在胷臆也存一作在愴恨兮懷愁心中憂恨內悽惻也

蓄英

登九靈兮遊神想登九天放精神也神一作精靜女歌兮

徵晨神女夜吟聲激清也悲皇丘兮積葛皇美釋文丘作北一衆

體錯兮交紛言巳見美大之丘葛草緣之而生交錯茂盛人不異而采取則不成絺綌也以言楚國士民衆多君不異而舉用則不知其有德也貞枝抑兮枯槁貞正枉

車登兮慶雲慶雲喻尊顯也言葛有正直之枝抑弃枯槁而不見采枉壞惡者滿車壓進反見珍重御尊顯也以言貞正之人弃於山野佞曲之臣壓於顯朝枉一作桂登一作升補曰漢天文志若煙非煙若雲非雲郁郁紛紛蕭索輪囷是謂慶雲感余志兮慘慄動踊我心如析剖也慘一作憀補曰憀力周力彫二切心愴愴兮自憐意中切傷憂悲楚也一云心悲兮駕玄螭兮北征將乘山神而奔走也曏吾路兮

葱嶺欲踰高山度阻險也路一作道葱一作蔥補曰曏屬也音向連五宿兮

建旄係續列星爲旗旐也補曰宿音秀揚氛氣兮爲旌舉布霾霧
作旗表也氛一作雺旌一作旍歷廣漠兮馳騖徑過長沙馳騁馬也覽
中國兮冥冥顧視諸夏尚昧晦也玄武步兮水母天龜
水神侍送余也天一作大與吾期兮南榮與巳爲誓會炎野也南方冬溫草木
常茂故曰南榮登華蓋兮乘陽上攀北斗躡房星也乘一作椉補曰大象
賦云華蓋於是乎臨映注云華蓋七星其柢九星合十六星如蓋狀在紫微宮中臨勾陳上以蔭帝坐聊
逍遙兮播光且徐遊戲布文采也抽庫婁兮酌醴引持
二星以斟酒也補曰大象賦注云庫樓十星五柱十五星衡四星合二十九星在角南晉天文志云庫樓十星
六大星爲庫南四星爲樓按庫樓形似酌酒之器故云王逸誤以天庫及二十八宿之婁以爲庫婁耳援

匏瓜兮接糧啗食瓠果志猒飽也匏一作瓠糧一作粮補曰大象賦云匏瓜薦果於震閨注云五星在離珠北天子之果園占大光潤則歲豐不爾則瓜果之實不登洛神賦云歎匏瓜之無匹注引史記曰四星在危南匏瓜天官星占曰匏瓜一名天雞在河鼓東畢休息兮遠逝周徧留止而復去也發玉軔兮西行引支車木遂驅馳也補曰行胡岡切惟時俗兮疾正弗可久兮此方世憎忠信愛諂諛也此一作北寤辟摽兮永思心常長愁拊心踊也辟拊心貌也辟一作擗補曰詩云寤辟有摽注云辟拊心也摽擊也摽婢小切擊也張景陽七命云熱癹爲之擗摽擗避辟切摽避櫂切驚心也心怫鬱兮內傷憂思積結肝腑爛也補曰怫音佛

思忠

覽杳杳兮世惟觀楚泥濁俗愚蔽也惟一作維補曰惟謀也余惆悵兮何歸罔然失志無依附也傷時俗兮溷亂哀愍當世衆貪暴也將奮翼兮高飛振翅翱翔絕塵埃也駕八龍兮連蜷乘虯翱翔見容貌也蜷一作踡補曰並音權建虹旌兮威夷樹蝃蝀旗紛光耀也旌一作旍觀中宇兮浩浩大哉天下難徧照也紛翼翼兮上躋盛氣振迅陞天衢也浮溺水兮舒光遂渡流流揚精華也溺與弱同淹低佪兮京沶且留水側息河洲也水中可居爲洲小洲爲渚小渚爲沶京沶即高洲也一作低佪低一作徘京一作洲一注云小渚爲洔小洔曰沶補曰京人所爲絕高丘也一曰大也沶直尸切洔與沚同屯余車兮索友住我之駕求松喬也補曰索所革切覩皇

公兮問師遂見天帝諮祕要也靚一作睹道莫貴兮歸眞執守無爲修朴素也貴一作遺美余術兮可夷念巳道藝可悅樂也詩云旣見君子我心則夷夷喜也吾乃逝兮南娭往之太陽遊九野也逝一作遊補曰娭音熈大人賦云吾欲往乎南娭道幽路兮九疑涉歷深山過舜墓也疑一作嶷越炎火兮萬里積爇爾天不可處也處一作渡過萬首兮嶷嶷見海中山數萬頭也海中山石嶷嶷嶽嶽萬首交跱也萬首一作于首嶷嶷一作旋旋一注云萬首海中山名補曰嶷音擬又魚力切濟江海兮蟬蛻遂渡大水解形體也補曰淮南云蟬飲而不食三十日而蛻絕北梁兮永辭超過海津長訣去也辭一作詞補曰江淹別賦用此語浮雲鬱兮晝昏楚國潰亂氣未除也霾土忽兮

塺塺風俗塺濁不可居也塺一作梅補曰霾音埋塺音梅塵也息陽城兮廣
夏遂止炎野大屋廬也哀色罔兮中怠志欲懈倦身罷勞也色一作氣補曰
怠有胎音意曉陽兮燎寤心中燎明內自覺也燎一作半釋文作憭補曰憭音
了乃自診兮在茲徐自省視至此處也診一作眡在一作存自診一作息軫恐非
補曰診視也當作診思堯舜兮襲興喜慕二聖相繼代也幸咎繇
兮獲謀冀遇虞舜與議道也悲九州兮靡君傷今天下無聖王也
撫軾歎兮作詩伏車浩歎作風雅也

陶壅

悲哉于嗟兮愁思憤懣長歎息也心內切磋意中激感瘍痛惻也欵

冬而生兮物叩盛陰不滋育也補曰欵叩也凋彼葉柯傷害根莖枝卷曲也瓦礫進寶兮佞偽愚戇侍帷幄也捐弃隨和貞良君子弃山澤也補曰隋侯之珠和氏之璧鉛刀厲御兮頑嚚之徒任政職也頓弃太阿明智忠賢放斥逐也補曰頓音鈍不利也驥垂兩耳兮雄俊佯愚閉口目也補曰賈誼賦云驥垂兩耳服鹽車兮中坂蹉跎衆無知巳不盡力也補曰坂音反說文跛者曰阪一曰澤障一曰山脅也蹉跎失足蹇驢服駕兮駑鈍之徒爲輔翼也服一作般釋文作舨補曰般舨並與服同無用日多僮蒙並進塡滿國也修潔處幽兮執履清白居陋側也貴寵沙劘權右大夫佯不識也補曰沙蘇何切摩抄也劘音磨削也鳳皇不翔兮賢智隱處深藏匿也鶉鴳飛揚小人

得志作威福也乘虹驂蜺兮託駕神氣而遠征也載雲變化陞高
去俗易形貌也補曰化音花曹子建橘賦化與家同韻鷦鵬開路兮仁士智鳥導在
前也一作焦明補曰博雅鷦鵬鳳也音明楊子鷦明沖天不在六翮乎後屬青蛇介虫
之長衞惡姦也屬一作厲步驟桂林兮馳逐正道德香芬也超驤卷阿
騰越曲阜過阨難也補曰卷曲也音拳丘陵翔儛兮山丘踴躍而歡喜也儛一作舞
補曰翔舞亦丘陵之勢也谿谷悲歌川瀆作樂進五音也補曰悲歌亦謂水聲神
章靈篇兮河圖洛書緯讖文也緯一作經赴曲相和宮商並會應琴瑟也
余私娛茲兮我誠樂此發中心也娛一作樂孰哉復加天下歡悅莫如
今也還顧世俗兮回視楚國及衆民也壞敗罔羅廢弃仁義修諂諛也

罔一作網**卷佩將逝兮**袪衣束帶將横奔也**涕流滂沲**思君念國泣霑衿也流一作泗

株昭

一本篇目在亂曰之後

亂曰皇門開兮王門啓闢路四通也一云皇開門兮**照下土**鏡覽幽冥見萬方也**株穢除兮**邪惡已消遠逃亾也株一作珠**蘭芷覩**俊乂英雄在朝堂也**四佞放兮**驩共苗鯀竄四荒也**後得禹**乃獲文命治江河也**聖舜攝兮**重華秉政執紀綱也舜一作驛**昭堯緒**著明唐業致時雍也**孰能若兮**誰能知人如唐虞也**願爲輔**思竭忠信備股肱也

楚辭卷第十五

汲古後人毛表字奏叔依古本是正

楚辭卷第十六

校書郎臣王逸上

九歎章句第十六　楚辭

逢紛

離世 一作靈懷與諸本異又以怨思爲離世遠逝爲怨思移遠遊在第五皆非是

怨思 思一作世

遠逝 逝一作遊

惜賢

憂苦

愍命 愍一作閔 命一作念

思古

遠遊 遊一作逝

九歎者護左都水使者光祿大夫劉向之所作也向以博古敏達典校經書辯章舊文 辯一作辨 追念屈原忠信之節故作九歎歎者傷也息也言屈原放在山澤猶傷念君歎息無已所謂讚賢以輔志騁詞以曜德者也 讚一作贊 輔一作[illegible] 曜一作燿

伊伯庸之末胄兮胄後也左氏傳曰戎子駒支四嶽之裔胄也諒皇直之屈原諒信也論語曰君子貞而不諒言屈原承伯庸之後信有忠直美德甚於衆人也直一作貞云余肇祖于高陽兮惟楚懷之嬋連嬋連族親也言屈原與懷王俱顓頊之孫有嬋連之族親恩深而義篤也嬋一作嬋補曰嬋連猶牽連也原生受命于貞節兮鴻永路有嘉名鴻大也永長也路道也言屈原受陰陽之正氣體合大道故長有美善之名也有一作以齊名字於天地兮謂名平字原也並光明於列星謂心達道要又文采光耀若天有列星也補曰九章云與日月兮齊光吸精粹而吐氛濁兮氛惡氣也左氏傳曰楚氛甚惡言已吸天地清明之氣而吐其塵濁內潔淨也橫邪

世而不取容言已體清潔之行在橫邪貪枉之世而不能自容入于衆也一無取字行叩誠而不阿兮叩擊也阿曲也叩一作切遂見排而逢讒言已心不容非以好叩擊人之過故遂爲讒佞所排逐也后聽虛而黜實兮黜貶也實誠也不吾理而順情言君聽讒佞虛言以貶忠誠之實不理我言而順邪僞之情故見放流也腸憤悁而含怒兮補曰悁烏玄切忿也志遷蹇而左傾言已執忠誠而見貶黜腸中憤懑悁悒而怒則志意遷移左傾而去也一云志徙倚而左傾心戃慌其不我與兮戃慌無思慮貌慌一作怳其一作而補曰戃慌失意上坦朗下呼晃切躬速速其不吾親速速不親附貌也言君心戃慌而無思慮不肯與我謀議用志速速不與己相親附也其一作而辭

靈脩而隕志兮隕墮也易曰有隕自天也辭一作詞志一作意吟澤畔之江濱畔界也濱涯也言已與懷王辭訣志意墮落長吟江澤之涯而已椒桂羅㠯顛覆兮顛頓也覆仆也有竭信而歸誠言已見先賢若椒桂之人以被禍其身顛仆然猶竭信歸誠而志不懼也讒夫藹藹而漫著兮藹藹盛多貌也詩云藹藹王多吉士漫汙也一無夫字漫一作曼汪云曼汗也曼汗以自著曷其不舒予情曷何也言讒人相聚藹藹而盛欲漫汙人以自著明君何不舒我忠情以詰責之乎始結言於廟堂兮結猶聯也廟者先祖之所居也言人君爲政舉事必告於宗廟議之於明堂也信中塗而叛之塗道也叛背也言君始與已結議謀於明堂之上今信用讒言中道而更背我也塗一作涂懷蘭

蕙與衡芷兮衡一作蘅行中壄而散之言已懷忠信之德執芬香之志遠行中野散而棄之傷不見用也壄一作野聲哀哀而懷高丘兮心愁愁而思舊邦言已放斥山野發聲而唫其音哀哀心愁思者念高丘之山想歸故國也願承閒而自恃兮徑淫曀而道壅浮曀闇昧也詩云不日有曀言已思承君閒暇心中自恃冀得竭忠而徑路闇昧遂以壅塞補曰閒一音諫據注音閑曀於計切壅音雍顏黴黧以沮敗兮黧黑也沮壞也黧釋文作蔾補曰黴音眉沮音咀精越裂而衰耄越去也裂分也耄老也言已欲進不得中心憂愁顏色黧黑面目壞敗精神越去氣力衰老也裳襜襜而含風兮襜襜搖貌補曰襜蚩占切衣動貌衣納納而掩露納納濡濕貌也

上曰衣下曰裳言已放行山野下裳襜襜而含寒風上衣濡濕而掩霜露踽行獨處身苦寒也補曰說文云納絲溼納納也赴江湘之湍流兮順波湊而下降湊聚也言已乘船赴江湘之疾流順聚波而下行身危殆也一云赴江湘而橫流補曰湊千候切降下也乎攻切徐徘徊於山阿兮阿曲隅也徘一作低飄風來之泃泃泃泃讙聲也言已至於山之隈曲且徐徘徊冀想君命飄風卒至復聞讒佞泃泃欲來害已也泃一作匈補曰泃音凶水勢馳余車兮玄石玄石山名步余馬兮洞庭洞庭水名補曰謂洞庭之山平明發兮蒼梧夕投宿兮石城石城山名也言已動履大水宿止名山用志清潔且堅固也芙蓉蓋而蔆華車兮蓋一作葢補曰蔆與蔆同花黃白色紫

貝闕而玉堂紫貝水蟲名援神契曰江水出大貝也一云白玉堂薜荔飾而陸離薦兮陸離美玉也薦臥席也飾一作餝薦古作[illegible]魚鱗衣而白蜺裳魚鱗衣雜五綵爲衣如鱗文也言所居清潔被服芬芳德體如玉文綵燿明也登逢龍而下隕兮逄龍山名逄一作逢古本作蓬補曰逄符容切逄皮江切遼故都之漫漫言已登逄龍之山而遂下顧去楚國之遼遠也漫一作曼補曰漫莫半切思南郢之舊俗兮腸一夕而九運言已思念郢都邑里故俗腸中愁悴一夕九轉欲還歸也揚流波之潢潢兮潢潢大貌補曰潢音晃水深廣貌體溶溶而東回溶溶波貌也言已隨流而行水盛廣大波高溶溶將東入於海也心怊悵以永思兮

意晻晻而日頹言已將至於海海心中怊悵而長思意晻晻而稍下恐不復還也日一作自頹一作隤補曰晻烏感切頹下墜也與隤同白露紛以塗塗兮塗塗厚皃秋風瀏以蕭蕭瀏風疾皃也言四時一云紛紛欲盡白露已降秋風急疾年歲且老愁憂思也身永流而不還兮䰟一云瀏瀏補曰瀏音流長逝而常愁言已身隨水長流不復旋反則䰟魄遂去常愁念楚國也䰟一作魂歎曰譬彼流水紛揚礚兮礚一作磕補曰並丘蓋切石聲波逢洶涌濆滂沛兮水性清潔平正順而不爭故以喻屈原也言水逢風紛亂揚波滂沛失其本性以言屈原志行清白遭逢貪佞被過放逐亦失其本志也濆一作紛補曰洶詡拱切洶涌水聲濆扶刎扶文二切涌也揄揚滌盪漂流隕往觸崟

石兮崟銳也言風揄揚水流隕往觸銳利之石使之危殆以言讒人亦揚巳過使得罪罰也崟一作岑補曰岑鉏簪切山小而銳龍卬脟圈繚戾宛轉阻相薄兮言水得風則龍卬繚戾與險阻相薄不得順其流性也以言忠臣逢讒人亦恇攘惶遽而竄伏也脟一作綸補曰脟音欒圈懼免切繚音了戾力結切曲也遭紛逢凶蹇離尤兮言巳遭逢紛濁之世而遇百凶以蹇蹇之故遂以得過也尤一作郵垂文揚采遺將來兮言巳雖不得施行道德將垂典雅之文揚美藻之采以遺將來賢君使知巳志也

逢紛

靈懷其不吾知兮靈懷其不吾聞言懷王闇惑不

知我之忠誠不聞我之清白反用讒言而放逐已也就靈懷之皇祖兮愬靈懷之鬼神言已所言忠正而不見信願就懷王先祖告語其冤使照已心也鬼神明察故欲愬之以自證明也靈懷曾不吾與兮與一作知卽聽夫人之諛辭言懷王之心曾不與我合又聽用讒諛之言以過怒已也卽一作側夫一作讒一云夫讒人補曰卽就也余辭上參於天墜兮旁引之於四時言已所言上參之於天下合之於地旁引四時之神以爲符驗也一無辭字墜一作墬一無之字指日月使延照兮延長也照知也撫招搖以質正招搖北斗杓星也斗主建天時言已上指語日月使長視已之志撫北斗之杓柄使質正我之志動告神明以自徵驗也以一作使補曰禮記招搖在上注云在北斗杓間指時者隋志云招搖一

星在北斗杓間立師曠俾端詞兮師曠聖人也字子埜生無目而善聽當晉平公時端正也命咎繇使竝聽言已之言信而有徵誠可據行願立師曠使正其詞令咎繇並而聽之二聖聰明長於人情知真僞之心也兆出名曰正則兮卦發字曰靈均言已生有形兆伯庸名我爲正則以法天筮而卜之卦得坤字我曰靈均以法地也補曰兆龜拆兆也余幼既有此鴻節兮長愈固而彌純言已幼少有大節度以應天地長大修行而彌純固也鴻一作洪愈一作逾一作俞補曰俞與愈同不從俗而詖行兮詖猶傾也補曰詖彼寄切直躬指而信志言已執履忠信不能隨從俗人傾易其行直身而言以信已之志終不回移也不枉繩以追曲兮屈情素以從事言已心正

直不能枉性以追曲俗屈我素志以從衆人而承事之也**端余行其如玉兮**

述皇輿之踵跡言思正我行令之如玉不匿瑕惡以承述先王正治之法繼續

其業而大之也補曰行戶更切**羣阿容以晦光兮**晦冥也光明也羣一作群

皇輿覆以幽辟幽僻闇昧也言羣臣苟行枉曲以蔽君之聰明使楚國闇昧將

危覆也補曰辟匹亦切**輿中塗以回畔兮駟馬驚而横**

犇馬以喻賢臣也言君爲無道國人中道倍畔而去之賢臣驚怖奔二下爭欲遠也犇一作奔**執**

組者不能制兮執組猶織組也織組者動之於此而成文於彼善御者亦動之

於手而盡馬力也詩云執轡如組一無能字補曰組綬屬列女傳曰詩云執轡如組兩驂如舞孔子曰信

若是詩則可以治天下也言執之於此而成文於彼**必折軛而摧轅**言駟馬驚

奔雖有軶轡之御猶不能制必摧車軶而折其轅也以言賢臣奔亡下使國荒亂而傾危也補曰軶轅前也於華切轅軥也**斷鑣銜吕馳騖兮**鑣勒也銜飾口鐵也斷一作絕吕一作以補曰鑣彼苗切**暮去次而敢止**暮夜也次舍也止制也言車敗馬奔鑣銜斷絕猶自馳騖至於暮夜乃舍無有制止之者也以言人臣一去君亦不復得拘留也去一作者**路蕩蕩其無人兮**蕩蕩平易貌也尚書曰王道蕩蕩**遂不禦乎千里**禦禁也言君國之道路蕩蕩空無賢人以不待遇之故遂行千里遠之他方也**身衡陷而下沈兮**衡横也下沈一作不行**不可獲而復登**言已遠去千里身必横陷沈沒長不可復得登引而用之也**不顧身之卑賤兮惜皇輿之不輿**言已遠行千里不敢顧念身之貧賤欲慕高位也惜君國失賢道德不盛也

出國門而端指兮冀壹寤而錫還言已放出國門正心直指執履誠信幸君覺寤賜已以還命也一本冀上有方字錫一作賜哀僕夫之坎毒兮坎恨也毒恚也坎一作歎補曰歎音坎食不滿也屢離憂而逢患屢數也言已不自念惜身之放逐誠哀僕御之夫坎然恚恨以數逢憂患無已時也補曰患平聲九年之中不吾反兮思彭咸之水遊言已放出九年君不肯反我中心愁思欲自沈於水與彭咸俱遊戲也惜師延之浮渚兮師延殷紂之臣也爲紂作新聲北里之樂紂失天下師延抱其樂器自投濮水而死也補曰史記衛靈公至於濮水之上夜半聞鼓琴聲召師涓聽而寫之乃之晉見晉平公令師涓援琴鼓之師曠曰此亡國之聲師延所作也與紂爲靡靡之樂武王伐紂師延東走自投濮水之中赴汨

羅之長流言巳復貪慕師延自投於水身浮渚涯冀免於刑誅故遂赴汨水長流而去也遵江曲之逶移兮逶移長貌一云遵曲江之逶虵觸石碕而衡遊言巳願循江水逶移而行反觸石碕而復橫流所爲無可也補曰碕曲岸音祈波澧澧而揚澆兮澧澧波聲也回波爲澆也澧唐本作澧補曰澆女敎切湍也一曰水回波見集韻舊音叫順長瀨之濁流言巳橫流而行水波澧澧回而揚澆邪引巳舩則順長瀨之流以避其難也凌黃沱而下低兮黃沱江別名也江別爲沱也沱釋文作沲補曰沱唐何切江別流出嶓山東別爲沱低脂市切思還流而復反言巳凌乘黃沱低船而下將入於海心思還水之流冀幸復旋反也還一作遠玄輿馳而竝集兮玄者水也身容與而日遠言巳以水爲車與船

並馳而流故身容與日以遠也櫂舟杭以横濿兮濿渡也由帶以上爲濿杭一作航以一作而濿一作厲一注云由膝以上爲厲補曰濿履石渡水通作厲溢湘流而南極溢亦渡也言巳乃櫂船横行南渡湘水極其源流也溢一作濟而一作於補曰溢集韻作溢立江界而長吟兮愁哀哀而累息言巳還逺入大江之界逺望長吟心中悲歎而太息哀不遇也界一作介累一作纍情慌忽以忘歸兮神浮遊以高厲言巳心愁情志慌忽思歸故鄉則精神浮遊高厲而逺行也心蛩蛩而懷顧兮蛩蛩懷憂皃心一作志補曰蛩音卭寃眷眷而獨逝眷眷顧皃詩云眷眷懷顧言巳心中蛩蛩常懷大憂内自顧哀則寃神眷眷獨行無有還意也眷一作睠補曰睠古倦切顧也

歎曰余思舊邦思一作息心依違兮日暮黃昏羌幽悲兮言我思念故國心中依違不能遠去日暮黃昏無所歸附中心悲愁而憂思也羌一作嗟去郢東遷去一作王余誰慕兮讒夫黨旅其已茲故兮旅衆也言已去郢東徙我誰思慕而欲遠去乎誠以讒夫朋黨衆多之故而見放棄也河水淫淫情所願兮淫淫流貌顧瞻郢路終不返兮言河水淫淫流行日遠誠我中心之所願慕也覩視楚郢之道路終不復還反内自哀傷也

離世

惟鬱鬱之憂毒兮志坎壈而不違坎壈不遇

貌也言已放逐心中鬱鬱憂而愁毒雖坎壈不遇志不離於忠信也補曰壈力感切身憔悴而考旦兮憔悴憂貌也考猶終也旦明也日黃昏而長悲言已心憂憔悴從夜終明不能寢寐日入黃昏復涕泣而長悲也閔空宇之孤子兮宇居也無父曰孤哀枯楊之冤鶵冤煩冤也生哺曰鷇生啄曰鶵言已既放傷念坐於空室之中孤子煢煢東西無所依歸又悲哀飛鳥生鶵其身煩冤而不得出在於枯楊之樹居危殆也言已有孤子之憂冤鶵之危也補曰鶵崇初切生噣鶵鳥子生而能自啄者孤雌吟於高墉兮墉墻也易曰射隼于高墉之上言冤鶵之生早失其雄其母孤居吟於高墻之上將復遇害也言已亦失其所居在於林澤居非其處恐顛仆也鳴鳩棲於桑榆言鳩鳥輕佻巧利乃棲於桑榆居茂木之上鼓翼而鳴得其所也以言讒佞弄口妄

說以居尊位得志意也玄蝯失於潛林兮獨偏弃而遠放言玄蝯材力捷敏失於高深之林則獨偏遇放弃忘其能也以言賢人弃在山澤亦失其志也征夫勞於周行兮行道也詩云苕苕公子行彼周道處婦憒而長望言征行之夫罷勞周道行役過時而不得婦則處婦憒憒長望而思之也以言巳放在山澤之中曾無思之也申誠信而罔違兮情素潔於紐帛申重也罔無也紐結束也易曰束帛戔戔言巳放弃雖無有思之者然猶重行誠信無有違離情志潔淨有如束帛也一云情結紬素釋文紐女九切補曰紐系也一曰結而可解或作紉非是光明齊於日月兮文采燿於玉石言巳耳目聰明如日月之光無所不照發文序詞爛然成章如玉石有文采也傷壓次而不發

兮壓鎮壓也次失次也壓一作厭釋文於甲切思沈抑而不揚言已懷文武之質自傷壓鎮失次不得發揚其美德思慮沈抑而不得揚見也芳懿懿而終敗兮懿懿芳貌名靡散而不彰靡散猶消滅也言已有芬芳懿美之德而放弃不用身將終敗名字消滅不得彰明於後世也靡一作糜補曰靡音眉背玉門以犇騖兮玉門君門犇一作奔蹇離尤而干詬干求也言已背君門奔馳而去者以已忠信之故得過於衆而自求辱也詬一作詾補曰並音茍辱也又許候胡遘丘候三切若龍逢之沈首兮補曰逢音龎王子比干之逢醢聖賢忠諫而見誅也念社稷之幾危兮幾一作機反爲讎而見怨言已念君信用讒佞社稷幾危以故正言極諫反爲衆臣所讎而見怨惡也

思國家之離沮兮躬獲愆而結難言已思念國家綱紀將以離壞而竭忠言身以得過結爲患難也補曰沮將緒切難乃旦切若青蠅之僞質兮僞猶變也青蠅變白使黑變黑成白以喻讒佞詩云營營青蠅晉驪姬之反情言讒人若青蠅變轉其語以善爲惡若晉驪姬以中生之孝反爲悖逆也恐登階之逢殆兮之一作而故退伏於末庭末遠也言已思欲登君階陛正言直諫恐逢危殆故復退身於遠庭而竄伏也孽臣之號咷兮號咷讙呼臣一作子補曰號乎高切咷音逃本朝蕪而不治言佞臣妖孽委曲其聲相聚讙譁君以迷惑國將傾危朝用蕪薉而不治也補曰治平聲揚惲曰田彼南山蕪穢不治犯顏色而觸諫兮反蒙辜而被疑言已以犯君之

顏色觸禁而諫反蒙罪辜而被猜疑不見信也一無色字諫一作諱**菀蘼蕪與菌若兮**菀積蘼一作靡補曰菀菀音鬱**漸槀本於洿瀆**汙瀆小溝也洿一作汙補曰漸子廉切荀子云蘭茝槀本漸於蜜醴一佩易之漸漬也管子云五沃之土五臭疇生蓮與蘪蕪槀本白芷本草云槀本莖葉根味與芎藭小別以其根上苗下似禾槀故名之**淹芳芷於腐井兮**淹漬也腐臭也**弃雞駭於筐簏**雞駭文犀也筐簏竹器也言積潰眾芳於汙泥臭井之中弃文犀之角置於筐簏而不帶佩蔽其美質失其性也以言弃賢智之士於山林之中亦失其志也一作駭雞簏釋文作篆音錄補曰集韻並音鹿竹高篋也戰國策楚獻雞駭之犀夜光之璧於秦援神契云神靈滋液則有駭雞犀宋哀曰角有光雞見而駭也後漢傳大秦國有駭雞犀注引抱樸子云通天犀有一理如綖者以盛米置羣雞中雞欲往啄米至輒驚却故南人名爲

駭雞

執棠谿㠯刜蓬兮棠谿利劍也刜斫也㠯一作以補曰刜斷也音拂

秉干將以割肉干將亦利劍也利劍宜以爲威誅無狀以征不服今乃用斫蓬蒿割熟肉非其宜也以言使賢者爲僕隸之徒非其宜也論語曰割鷄焉用牛刀

筐澤瀉㠯豹鞹兮筐滿也澤瀉惡草也鞹革也論語曰虎豹之鞹言取澤瀉惡草盛於革囊滿而藏之無益於用也以言養育小人置之高堂亦無益於政治也補曰鞹去毛皮也本草澤瀉葉狹長叢生淺水中多食病人眼

破荊和㠯繼築築大杵也言破和氏之璧以繼築杵而春敗玉寶失其好也以言取賢人刑傷使執斷役亦害忠良失其宜也

時溷濁猶未清兮時一作旹

世殽亂猶未察察明也言時世貪濁善惡殽亂尚未清明也補曰殽一作淆並乎交切雜也

欲容與㠯竢時兮時一

作皆一作之懼年歲之既晏晏晚也言已欲遊戲以待明君恐年歲已晚身衰老也晏一作盱顧屈節以從流兮心鞏鞏而不夷鞏鞏拘攣貌也夷悅也言思屈已忠直之節隨俗流行心中拘攣仁義不舒而志不悅樂顧一作願鞏一作蛩補曰鞏音拱以韋束也寧浮沅而馳騁兮下江湘以邅迴邅迴運轉也言已不能隨俗寧浮身於沅水馳騁而去遂下湘江運轉而行也以一作而歎曰山中檻檻余傷懷兮檻檻車聲也詩云大車檻檻言已放去山中車行檻檻鳴有節度自傷不遇心愁思也補曰檻音艦上聲征夫皇皇其孰依兮皇皇惶遽貌言已惜征行之夫心常惶遽一身獨處無所依附也征夫一作征

征經營原野杳冥冥兮南北爲經東西爲營言已放行山野之中但見草木杳冥無有人民也乘騏騁驥舒吾情兮言已願欲乘騏驥馳騁以求賢君舒肆忠節展我之情也乘一作椉歸骸舊邦莫誰語兮言已思念故鄉雖死欲歸骸骨於楚國無所告語達已之心也長辭遠逝乘湘去兮言已欲歸骸骨於楚國而衆不知故復長訣乘水而欲遠去也辭一作詞

怨思

志隱隱而鬱怫兮隱隱憂也詩云憂心殷殷一作隱隱愁獨哀而宛結言已放流心中隱隱而憂愁思念怫鬱獨自哀傷執行忠信而被讒邪宛結曾無解已也一云愁獨哀哀腸紛紜以繚轉兮紛紜亂貌也繚繞也補曰繚音了

涕漸漸其若屑漸漸泣流貌也言已憂愁腸中迴亂繚繞而轉涕泣交流若磑屑之下無絕時也補曰漸側銜切情慨慨而長懷兮慨慨歎貌也詩云慨我寤歎信上皇而質正上皇上帝也言已中情憤懣慨然長歎欲自信理於上帝使天正其意也質一作貞補曰信音伸正平聲叶合五嶽與八靈兮五嶽五方之山也王者巡狩考課政化之處也東爲泰山西爲華山南爲衡山北爲恒山中央爲嵩山八靈八方之神也訊九魖與六神訊問也詩云執訊獲醜九魖謂北斗九星也言已忠直而不見信用願合五嶽與八方之神察已之志上問九魖六宗之神以照明之也訊一作誶魖一作鬿補曰訊音信誶息辭切魖音祈星名也北斗七星輔一星在第六星旁又招搖一星在北斗杓端指列宿以白情兮訴五帝以置詞言已願復指語

二十八宿以列巳淸白之情告訴五方之帝令受我詞而聽之也置一作宜北斗爲我
折中兮折一作質補曰折中平也中音衆太一爲余聽之折正
也言巳乃復使北斗爲我正其中和太一之神聽其善惡也云服陰陽之正
道兮陽爲仁也陰爲義也御后土之中和土色黃其味甘故言中和也言
羣神勸我承天奉地服循仁義處中和之行無有違離也佩蒼龍之蚴虬兮
蚴虬龍貌補曰於糾渠糾二切帶隱虹之逶虵隱大也逶虵長貌補曰虵唐何切
曳彗星之皓旰兮曳引也皓旰光也彗一作篲皓一作晧補曰晧下老切旰
音汗相如云采色澔汗撫朱爵與鵕鸃朱爵鵕鸃皆神俊之鳥也言巳動以
神物自喻諸神勸我行當如蒼龍能屈能申志當如大虹能揚文采精當若彗星能耀光明舉當若鵕鸃

飛能冲天也補曰鴹鷞浚儀二音釋文鴹音迅師古云鷩也似山雞而小**遊清靈之颯戾兮**颯戾清涼貌靈一作霧**服雲衣之披披**披披長貌也言積德不止乃上遊清冥清涼之庭被服雲氣而通神明也服一作服補曰黃庭經云恍惚之間至清靈服與服同**杖玉華與朱旗兮**華一作策**垂明月之玄珠**朱赤也黑光曰玄也**舉霓旌之墆翳兮**墆翳蔽隱貌旌一作於補曰墆音帝博雅云障蔽也**建黃纁之總旄**總合也黃纁赤黃也天氣玄黃故曰黃纁也言已修善彌固手乃杖執美玉之華帶明月之珠揚赤霓以爲旌維五色以爲旗旄志行清明車服又殊也纁一作昏注云黃昏時天氣玄黃故曰黃昏**躬純粹而罔愆兮承皇考之妙儀**儀法也言已行度純粹而無過失上以承美先父高妙之

法不敢解也一本承上有永字妙一作眇注云高遠之法惜往事之不合兮橫汩羅而下濿言已貪惜以忠事君而志不合故欲橫渡汨水以自沈沒也濿一作厲椉隆波而南渡兮隆盛也椉一作乘渡一作度逐江湘之順流赴陽侯之潢洋兮下石瀨而登洲言已願乘盛波逐湘江之流赴陽侯之大波過石瀨之湍登水中之洲身歷危殆不遑安處也補曰潢戶廣切洋以掌切水深貌陵魁堆以蔽視兮魁堆高貌陵一作陸魁一作匙補曰陵大阜陸高平地雲冥冥而闇前山峻高以無垠兮遂會閡而迫身垠岸涯也曾重也閡大也言已所在之處前有高陵蔽不得視後有峻大之山迫附於已幽藏山野心中愁思也雪雰雰而薄

木兮雺雺雪貌木一作林雲霏霏而隕集隕下也集會也阜隘狹而幽險兮大陵曰阜狹陋也石嵾嵯以翳日翳蔽也言已居隘險之處山石蔽日霜雪並會身既憂愁又寒苦也補曰嵾嵯楚岑又宜二切山不齊悲故鄉而發忿兮忿恚也去余邦之彌久言已不得還歸中心發恚自恨去我國邑之甚久也背龍門而入河兮龍門郢東門也登大墳而望夏首言已虛被讒言背郢城門而奔走將入大河登其高墳以望夏水之戶泄思念也大一作高橫舟航而湓湘兮湓一作濟耳聊啾而戃慌聊啾耳鳴也戃慌憂愁也言已願乘舟航濟渡湘水寂無人聲耳中聊啾而自鳴意中憂愁而戃慌無所依歸也一作黨荒補曰聊音留戃他朗慌呼晃切波

淫淫而周流兮鴻溶溢而滔蕩滔蕩廣大貌也言已愁思戃慌又見水中流波淫淫相隨鴻溶廣大悵然失志也鴻一作澒補曰澒鴻並乎孔切溶音勇水盛也大人賦云紛鴻溶而上厲路曼曼其無端兮周容容而無識言已所行山澤廣遠道路悠長周流容容而無知識也補曰識音志引日月以指極兮極中也謂北辰星也少須臾而釋思釋解也言已施行正直願引日月使照我情上指北辰訴告於天冀君覺寤且解憂思須臾之間也水波遠以冥冥兮眇不睹其東西睹一作覩順風波以南北兮霧宵晦以紛紛宵夜也詩云肅肅宵征言已渡廣水心迷不知東西霧氣晦冥白晝若夜也紛紛一作紛闇日杳杳以西頹兮頹一作隤

路長遠而窘迫言日已西頹年歲亦盡道路長遠不得復還憂心迫窘無所舒志也欲酌醴以娛憂兮醴醴酒也詩云爲酒爲醴憂一作意蹇騷而不釋蹇難也言已欲酌醴酒以自娛樂心中愁思不可解釋也歎曰飄風蓬龍埃坲坲兮蓬龍猶蓬逢轉風貌也坲坲塵埃貌蓬一作逢坲一作浡補曰坲音佛塵起也浡音同屮木搖落屮一作草補曰屮與草同時槁悴兮槁枯也悴病也言飄風轉運揚起塵埃搖動屮木使之迎時枯槁莖葉被病不得盛長也以言讒人亦運轉其言埃塵忠直使之被病而傷形也補曰悴音遂律切遭傾遇禍不可救兮長吟永欷涕究究兮究究不止貌也言已遭傾危之世而遇患禍不可復救故長歎歔欷而涕滂流不可止也究一作⿱⺌⿱冖九古本作究舒情

噭詩冀以自免兮頹流下隕身日遠兮言巳舒展中情噭序志意冀得脫免患禍然身頹流日遠不得還也一云頹流下逆身日以遠兮一云頹流下隕身逝遠兮

遠逝

覽屈氏之離騷兮心哀哀而怫鬱言巳覩屈原所作離騷之經博達温雅忠信懇惻而懷王不寤心爲之悲而怫鬱也聲噭噭以寂寥兮噭噭呼聲也寂寥空無人民之貌也噭一作噭釋文作寂寥上七到下音老一作嗷嘐音同補曰噭噭衆口愁也嗷呼也音叫集韻嗷音寂嘐寥寂靜也音草老顧僕夫之憔悴言巳思爲屈原訟理寃結噭噭而呼山野寂寥空無人民顧覩僕御心皆憔悴而有憂色

也補曰倅遂律切撥謟諛而匡邪兮撥治也匡正也謟一作讒切淟
涊之流俗切猶槩也淟涊垢濁也言巳如得進用則治讒諛之人正其邪僞槩貪濁之俗
使之清淨也補曰淟他典切涊乃典切盪渨涹之姦咎兮盪滌也渨涹汙
薉也亂在内爲姦咎惡也補曰渨烏回切涹烏禾切博雅渨穢也涹濁也夷蠢蠢之溷
濁夷滅也蠢蠢無禮義貌也詩云蠢爾蠻荊言巳欲盪滌讒佞汙穢之臣以除姦惡夷滅貪殘無
禮義之人也補曰蠢出尹切懷芬香而挾蕙兮挾持芬一作芳佩
江離之裴裴一作菲菲補曰裴音霏說文徃來裴裴貌握申椒
與杜若兮冠浮雲之峨峨峨峨高貌也言巳獨懷持香草執忠
貞之行志意高厲冠切浮雲不得而施用也峨一作峩登長陵而四望兮

覽芷圃之蠡蠡圃野樹也詩云東有圃草蠡蠡猶歷歷行列貌也言已登高大之陵周而四望觀香芷之圃歷歷而有行列傷人不采而佩帶也言已亦修德行義動有節度而不見進用也一無樹字補曰蠡禮戈切遊蘭皐與蕙林兮睨玉石之嵾嵯顧視爲睨玉石以喻君門也嵾嵯不益貌也言已放流猶喜居蘭皐蕙林芬芳之處脩行清白動不離身上睨君門賢愚並進嵾嵯不益也揚精華以眩燿兮炫燿光貌一作耀芳鬱渥而純美渥厚芳一作芬結桂樹之旖旎兮旖旎盛貌詩云旖旎其華一作猗狔補曰於綺乃綺二切集韻猗狔弱貌紉荃蕙與辛夷言已揚耳目之精其明炫燿姿質純美猶復結桂枝索蘭蕙脩善益固德行彌盛也荃蕙一作蕙草芳若茲而不御兮捐林薄

而菀死菀積也言已修行衆善若此而不見用將弃林澤菀積而死恨功不立而志不成也補曰菀音鬱驅子僑之犇走兮驅馳也子僑王子僑也犇一作奔申徒狄之赴淵申徒狄賢者避世不仕自沈赴河也言已修善不見進用意欲驅馳待王子僑隨之奔走以學道眞又見申徒狄避世赴河意中紛亂不知所行也若由夷之純美兮由許由也夷伯夷也一作夷由介子推之隱山言已又有清高之行如許由堯讓以天下辭而不肯受伯夷叔齊讓國而餓死介子推逃晉文公之賞隱身深山無爵位而有顯名也晉申生之離殃兮殃一作讒荊和氏之泣血吳申胥之抉眼兮一作子胥補曰抉烏決切王子比干之橫廢皆已解於九章欲卑身而下體兮心隱

惻而不置言已欲卑身下體以順風俗心中惻然而痛不能置中正而行佞諛也方圜殊而不合兮鉤繩用而異態言方與圜其性不同鉤曲繩直其態殊異而不可合也以言忠佞異志猶鉤繩也欲俟時於須臾兮日陰曀其將暮日以喻君陰曀闇昧也言已欲待盛世明時君又闇昧年歲已暮身將老也時遲遲其日進兮遲遲行貌詩云行道遲遲其一作而年忽忽而日度度去也言天時轉運日進遲遲而行已年忽去日以衰老也而一作以補日辰去速而來遲遲遲來遲也忽忽去速也妄周容而入世兮內距閉而不開言已欲妄行周比苟容自入於君心內距閉而意不開敏於忠正而愚於讒諛也俟時風之清激兮風以喻政激感也愈氣

霧其如塺塺塵也言已欲待明君之政清潔之化以感激風俗而君愈貪濁如氛霧之氣來塺塵人也愈一作逾補曰塺音梅進雄鳩之耿耿兮耿耿小節貌讒介介而蔽之言已欲如雄鳩進其耿耿小節之誠信讒人尚復介隔蔽而鄣之況有鸞鳳之志當獲譖毀固其宜也介一作紛注云分隔默順風以偃仰兮默寂尚由由而進之由由猶豫也言已欲寂默不語以順風俗隨衆俛仰而不敢毀譽然尚猶豫不肯進也心懭悢以冤結兮懭悢失志貌也心一作志懭一作懭補曰懭苦晃切悢音朗懭胡晃切情舛錯以曼憂言已欲隨從風俗尚不肯進意中懭悢心爲冤結情意舛錯而長憂苦也補曰舛尺兗切曼音萬搴薜荔於山野兮采撚支於中洲撚支香草也言已雖憂愁猶采

取香草以自約束修善不怠也支一作枝洲一作州補曰隱音穩煙相如賦云桄杷橪柿其字從木郭璞云橪支木也

望高丘而歎涕兮悲吸吸而長懷

言巳遂望楚國而不得歸心爲悲歎涕出長思也下而一作其

孰契契而委棟兮

契契憂貌也詩云契契寤歎契一作挈補曰爾雅佻佻契契逾遐急也契苦絜切注云賢人憂歎遠益急也

日晻晻而下頹

言誰有契契憂國念君欲委其梁棟之謀若巳者乎然日頹暮傷不得行也補曰晻音奄日無光也

歎曰江湘油油長流汩兮

油油流貌也詩云河水油油言巳見江湘之水油油長流將歸於海自傷放流獨無所歸也一云油油江湘補曰汩于筆切

挑揄揚汰盪迅疾兮

言水向得順其經脈揚蕩其波使之迅疾自傷不得順其天性

揚其志意而常屈伏汰汰一作波補曰挑撓也坦彫切揄動也汰音太一音大

憂心展轉愁怫鬱兮展轉不寐貌詩云展轉反側言已放弃不得竭其忠誠心中愁悶展轉怫鬱不能寐也一曰愁鬱鬱兮補曰兮詩作輾臥而不周曰輾

寃結未舒長隱忿兮言已抱守寃結長隱山野心中忿恨無已時也

丁時逢殃可奈何兮丁當也言已之生當逢遇殃咎安可奈何自閔而已一本可上有孰字

勞心悁悁涕滂沲兮言已欲竭節盡忠終不見省但勞我心令我悁悒悲涕而橫流也補曰悁音絹

惜賢

悲余心之悁悁兮哀故邦之逢殃言已所以悲哀

心中悁悒者哀念楚國信用讒佞將逢殃咎也悁悁一作悁邑辭九年而不復兮辭一作詞獨煢煢而南行煢煢獨貌也言已與君辭訣而出至今九年不肯反已常獨煢煢南循江也思余俗之流風兮風化心紛錯而不受紛錯憒亂也言已念我楚國風俗餘化好行讒佞心爲憒亂不能受其邪僞也遵壄莽以呼風兮莽草步從容於山廋廋隈也言已循山野之中以呼風俗之人欲語以忠正之道故徐步山隈遊戲以須之也廋一作廋一作藪巡陸夷之曲衍兮大阜曰陸夷平也衍澤也幽空虛以寂寞言已巡行陵陸經歷曲澤之中空虛杳寞寂寞無人聲也倚石巖以流涕兮憂憔悴而無樂言已依倚巖石之山悲而涕流中心憔悴無歡

樂之時也登巑岏以長企兮巑岏銳山也企立貌詩云企予望之補曰巑徂丸切岏吾官切望南郢而闚之闚視也言已乃登高銳之山立而長望顧視南郢楚邦悲且思也山脩遠其遼遼兮遼遼遠貌塗漫漫其無時塗道也言已遙視楚國山林長遠遼遼雖見道路漫漫誠無時至也一作曼曼聽玄鶴之晨鳴兮于高岡之峨峨玄鶴俊鳥也君有德則來無德則去若鸞鳳矣故師曠鼓琴天下玄鶴皆銜明月之珠以舞也言已聽玄鶴振音晨鳴乃於高岡之上峨峨之顛見有德之君乃來下也以言賢者亦宜自安處以須明君禮敬已然後仕也一作峩峩獨憤積而哀娛兮翔江洲而安歌言已在山澤之中思慮憤積一哀一樂故遊江水之中洲安意歌吟自寬慰也三鳥飛以自

南兮一云飛飛覽其志而欲北言已在於湖澤之中見三鳥飛從南來觀察其志欲北渡江縱恣自在也自傷不得北歸曾不若飛鳥也補曰博物志王母來見武帝有三青鳥如烏大夾王母三鳥王母使也出山海經韓愈詩云浪憑三鳥通丁寧用此也願寄言於三鳥兮去飄疾而不可得言已既不得北歸願因三鳥寄善言以遺其君去又急疾而不可得心爲結結恨也欲遷志而改操兮心紛結其未離言已欲從意改操隨俗佞僞中心亂結未能離於忠信也其一作而外彷徨而遊覽兮內惻隱而含哀言已外雖彷徨於山野之中以遊戲然心常惻隱含悲而念君也聊須臾以時忘兮一作忘時心漸漸其煩錯言已且欲須臾以忘憂思中心漸漸錯亂意不能已也其一作而補曰漸子廉

切流入也願假簧以舒憂兮笙中有舌曰簧詩云吹笙鼓簧志紆鬱其難釋紆屈也鬱愁也言已欲假笙簧吹以舒憂意中紆鬱誠難解釋也歎離騷以揚意兮猶未殫於九章殫盡也言已憂愁不解乃歎唫離騷之經以揚已志尚未盡九章之篇而愁思悲結也猶一作獨長噓吸以於悒兮噓吸於悒皆啼泣貌也噓一作呼涕橫集而成行言已吟歎九章未盡自知言不見省用故長噓吸而啼涕下交集自閔傷也傷明珠之赴泥兮魚眼璣之堅藏言忠良弃捐讒佞珍用也同駑驘與棄駔兮馬毋驢父生子曰驘棄駔駿馬也補曰駔作朗切牡馬雜班駮與闒茸班駮雜色也闒茸駑頓也言君不明智斥逐忠良而任用佞諛委弃

明珠而貴魚眼乘駑驘雜駿馬重班駮喜闒茸心迷意惑終不悟也班一作斑補曰闒茸劣也上託盍下乳勇切

葛藟虆於桂樹兮藟葛荒也虆緣也詩曰葛藟虆之虆一作虆一注云藟巨荒也補曰藟力水切虆倫追切蔓也

鵰鶚集於木蘭鵰鶚鸋鴂貪鳥也言葛藟惡草乃緣於桂樹鵰鶚貪鳥而集于木蘭以言小人進在顯位貪佞升爲公卿也補曰鶚干驕切郭璞云鸋鴂鵰類

偓促談於廊廟兮偓促拘愚之貌補曰偓促追也一曰小貌於角楚角二切

律魁放乎山間律法也魁大也言拘愚蔽闇之人反談論廊廟之中明於大法賢智之士弃在山間而不見用也乎一作於

惡虞氏之簫韶兮好遺風之激楚言世人愚惑惡虞舜簫韶之樂反好俗人淫泆激楚之音也猶言惡典謨中正之言而好諂諛之說也

潛周鼎於江淮

兮爨土鬵於中宇爨炊竈也詩云執爨踖踖鬵釜也詩云溉之釜鬵言乃藏九鼎於江淮之中反炊土釜於堂宇之上猶言弃賢智近愚頑者也補曰鬵音潛又才淫切大釜也一曰鼎大上小下若甑且人心之持舊兮持一作有而不可保長言賢人君子其心所志自有舊故執守信義不可長保而行之也一無而字邅彼南道兮征夫宵行言已放流轉彼江南之道晨夜而行身勤苦也一本征上有以字思念郢路兮還顧睠睠涕流交集兮泣下漣漣漣漣流貌也詩云泣涕漣漣言已思念楚郢之路冀得復歸還顧睠視心中悲感涕泣交會漣漣而流也補曰睠音眷歎曰登山長望中心悲兮言已登於高山長望楚國則心中悲

思而結毒也

菀彼青青泣如頽兮

菀盛貌也詩云有菀者柳言已觀彼山澤草木莫不茂盛青青而生已獨放弃身將萎枯故自傷悲涕泣俱下也菀一作苑補曰菀音鬱青音菁

留思北顧涕漸漸兮

言已所以留精思常北顧而覩郢都想見鄉邑思念君也故涕漸漸而下流補曰漸仄銜切

折銳摧矜凝氾濫兮

摧挫也矜嚴也凝止也氾濫猶沈浮也言已欲折我精銳之志挫我矜嚴忠直之心止與俗人更相沈浮而意不能也補曰氾音泛

念我煢煢魂誰求兮

言已自念煢煢東西魂魄惶遽而求忠直之士欲與事君亦誰乎此不能沈浮之道也一作魂

僕夫慌悴散若流兮

慌亡也言已欲求賢人而未遭遇僕御之人感懷愁悴欲散亡而去若水之流不可復還也補曰慌音荒博雅云忘也

憂苦

昔皇考之嘉志兮喜登能而亮賢言昔我美父伯庸體有嘉善之德喜升進賢能信愛仁智以爲行也情純潔而罔薉兮補曰薉與穢同姿盛質而無愆言已受先人美烈情性純厚志意潔白身無瑕穢姿質茂盛行無過失也情純潔一云外清潔姿一作資質一作實放佞人與諂諛兮斥讒夫與便嬖便利也嬖愛也以言君如使已爲政則放遠巧佞諂諛之人斥逐讒夫與便利嬖愛之臣而去之也補曰便毗連切嬖卑義切賤而得幸曰嬖親忠正之悃誠兮悃厚也正一作政之一作與補曰政與正同悃苦本切招貞良與明智言已如得秉執國政則使君親任忠正之士招致幽隱明智之人令與衆

藏也心溶溶其不可量兮溶溶廣大貌其一作而情澹澹其若淵澹澹不動貌也言巳之心智謀溶溶廣大如川不可度量情意深奥澹澹若淵不可[illegible]回邪辟而不能入兮誠願藏而不可遷言巳執志清白淵靜回邪之言淫辟之人不能自入於巳誠願執藏此行以承事君心終不移也補曰辟匹亦切逐下袟於後堂兮下袟謂妾御也補曰集韻袟音秩祭有次也迎宓妃於伊雒宓妃神女蓋伊雒水之精也言巳願令君推逐妾御出之勿令亂政迎宓妃賢女於伊雒之水以配於君則化行也雒一作川剬讒賊於中廇兮剬去也中廇室中央也廇一作霤一注云堂中央也補曰廇音淵中庭也剬斷也音拂選呂管於榛薄呂呂尚也管管仲也言巳欲爲君所去讒賊之臣於堂廇之中選進呂尚

管仲之徒以爲輔佐則邦國安寧也薄釋文音博

叢林之下無怨士兮江河之畔無隱夫

畔界也言已欲舉士必先於叢林側陋之中使無怨恨令江河之界無隱佚之夫賢人盡升道可與也

三苗之徒以放逐兮

三苗堯之佞臣也尚書曰竄三苗於三危

伊皐之倫以充廬

伊伊尹也皐皐陶也充滿也言放逐佞諛之徒若三苗者置之四裔進用伊尹皐陶之徒使滿國廬則讒邪道塞也補曰自此以上皆言皇考之美曰此以下言今之不然也

今反表以爲裏兮顛裳已爲衣

顛倒也言今世之君迷惑讒佞反表以爲裏倒裳以爲衣而不能知也

戚宋萬於兩楹兮

宋萬宋閔公之臣也與閔公博爭道以手搏之絕其脰戚戚親也楹柱也兩楹之間戶牖之前尊者所處也一云宋萬戚於兩楹兮

廢周邵於遐

夷不用曰廢周周公旦也邵邵公奭也遐遠也言君反覩愛纂逆之臣若宋萬者置於兩楹之間與其政事廢棄仁賢若周公邵公者放於遠夷之外而不近也

却騏驥以轉運兮却退也轉移也

騰驢羸以馳逐騰乘也言退却騏驥以轉徙重車乘駑頓驢羸反以奔走馳逐急疾失其性也以言役使賢者令之負檐進用頑愚以任政職亦失其志也

蔡女黜而出帷兮蔡女蔡國賢女也黜貶也一本女下有疾字

戎婦入而綵繡服戎戎狄也言蔡女美好反見貶黜而去離帷幄戎狄醜婦反入椒房被五綵之繡衣夫人之服也

慶忌囚於阱室兮慶忌吳之公子勇而有力阱深陷也補曰阱疾郢切淮南云王子慶忌死於劍注云吳王僚之弟子闔閭殺僚慶忌勇健亡在鄭闔閭畏之使要離刺慶忌也

陳不占戰而赴圍陳不占齊臣有義而怯聞

其君戰將赴之飯則失匕上車失軾既至聞鍾鼓之聲因怖而死言乃因勇猛之士若吳慶忌於阱陷之中使陳不占赴圍而戰軍必敗也以言君用臣顛倒失其人也

破伯牙之號鍾兮

號鍾琴名號一作号補曰乎高切

挾人箏而彈緯

挾持也箏小瑟也緯張絃也言乃破伯牙號鍾所鼓之鳴琴反持凡人小箏急張其弦而彈之也以言世憎惡六賢之言親信小人之語也補曰軒轅本紀云黃帝之琴名號鍾傅玄琴賦云齊桓公有鳴琴曰號鍾長笛賦云號鍾高調風俗通云箏蒙恬所造一云秦人薄義父子爭瑟而分之因以爲名文選注引挾秦箏而彈徽人箏一作介箏小瑟一作小琴

藏瑉石於金匱兮

瑉石次玉者匱匣也瑉一作珉補曰並音旻

捐赤瑾於中庭

赤瑾美玉也言乃藏瑉石置於金匱反弃美玉於中庭言不知別於善惡也言人而不別玉石則不知忠佞之分也補曰瑾音近

韓信

蒙於介胄兮韓信漢名將也介鎧也胄兜鍪也行夫將而攻城言使韓信猛將被鎧兜鍪守於屯陣藏其智謀令行伍怯夫反爲將軍而攻城必失利而無功也補曰行胡朗切莞芎棄於澤洲兮莞夫離也芎芎窮也皆香草也夫離一作符離補曰莞音九本草白芷一名莞一名芙蘺爾雅莞芙蘺注云蒲也瓟蠡蠹於筐簏瓟瓠也蠡瓢也方爲筐圓爲簏言弃夫離芎窮于水澤之中藏枯瓟之瓢置於筐簏令之腐蠹言愛小人憎君子也或曰蠹囊也瓟一作匏蠡一作蠡補曰方言蠡陳楚宋魏之間或謂之瓢注云瓠勺也音麗瓟與匏同一音雹騏驎奔於九皋兮騏驎仁獸也君有德則至無德則去也熊羆羣而逸囿熊羆猛獸以喻貪殘也囿苑也言騏驎奔竄於九皋之中熊羆逸踊於君之苑也以言斥遠仁德之士而養貪殘之人也逸一作溢注云滿溢君之苑

折芳枝與瓊華兮樹枳棘與薪柴小棗爲棘枯枝爲柴掘荃蕙與射干兮射干香草補曰掘其物切射音夜荀子曰西方有木焉名曰射干莖長四寸生於高山之上而臨百仞之淵木莖非能長也所立者然也注引陶弘景云花白莖長如射人之執竿又引阮公詩云夜干臨層城是生於高處也據本草在草部中又生南陽川谷此云木末詳耘藜藿與蘘荷耘耔也詩云千耦其耘蘘荷蓴苴也藿豆葉也言折弃芳草及與玉華列種柴棘掘拔射干而耨耘藜藿失其所珍也以言賤弃君子而育養小人也補曰蘘而羊切蓴普各切即大招所稱苴蓴也惜今世其何殊兮何殊一作絶異遠近思而不同言已哀惜今世之人賢愚異性其思慮或遠或近智謀不同也或沉淪其無所達兮淪沒或清激其無所通

清明也激感也言或有耳目沈没無所照見或有欲感激行於清明亦復不能通達分别其臧否也一本無兩所字補曰此言沈淪於世俗者困而不能達清激以自厲者介而不能通**哀余生之不當兮獨蒙毒而逢尤**言哀我之生不當昭明之世舉賢之時獨蒙苦毒而遇罪過也**雖謇謇以申志兮君乖差而屏之**言巳雖竭忠謇謇以重達其志君心乃乖差而不與我同故遂屏弃而不見用也謇一作蹇差一音楚嫁切**誠惜芳之菲菲兮反以茲爲腐也**腐臭也言巳自惜被服芳香菲菲而盛君反以此爲腐臭不可用一無也字**懷椒聊之蔎蔎兮**在衣曰懷椒聊香草也詩曰椒聊且蔎蔎香貌蔎一作藹一注云在袖曰懷補曰蔎桑葛切集韻引此**乃逢紛以罹詬也**言巳懷持椒聊其香蔎蔎身修行潔

動有節度而逢亂世遂爲讒佞所害而見恥辱也罹
一作離詬一作詢一本句末無也字補曰詬呼候切
歎曰嘉皇既殁終不返兮嘉美也皇君也以言懷王不用我謀
以殁於秦遂死而不歸終無遺命使已得還也
山中幽險郢路遠兮言已被放在此山澤深險之處去我郢道甚遼遠也
讒人諓諓孰可愬兮諓諓讒言貌也尚書曰諓諓靖言言讒人諓諓承順於君不可告以忠直之意也補曰諓音翦巧言也
征夫罔極誰可語兮言已放逐遠行憂愁無極衆皆佞諛不可與語忠信也
行唫累欷聲喟喟兮欷歎貌喟歎聲也累一作絫一作纍
懷憂含戚一云心懷憂戚何侘傺兮言已行常歌唫增歎累息懷憂含戚悵然侘傺而失意也補曰上丑加下丑利切

愍命

冥冥深林兮樹木鬱鬱山參差以嶄巖兮阜杳杳以蔽日言巳放在山野處於深林冥冥之中山阜高峻樹木蔽日望之無人但見鳥獸也參差一作嵾嵾悲余心之悁悁兮一作悄悄目眇眇而遺泣遺墮也言巳居於山林心中愁思目視眇眇而泣下墮也風騷屑以搖木兮騷屑風聲貌雲吸吸以湫戾吸吸雲動貌也湫戾猶卷戾也言巳心既憂悲又見疾風動搖草木其聲騷屑浮雲吸吸卷戾而相隨重愁思也湫一作啾戾一作淚補曰湫子小切戾力結切曲也悲余生之無歡兮愁倥傯於山陸倥傯猶困苦也言悲念我之生遭遇亂世心無歡樂之時身常困苦於山

陸之中也補曰倥偬苦貢走貢二切困苦也又音孔偬事多也

旦徘徊於長阪言巳旦起徘徊行於長阪之上夕暮獨宿山谷之間憂且懼也

兮夕彷徨而獨宿

髮披披以鬤鬤兮披披鬤鬤解亂貌也鬤古本作鬡補曰鬤而羊切鬡匹昭切

躬劬勞而瘏悴劬亦勞也詩云劬勞於野瘏病也詩云我馬瘏矣言巳履涉風露頭髮解亂而身罷病也補曰瘏音徒

䰟俇俇而南行兮俇俇惶遽之貌䰟一作魂行一作征補曰俇具往切

泣霑襟而濡袂袂袖也言巳中心憂戚用志不安䰟魄俇俇惶遽南行悲感外發涕泣交下霑衣袖也濡一作掩

心嬋媛而無告兮口噤閉而不言閉口爲噤也言巳愁思心中牽引而痛無所告語閉我之口不知所言衆皆佞僞無可與謀也補曰噤巨蔭切

違郢都之舊

閶兮（閶里）回湘沅而遠遷（言己放逐去我郢都故閶回於湘沅之水而遠遷徙失其所之也回一作過）念余邦之横陷兮（補曰横戸孟切）宗鬼神之無次（同姓爲宗次次第也言我思念楚國任用讒佞將横陷危殆己之宗族先祖鬼神失其次第而不見祀也）閔先嗣之中絶兮（嗣繼）心惶惑而自悲（言己傷念先祖乃從屈瑕建立基功子孫世世承而繼之至於己身而當中絶心爲惶惑內自悲哀也）聊浮遊於山陿兮（陿山側也補曰陿與峽同）步周流於江畔（畔界）臨深水而長嘯兮且倘佯而氾觀（氾博也言己憂愁不能寧處出升山側遊戲博觀臨水長嘯思念楚國而無解己也補曰倘音常氾音泛）興離騷之微文兮冀靈修之壹

悟還余車於南郢兮復往軌於初古軌車轍也月令曰車同軌言已雖見放逐猶與離騷之文以諷諫其君冀其心一寤有命還已已復得乘車周行楚國脩古始之轍跡也補曰車同軌今中庸文也古音故道脩遠其難遷兮傷余心之不能已言已後或歸郢其路長遠誠難遷徙然我心中想念於君不能已也背三五之典刑兮典常刑法絕洪範之辟紀洪範尚書篇名箕子所爲武王陳五行之道也言君施行背三皇五帝之常典絕去洪範之法紀任意妄爲故失道也補曰辟婢亦切播規榘以背度兮播弃錯權衡而任意錯置也衡稱也所以銓物輕重也言君弃先王之法度而不奉循猶置衡稱不以量物更任其意而商輕重必失道徑違人情也補曰錯七故切意有臆音操繩墨而

放弃兮傾容幸而侍側側旁也言賢者執持法度而見放弃傾頭容身讒諛之人反得親近侍於旁側也幸一作達

甘棠枯於豐草兮甘棠杜也詩云蔽芾甘棠補曰爾雅杜甘棠注云今之杜梨

藜棘樹於中庭堂下謂之庭言甘棠香美之木枯於草中而不見御反種蒺藜棘刺之木滿於中庭以言遠仁賢近讒賊也

西施斥於北宮兮仳倠倚於彌楹西施美女也仳倠醜女也彌猶徧也楹柱也言西施美好弃於後宮不見進御仳倠醜女反倚立徧兩楹之間侍左右也補曰仳步浼倠虎猥切又仳音毗倠呼維切說文云醜面也淮南注云仳倠古之醜女音靡也

烏獲戚而驂乘兮燕公操於馬圉烏獲多力士也燕公邵公也封於燕故曰燕公也養馬曰圉言與多力烏獲同車驂乘令仁賢邵公執役養馬失其宜也補曰

孟子曰舉烏獲之任許慎云秦武王之力士**蒯聵登於清府兮咎繇棄而在壄**蒯聵衛靈公太子也不順其親欲害其後母清府猶清廟也言使蒯聵無義之人登於清廟而執綱紀放弃聖人咎繇於外野政必亂身危殆也一作弃於壄外一作外野補曰蒯苦怪聵五怪切**蓋見茲以永歎兮**以一作而**欲登階而狐疑**言巳見君親愛惡人斥逐忠良誠欲進身登階竭盡謀慮意中狐疑恐遇患害也**棄白水而高騖兮**棄一作乘**因徙弛而長詞**言巳恐登階被害欲乘白水高馳而遠遊遂清潔之志因徙弛却退而長訣也弛一作施一作施**歎曰倘佯壚阪沼水深兮**倘佯山名也壚黃黑色土也沼池也詩云王在靈沼言倘佯之山其阪土玄黃其下有池水深而且清宜以避世而長隱身也補曰說文壚黑

剛土也

容與漢渚涕淫淫兮漢水名也尚書曰嶓冢導漾東流爲漢言已將欲避世遊戲漢水之岸心中哀悲而不能去涕流淫淫也

鍾牙已死誰爲聲兮鍾鍾子期牙伯牙也言二子曉音今皆已死無知音者誰爲作善聲也以言君不曉忠信亦不可爲竭謀盡誠也

纖阿不御焉舒情兮纖阿古善御者言纖阿不執轡而御則馬不爲盡其力言君不任賢者賢者亦不盡其節

曾哀悽欷心離離兮離離剝裂貌

還顧高丘泣如灑兮言已不遭明君無御用者重自哀傷悽愴累息心爲剝裂顧視楚國悲感泣下如以水灑地也補曰灑所宜切

思古

悲余性之不可改兮屢懲艾而不遂言已體受

忠直之性雖數爲讒人所懲艾而心終不移易也艾一作忿一作惹逡一作移補曰艾忿並音乂逡遷徙也通作移**服覺晧以殊俗兮**覺較也詩云有覺德行晧猶明也晧一作浩一作酷涯並同**貌揭揭以巍巍**揭揭高貌也巍巍大貌也言己被服衆芳履行忠正皎然盛明志願高大與俗人異也巍釋文作魏音危補曰揭居謁切**譬若王僑之乘雲兮載赤霄而淩太淸**言己志意高大上切於天譬若仙人王僑乘浮雲載赤霄上凌太清遊天庭也淩一作凌**欲與天地參壽兮**一無欲字**與日月而比榮**言己修行衆善冀若仙人王僑得道不死遂與天地同其壽命與日月比其光榮流名於後世不腐滅也一無而字**登崑崙而北首兮**首嚮補曰首音狩**悉靈圉而來謁**悉盡也靈圉衆神也言己

設得道輕舉登崑崙之上北向天門衆神盡來謁見尊有德也圉釋文作圄補曰並魚呂切大人賦云悉徵靈圉而選之兮張揖曰靈圉衆仙号也淮南云騎蜚廉而從敦圄注云敦圄仙人名郭璞云靈圉淳圉仙人名也

選鬼神於太陰兮登閶闔於玄闕言乃選擇衆鬼神之中行忠正者與俱已登於天門入玄闕拜天皇受勑誨也

回朕車俾西引兮褰虹旗於玉門褰祛也玉門山名也言乃旋我之車而西行褰舉虹旗驅上玉門之山以趣疾也

馳六龍於三危兮三危西方山也**朝西靈於九濱**朝召也濱水涯也言乃馳騁六龍過於三危之山召西方之神會於大海九曲之涯也西一作四

結余軫於西山兮橫飛谷以南征結旋也飛谷日所行道也言乃旋我車軫橫度飛泉之谷以南行也軫一作車

絕都廣

以直指兮都廣野名也山海經曰都廣在西南其城方三百里蓋天地之中也補曰淮南曰建木在都廣蓋天地之中也注云都廣南方山名又曰八殥之外有八紘南方曰都廣注云國名山在此國因復曰都廣山**歷祝融於朱冥**朱赤色也言已行乃橫絕於都廣之野過祝融之神於朱冥之野也補曰莊子曰南冥者天池也傳曰南海之神曰祝融**枉玉衡於炎火兮**枉屈也衡車衡也**委兩館于咸唐**委曲也館舍也咸唐咸池也言已從炎火又曲意至於咸池而再舍止宿也**貫澒濛以東朅兮**澒濛氣也朅去也澒一作鴻補曰澒鴻並乎孔切濛濛孔切大水也朅丘列切**維六龍於扶桑**言遂貫出澒濛之氣而東去繫六龍於扶桑之木扶一作榑補曰春秋命曆序曰皇伯登扶桑日之陽駕六龍以上下**周流覽於四海兮志升降以**

高馳言已既周行遍於四海之外意欲上下高馳以求賢士也升一作陞徵九神於回極兮徵召也回旋也極中也謂會北辰之星於天之中也建虹采以招指虹采旗也招指指指麾也旗所以招指指語人也言已乃召九天之神使會北極之星舉虹采以指麾四方也一作采虹駕鸞鳳以上遊兮從玄鶴與鷦明鷦明俊鳥也孔鳥飛而送迎兮一作庭迎騰羣鶴於瑤光鶴靈鳥也以喻潔白之士言已乃駕乘鸞鳳明智之鳥從鷦明羣鶴潔白之士過於瑤光之星質已修行之要也鶴一作鵠瑤一作搖一注云鶴白鳥也補曰瑤光北斗杓星也排帝宮與羅囿兮羅囿天苑升縣圃以眩滅言遂排開天帝之宮入其羅囿出升縣圃之山而望目爲炫燿精明消滅心愁思也升一作陞縣一作懸補曰縣音玄結

瓊枝以雜佩兮立長庚以繼日長庚星名也詩云西有長庚言巳精明雖消滅猶結玉枝申脩忠誠立長庚之星以繼日光晝夜長行志意明也一作繼曜凌驚靁以軼駭電兮一無以字補曰軼音佚綴鬼谷於北辰綴係也北辰北極星也論語曰譬如北辰居其所而衆星拱之言遂凌乘驚駭之雷追逐奔軼之電以至於天使北辰係綴百鬼勿令害賢者也鬼谷一作百鬼鞭風伯使先驅兮因靈玄於虞淵遡高風以低佪兮遡一作泝一云遡高風以徘徊補曰泝遡一也泝向也逆流而上曰泝洄覽周流於朔方靈玄玄帝也虞淵日所入也淮南言日出湯谷入于虞淵言乃鞭風伯使之掃塵因玄帝之神使無陰冥周徧流行於北方也就顓頊而敶詞兮考玄冥

於空桑空桑山名也玄冥太陰之神主刑殺也言於空桑之山乃就聖帝顓頊敶列已詞考問玄冥之神何故害賢也旋車逝於崇山兮崇山驩兜所放山也逝一作遊奏虞舜於蒼梧言已從崇山見驩兜以佞故囚至蒼梧告愬聖舜已行忠直而遇斥弃冀蒙異謀也虞一作帝淊楊舟於會稽兮楊木名也詩云汎汎楊舟會稽山名也淊一作濟就申胥於五湖湖大池也言已復乘楊木之輕舟就伍子胥於五湖之中問志行之見者也一本揖大禹於江濱一汪伍子胥作申包胥然上文有申子汪云子胥也見南郢之流風兮殞余躬於沅湘言還見楚國風俗妬害賢良故自沈於沅湘而不悔也望舊邦之黯黮兮黯黮不明貌也邦一作鄉補曰黯烏感黮都感切時溷濁其猶未央言已望見故國

君闇不明羣下貪亂其化未盡心憂愁也一無其字懷蘭茝之芬芳兮妬被離而折之言已懷忠信之行故爲衆佞所妬欲共被離摧折而弃之也被一作披補曰被音披張絳帷以襜襜兮風邑邑而蔽之邑邑微弱貌也言君張朱帷襜襜鮮明宜與賢者共處其中而政令微弱適以自蔽者也日暾暾其西舍兮其一作而陽焱焱而復顧言日暾暾西下將舍入太陰之中其餘陽氣猶尚焱焱而顧欲還也以言已年亦老暮亦思還返故鄉也焱一作炎補曰暾他昆切焱火華也音琰炎音同聊假日以須臾兮何騷騷而自故言已思年命欲暮願且假日遊戲須臾之間然中心愁思如故終不解也故一作苦

歎曰譬彼蛟龍乘雲浮兮一雲譬彼雲龍無乘雲浮兮一

句一云乘雲游兮一云乘浮雲兮汜淫澒溶紛若霧兮言已懷德不用譬若蛟龍潛於川澤忽然乘雲汜淫而遊紛紜若霧而乃見之也汜一作沉澒一作鴻補曰汜淫已見九懷澒鴻並乎孔切溶弋孔切潺湲轇轕轇一作膠補曰轕音葛雷動電發馺高舉兮言蛟龍升天其形潺湲若水之流縱橫轇轕遂乘雷電而高舉也以言已亦想遭明時舉而進用補曰馺素合切方言馺馬馳也注云疾貌升虛凌冥沛濁浮清入帝宮兮言龍能登虛無凌清冥棄濁穢入天帝之宮言已亦想升賢君之朝斥去貪佞之人也升一作登沛一作弃搖翹奮羽馳風騁雨遊無窮兮言龍既升天奮搖翹羽馳使風雨言已亦願奮竭智謀以輔事賢君流恩百姓長無窮極也

遠遊

楚辭卷第十六

汲古後人毛表字奏叔依古本是正

楚辭卷第十七

漢侍中南郡王　逸叔師作

九思章句第十七　楚辭

逢尤 逢一作見

怨上

疾世 世一作俗

憫上 憫一作閔

遭厄

悼亂 一作隱思一作散亂

傷時
哀歲
守志

九思者王逸之所作也逸南陽人一作南郡博雅多覽讀楚辭而傷愍屈原故爲之作解又以自屈原終没之後忠臣介士遊覽學者讀離騷九章之文莫不愴然心爲悲感高其節行妙其麗雅至劉向王襃之徒咸嘉其義一云咸嘉歎之作賦騁辭以讚

其志則皆列於譜錄世世相傳皮日休九諷叙云屈平既放作離騷經正詭俗而爲九歌辯窮愁而爲九章是後詞人摭而爲之若宋玉之九辯王襃之九懷劉向之九歎王逸之九思其爲清怨素豔幽快古秀皆得芝蘭之芬芳鸞鳳之毛羽也楊雄有廣騷梁竦有悼騷不知王逸奚罪其文不以二家之述爲離騷之兩派也逸與屈原同土共國悼傷之情與凡有異竊慕向襃之風作頌一篇號曰九思以裨其辭未有解說故聊叙訓誼焉一無叙字辭曰逸不應自爲注解恐其子延壽之徒爲之爾

悲兮愁哀兮憂傷不遇也天生我兮當闇時

君不明也被詠譖兮虛獲尤爲佞人所傷害也詠毀也尤過也補曰詠音卓
心煩憒兮意無聊愁君迷蔽忿姦興也憒亂也聊樂也補曰憒音潰聊音留
嚴載駕兮出戲遊將以釋憂憤也周八極兮歷九
州求賢君也求軒轅兮索重華覬遇如黃帝堯舜之聖明也世
既卓兮遠眇眇去前聖遠然不可得也卓遠也卓一作逴補曰逴音卓握
佩玖兮中路躇懷寶不舒悵仿偟也補曰躇音除羨咎繇兮
建典謨樂古賢臣遇明君也咎一作皐懿風后兮受瑞圖懿深
也屈原之喻也風后黃帝師受天瑞者也愍余命兮遭六極愍一作憫委
玉質兮於泥塗見放逐汙辱若陷泥塗中也泥一作涅遽傽遑

兮驅林澤遽一作遂偉一作章一作偉一作憒補曰集韻偉徨行不正步屛營兮行丘阿憂憒不知所爲徒經營奔走也補曰屛音并畀盈切征伀也車軏折兮馬虺頹驅騁不能寧定車弊而馬病也軏一作軸補曰語云小車無軏軏車轅耑持衡者一作軏非是虺音灰集韻作虺隤惷悵立兮涕滂沲憂悴而涕流也惷一作惷覔一作惆一作怊補曰惷丑江切惷覔音同視不明也一日直視思丁文兮聖明哲丁當也文文王也心志不明顧遇文王時也哀平差兮迷謬愚平楚平王差吳王夫差也平王殺忠臣伍奢奢子員仕吳以破楚夫差不用子胥而爲越所滅也呂傅舉兮殷周興呂呂望傅傅説兩賢舉用而二代以興盛也忌嚭專兮郢吳虛忌楚大夫費無忌嚭吳大夫宰嚭虛空也忌嚭佞僞

惑其君而敗二國空虛郢楚都也仰長歎兮氣
嚭一作嚭補曰普美切集韻從喜
餶結仰將訴天也餶結也補曰餶悒殟絶兮咶
於結切說文飯窒也與噎同
復蘇憒忿瞻絶徐乃蘇也殟釋文作慍咶一作活
一作恬蘇釋文作穌補曰殟廣雅云極也音
温咶息也虎兕爭兮於廷中廷朝廷也虎兕
乎刮切惡獸以喻姦臣
豺狼鬭兮我之隅隅旁也言衆佞辯
爭常在我傍也雲霧
會兮日冥晦衆僞蔽君如雲霧之
隱日使不可得見也飄風起兮揚
塵埃回風爲飄以喻小人造設姦僞賊害
仁賢爲君垢穢如回風之起塵埃也走罔
罔兮乍東西動觸諂毀東西趣走一作罔党一
作惕党一本云党敞音又王尚切
欲竄伏兮其焉如無
補曰集韻有党敞尚二音
距也踢也有党音餉正也所

逃難念靈閨兮隩重深靈謂懷王閨閤也言欲訴論輒爲羣邪所遮不能得通達隩一作奥一作窈願竭節兮隔無由望舊邦兮路透隨透隨迂遠也近而障隔則與迂遠同也透一作委憂心悄兮志勤劬悄猶慘也劬勞也志一作以補曰悄子小切寃煢煢兮不遑寐寃一作魂目眽眽兮寤終朝眽眽視貌也終朝自旦及夕言通夜不能瞑也眽一作脈一作眩補曰眽目財視貌音脈

逢尤

令尹兮謷謷令尹楚官掌政者也謷謷不聽話言而妄語也補曰謷五高切羣司兮讘讘羣司衆僚讘讘猶傯傯也言皆競於佞也羣一作群補曰讘讘多言也奴侫切

哀哉兮溷溷溷溷一國並亂也補曰溷音骨上下兮同流君臣俱愚意無別也菽藟兮蔓衍菽藟小草也蔓衍廣延也補曰菽釋文音焦藟力水切芳虈兮挫枯虈香草名也挫枯弃不用也補曰虈許苗切本草白芷一名虈說文楚謂之蘺晉謂之虈齊謂之茝朱紫兮雜亂曾莫兮別諸君不識賢使紫奪朱世無別知之者倚此兮巖穴退遁逃也永思兮窈悠長守忠信念無違而塗悠遠也悠一作窕嗟懷兮眩惑懷懷王也爲眾佞所欺耀目盡迷瞀用志兮不昭獨行忠信無明已者昭一作照將喪兮玉斗遺失兮鈕樞鈕樞所以校玉斗玉斗既喪將失其鈕樞言放弃賢者逐去之一注云鈕樞玉斗皆所寶者補曰釋文鈕女有切一作鈕非是我心兮煎

熬惟是兮用憂熬亦煎也憂無已也煎熬一作熬熬鬻釋文作㷔補曰並音炒進惡兮九旬紂爲九旬之飲而不聽政惡一作思進惡一作集慕九旬一作仇荀一注云紂爲長夜之飲補曰仇荀謂仇牧荀息復顧兮彭務彭彭咸務務光皆古介士恥受汙辱自投於水而死也復一作退務一作瞀注同釋文音牟擬斯兮二蹤擬則也蹤跡也言願効此二賢之迹亦當自沈未知兮所投謠吟兮中壄未得所死且仿偟也一作野上察兮璇璣璇一作旋一作琁機補曰北斗魁四星爲璇璣大火兮西睨攝提兮運低璇璣天中故先察之大火西流攝提運下夜分之候愁思不寐起視星辰以解戚者也流一作匿補曰大火房心尾也晉志攝提六星直斗杓之南主建時節雷霆兮硠礚雷聲補曰上音郎下苦蓋切雹

霰兮霏霏霏霏集貌奔電兮光晃涼風兮愴悽獨處愁思不寐見雹電涼風之至益憂多也晃一作照鳥獸兮驚駭相從兮宿棲言鳥獸驚惶尚相從就傷已單獨心用悲也鴛鴦兮噰噰和鳴貌也狐狸兮徵徵相隨貌補曰徵釋文音眉一作嶽非哀吾兮介特介特獨也一吾下有子字獨處兮罔依罔無也螻蛄兮鳴東蟊蠽兮號西蛓緣兮我裳蠋入兮我懷蟲豸兮夾余惆悵兮自悲言已獨處山野與衆虫爲伍心悲感也一作蟊蠽蛓一作蚤懷一作衣豸一作豕補曰螻蛄婁姑二音蟊蠽矛節二音蟊虫食草根者爾雅蠽茅蜩似蟬而小青色音截蛓音次說文云毛虫有毒螫人蠋音蜀豸直氏

切有足謂之蟲無足謂之豸佇立兮忉怛佇停補曰忉音刀憂勞也怛丁葛切心

結縎兮折摧補曰縎結也音骨

怨上

周徘徊兮漢渚言居山中愁憤復之漢水之涯庶欲以釋思念也渚一作濱

求水神兮靈女冀得水中神女以慰思念嗟此國兮無良此國楚國也言君臣無善皆凶愚也媒女詘兮謰謱謰謱不正貌一云謀女一云媒詘訥兮補曰詘與訥同方言謰謱拏也南楚曰謰謱音連縷注云言諸拏也一曰謰謱語亂也鴳雀

列兮譁讙鴳雀小鳥以喻小人列位也言小人在位患失之競為佞諂聲呶呶也鴳鴳一作鴝鵒鴝鵒鳴兮聒余鴝鵒鴳雀類也多聲亂耳為聒補曰鴝音劬抱

昭華兮寶璋昭華玉名璋一作章補曰淮南云堯贈舜以昭華之玉欲衒鬻兮莫取行賣曰衒鬻賣也言巳竭忠信以事君而不見用猶抱此昭華寶璋衒賣之璋玉名也言旋邁兮北徂巳不見用欲遠去也旋一作逝一云逝言邁兮叫我友兮配耦叫急叫也言此國巳無良人庶北行遇賢友而以自耦也日陰曀兮未光北方多陰陰一作霒闃睄窕兮靡睹闃窺也睄窕幽冥也一作闃睄霓補曰闃古覓切睄與宵同窕徒了切深也紛載驅兮高馳適北無所遇故欲馳而去將諮詢兮皇羲皇羲羲皇也諮問詢謀所以安巳也一云羲伏羲伏羲稱皇也遵河皐兮周流路變易兮時乖所志不遇無所用其志也時一作旹濿滄海兮東遊沐

盥浴兮天池天池則滄海也濿一作厲補曰濿與厲同訪太昊兮道要太昊東方青帝也將問天道之要務云靡貴兮仁義太昊答惟仁義爲上補曰義有儀音志欣樂兮反征就周文兮邠岐聞惟仁義故欣喜復之西方就文王也邠岐周本國邠一作豳秉玉英兮結誓願與文王約信以玉英爲贄幣也日欲暮兮心悲日暮而歲邁年將老悲不見進用也惟天祿兮不再福不再至年歲一過則終訖也背我信兮自違若背忠信以趨時俗則違本心故不忍爲踰隴堆兮渡漠隴堆山名漠沙漠也一云漢漢水也過桂車兮合黎桂車合黎皆西方山之名赴崑山兮馬驟崑山崑崙也言渡隴堆適桂車合黎乃至崑崙取駿馬而絆之驟駿馬名崑一

作昆馬一作褭補曰馬竹及切絆馬也騄耳馬名音綠從卭遨兮棲遲卭獸名遨遊也馬騄從卭而棲遲顧望也一二云從盧敖兮補曰卭謂卭卭駏虛也吮玉液兮止渴齧芝華兮療飢玉液瓊蘂之精氣芝神草也渴啜玉精飢食芝之華欲僊去也渴釋文作㵐補曰吮常兖切呧也又子兖切漱也㵐與渴同居嵺廓兮尠疇嵺廓空洞而無人也尠少也疇匹也言獨行而抱影也補曰嵺音寥遠梁昌兮幾迷梁昌陷據失所也迷惑欲還還也陷據一作蹈據望江漢兮濩渃濩渃大貌也還見江漢水大也漢一作海補曰濩音獲渃音若大水也心緊絭兮傷懷緊絭糾繚也望舊土而心感傷也絭一作拳一作纏綣補曰緊纏並袪引切拳綣並苦遠切纏綿也時昢昢兮旦旦日月始出光明未盛爲昢昢一作朏一云旦旦一云

且旦補曰朏日將曙朏月未盛明並普突切且子魚切塺莫莫兮未晞莫莫合也晞消也朝陽未開霧氣尚盛莫一作漠憂不暇兮寢食吒增歎兮如雷吒一作咤增一作曾補曰吒竹嫁切吐怒也

疾世

哀世兮睩睩睩睩視貌賢人不用小人持勢也補曰睩目睞謹也音祿諓諓兮嗌喔諓諓竊言嗌喔容媚之聲補曰嗌音益喔於角切又音屋衆多兮阿媚阿曲骫靡兮成俗委靡面柔也骫一作委貪枉兮黨比貞良兮煢獨詩云獨行煢煢煢一作惸鵠竄兮枳棘鵜集兮帷幄木帳曰帷言大人處卑賤小人在尊位也鵠一作鶴鵜一作鵝一作鴂一作鶬補曰鵜

音啼與鶗同說文鶗鴂也薊蘩兮青蔥薊蘩草名青蔥見養有光色也補曰薊居滯切蘩女猪切集韻薊萃似芹可食蔥當作葱槀本兮萎落槀本香草也喻賢愚易所落舊音格覩斯兮僞惑惑一作盛一云疾斯兮僞忒心爲兮隔錯隔錯失其性也逡巡兮圃藪藂林曰藪率彼兮畛陌田間道曰畛陌塍分界也川谷兮淵淵深貌山峊兮峉峉峉峉長而多有貌也峊一作阜一作屈峉一作硌補曰峊即阜字峊舊音五結切集韻作峊山高也峉音額山高大貌硌音落叢林兮崟崟崟崟衆饒貌崟一作岒補曰並音吟株榛兮岳岳岳岳衆木植也株一作林補曰博雅木叢生曰榛霜雪兮漼溰積聚貌一作溰溰一作漼漼補曰漼音摧溰五來切霜雪積聚貌冰凍

兮洛澤洛竭也寒而水澤竭成氷補曰集韻北謂之洛澤其字从仌上音洛下大洛切又曰澤氷結也引此一云冬氷兮洛澤東西兮南北罔所兮歸薄言四方皆無所停止也庇廕兮枯樹匍匐兮巖石穴可居者蹬跼兮寒局數一云蹬跼兮數年一云蹬跼兮寒風數補曰數音促獨處兮志不申蹬偃僂也年齒盡兮命迫促魁壘擠摧兮常困辱魁壘促迫也擠摧折屈也壘一作纍補曰魁苦罪切壘纍並音磊魁壘盤結也擠子奚切含憂強老兮愁不樂愁早老曰強也不一作無鬚髮薴顇兮顠鬢白薴亂也顠雜白也鬢一作鬢薴一作蔓鬢一作顇補曰薴音獰艸亂也顇音悴顠額也顠疋沼切髮亂貌思靈澤兮一膏

沐靈澤天之膏潤也蓋喻德政也靈一作雲懷蘭英兮把瓊若英華瓊若食也蘭一作華待天明兮立躑躅言懷蘭把若無所施之欲待明君未知其將故屏營躑躅一作蹢躅補曰上文隻下文局切雲濛濛兮電儵爍儵爍疾也閃多而明少也蒙一作濛補曰爍書灼切孤雌驚兮鳴呴雌一作雛補曰呴音握思怫鬱兮肝切剝忿悁悒兮孰訴告一云於悒悒兮補曰怫音佛悁一緣切告入聲

憫上

悼屈子兮遭厄子男子之通稱也沈王躬兮湘汩賢者質美故以比玉湘汩皆水名補曰汩音覓何楚國兮難化言楚國君臣之

亂不可曉踰也兮一作之迄于今兮不易政教荒阻不可變也于一作乎士

莫志兮羔裘言政穢則士貪鄙無有素絲之志皎潔之行也競佞諛

兮讒閱閱不相聽一云讒閱閱補曰閱虛的切指正義兮爲曲

訿玉璧兮爲石一作璧玉補曰訿音紫殦鵰遊兮華

屋殦一作鶚鴳鷯棲兮柴蔟鴳一作鷃棲一作栖一作巂音寯補曰鴳素俊

切鷯音儀蔟千木切起奮迅兮奔走違羣小兮謑詢

謑恥辱垢陋之言也詢一作呴補曰謑音傒詢許候切又胡豆切荀子無廉恥而忍謑詢注云謑詢罵辱也

謑音奚一云謑詬小人怒載青雲兮上昇適昭明兮所

處終無所舒情故欲乘雲升天就日處矣昭明日暉昇一作陞躡天衢兮長

驅踵九陽兮戲蕩 衢路也九陽日出處也 越雲漢兮南濟秣余馬兮河鼓 河鼓牽牛別名補曰爾雅河鼓謂之牽牛晉志曰河鼓三星在牽牛北 雲霓紛兮晻翳 雲一作霄翳一作鬱 參辰回兮顛倒 參辰皆宿名夜分而易次故顛倒失路也補曰楊子吾不覩參辰之相比 逢流星兮問路顧我指兮從左 流星發所從也一云顧指我兮 俓娵觜兮直馳 觜一作訾補曰娵酒于切觜音訾爾雅娵觜之口營室東壁也 御者迯兮失軌遂踼逴兮邪造 流星雖甚猶不得道 踼逴誤過也邪一作衺補曰踼音湯逴他逴切一音跌跌踼行不正貌林云踼徒郎大浪二切 與日月兮殊道志閼絕兮安如 志望已訖不知所之如一作歸

補曰闕音遏哀所求兮不耦攀天階兮下視下一作俔見鄢郢兮舊宇鄢郢楚都也言上天所求不得意欲還下視見舊居也補曰鄢於建切地名在楚音偃者在鄭音焉者在潁川釋文音憶意逍遙兮欲歸衆穢盛兮杳杳衆穢謂佞人言將復害已思哽饐兮詰詘饐一作咽涕流瀾兮如雨還為衆僞所害故悲泣也

遭厄

嗟嗟兮悲夫傷時昏惑殽亂兮紛挐君任佞巧競疾忠信交亂紛挐也殽一作散釋文殽乎巧切補曰挐女居切茅絲兮同綜不別好惡綜一作緵補曰綜子宋切機縷也列女傳曰推而往引而來者綜也冠屨兮共絇

上下無別屨一作屣補曰約具于切鄭康成云約謂之拘着舃屨頭以爲行戒督萬兮侍宴華督宋萬二人宋大夫皆弑其君者也周邵兮負芻周公邵公言楚君使忠賢如周邵者負芻反以督萬之人侍宴補曰說文芻刈艸也白龍兮見䠶白龍川神靈龜天瑞補曰河伯化爲白龍羿射之眇其左目神龜見夢於宋元君曰予爲淸江使河伯之所漁者余且得予仲尼兮困厄仲尼聖人而厄於陳蔡也鄒衍兮幽囚鄒衍賢人而爲佞邪所攝齊遂執之伊余兮念茲伊惟也茲此也奔遁兮隱居欲避世也將升兮高山升一作陟一作階上有兮猴猿欲入兮深谷下有兮虺蛇左見兮鳴鵙右睹兮呼梟鵙伯勞也山有

猴猿谷有虺蛇左右衆鳥鬨無人民所以愁懼也補曰鶪古覓切惶悸兮失氣悸懼也失氣晻然而將絕補曰悸其季切踊躍兮距跳以泄憤懣也補曰跳徒招切便旋兮中原旋一作絕仰天兮增歎仰一作卬菅蒯兮壄莽壄一作野補曰菅音姦蒯苦怪切雚葦兮仟眠一作千眠一作仟玄仟一作阡鹿蹊兮躖躖貒貉兮蟫蟫蟫蟫相隨之貌鹿蹊一作玄鹿躖一作蹤躖躖躖一作繼踵補曰蹊徑也蹤吐管切集韻作躖說文云禽獸所踐處也貒音湍似豕而肥一音歡蟫淫潭二音鸇鵲兮軒軒軒軒將止之貌補曰鵲音燿鶉鴿兮甄甄甄甄小鳥飛貌鴿一作鴿一云鶉鴳兮飄飄一作鶉鴿補曰鴿烏甘切哀我兮寡獨靡有兮齊倫齊偶齊一作匹意

欲兮沈吟迫日兮黃昏意且欲遲望又促暮當棲宿也迫一作白

玄鶴兮高飛鶴一作鶴一云鵾雞曾逝兮青冥青冥太清

曾一作增逝一作遊鶬鶊兮喈喈鶬鶊鸝黃也喈喈鳴之和山鵲兮嚶嚶嚶嚶鳴之清也鴻鶤兮振翅鴈之大者曰鴻鶤鶤鶩也振翅將飛也

歸鴈兮于征征行也言將去吾志兮覺悟懷我兮聖京垂屣兮將起跓竢兮碩明垂釋文作函測夾切碩一作須補曰屣所不切跓竹句切集韻重主切停足

悼亂

惟昊天兮昭靈昊天夏天也昭明也靈神也陽氣發兮清

明風習習兮龢㬈㬈一作暖古作燸補曰乃管切百草萌兮華榮榮一作英堇荼茂兮扶疏堇薊也荼苦菜也扶一作敷補曰爾雅藒苦堇注云今堇葵也蘅芷彫兮瑩嫇蘅杜蘅芷若芷皆香草嫇一作冥補曰瑩於銘切嫇音銘愍貞良兮遇害將天折兮碎糜一作縻時混混兮澆饡饡餐也混混濁也言如澆饡之亂也餐一作餮補曰饡音贊說文云以羹澆飯哀當世兮莫知覽徃昔兮俊彥亦詘辱兮係纍釋文作累力桂切管束縛兮桎梏百貿易兮傅賣傅一作傳補曰淮南云伯里奚轉鬻注云伯里奚知虞公不可諫轉行自賣於秦爲穆公相傳亦有轉音遭桓繆兮識

舉管管仲百百里奚也管仲爲魯所囚齊桓釋而任之百里奚晉徙役秦繆以五羖之皮贖之爲
相也補曰繆音木才德用兮列施德一作得且從容兮自
慰以古賢者皆然緩已憂也玩琴書兮遊戲補曰戲音希迫中
國兮迮陿無所用志故云窄陿一作窄陜吾欲之兮九夷
子欲居九夷疾時之言也超五嶺兮嵯峨超越也將之九夷先歷五嶺之山言
艱難也觀浮石兮崔嵬東海有浮石之山崔嵬山形也陟丹山
兮炎野復之南方丹山炎野皆在南方也屯余車兮黃支一本
此句在就祝融兮稽疑之下補曰楊子曰黃支之南就祝融兮稽疑黃支南極
國名也祝融赤帝之神稽合所以折謀求安已之處也嘉已行兮無爲嘉善

（也言祝融善巳之處）乃回朅兮北逝（復旋至北方也回一作廻補曰朅去竭切）遇神孈兮宴娭（孈北方之神名也言遇神宴而待之孈一作孈釋文作孈音攜）欲靜居兮自娛（言巳遇神而宴樂亦欲安居自娛也）心愁感兮不能（感一作戚）放余轡兮策駟（復欲去也放一作收）忽飈騰兮浮雲（一云忽風騰兮雲浮）䠥飛杭兮越海（䠥一作跖）從安期兮蓬萊（蓬萊海中山名也安期生仙人名也言欲往求仙也）緣天梯兮北上登太一兮玉臺（登一作升）使素女兮鼓簧（太一天帝所在以玉為臺也）乘戈龢兮謳謠（乘戈仙人也和素女而歌也補曰張晏云玉女青要乘弋等也弋字從弋）聲嗷誂兮清和（嗷誂

清暢貌噭釋文作激音叫誂他弔切補曰噭呼也楚謂兒泣不止曰噭咷咷音耀音晏衍兮要婬要嬈舞容也補曰說文婬曲肩貌方言婬遊也江沅之間謂戲爲婬咸欣欣兮酣樂余眷眷兮獨悲言天神衆舞皆喜樂獨己懷悲哀也顧章華兮太息章華楚臺名也太息憂歎也志戀戀兮依依戀一作鬱

傷時

旻天兮清涼秋天爲旻天秋節至故清且涼也玄氣兮高朗秋冬〻陽氣升故高朗也朗一作明北風兮潦洌寒節至也洌一作烈補曰潦音寮草木兮蒼唐始凋也草一作艸唐一作黃蛜蚗兮噍噍

促寒將蟄故噍噍鳴蝍蛆兮穰穰將變貌歲忽忽兮惟暮暮末余感時兮悽愴感時以悲思也傷俗兮泥濁矇蔽兮不章寶彼兮沙礫捐此兮夜光夜光明珠也椒瑛兮湟汙葈耳兮充房葈耳惡草名也充房侍近君也攝衣兮緩帶操我兮墨陽墨陽劍名昇車兮命僕將馳兮四荒四裔謂之四荒下堂兮見蠆蠆土蠭也喻佞人欲害賢如蠆之有螫毒出門兮觸蠭巷有兮蚰蜒邑多兮螳螂睹斯兮嫉賊心爲兮切傷俛念兮子胥仰憐兮比

干投劒兮脫冕龍屈兮蜿蟤[蜿蟤自迫促貌]潛藏兮山澤匍匐兮叢攢[叢攢羅布也]窺見兮溪澗流水兮沄沄[沄沄沸流]黿鼉兮欣欣鱣鮎兮延延群行兮上下騈羅兮列陳自恨兮無友特處兮煢煢[獨行貌]冬夜兮陶陶[長貌]雨雪兮冥冥神光兮熲熲鬼火兮熒熒[神光山川之精能爲光者也熒熒小火也]修德兮困控[將誰困控言無引已也]愁不聊兮遑生[遑暇]憂紆兮鬱鬱惡所兮寫情

哀歲

陟玉巒兮逍遥玉巒崑崙山也山脊曰巒逍遥須臾也覽高岡兮嶢嶢山嶺曰岡嶢嶢特高也桂樹列兮紛敷崑崙山多桂樹紛錯敷衍吐紫華兮布條桂華紫色布敷條枝實孔鸞兮所居孔鸞大鳥今其集兮惟鶚鶚小鳥也以言名山宜神鳥處之猶朝廷宜賢者居位而今惟小人故云鶚萃之也烏鵲驚兮啞啞神鳥至則衆鳥集從今反鶚徃處之故驚而鳴也余顧瞻兮怊怊怊怊四遠貌彼日月兮闇昧日月無光雲霧之所蔽人君昏亂佞邪之所惑障覆天兮祲氛祲惡氣貌伊我后兮不聰后君焉陳誠兮効

忠攄羽翮兮超俗（無所効其忠誠故翻飛而去也）遊陶遨兮養神（陶遨心無所繫）乘六蛟兮蜿蟬（蜿蟬群蛟之形也龍無角曰蛟）遂馳騁兮陞雲揚彗光兮為旗秉電策兮為鞭（復欲升天求仙人也）朝晨發兮鄢郢（鄢郢楚都也）食府至兮增泉（增泉天漢也）繞曲阿兮北次（次舍）造我車兮南端（復適南方也）謁玄黃兮納贄（玄黃中央之帝也）崇忠貞兮彌堅（雖遥蕩天際之間不失其忠誠也）歷九宫兮徧觀（九宫天之宫也）睹秘藏兮寶珍就傅說兮騎龍（傅說殷王武丁之賢相也死補辰宿）與織女兮合婚舉天

畢兮掩邪畢宿名也畢有因姦名故欲以掩取邪佞之人也彀天弧兮䠶姦弧亦星名也弧矢弓弩故欲以䠶姦人也隨眞人兮翺翔眞仙人也食元氣兮長存元氣天氣望太微兮穆穆太微天之中宮穆穆和順也睨三階兮炳分太微之階相輔政兮成化建烈業兮垂勳當與衆仙共輔天帝成化而建功也目瞥瞥兮西没道遐迥兮阻歎志穡積兮未通悵敞罔兮自憐言墜仙之事迫而不通故使志不展而自傷也

守志

亂曰天庭明兮雲霓藏三光朗兮鏡萬

方天清則雲霓除日月星辰昭君明下理賢愚得所也斥蜣蜴兮進龜龍策謀從兮翼機衡蜣蜴喻小人龜龍喻君子璇璣玉衡以喻君能任賢斥去小人以自輔翼也一云奮策謀兮配稷契兮恢唐功配匹也恢大唐堯也稷契堯佐也言遇明君則當與稷契恢大堯舜之善也一曰恢虞功嗟英俊兮未為雙雙匹也

楚辭卷第十七

汲古後人毛表字奏叔依古本是正

今世所行楚詞率皆紫陽注本而洪氏補注絶不復見紫陽原本六義比事屬詞如堂觀庭如掌見指固已探古人之珠囊爲來學之金鏡矣然慶善少時即得諸家善本參較異同後乃補王叔師章句之未備者而成書其援据該博考證詳審名物訓詁條析無遺雖紫陽病其未能盡善而當時歐陽永叔蘇子瞻孫莘老諸君子之是正慶善師承其説必無剌謬表方舞勺先人手離騷一編教表曰此楚大夫屈原所作其言發於忠正爲百代詞章之祖子長有言國風

好色而不淫小雅怨誹而不亂若離騷者可謂兼之我之從事鉛槧自此書昉也小子識之壬寅秋從友人齋見宋刻洪本黯然於先人之緒言遂借歸付梓其九思一篇晁補之以爲不類前人諸作攺入續楚詞而紫陽并謂七諫九歎九懷九思平緩而不深切盡删去之特增賈長沙二賦則非復舊觀矣洪氏合新舊本爲篇第一無去取學者從紫陽而究其意指更從洪氏而溯其源流其於是書庶無遺憾汲古後人毛扆奏叔識

傳古樓景印

“四部要籍選刊”已出書目

序號	書名	底本	定價 / 元
1	四書章句集注（3 册）	清嘉慶吴氏刻本	150
2	阮刻周易兼義（3 册）	清嘉慶阮元刻本	150
3	阮刻尚書注疏（4 册）	清嘉慶阮元刻本	200
4	阮刻毛詩注疏（10 册）	清嘉慶阮元刻本	500
5	阮刻禮記注疏（14 册）	清嘉慶阮元刻本	700
6	阮刻春秋左傳注疏（14 册）	清嘉慶阮元刻本	700
7	楚辭（2 册）	清初毛氏汲古閣刻本	100
8	杜詩詳注（9 册）	清康熙四十二年初刻本	450
9	文選（12 册）	清嘉慶十四年胡克家影宋刻本	600
10	管子（3 册）	明萬曆十年趙用賢刻本	150
11	墨子閒詁（3 册）	清光緒毛上珍活字印本	150
12	李太白文集（8 册）	清乾隆寶笏樓刻本	400
13	韓非子（2 册）	清嘉慶二十三年吴鼒影宋刻本	98
14	荀子（3 册）	清乾隆五十一年謝墉刻本	148
15	文心雕龍（1 册）	清乾隆六年黄氏養素堂刻本	148
16	施注蘇詩（8 册）	清康熙三十九年宋犖刻本	398
17	李長吉歌詩（典藏版）（1 册）	顧起潛先生過録何義門批校清乾隆王氏寶笏樓刻本	198
18	阮刻毛詩注疏（典藏版）（6 册）	清嘉慶阮元刻本	598
19	阮刻春秋公羊傳注疏（5 册）	清嘉慶阮元刻本	248
20	楚辭（典藏版）（1 册）	清汲古閣刻本	148

圖書在版編目（CIP）數據

楚辭：典藏版 /（宋）洪興祖補注. -- 杭州：浙江大學出版社，2020.4（2025.7 重印）
（四部要籍選刊 / 蔣鵬翔主編）
ISBN 978-7-308-20076-9

Ⅰ. ①楚… Ⅱ. ①洪… Ⅲ. ①古典詩歌－詩集－中國－戰國時代 Ⅳ. ① I222.3

中國版本圖書館 CIP 數據核字（2020）第 039201 號

楚辭（典藏版）
（宋）洪興祖　補注

叢書策劃　陳志俊
叢書主編　蔣鵬翔
責任編輯　蔡　帆
責任校對　吴　慶
封面設計　温華莉
出版發行　浙江大學出版社
（杭州市天目山路 148 號　郵政編碼 310007）
（網址：http://www.zjupress.com）
排　　版　杭州尚文盛致文化策劃有限公司
印　　刷　杭州宏雅印刷有限公司
開　　本　880mm×1230mm 1/32
印　　張　22.625
字　　數　248 千
印　　數　2301—3100
版 印 次　2020 年 4 月第 1 版　2025 年 7 月第 4 次印刷
書　　號　ISBN 978-7-308-20076-9
定　　價　148.00 元

版權所有　翻印必究　印裝差錯　負責調換

浙江大學出版社市場運營中心聯繫方式：(0571)88925591;http://zjdxcbs.tmall.com